慶祝名句集

中島晧象
Nakajima Kosyou

東方出版

序

文化勲章受章者
日本芸術院会員　村上三島

中島皓象さんが『墨場必携・禅の語録』を上梓されたのは、たしか平成五年だったと記憶しています。わたしたちにとっては、たいへん難しい禅語の数々を、句を、また偈頌と呼ばれる仏の徳を讃える詩を、総ルビ付き読み下し、通釈、語釈を添えて、至れり尽くせりに解説され、禅語の不可解さと高尚さを、とても身近なものにしてくれました。

あれから九年、今度は『慶祝名句集』という、いわゆる吉祥語集を著されました。「幸い」「めでたさ」「お祝い」などの吉祥四字成語・字数別の聯を、前回と同じようにだれにでもわかるように解説されています。

聯とは「連なる」意味で、漢文・漢詩で相対する二句のことです。それによって叙述が荘厳になり、豊麗になります。中国では昔から門扉や家の内外の柱の右と左に掛けてありますし、やしろや高殿、学校、庭園や料亭、名勝、古蹟などにも見ることができます。今の日本でも、身近には寺院をはじめ、風流な方の家、中華料理店を訪ねますと見ることができます。

聞くところに依りますと『中国春聯集解』と『新編對聯集成』という書籍をベースに、お祝いの成語と聯を選ばれたそうです。

具体的に言えば、結婚、子・孫の誕生、祝長命、新居、開店、正月・立春・七夕・仲秋などの時令賛歌などです。

わたしたち書家は、題額のみならず、慶祝の時にはだれかれとなく、お祝いに何かを書さねばならない宿命的なものを背負っています。

本書の類は、日本ではじめての出版ではないかと思います。ぜひ、多くの方が座右に置かれて、活用されますことを望んでやみません。

平成十四年七月

目次

凡　例

一、本書は、下永憲次編著『中国春聯集解』、沈一忠編『新編對聯集成』をベースに、現代にマッチした「慶祝名句」二千余句を精選して掲載した。

一、各々の語句は、四字成語から四字聯・五字聯・六字聯・七字聯・八字聯・九字聯・十字聯・十一字聯、各項は最初の漢字の画数の少↓多の順とした。

一、掲載に際しては、成語・聯は旧字体で、読み下し文、大意、語釈は新字体・現代かなづかいとした。

一、難解な語句は●印、大意中の難字や特殊な名称には※印を付し、説明を加えた。

一、巻末に「索引」を付し、各項ごとに読み下し文の五十音順に配し、検索の便を図った。

慶祝名句集

四字成語

一元復始

一目瞭然

一年三秀

一年勝景

一念通天

一門吉慶

一家祥瑞

一元《いちげん》復《また》始《はじ》まる

一目瞭然《いちもくりょうぜん》

一年三秀《いちねんさんしゅう》

一年《いちねん》の勝景《しょうけい》

一念天《いちねんてん》に通《つう》ず

一門吉慶《いちもんきっけい》あり

一家《いっか》の祥瑞《しょうずい》

また、正月になった。

一目《ひとめ》見ただけでよくわかること。

一年に三度、花が咲くこと。めでたさの形容。

一年で春は最も良い眺めである。

ただ一筋に念ずればその思いが天に通じ、どんなこともかなえられる。

一家にめでたい喜びがある。

一家にめでたいしるしが満ちあふれる。

一壺千金

一壺《いっこ》千金《せんきん》

微々《びび》たるものも時を得れば貴くなること。

一路順帆

一路《いちろ》帆《ほ》に順《したが》う

旅の道中は舟に任せる。

一團和氣

一団《いちだん》の和気《わき》

なごやかな空気。親密な間柄。●和気　穏やかな気分。やわらいだ心。

一塵不染

一塵《いちじん》不染《ふぜん》

物欲に染まらないこと。心が清いことのたとえ。●塵　物欲。

九陌祥煙

九陌《きゅうはく》の祥煙《しょうえん》

都の大通りにはめでたいかすみがたなびいている。●九陌　都の大通り。

九農歡歳

九農《きゅうのう》歳《とし》を歓《よろこ》ぶ

農家は豊年を喜び合っている。

人物增輝

人物《じんぶつ》輝《かがや》きを増《ま》す

人はますます光り輝く。

人間五福

人間《にんげん》五福《ごふく》あり

人間には五つの幸せがある。●五福　長寿、富裕、無病息災、道徳を楽しむこと、天命を全うすること。

人間巧節

人間《じんかん》の巧節《こうせつ》

七夕がやって来た。●人間　世間《せけん》。●巧節　七夕。七月七日。

人間雙美

人倫之始

人傑地靈

人貴自立

人羣進化

人頌康强

人慶年豐

入門有喜

八面威風

人間双美《にんげんそうび》

人倫《じんりん》の始《はじ》め

人傑《ひとけつ》にして地霊《ちれい》なり

人貴《ひととうと》ければ自《おの》ずから立《た》つ

人群進化《じんぐんしんか》す

人《ひと》は康 強《こうきょう》を頌《しょう》す

人《ひと》は年豊《ねんぽう》を慶《よろこ》ぶ

門《もん》に入《い》れば喜《よろこ》び有《あ》り

八面《はちめん》の威風《いふう》

二人のうるわしい人。夫婦をいう。●双美　一対の美。

夫婦は人の踏むべき道のはじめである。●人倫　人の踏むべき道。人たる道。

人物もすぐれているが、その土地もすぐれている。

人格が豊かであれば独《ひと》り立ちできる。

人間は進化してゆくものである。

人はすこやかであるのが一番である。●康強　すこやか。健康。

人びとは豊年を喜んでいる。

家に入ると喜びが満ちている。

盛んな意気が辺りを払うこと。

八駿追風

八駿《はっしゅん》風《かぜ》を追《お》う

八頭の駿馬が風を追って走る。追風駿という。

十分春色

十分《じゅうぶん》の春 色《しゅんしょく》

辺り一面、春らんまん。

十里紅杏

十里《じゅうり》の紅杏《こうきょう》

紅《くれない》色の杏《あんず》の花がはるか遠くまで続いて咲いていること。

三千年桃

三千年《さんぜんねん》の桃《もも》

仙界にあって三千年に一度咲くという桃。めでたさの形容。※仙界　仙人の住むところ。

三光之明

三光《さんこう》の明《めい》

日・月・星の明るい光。●三光　日・月・星。

三星在天

三星《さんせい》天《てん》に在《あ》り

参星が東の天にある。婚姻の期をいう。●三星　参星。心星。福・禄・寿をつかさどる。

三思處世

三思《さんし》世《よ》に処《しょ》す

再三《さいさん》考えて世渡りをする。●三思　幼い時には長じてからのことを思って学び、老いては死後のことを考えて子孫を教え、富裕の時は困窮に至った時のことを考えて人に施すこと。

三春景物

三春《さんしゅん》の景物《けいぶつ》

春の景色。

三陽交泰

三陽交泰《さんようこうたい》

正月が訪れた。新年の祝い言葉。●三陽　正月。●交泰　ものが大いに通ずるようす。

上下咸和

上下《じょうげ》咸和《みなわ》す

上下の人びとがことごとく和合する。

上元佳節

上元《じょうげん》の佳節《かせつ》

正月十五日のめでたい日。●上元　陰暦の正月十五日。家の神を祭る日。

千山淑氣

千山《せんざん》の淑気《しゅくき》

多くの山々は春ののどかなたたずまいである。

千年好合

千年好合《せんねんこうごう》

夫婦は末長く相和合す。●好合　心が合うこと。愛情こまやかなこと。

千里同風

千里同風《せんりどうふう》

遠方まで同じ風が吹く。世の太平なこと。

千里神交

千里《せんり》の神交《しんこう》

遠く離れていながら、心は通じ合うこと。唐の元稹《げんしん》が遠方の友人と夢で相交わった故事。●神交　心と心の交わり。

千花萬卉

千花万卉《せんかばんき》

多くの草花。

千門曙色

千門曙色《せんもんしょしょく》あり

それぞれの家ごとに朝日の光が射《さ》し込んでいる。

千秋之喜

千秋《せんしゅう》の喜《よろこ》び

長寿の喜び。●千秋　千年。長年。人の誕生日の意もある。

千秋萬歳

千秋万歳《せんしゅうばんざい》

千年も万年もの長生を祝う言葉。

千春萬柳

千春《せんしゅん》の万柳《ばんりゅう》

春の多くの柳。●千春　千年の春。

千條柳色

千条《せんじょう》の柳色《りゅうしょく》

多くの柳の枝々がみどり色に芽吹《めぶ》いた。

千歳之人

千歳《せんざい》の人《ひと》

千年の長寿を保つ人。永久に生きている人。

千載不朽

千載不朽《せんざいふきゅう》

名誉・事業などが千年後までも朽ちないで伝わること。●千載　千年。

千歡萬悦

千歓万悦《せんかんばんえつ》

限りなく多くの喜び。●千歓・万悦　多くの喜び。

大匠不斲

大匠《たいしょう》斲《けず》らず

巧妙な大工は材木を削らず、自然のままを巧みとし、小細工を弄しない。

大地皆春

大地《だいち》皆春《みなはる》なり

大地はどこもかも春である。

大地陽回

大地《だいち》陽《ひ》回《かえ》る

大地に再び春がめぐり訪れた。

大椿八千

大椿八千《たいちんはっせん》

椿《つばき》の木は八千年。人の長寿を祝う言葉。

大道不稱

大道《たいどう》は称《しょう》せられず

真の大いなる道は言葉で言いあらわすことはできない。

大廈棟梁

大廈《たいか》の棟梁《とうりょう》

大きな家に使うむなぎとうつばり。大人物のたとえ。●大廈　大きな家。●棟梁　むなぎとうつばり。重任にあたる人。

大器晩成

大器晩成《たいきばんせい》

大人物は早くからは頭角をあらわさないが、ついには大を成す、というたとえ。

子孫萬代

子孫万代《しそんばんだい》

いつまでも子孫が栄えること。●万代　よろずよ。永久。

寸陰是競

寸陰是競《すんいんこれきそ》う

わずかの時間も惜しまずに努力する。●寸陰　わずかの時間。

山川易色

山川色《さんせんいろ》を易《やわ》らぐ

春になって山河はやわらかな色を呈してきた。

山河一統

山河一統《さんがいっとう》

世の中がよく治まっていること。●山河　世の中。

山林秀色

山林秀色《さんりんしゅうしょく》あり

山や林は秀《ひい》でた景色を呈している。

山林獨往

山林《さんりん》独《ひと》り往《ゆ》く

山や林の中を独り行く。世俗を脱した生活をいう。

川流不息

川流《せんりゅう》息《や》まず

川の流れは一時《いっとき》も休まない。努力すること。

才子佳人

才子《さいし》佳人《かじん》

才能豊かな男《ひと》と美しい女《ひと》。「新郎新婦」をいう。

才貌相當

才貌《さいぼう》相《あい》当《あた》る

才能と容貌が相会うこと。結婚をいう。●才貌　才能と容貌。●相当　相会うこと。互いにつり合うこと。

不扶而直

扶《たす》けずして直《なお》し

生まれた時から正直なこと。

不絶如帯

絶《た》えざること帯《おび》の如《ごと》し

帯のように絶えずに続くこと。

不避風雨

風雨《ふうう》を避《さ》けず

艱難辛苦を避けないたとえ。※艱難辛苦　苦しむこと。苦労すること。

中正和平

中正和平《ちゅうせいわへい》

公平でやわらいで穏やかなこと。

中流砥柱

中流《ちゅうりゅう》の砥柱《しちゅう》

困難に会っても節義を守って屈しないこと。●砥柱　黄河の中にある小山。

丹崖青壁
丹崖青壁《たんがいせいへき》
赤い色のがけと青い色の絶壁が高く美しいように、人格のすぐれて高いこと。

五世其昌
五世《ごせい》其《そ》れ昌《さか》んなり
子孫の繁盛することをいう。●五世　五代。父子相継ぐことを一世という。

五代同堂
五代《ごだい》堂《どう》を同《おな》じくす
祖父母・父母・己《おのれ》・子・孫の五代が同時に存在すること。瑞祥をいう。

五色春雪
五色《ごしょく》の春雪《しゅんせつ》
五色の春の雪。めでたいこと。

五色香煙
五色《ごしょく》の香煙《こうえん》
香の五色の煙。めでたいこと。

五色彩雲
五色《ごしょく》の彩雲《さいうん》
五色の美しい彩《いろど》りのある雲。めでたさの形容。

五風十雨
五風十雨《ごふうじゅうう》
五日に一たび風が吹き、十日に一たび雨が降る。豊年の兆《きざ》し。

五陵春色
五陵《ごりょう》の春色《しゅんしょく》
長安中が春らんまん。●五陵　陝西省長安にある五陵。長陵・安陵・陽陵・茂陵・平陵。

五雲扶日
五雲《ごうん》日《ひ》を扶《まも》る
五色のめでたい雲が太陽の周囲をめぐりただよう。

五福臨門

五福門《ごふくもん》に臨《のぞ》む

五つの幸福が門に訪れた。●五福　長寿、富裕、無病息災、道徳を楽しむこと、天命を全うすること。

五穀豐登

五穀豊登《ごこくほうとう》

五穀が豊かに実った。●五穀　五種類の穀物。麻《あさ》・黍《きび》・稷《しょく》・麦・稲。

仁至義盡

仁至《じんいた》り義尽《ぎつ》く

仁義の道を十分に尽くす。

仁漿義粟

仁漿《じんしょう》 義粟《ぎぞく》

仁義のこもった飲みものと穀物。

元旦令節

元旦令節《がんたんれいせつ》

元旦はめでたい日。

元旦呈祥

元旦祥《がんたんしょう》を呈《てい》す

元旦は幸いをもたらしてくれる。

元宵三夜

元宵三夜《げんしょうさんや》

正月十四・十五・十六日。元宵は陰暦正月十五日夜をいう。「五夜元宵」は三夜に十七・十八日を加えていう。

元惠迪吉

元恵吉《げんけいきつ》を迪《みちび》く

元旦の恵みは幸いをもたらす。●元恵　元旦の恵み。

內外相應

内外相応《ないがいあいおう》ず

心と外見が一致している。

内和外順
内和《うちわ》して外順《そとじゅん》なり
心は穏やかで外観は温順である。

公正無私
公正無私《こうせいむし》
私心がなくて正しいこと。

六合同春
六合春《りくごうはる》を同《おな》じくす
天も地もすべてが春らんまん。●六合　天地四方。

分甘共苦
甘《かん》を分《わか》ち苦《く》を共《とも》にす
苦楽をともにすること。●甘苦　楽しみと苦しみ。

化日初長
化日初《かじつはじ》めて長《なが》し
春になって日がやっと長くなった。●化日　日をいう。

及時耕種
時《とき》に及《およ》んで耕種《こうしゅ》す
しかるべき時に耕し植える。

天上石麟
天上《てんじょう》の石麟《せきりん》
子供の特にすぐれたものをほめていう。●石麟　すぐれた子供の称。

天上雙星
天上《てんじょう》の双星《そうせい》
天に輝く二つ星。仲の良いこと。七夕《たなばた》の二つ星（牽牛星と織女星。結婚にたとえる）。

天上優秀
天上《てんじょう》の優秀《ゆうしゅう》
この上なくすぐれていること。

天下泰平

天下泰平《てんかたいへい》

天下がよく治まって平和なこと。「天下太平」も同じ。

天生貴子

天《てん》は貴子《きし》を生《う》む

天はすぐれた子をさずけてくれる。●貴子　すぐれた子。

天地同春

天地《てんち》春《はる》を同《おな》じくす

天も地も春らんまん。

天地自然

天地自然《てんちしぜん》

本来のまま。人為の加わらないこと。

天地相合

天地相合《てんちあいがっ》す

天と地の気が和合すること。

天定良縁

天《てん》は良縁《りょうえん》を定《さだ》む

天は良い縁組みを定めた。結婚などをいう。

天垂雨露

天《てん》は雨露《うろ》を垂《た》る

天は雨や露を注ぎ降らす。大きな恵みをもたらすこと。

天官賜福

天官賜福《てんかんしふく》

上元節。陰暦正月十五日をいう。

天降甘露

天《てん》は甘露《かんろ》を降《ふ》らす

天は恵みの雨を降らせた。●甘露　恵みの雨。

天香送子
天香子《てんこうこ》を送《おく》る
天から子供をさずかった。●天香　天から起こる香り。

天香桂花
天香桂花《てんこうけいか》
月の中に生えているという桂《かつら》。

天香國色
天香国色《てんこうこくしょく》
牡丹《ぼたん》の花の異名。天下第一の香りと国中で一番の美しい色を持つことからいう。

天配良緣
天《てん》は良縁《りょうえん》を配《はい》す
天はよい縁組みを添わせた。

天眞獨朗
天真独朗《てんしんどくろう》
大いなる悟りを得ること。

天眞爛漫
天真爛漫《てんしんらんまん》
自然のままがありありとあらわれるようす。

天產丹鳳
天《てん》は丹鳳《たんぽう》を産《さん》ず
天は美女をさずけてくれた。●丹鳳　首と翼《つばさ》の赤い鳳凰《ほうおう》。美女をいう。

天理常明
天理《てんり》常《つね》に明《あき》らかなり
天の道理はいつも変わらず明らかである。

天清霞耀
天清《てんきよ》く霞《かすみ》耀《かがや》く
清らかな空のもと、かすみが光り輝いていただよう。

天開長樂

天《てん》は長楽《ちょうらく》を開《ひら》く

天は永久の楽しみをもたらしてくれる。

天開盛運

天《てん》は盛運《せいうん》を開《ひら》く

天はより良い幸せをもたらしてくれる。

天開瑞彩

天《てん》は瑞彩《ずいさい》を開《ひら》く

天はめでたい彩《いろど》りをもたらす。

天開壽域

天《てん》は寿域《じゅいき》を開《ひら》く

天は長命の扉を開いてくれる。●寿域　長寿の境。

天道可畏

天道《てんどう》畏《おそ》る可《べ》し

天は恐ろしいものである。敬い従うべきものである。

天道無親

天道《てんどう》親《しん》無《な》し

天は公平で、特にある人をえこひいきすることはない。

天錫純福

天《てん》は純福《じゅんぷく》を錫《たま》う

天はまじりけのない幸せをもたらす。●純福　純粋な幸せ。

天錫鴻恩

天《てん》は鴻恩《こうおん》を錫《たま》う

天は大きな恵みを与えてくれる。子の誕生を祝う言葉。●鴻恩　大きな恵み。

天賜麟兒

天《てん》は麟児《りんじ》を賜《たま》う

天はすぐれた賢い子をさずけてくれた。●麟児　きりん児。神童。すぐれた賢い子。男子誕生を祝う言葉。

天機不張

天機《てんき》張《は》らず

意識的に心を用いることをしないで、自然のままにすること。
●天機　心・素質・能力などをいう。

太平有象

太平《たいへい》象《しょう》有《あ》り

世の中に太平の兆《きざ》しがある。

太平春色

太平《たいへい》の春色《しゅんしょく》

太平な世は春の景色そのものである。

夫婦一體

夫婦一体《ふうふいったい》

夫婦は元来一体で、別々のものではないこと。

夫婦和樂

夫婦和楽《ふうふわらく》

夫婦がやわらぎ楽しむこと。

夫唱婦随

夫唱婦随《ふしょうふずい》

夫がまず唱えて妻がこれに従うこと。夫婦のよく和合する道。

夭桃穠李

夭桃穠李《ようとうじょうり》

若々しくて元気のよい桃が盛んに花を開くこと。婚姻を祝う言葉。

引類呼朋

類《るい》を引《ひ》き朋《とも》を呼《よ》ぶ

自分と志を同じくする人を呼び寄せること。同志が自然と集まるようすにもいう。

心堅石穿

心《こころ》堅《かた》ければ石《いし》をも穿《うが》つ

心が堅固であれば石にも穴をうがつことができる。成功の秘訣《ひけつ》はここにある。

心廣體胖

心《こころ》広《ひろ》く体《たい》胖《ゆた》かなり

心が広々として身体がのびのびしている。

戸牖春生

戸《こ》牖《ゆう》春《はる》生《しょう》ず

家は春につつまれた。●戸牖　戸と窓。

文生於情

文《ぶん》は情《じょう》より生《しょう》ず

文章は心の表現である。

文思如湧

文《ぶん》思《し》湧《わ》くが如《ごと》し

文を作る考えがつぎつぎとわいてくる。

文星照耀

文星《ぶんせい》照《て》り耀《かがや》く

文星が光り輝く。●文星　文運をつかさどる星。

文殊智慧

文殊《もんじゅ》の智慧《ちえ》

すぐれた智慧。文殊菩薩の智慧を第一とするからいう。

文章大雅

文章《ぶんしょう》の大雅《たいが》

すぐれた第一級の文章家。

文章如錦

文章《ぶんしょう》 錦《にしき》の如《ごと》し

作られた文章は錦のように美しい。

文章邦國

文章《ぶんしょう》の邦国《ほうこく》

礼節と音楽を完備した国。●文章　行いをつつしましめる礼儀と心をやわらげる音楽。

文章絶唱

文章《ぶんしょう》の絶唱《ぜっしょう》

文章の最もすぐれたものをいう。

斗柄回寅

斗柄《とへい》寅《いん》に回《かえ》る

元旦をいう。●斗柄　北斗七星。●寅　陰暦の正月。

斗柄指東

斗柄《とへい》東《ひがし》を指《さ》す

立春の節をいう。●斗柄　北斗七星。

日進月新

日《ひ》に進《すす》み月《つき》に新《あら》たなり

日に月に進歩すること。「日進月歩」に同じ。

日新其徳

日《ひ》に其《そ》の徳《とく》を新《あら》たにす

日ごとにその徳を増新する。日々に旧非を改める。

日月入懐

日月《じつげつ》懐《ふところ》に入《い》る

日や月が人のふところに入る。めでたいこと。

日月光華

日月光華《じつげつこうか》あり

日や月に輝きがある。天下太平の形容。

月至風揚

月《つき》至《いた》り風《かぜ》揚《あが》る

月が昇り、風が吹くこと。天下太平で秩序あるようす。

火樹銀花

火樹銀花《かじゅぎんか》

灯火の光の盛んなこと。●火樹・銀花　灯火。

世代書香

世代書香《せだいしょかんば》し

代々、読書す。学問の家柄をいう。

世第流芳

世第芳《せだいほう》を流《のこ》す

代々の家のほまれを後世に残す。●世第　代々、住んでいる家。

世篤忠貞

世忠貞《よよちゅうてい》に篤《あつ》し

代々、忠実を厚く行う。

仙女臨凡

仙女凡《せんじょぼん》に臨《のぞ》む

美女が生まれた。女子誕生を祝う言葉。●仙女　美女。●臨凡　天より俗世に降りてくること。凡は俗世。

仙風道骨

仙風道骨《せんぷうどうこつ》

仙人や道士のようす。非凡なようすをいう。●風骨　身体つき。ようす。

令徳無極

令徳極《れいとくきわ》まり無《な》し

限りないほどの立派な徳を持つこと。

以介眉壽

以《もっ》て眉寿《びじゅ》を介《たす》く

人の長寿を祝するに用いる言葉。●眉寿　長寿の人。

以時爲先

時《とき》を以《もっ》て先《さき》と為《な》す

時を失わないことが最もたいせつである。

以微知明

微《び》を以《もっ》て明《めい》を知《し》る

些細《ささい》なことから大いなる事実を発見することをいう。

以禮存心

礼《れい》を以《もつ》て心《こころ》を存《そん》す

礼の徳を修めて本心を失わないこと。

兄友弟恭

兄友弟恭《けいゆうていきょう》

兄は弟に友愛の情を尽くし、弟は兄に敬慕の道を尽くす。

兄弟致美

兄弟《けいてい》美《び》を致《いた》す

兄弟は互いに尽くせるだけは尽くす。

出就外傳

出《い》でて外伝《がいでん》に就《つ》く

家から出て師について学ぶこと。●外伝　家庭外において人の子弟を教育する人。

古今獨歩

古今独歩《ここんどくほ》

昔から今に至るまで並ぶものがないこと。「古今無双」も同じ。

四民安樂

四民安楽《しみんあんらく》

人びとは安んじ楽しんでいる。

四季平安

四季平安《しきへいあん》なり

一年中、穏やかそのものである。

四時充美

四時《しじ》美《び》に充《み》つ

一年中、美しさの中で生きている。

四時吉慶

四時吉慶《しじきっけい》あり

四季おりおりにめでたさはもたらせられる。

四時花月

四時《しじ》の花月《かげつ》

四季おりおりの美しい景色をいう。

四時氣備

四時《しじ》の気備《きそな》わる

四季おりおりの気を持っている。人格の円満なこと。

四海兄弟

四海兄弟《しかいけいてい》

天下の人はみんな兄弟のように親しい。

四海昇平

四海昇平《しかいしょうへい》

天下が治まって静かなこと。太平。●四海　天下。

四海波靜

四海波静《しかいなみしず》かなり

波がおさまって世の中の平和なこと。太平。

四海爲家

四海《しかい》を家《いえ》と為《な》す

天下を自分の一家とする。

四德兼備

四徳兼備《しとくけんび》

婦人は四徳を兼ね備えている。●四徳　婦人の四つの徳。言・徳・功・容。

四壁圖書

四壁《しへき》の図書《としょ》

家の四方の壁は書籍でいっぱい。

布帆無恙

布帆恙無《ふはんつつがな》し

船の無事なこと。旅行の無事をいう。●布帆　船。

平安如意

平安《へいあん》意《い》の如《ごと》し

穏やかさは思うままである。

平安吉慶

平安吉慶《へいあんきっけい》

穏やかなことは喜びである。

平安是福

平安《へいあん》は是福《これふく》なり

穏やかであることは幸せである。

平安無事

平安無事《へいあんぶじ》

穏やかで何事もないこと。

本固枝榮

本固《もとかた》くして枝栄《えださか》ゆ

根が広く張ってしっかりしているので、木の枝は四方によく伸びている。

正大高明

正大高明《せいだいこうめい》

心と行いが正しくととのい、高く明らかなこと。大賢人の学徳の形容。

正心修身

心《こころ》を正《ただ》し身《み》を修《おさ》む

心を正しく持って行動する。

民氣昭蘇

民気《みんき》昭蘇《しょうそ》す

人びとの元気がよみがえった。

民德維新

民徳《みんとく》維《こ》れ新《あら》たなり

人びとの道徳心が新たに改った。

玉人天降

玉人《ぎょくじん》天降《あまくだ》る

美女が天から降りてきた。結婚をいう。●玉人　玉のように皎潔な人。美女にいう。

玉人成雙

玉人双《ぎょくじんそう》を成《な》す

美女が結婚した。●玉人　玉のように皎潔な人。美女にいう。●成双　夫婦になること。

玉兎銀蟾

玉兎《ぎょくと》銀蟾《ぎんせん》

月をいう。●玉兎・銀蟾　月の異名。

玉昆金友

玉昆金友《ぎょくこんきんゆう》

人の兄弟をほめて金玉に比していう。昆は兄、友は弟。

玉盞常明

玉盞《ぎょくさん》常《つね》に明《あき》らかなり

玉でできた杯はいつも光り輝いている。威光をいう。

玉樹枝榮

玉樹《ぎょくじゅ》枝《えだ》栄《さか》ゆ

美しい木の枝が盛んに茂る。子孫繁栄のたとえ。

玉燕投懷

玉燕《ぎょくえん》懐《ふところ》に投《とう》ず

玉のように美しいつばめがふところに入る夢を見て身ごもること。唐の張説《ちょうえつ》の母の故事。張説は宰相になった。

玉燭調和

玉燭調和《ぎょくしょくちょうわ》

天地四季の調和すること。●玉燭　四季の気候が調和すると、万物の光り輝くこと。玉の灯火に似ているからいう。

甘霖早降

甘霖《かんりん》早《つと》に降《くだ》る

雨ごいをすると恵みの雨がすぐに降ってきた。●甘霖　恵みの雨。

生意活動

生《せい》意《い》活《かつ》動《どう》す

商売繁盛。●生意　なりわい。商売。

白雲孤飛

白《はく》雲《うん》孤《こ》飛《ひ》

白い雲がたなびく。旅先で親を思うたとえ。

立身行道

身《み》を立《た》てて道《みち》を行《おこな》う

修養して一人前になり、正しい道を歩いてゆく。

光前裕後

光《こう》前《ぜん》裕《ゆう》後《ご》

祖先の光栄を増して子孫に恩沢を及ぼすこと。一族を盛んにすること。

光風霽月

光《こう》風《ふう》霽《せい》月《げつ》

うららかな風と晴れた空の澄み渡った月。天性のさっぱりとして心の清らかな人にたとえ、また、よく治まった世にいう。

光焔萬丈

光《こう》焔《えん》万《ばん》丈《じょう》

炎が高く輝き上ること。詩文などの勢いがあって立派なことをいう。●光焔　燃え光る炎。●万丈　非常に高いこと。

光逾星月

光《ひかり》は星《せい》月《げつ》を逾《こ》ゆ

星や月よりも光り輝く。すぐれたものの形容。

光騰雲漢

光《ひかり》は雲《うん》漢《かん》に騰《あ》がる

天の川が光り輝く。●雲漢　天の川。

冰壺秋月

氷《ひょう》壺《こ》秋《しゅう》月《げつ》

氷を盛った玉の壺と秋の月。心の極めて清く、明らかなたとえ。

列鼎而食

鼎《てい》を列《つら》ねて食《しょく》す

多くのおいしいものを食べること。※富裕な生活をいう。

合璧連珠

合璧連珠《がっぺきれんじゅ》

玉が集まり連なっていること。日月星辰などのようす。●合璧　美しいものが二つ合うこと。

吉人天相

吉人天相《きつじんてんしょう》

良心ある人は天がこれを助ける。

吉月令辰

吉月《きつげつ》の令辰《れいしん》

良い月のめでたい日。結婚など。●令辰　めでたい日。

吉地祥光

吉地《きっち》の祥光《しょうこう》

良い地のめでたい光。

吉星高照

吉星《きっせい》高《たか》く照《かがや》く

めでたい星が空高く光り輝く。

吉祥如意

吉祥《きっしょう》意《い》の如《ごと》し

幸いが思うままである。

吉祥善事

吉祥《きっしょう》善事《ぜんじ》

めでたい善いこと。

吉慶安然

吉慶安然《きっけいあんぜん》たり

喜びがゆっくりと広がってゆく。

吉慶有餘

吉慶《きっけい》余《あま》り有《あ》り

めでたさが満ちあふれている。

吉慶滿門

吉慶《きっけい》門《もん》に満《み》つ

めでたさが家に満ちている。

同心如意

同心《どうしん》意《い》の如《ごと》し

いつでもどこでも同じ心である。

同氣連枝

同《どう》気《き》連《れん》枝《し》

兄弟のこと。同じ気を有する者は互いに求めて集まる、の意。

多信者顯

信《しん》多《おお》き者《もの》は顕《あらわ》る

まことの多い人は自然に世間《せけん》から認められる。

好丹非素

丹《たん》を好《この》んで素《そ》を非《ひ》とす

好きなところを取って、他を捨てる。

好雨知時

好《こう》雨《う》時《とき》を知《し》る

ちょうど良い時の雨。恵みの雨。

好問則裕

問《と》いを好《この》めば則《すなわ》ち裕《ゆた》かなり

わからないことを問うて知識を得ることは豊かさへの道である。

如鼓琴瑟

琴瑟《きんしつ》を鼓《こ》するが如《ごと》し

夫婦の相和合するたとえ。●琴瑟　琴と大琴で「夫婦和合」のたとえ。

如賓如友

賓《ひん》の如《ごと》く友《とも》の如《ごと》し

お客さんのようであり、友だちのようである。

如臨深淵

深淵《しんえん》に臨《のぞ》むが如《ごと》し

深い淵《ふち》をのぞき込む時のように慎重に行動することをいう。

宅中圖大

中《ちゅう》に宅《お》り大《だい》を図《はか》る

土地の中央にいて、大きく構えること。

守正不撓

正《せい》を守《まも》り撓《たわ》まず

正道を守って変わらないこと。

守道彌敦

道《みち》を守《まも》れば 弥《いよいよ》 敦《あつ》し

人の踏むべき道を歩めばますます豊かになる。

安如泰山

安《やす》きこと泰山《たいざん》の如《ごと》し

泰山が動かないほどに安定している。●泰山　山東省にある名山。

安居樂業

安居楽業《あんきょらくぎょう》

安らかに生活して、おのおのその仕事を楽しむこと。

年壽竝高

年寿《ねんじゅ》並《とも》に高《たか》し

長寿を祝う言葉。●年寿　寿命。

年豐人安

年豊《としゆた》かにして人安《ひとやす》らかなり

豊年で人びとは穏やかである。

旭日東升

旭日《きょくじつ》東《ひがし》に升《のぼ》る

東の空から朝日が昇る。

汗牛充棟

汗牛充棟《かんぎゅうじゅうとう》

車で引かせると牛が汗《あせ》し、積み上げるとむな木に届く。蔵書の多いたとえ。

江山不老

江山《こうざん》老《お》いず

山河は老いることがなく永久不変である。長寿不老の祝いの言葉。

江山雄麗

江山雄麗《こうざんゆうれい》なり

山河の景色はすぐれて美しい。

百不失一

百《ひゃく》に一《いっ》を失《うしな》わず

百の中で一つもまちがわない。目的とするところを決して失わない。

百世良縁

百世《ひゃくせい》の良縁《りょうえん》

のちのちまでもよい縁組み。

百代馨香

百代《ひゃくだい》の馨香《けいこう》

のちのちの世までのほまれ。●馨香　芳しい香り。徳化の遠く及ぶたとえ。

百年之好

百年《ひゃくねん》の好《こう》

百年ののちのちまでも仲の良い連れ合い。

百年偕老

百年《ひゃくねん》の偕老《かいろう》

長寿の夫婦。●偕老　夫婦。

百年琴瑟

百年《ひやくねん》の琴瑟《きんしつ》

百年のちのちまでも仲のよい夫婦。●琴瑟　琴と大琴で「夫婦和合」のたとえ。

百里風和

百里《ひやくり》風《かぜ》和《わ》す

百里のかなたまでのどかな風が吹く。天下太平。

百事大吉

百事《ひやくじ》大吉《だいきつ》

何事もすべてよろしいこと。

百花煥發

百花《ひやくか》煥発《かんぱつ》

多くの花が咲き乱れること。●煥発　輝きあらわれること。

百般紅紫

百般《ひやくはん》の紅紫《こうし》

種々さまざまな紅《くれない》色とむらさき色の花。

百祿是荷

百禄《ひやくろく》是《これ》荷《にな》う

天の多くの恵みを受けること。

百福千祥

百福《ひやくふく》千祥《せんしよう》

多くの幸い。●福祥　幸い。

百福來臨

百福《ひやくふく》来《きた》り臨《のぞ》む

多くの幸せがやって来た。

百福莊嚴

百福《ひやくふく》荘厳《しようごん》

多くの福を積んで一相を得、しばらくして三十二相を具すること。※三十二相　偉大な仏が具えていた三十二の身体の特徴。人がこれを具えると大国王になるというインドの人相説。

百福駢臻

百福《ひゃくふく》駢《なら》び臻《いた》る

多くの幸せがことごとく集まる。

百穀斯登

百穀《ひゃくこく》斯《こ》に登《みの》る

多くの穀物が実る。豊年。

百輛盈門

百輛《ひゃくりょう》門《もん》に盈《み》つ

百台もの車がはなやかに門に満ちる。祝いの形容。

百鍛千練

百鍛千練《ひゃくたんせんれん》

百度きたえ、千度練《ね》ること。努力することをいう。

竹林之遊

竹林《ちくりん》の遊《ゆう》

隠者の交わりをいう。世の中のことを打ち忘れた交友。

竹報平安

竹《たけ》は平安《へいあん》を報《ほう》ず

家から「平穏無事《へいおんぶじ》」の手紙がくること。●竹報　家からの手紙。

老蚌生珠

老蚌《ろうぼう》珠《たま》を生《しょう》ず

人に賢い子があるのをほめていう言葉。また、父子ともに令名あること。●老蚌　どぶがい。老人をいう。●珠　玉。子をいう。

自求多福

自《みずか》ら多福《たふく》を求《もと》む

自分から多くの幸せを探し求めてゆく。

自彊不息

自《みずか》ら彊《つと》めて息《や》まず

勉強し続けること。

至誠如神

至誠《しせい》神《しん》の如《ごと》し

この上ないまことは神のように何にでも通ずる。至誠の働きの極めて霊妙なこと。

至誠格天

至誠《しせい》天《てん》に格《いた》る

この上なくまごころに満ちていることをいう。

色奪霜紈

色《いろ》は霜紈《そうがん》を奪《うば》う

描いた色彩は白絹に勝《まさ》る。●霜紈　白い薄絹。

色鮮奪目

色鮮《いろあざ》やかにして目《め》を奪《うば》う

強烈な光で目がくらむ。すばらしさの形容。

衣錦還郷

錦《にしき》を衣《き》て郷《きょう》に還《かえ》る

出世して故郷に帰る。

衣繡晝行

繡《しゅう》を衣《き》て昼《ひる》行《ゆ》く

ぬいとりをした美しい着物を着て、昼間に歩く。富貴の身となって故郷に帰ること。

伯樂一顧

伯楽《はくらく》の一顧《いっこ》

名馬が伯楽に会ってその価値を認められること。●伯楽　周代によく馬を見分けた人。孫陽の一名。

佛光普照

仏光《ぶっこう》普《あまね》く照《てら》す

仏《ほとけ》の光明は「広大無辺」である。

佛法無邊

仏法《ぶっぽう》辺《かぎ》り無《な》し

仏《ほとけ》の教えは限りなく広く、永遠である。●無辺　広大で際限がないこと。

作賦登樓
賦《ふ》を作《つく》り楼《ろう》に登《のぼ》る
詩を作って高殿に登る。

初度之辰
初度《しょど》の辰《しん》
誕生日。

君子三樂
君子《くんし》の三楽《さんらく》
徳のある人の三つの楽しみ。父母兄弟をたいせつにすること、自分の行いに恥じることがないこと、英才を集めて教育すること。

君子重恥
君子《くんし》は恥《はじ》を重《おも》んず
徳のある人は恥を重んじる。

君子萬年
君子万年《くんしばんねん》
徳のある人は長寿を保つ。有徳者の長寿を祈る言葉。

呑花臥酒
花《はな》に呑《の》み酒《さけ》に臥《が》す
花を観賞し、酒を愛すること。

吹花擘柳
花《はな》を吹《ふ》き柳《やなぎ》を擘《ひら》く
春のはじめに吹く風をいう。

吹簫引鳳
簫《しょう》を吹《ふ》き鳳《ほう》を引《ひ》く
しょうの笛を吹いて鳳凰を招き寄せる。結婚相手が見つかること。また、めでたさの形容。

吾門標秀
吾《わ》が門《もん》の標秀《ひょうしゅう》
わが家の傑出した子。●標秀　目印となって目立つもの。

吾道自足

吾《わ》が道《みち》自《おの》ずから足《た》る

自分の歩んでいる道に満足している。

囤積萬粮

囤《とん》に万粮《ばんりょう》を積《つ》む

倉庫には収穫した米がいっぱい。豊作をいう。●囤　米倉。●万粮　多くの米などの食料。

妙在心手

妙《みょう》は心手《しんしゅ》に在《あ》り

わざのたえなるは、その人の心と手とに存する。

妙道常存

妙《みょう》道《どう》常《つね》に存《そん》す

最上のやり方はいつでもあるところにある。●妙道　最上のやり方。

妙韻奇芬

妙《みょう》韻《いん》奇《き》芬《ふん》

たえなる調べとたぐいない芳しい香り。最上等をいう。●妙韻　たえなるひびき。●奇芬　たぐいまれな芳香。

序報三春

序《つい》で三春《さんしゅん》を報《ほう》ず

春になった。●三春　春季。陰暦正月（孟春）・二月（仲春）・三月（季春）。

延年益壽

延《えん》年《ねん》益《えき》寿《じゅ》

長生きすること。●延年　長生き。

延年無極

延《えん》年《ねん》極《きわ》まり無《な》し

長命を喜び祝うこと。●延年　長生き。

弄瓦之喜

弄《ろう》瓦《が》の喜《よろこ》び

女子誕生の喜び。●弄瓦　女子の生まれること。

弄璋之喜

弄璋《ろうしょう》の喜《よろこ》び

男子誕生の喜び。●弄璋　男子誕生。

志在千里

志《こころざし》は千里《せんり》に在《あ》り

千里のかなたに行こうと志している。志の遠大なこと。

志在春秋

志《こころざし》は春秋《しゅんじゅう》に在《あ》り

志は雄大である。●春秋　大望をいう。

志美行厲

志《こころざし》美《び》に行《おこな》い厲《れい》なり

志が美しく、行いがおごそかである。

成竹在胸

成竹《せいちく》胸《むね》に在《あ》り

成算は胸の中にある。●成竹　前もって心中に立てるもくろみ。

批熊拉虎

熊《くま》を批《う》ち虎《とら》を拉《ひし》ぐ

熊を手打ちにし、虎をひしぐ。勇猛果敢なこと。

把酒臨風

酒《さけ》を把《と》り風《かぜ》に臨《のぞ》む

酒を酌み、おりから吹いてきた清風に対する。自適の境地をいう。

杏眼桃腮

杏眼桃腮《きょうがんとうさい》

杏《あんず》のような目と桃のような頰《ほお》。美人の形容。

求新知能

新知能《しんちのう》を求《もと》む

新しい知恵の働きを探し求める。

決機無疑

機《き》を決《けっ》して疑《うたが》う無《な》し

速やかに場合に応じて処理して少しもためらわない。

良玉美金

良《りょう》玉《ぎょく》美《び》金《きん》

良い玉と美しい金。善美を尽くした文章のたとえ。

良辰吉慶

良《りょう》辰《しん》の吉《きっ》慶《けい》

良い時節のめでたく賀すべきこと。結婚など。●良辰　良い時節。

良辰美景

良《りょう》辰《しん》美《び》景《けい》

良い時節と良い景色。春景色などにいう。

良果時收

良《りょう》果《か》時《とき》に収《おさ》む

果実は熟《う》れた時に収穫する。時をまちがえてはならない。

良緣美滿

良《りょう》縁《えん》美《び》満《み》つ

良い縁組みは美しさにあふれている。

芝蘭異香

芝《し》蘭《らん》異《い》香《こう》あり

霊芝《れいし》と蘭には他の草と異なった良い香りがある。●異香　何とも言えない良い香り。

言行相稱

言《げん》行《こう》相《あい》称《かな》う

言葉と行動が一致している。

赤日白天

赤《せき》日《じつ》白《はく》天《てん》

日中、盛んに照りつける太陽。●赤日　光の強い太陽。

事業昌隆
事業《じぎょう》昌《しょう》隆《りゅう》す
仕事が盛んになる。

佳氣時喜
佳気《かき》時《とき》に喜《よろこ》ぶ
めでたい気が立ちこめて喜ぶ。

受天之祐
天《てん》の祐《たす》けを受《う》く
天からのすばらしいさずかりものを受ける。

受天百福
天《てん》の百福《ひゃくふく》を受《う》く
天からの多くの幸いをさずかる。

味可通神
味《あじ》は神《しん》に通《つう》ず可《べ》し
最高の作品を作るべし。

和光同塵
和光同塵《わこうどうじん》
才知をつつんであらわさず、世間《せけん》に出て異《い》を立てないこと。

和氛薫蒸
和氛《わふん》薫《くん》蒸《じょう》す
のどかな気が辺り一面をおおう。●和氛　のどかな気。●薫蒸　蒸発すること。

和風甘雨
和風甘雨《わふうかんう》
のどかな風と恵みの雨。豊かなことをいう。

和風先動
和風《わふう》先《ま》ず動《うご》く
春ののどかな風が吹いてきた。

和風暖日

和風暖日《わふうだんじつ》

のどかな風が吹く暖かい日。

和風慶雲

和風慶雲《わふうけいうん》

のどかな風とめでたい雲。平和な天気。

和氣生財

和気《わき》財《ざい》を生《しょう》ず

なごやかな心は宝物をもたらす。

和氣致祥

和気《わき》祥《しょう》を致《いた》す

天地ののどかな気が集まってめでたいしるしがあらわれる。

固我山河

我《わ》が山河《さんが》を固《かた》む

自分の自然さを安定させる。度量を進化、深めること。●山河　山と川。自然。

垂綸者清

綸《りん》を垂《た》るる者《もの》は清《きよ》し

魚を釣る人は心がきれいで欲がない。●垂綸　釣り糸を垂れること。

夜寢夙興

夜《よわ》に寝《い》ね夙《つと》に興《お》く

遅く寝て早く起きる。朝早くから夜おそくまで勉めること。

宜家有慶

宜家《ぎか》慶《よろこ》び有《あ》り

むつまじい家には喜びが満ちている。●宜家　家中がむつまじいこと。

居仁由義

仁《じん》に居《きょ》し義《ぎ》に由《よ》る

仁義を重んじる。

居安資深

居安《きょあん》資《し》深《しん》

その場所に安らかにおり、そのものを十分に利用する。道を自得した人のようす。

幸福重沾

幸福《こうふく》重《かさ》ねて沾《うるお》う

幸せがまためぐってきた。

幸福無疆

幸福《こうふく》疆《かぎ》り無《な》し

この上なく幸せである。

幸福新増

幸福《こうふく》新《あら》たに増《ま》す

年が改って幸福感がいっそう増した。

忠厚傳家

忠厚《ちゅうこう》家《いえ》を伝《つた》う

代々、忠実をもって家系を伝える。

忠信篤敬

忠信篤敬《ちゅうしんとくけい》

まことがあることとつつしみ深く手厚いこと。

忠恕成徳

忠恕《ちゅうじょ》徳《とく》を成《な》す

自分のまことを尽くし、思いやりを持って接すれば、自然に他の人から支持が得られる。●忠恕　まことを尽くし、思いやりのあること。

性行清廉

性行清廉《せいこうせいれん》

生まれつき、心が清く正しいこと。

所寶惟賢

宝《たから》とする所《ところ》は惟《ただ》賢《けん》のみ

「金銀玉絹」を宝とせず、賢人だけを宝とする。

明月之珠

明月《めいげつ》の珠《たま》

暗夜にも光を発する宝珠。

明珠翠羽

明珠翠羽《めいしゅすいう》

光る玉とみどり色の羽。この上ない美しさの形容。●明珠　光る玉。●翠羽　みどり色の羽。

明窗淨几

明窓浄几《めいそうじょうき》

明るい窓と清らかな机。書す場合の条件。

明鏡高懸

明鏡《めいきょう》高《たか》く懸《か》かる

心にくもりがなく明らかで静かなようすの形容。●明鏡　明らかな心の本体にたとえる。

朋友有信

朋友信《ほうゆうしん》有《あ》り

友だちの間はまことを以て相交わるのが道である。●朋友　友だち。●信　まこと。信頼。

松風水月

松風水月《しょうふうすいげつ》

松吹く風と水に映ずる月。清いことにたとえる。

松柏長春

松柏《しょうはく》長《とこしえ》に春《はる》なり

松と柏《かしわ》は四時色を変えず、いつも春そのものである。長く変わらないたとえ。長寿を祝う言葉。

松煙凌雲

松煙雲《しょうえんくも》を凌《しの》ぐ

墨の香りが空高くただよい流れる。●松煙　松を燃やしたすすでつくった墨の異名。

枕經藉書

経《けい》を枕《まくら》にし書《しょ》を藉《し》く

読書にふけるたとえ。●経　経書。聖賢の教えや言行をしるした書籍。四書・五経《ごきょう》のたぐい。

松榮柏茂

松栄《まつさえ》え柏茂《かしわしげ》る

松や柏が盛んに茂る。繁栄すること。

松齡長壽

松齢長寿《しょうれいちょうじゅ》

松の木がいつまでもみどり色を失わないように長寿である。人の長寿を祝するに用いる言葉。

河山依舊

河山《かざん》旧《きゅう》に依《よ》る

山河は昔のままでいつも変わらない。●依旧　昔のまま。

物阜年豐

物《もの》阜《と》み年豊《としゆた》かなり

豊年をいう。

物華天寶

物華天宝《ぶっかてんぽう》なり

ものが放つ光は天からさずかった宝物である。

知足爲富

足《た》るを知《し》り富《とみ》と為《な》す

自分の身のほどをわきまえてむさぼらないことが豊かさにつながる。

知盡能索

知《ち》を尽《つく》して能《よ》く索《もと》む

才力を尽くして努力する。

芙蓉之眸

芙蓉《ふよう》の眸《ひとみ》

はすの花のような美しいまなざし。

花光柳影

花光柳影《かこうりゅうえい》

花が輝き、柳のかげが映《うつ》る。春の風景。

花有清香

花《はな》に清香《せいこう》有《あ》り

花は清らかな香りを放っている。

花香鳥語

花《はな》香《かお》り鳥《とり》語《かた》る

花は芳しく香り、鳥はさえずる。春のうるわしい景色をいう。

花香満庭

花香《かこう》庭《にわ》に満《み》つ

花の香りが庭いっぱいにただよっている。春の形容。

花根本豔

花根本艶《かこんもとえん》なり

美しい花はその根元《ねもと》からつややかである。祖先以来、家門の貴いたとえ。

花鳥風月

花鳥風月《かちょうふうげつ》

花や鳥や風や月。風流をあらわした言葉。

花開富貴

花《はな》は富貴《ふうき》を開《ひら》く

牡丹《ぼたん》の花が咲いた。●富貴　牡丹。

花様穎新

花様穎新《かようえいしん》たり

美しい花模様のある画箋紙をいう。●穎新　新鮮この上ないこと。

花燭之喜

花燭《かしょく》の喜《よろこ》び

喜びあふれる結婚の宴。●花燭　結婚の宴。

芳香清意

芳香清意《ほうこうせいい》

芳しい香りと清らかな心。

芳饌奇珍

芳饌《ほうせん》奇珍《きちん》

山海の珍味。●芳饌　おいしい食べ物。●奇珍　珍しいもの。

英風亘古

英風《えいふう》古《いにしえ》に亘《わた》る

うるわしい風は昔から吹いている。永遠なる教化をいう。●英風　すぐれた教化のこと。●亘古　永遠。

采蘭贈藥

蘭《らん》を采《と》り薬《やく》を贈《おく》る

男女が互いに蘭や芍薬《しゃくやく》を相贈答することをいう。●薬　芍薬。

金玉君子

金玉《きんぎょく》の君子《くんし》

黄金や玉の剛堅なように、節操の終始変わらない君子。

金玉滿堂

金玉《きんぎょく》堂《どう》に満《み》つ

黄金と珠玉の宝物が家に満ちている。幸いの形容。

長命富貴

長命富貴《ちょうめいふうき》

生命が長く富んで貴いこと。人を祝う言葉。

長發其祥

長《なが》く其《そ》の祥《しょう》を発《はっ》す

いつまでもその喜びを忘れずに精進《しょうじん》する。

長樂未央

長楽未央《ちょうらくびおう》

楽しみが尽きない意。長楽も未央も、ともに漢の宮殿の名。

門庭有喜

門庭《もんてい》喜《よろこ》び有《あ》り

家は喜びで満ちている。

門前結彩

門前《もんぜん》彩《いろど》りを結《むす》ぶ

めでたい日、門前に紅《くれない》色の絹を張って祝う。

門第清高

門第清高《もんだいせいこう》

屋敷は清らかに高くそびえている。●門弟　屋敷。やかた。

門闌喜氣

門闌《もんらん》喜《き》気《き》あり

家の門に喜びがあふれている。他人の家の慶事を賀す言葉。

雨露之恩

雨露《うろ》の恩《おん》

恩恵のゆき渡ることが雨や露のようである。

雨露各沾

雨露《うろ》各《おのおの》沾《うるお》う

雨や露ですべてのものがうるおう。大きな恵みが行き渡ること。

青天白日

青天白日《せいてんはくじつ》

よく晴れ渡った昼間。心の明白なことにもたとえる。

青出於藍

青《あお》は藍《あい》より出《い》ず

青色は藍色からつくり出すが、藍色より青い。人も学べば才能は本性に過ぎる。弟子が師匠より勝るたとえ。

青雲干呂

青雲干呂《せいうんかんりよ》

時候の「順調温和」なこと。

青雲得路

青雲路《せいうんみち》を得《え》たり

晴天の空に道を見つけた。生きる道を見つけること。

青雲献歳

青雲《せいうん》歳《とし》を献《けん》ず

晴天の空のもと、新しい年を迎えた。●献歳　新しい年が進み来ること。

青陽散輝

青陽《せいよう》輝《かがや》きを散《さん》ず

春の日が光り輝く。●青陽　春をいう。

便得安康

便《すなわ》ち安康《あんこう》を得《え》たり

すぐに安らかになった。

信以爲本

信《しん》以《もっ》て本《もと》と為《な》す

まことを根本とする。●信　まこと。信頼。

冒雨翦韭

雨《あめ》を冒《おか》して韭《にら》を翦《き》る

後漢の郭泰が雨の中でにらを採ってきて、友だちを歓待した故事。友情に厚いたとえ。

南山之壽

南山《なんざん》の寿《じゅ》

南山が崩れないように、その人の業の久しく、かつ堅固なこと。長寿を祝う言葉。●南山　陝西省長安県の西にある終南山。

品物如雲

品物《ひんぶつ》雲《くも》の如《ごと》し

品物がたくさんあること。

品高行雅

品高行《ひんこうこう》雅《が》

行いが気高《けだか》くてみやびやかなこと。

姮娥降世

姮娥《こうが》世《よ》に降《くだ》る

美人が生まれた。女子誕生を祝う言葉。●姮娥　月の世界にいる美人の名。

妍姿艶質

妍姿艶質《けんしえんしつ》

美しい姿とあでやかな身体。

室有春風

室《しつ》に春風《しゅんぷう》有《あ》り

部屋の中まで快《こころよ》い春風が訪れた。

幽秀淡冶

幽秀淡冶《ゆうしゅうたんや》

すぐれて静かで、あっさりとしてなまめくこと。

幽閒貞靜

幽間貞静《ゆうかんていせい》

もの静かで奥ゆかしく、正しいこと。

建功立業

功《こう》を建《た》て業《ぎょう》を立《た》つ

成功すること。

待時而動

時《とき》を待《ま》って動《うご》く

良い時を待ってはじめて行動する。

恃徳者昌

徳《とく》を恃《たの》む者《もの》は昌《さか》ゆ

徳に頼る人は栄える。

恬靜寡欲

恬静寡欲《てんせいかよく》

無欲でさっぱりしていること。

指日高陞

日《ひ》を指《さ》して高《たか》く陞《のぼ》る

太陽を目ざして進んでゆく。志《こころざし》をはたすべく努力すること。

星斗呈祥

星斗《せいと》祥《しょう》を呈《てい》す

星が輝いてめでたいことをあらわしている。●星斗　星。

星聯南極

星《ほし》は南極《なんきょく》に聯《つら》なる

南極星が輝く。長命をいう。●南極　星の名。南極にあり、人の寿命をつかさどる。

星聯福壽

星《ほし》は福寿《ふくじゅ》を聯《つら》ぬ

星は「幸福長命」を並べ立てている。

映月讀書

月《つき》に映《えい》じて書《しょ》を読《よ》む

月の光で読書する。宋の陸佃《りくでん》の故事。

春山如笑

春山《しゅんざん》笑《わら》うが如《ごと》し

春の山は穏やかでうるわしい。

春王正月

春王正月《しゅんおうしょうがつ》

春、正月。

春日載陽

春日《しゅんじつ》載《すなわ》ち陽《あたた》かなり

春の日は暖かである。

春之徳風

春《はる》の徳《とく》は風《かぜ》なり

春の恵みはと言えば快《こころよ》い風にある。

春生綉閣

春《はる》は綉閣《しゅうかく》に生《しょう》ず

春は美しい高殿に訪れた。●綉閣　ぬいとりしたような美しい高殿。

春光已發

春光《しゅんこう》已《すで》に発《はっ》す

もう辺り一面、春のうるわしい光で満ちている。

春光明媚

春光明媚《しゅんこうめいび》

春の光が鮮やかで美しい。

春色文章

春色《しゅんしょく》は文章《ぶんしょう》なり

春の景色はあやなす模様で彩《いろど》られている。●文章　青と赤のあやを文といい、赤と白のあやを章という。

春色桃舒

春色《しゅんしょく》桃《もも》舒《ひら》く

春たけなわ、桃の花が咲いた。

春明甲第

春明《しゅんめい》の甲第《こうだい》

明らかに輝く春の良い家。●甲第　良い家。

春到人間

春《はる》は人間《じんかん》に到《いた》る

春が世間《せけん》に訪れた。

春到南枝

春《はる》は南枝《なんし》に到《いた》る

春になるやいなや、梅は南向きの枝に花を咲かせた。●南枝　南向きの早咲きの梅の枝。

春秋不老

春秋《しゅんじゅう》老《お》いず

年齢が若い。長寿を祝う言葉。●春秋　年齢。

春秋佳日

春秋佳日《しゅんじゅうかじつ》

いつも吉日である。●春秋　年月・歳月をいう。

春盈瑞草

春《はる》は瑞草《ずいそう》に盈《み》つ

春はめでたい草で満ち満ちている。

春風入戸

春風《しゅんぷう》戸《こ》に入《い》る

春風が家に訪れた。

春風初放

春風《しゅんぷう》初《はじ》めて放《はな》つ

快《こころよ》い春風がはじめて吹いてきた。春の訪れ。

春風和氣

春風和気《しゅんぷうわき》

春風が吹いてのどかな気候がみなぎる。

春風美景

春風美景《しゅんぷうびけい》

快《こころよ》い春風が吹き、美しい景色が広がっている。

春風送暖

春風《しゅんぷう》暖《だん》を送《おく》る

春風が暖かさを運んできた。

春風得意

春風得意《しゅんぷうとくい》

心から楽しむこと。

春風膏雨

春風膏雨《しゅんぷうこうう》

のどかな春の風とものをうるおす雨。

春城雨露

春城《しゅんじょう》の雨露《うろ》

春の町に雨や露が降り注ぐ。春の町に大きな恵みが行き渡ること。●春城　春の町。

春催梅蕊

春《はる》は梅蕊《ばいずい》を催《うなが》す

春は梅の開花をせきたてる。●梅蕊　梅の花。

春滿花明

春《はる》満《み》ちて花明《はなあき》らかなり

春はたけなわで花が咲き誇っている。

春滿乾坤

春《はる》は乾坤《けんこん》に満《み》つ

天地は春らんまん。●乾坤　天地。

春臨華宇

春《はる》は華宇《かう》を臨《のぞ》む

春はうるわしい家に訪れた。●華宇　はなやかで美しい家。

柏酒椒盤

柏酒椒盤《はくしゅしょうばん》

元旦の祝い酒。●柏酒　柏《かしわ》の葉を浸した酒。●椒盤　山椒を入れた酒と肴《さかな》。

染舊作新

旧《きゅう》を染《そ》めて新《しん》と作《な》す

古いものを利用して新しいものをつくり出す。リサイクルすること。

柳絮之才

柳絮《りゅうじょ》の才《さい》

女性の文才のあるのを称していう。晋の謝道韞《しゃどううん》の故事。

洒心自新

心《こころ》を洒《あら》って自《みずか》ら新《あら》たにす

心を洗って気を入れ替える。

洞中常靜

洞中常《どうちゅうつね》に静《しず》かなり

家はいつも穏やかである。●洞中　ほら穴の中。家をいう。

洞房花燭

洞房《どうぼう》花燭《かしょく》

婦人の部屋に灯火が輝いていること。結婚式の夜。また、婚姻の意。●洞房　婦人の部屋。●花燭　はなやかな灯火。

流芳萬古

万古《ばんこ》に流芳《りゅうほう》す

後世に名を残す。●流芳　芳名を伝えること。

流遁之志

流遁《りゅうとん》の志《こころざし》

俗世間の悪いしきたりからのがれようとする志。●流遁　俗世間の悪い習わしからのがれて自らをほしいままにする。

玳筵銀燭

玳筵《たいえん》銀燭《ぎんしょく》

たいまいで飾ったむしろと明るく光る灯火。盛んな宴席をいう。●玳筵　たいまいで飾ったむしろ。●銀燭　明るく光る灯火。

珍饈美味

珍饈《ちんしゅう》美味《びみ》

山海の珍味。

秋收冬藏

秋収《しゅうしゅう》冬蔵《とうぞう》

秋に収穫して冬に貯蔵すること。豊年をいう。

紅翠滿架

紅翠《こうすい》架《か》に満《み》つ

棚は紅《くれない》色の花とみどり色の葉で美しくおおわれている。春らんまん。

紆朱懷金

朱《しゅ》を紆《めぐ》らし金《きん》を懐《いだ》く

出世すること。

美成在久

美《び》の成《な》るは久《ひさ》しきに在《あ》り

良いことは長い時間をかけてはじめて成るものである。●美　良いこと。立派な行為。

美在清香

美《び》は清香《せいこう》に在《あ》り

美しさは清らかな香りの中にある。

美味調和

美味《びみ》の調和《ちょうわ》

おいしい味加減。

美酒嘉肴

美酒嘉肴《びしゅかこう》

おいしい酒とうまい肴《さかな》。

美意延年

美意《びい》年《とし》を延《の》ばす

心を楽しませれば長生きする。●美意　うるわしい心。

美滿姻縁

美《び》は姻縁《いんねん》に満《み》つ

夫婦の縁は美しさでいっぱい。●姻縁　夫婦の縁。

英氣動人

英気《えいき》人《ひと》を動《うご》かす

盛んな意気が人を驚かせ動かす。

述作風流

風流《ふうりゅう》を述作《じゅっさく》す

高尚なおもむきを思うままに述べ伝える。

重理舊業

重《かさ》ねて旧業《きゅうぎょう》を理《おさ》む

以前からの仕事を続ける。

重學尊師

学《がく》を重《おも》んじ師《し》を尊《たっと》ぶ

学問をたいせつにし、先生を尊敬する。

風月主人

風月《ふうげつ》の主人《しゅじん》

清風と明月を楽しむ主人。●風月　清風と明月。夜景の美しいことをいう。

風不鳴枝

風《かぜ》枝《えだ》を鳴《な》らさず

世の太平なたとえ。

風光一新

風光一新《ふうこういっしん》す

春になって眺めがことごとく新しくなった。

風和日麗

風《かぜ》和《わ》し日《ひ》麗《うら》らかなり

のどかな風が吹き、日はうららかな光を降らす。

風流三昧

風流三昧《ふうりゅうざんまい》

「詩歌文芸」など（風流なこと）に熱中すること。

風流佳事

風流佳事《ふうりゅうかじ》

高尚なおもむきのあること。

風流篤厚

風流篤厚《ふうりゅうとくこう》

みやびやかで奥ゆかしく、行いが手厚く誠実であること。

風雲際會

風雲際会《ふううんさいかい》す

風と雲が出会う。俊才が明君、あるいは時勢に会って才能を発揮し、「功名富貴」を得るたとえ。

風調雨順

風調雨順《ふうちょううじゅん》

気候が順調で穀物が豊かに実っていること。「天下太平」のたとえ。

飛必冲天

飛《と》べば必《かなら》ず天《てん》に冲《のぼ》る

ひとたびことを行えば人を驚かすたとえ。

飛蓬乘風

飛蓬《ひほう》風《かぜ》に乗《じょう》ず

枯れたよもぎが風に乗って飛ぶ。勢いに乗ずるたとえ。

飛觴醉月

觴《しょう》を飛《と》ばして月《つき》に酔《よ》う

明月を眺めながら酒を酌《く》み交《か》わす。月見酒。

香車寶馬

香車宝馬《こうしゃほうば》

立派な車と馬。

香聞十里

香《こう》は十里《じゅうり》に聞《きこ》ゆ

芳しい香りははるか遠くまで流れている。

香滿繡簾

香《こう》は繡簾《しゅうれん》に満《み》つ

芳しい香りがぬいとりをしたすだれのある部屋に満ちる。●繡簾　ぬいとりをしたすだれ。女性の部屋をいう。

乘風破波

風《かぜ》に乗《じょう》じて波《なみ》を破《やぶ》る

遠大な志《こころざし》のあるをいう。

修明人格

人格《じんかく》を修明《しゅうめい》す

高尚な人柄になる。立派であること。

修到神仙

修《おさ》めて神仙《しんせん》に到《いた》る

道を修得して仙人となる。●神仙　道家で不老不死の術を得、変化自在な者をいう。仙人。

修眞養性

真《しん》を修《おさ》め性《せい》を養《やしな》う

真理を修めて自己の品性を養う。

修禮以耕

礼《れい》を修《おさ》め以《もっ》て耕《こう》す

礼儀を身につけてつとめはげむ。

俯仰一世

一世《いっせい》に俯仰《ふぎょう》す

この世に生活を続けること。

倉箱積玉

倉箱《そうしょう》玉《たま》を積《つ》む

豊年をいう。●倉箱　倉《くら》と車。●積玉　積み重なった玉。

候風挂帆

風《かぜ》を候《ま》ち帆《ほ》を挂《か》く

風の吹くのを待って舟に帆をかける。時勢に乗ずること。

唐詩晉字

唐《とう》の詩晋《ししん》の字《じ》

唐の李白《りはく》や杜甫《とほ》の詩と晋の王羲之《おうぎし》・献之《けんし》親子の書は言うまでもなく有名である。

家庭備福

家庭福《かていふく》を備《そな》う

家庭には幸福がある。

家道乃成

家道《かどう》乃《すなわ》ち成《な》る

所帯を持つこと。●家道　暮らし向き。所帯。

庭前爆竹

庭前《ていぜん》の爆竹《ばくちく》

庭で爆竹すること。正月一日の儀式。

恩加四海

恩《おん》は四海《しかい》に加《くわ》わる

恵みは天下いたるところにある。●四海　天下。

恭而有禮

恭《うやうや》しくして礼《れい》有《あ》り

つつしみ深い上に礼儀にかなっている。

恭而敬之

恭《うやうや》しくして之《こ》れを敬《うやま》う

礼儀正しくして相手を尊ぶ。

恭儉持家

恭倹《きようけん》家《いえ》を持《じ》す

つつしみ深さで家を持ち保たせる。●恭倹　うやうやしくてつつましいこと。

時不再來

時《とき》は再《ふたた》びは来《きた》らず

時は二度とは来ない。

時雨之化

時雨《じう》の化《け》

恵みがあまねく及ぶをいう。草木の雨を得て発生するをいう。

時和景泰

時和《ときわ》し景泰《けいやす》し

春が訪れて辺りの景色はなごやかである。

書心畫也

書《しよ》は心画《しんが》也《なり》

書は書する者の精神を映《うつ》し出すものである。●心画　文字。

書田無税

書田《しよでん》税《ぜい》無《な》し

読書には税金はかからない。●書田　読むことを耕すことにたとえていう。

書有餘香

書《しょ》は余香《よこう》有《あ》り

書籍には恩恵の名残《なごり》がある。

根深葉固

根深《ねふか》くして葉固《はかた》し

根が広く張ってしっかりしているので、木の葉も若々しく丈《じょう》夫《ぶ》である。

桃李成蹊

桃李蹊《とうりけい》を成《な》す

桃やすももは良い花や実があるから人が争い集まり、その下に自然に小道ができる。徳のある人には自然に人が心服するたとえ。

桃李滿門

桃李門《とうりもん》に満《み》つ

優秀な人材が門下に満ちることをいう。●桃李　すぐれた人。

桃紅柳綠

桃《もも》は紅《くれない》　柳《やなぎ》は緑《みどり》

自然のままが最も良いこと。

桃符更新

桃符《とうふ》更《さら》に新《あら》たなり

門に新春用の対聯《ついれん》を貼《は》る。●桃符　除夜に吉語を一句ずつ書して門の左右に貼るもの。

氣比虹霓

気《き》は虹霓《こうげい》に比《ひ》す

盛んな意気は虹《にじ》のようである。意気の盛んなことをいう。●虹霓　虹。

氣味相投

気味《きみ》相投《あいとう》ず

お互いの意見が一致すること。

氣蓋關中

気《き》は関中《かんちゅう》を蓋《おお》う

盛んな意気は関中を圧倒する。意気の盛んなことをいう。●関中　今の陝西省の地をいう。

浩然正氣

浩然《こうぜん》の正気《せいき》

天地間に満ち満ちた正しく大きな元気。●浩然　広大なようす。●正気　人の正しい気性。

浩蕩東風

浩蕩《こうとう》たる東風《とうふう》

そよそよと吹く快《こころよ》い春風。

海屋添籌

海屋《かいおく》籌《ちゅう》を添《そ》ゆ

海上の仙人の住所に仙鶴が毎年、一つのかずとりを含み来る。人の長寿を祝す言葉。●海屋　海上にある仙人の家。●籌　かずとり。

珠圓玉潤

珠円玉潤《しゅえんぎょくじゅん》

美しい玉は円くうるおいがある。歌声の美しいこと、文章の美しいこと、筆跡のすぐれて美しいことをいう。

眞上青雲

真《しん》に青雲《せいうん》に上《のぼ》る

順調に進みゆくことをいう。●青雲　学徳高い聖賢の人。

破浪乘風

浪《なみ》を破《やぶ》り風《かぜ》に乗《じょう》ず

波をけり、風に乗って遠くへ行く。遠大な志《こころざし》のあること。

神人共樂

神人《しんじん》共《とも》に楽《たの》しむ

神も人も一緒に楽しむ。めでたさの形容。●神人　神と人。

神目如電

神目《しんもく》電《いなずま》の如《ごと》し

心の目から放つ光はいなずまのように鋭い。ひらめきの鋭いこと。

神光照室

神光室《しんこうしつ》を照《てら》す

ありがたい光が部屋を照らす。瑞祥とする。

神威廣大

神威広大《しんいこうだい》なり

神の威光は広大である。

神童降世

神童《しんどう》世《よ》に降《くだ》る

才知のすぐれた子が生まれた。男子誕生を祝う言葉。●神童　才知のすぐれた子。

秦晉聯姻

秦晋姻《しんしんいん》を聯《つら》ぬ

親しみの厚いことをいう。「秦晋之好」も同じ。秦と晋の二国が世々婚姻をなしたから。

納福祿林

福禄《ふくろく》の林《はやし》を納《おさ》む

多くの幸せを身に受ける。●福禄　幸せ。

耕釣生涯

耕釣《こうちょう》の生涯《しょうがい》

「悠々自適」の生涯を送ること。●耕釣　田畑を耕し、魚を釣ること。

耕雲種月

耕雲種月《こううんしゅげつ》

雲を踏んで耕し、月をいただいて植えること。修行《しゅぎょう》に精進《しょうじん》すること。

胸有邱壑

胸《むね》に邱壑《きゅうがくぁ》有り

胸中にいつも絵を描く用意がある。●邱壑　山水。画趣。

胸無俗累

胸《むね》に俗累《ぞくるい》無《な》し

胸中に世の中のわずらわしさは何もない。●俗累　世事の繁雑。

能忍自安

能《よ》く忍《しの》べば自《おの》ずから安《やす》らかなり

よく努力する人は安らかさを得る。

草木生輝

草木《そうもく》輝《かがや》きを生《しょう》ず

春になって草や木が青々と輝いてきた。

袍澤同心

袍沢《ほうたく》心《こころ》を同《おな》じくす

人びとが心を合わす。一致協力すること。●袍沢　袍も沢も衣服の名。

財連銀漢

財《ざい》は銀漢《ぎんかん》を連《つら》ぬ

宝物は天の川のようにきらめいて連なっている。●銀漢　天の川の異名。

郎才女貌

郎才女貌《ろうさいじょぼう》

新郎は才知があり、新婦は美貌である。

酒天美禄

酒天《しゅてん》の美禄《びろく》

酒をほめて言った言葉。

酒逢知己

酒《さけ》は知己《ちき》に逢《あ》う

酒は多くの友人をつくる。●知己　知人。知り合い。

酒滿金樽

酒《さけ》は金樽《きんそん》に満《み》つ

酒は美しい酒樽に満ちている。祝い酒。

高明秀挺

高明秀挺《こうめいしゅうてい》

群を抜いてすぐれていること。●高明　高く明らかなこと。●秀挺　すぐれてぬきんでること。

高談闊歩

高談闊歩《こうだんかつぼ》

楽しく語り合いながら大またに歩むこと。

乾坤化育
乾坤《けんこん》化育《かいく》
天地自然が万物を生じ育てる。●乾坤　天地。

乾坤乍轉
乾坤《けんこん》乍《たちま》ち転《てん》ず
天地が新年を迎える。●乾坤　天地。●乍転　年が改まること。

乾坤定矣
乾坤《けんこん》定《さだ》まる矣《なり》
天地が定まった。結婚すること。●乾坤　天地。

乾坤清氣
乾坤《けんこん》の清気《せいき》
天地に満ちている清らかな気。●乾坤　天地。

參天貳地
参天貳地《さんてんじち》
天地と得をひとしくすること。

問心無愧
心《こころ》に問《と》うて愧《は》ずる無《な》し
何も恥じることはない。正しい道を歩んでいること。

執兩用中
両《りょう》を執《と》り中《ちゅう》を用《もち》う
両端を取って、その中を用いること。正しい、公平な道を歩むこと。

培植英才
英才《えいさい》を培植《ばいしょく》す
すぐれた才能ある人を養成する。●培植　人才を養成すること。

將勤補拙
勤《きん》を将《もっ》て拙《せつ》を補《おぎな》う
勤勉によってつたなさを補う。

常思己過

常《つね》に己《おのれ》の過《あやま》ちを思《おも》う

いつも自分の言動を顧《かえり》みる。

常娥降世

常《じょう》娥《が》世《よ》に降《くだ》る

美人誕生。●常娥　月の異名。また、月世界に住むという美人の名。姮娥とも。

常樂四時

常《つね》に四時《しじ》を楽《たの》しむ

いつでも楽しむこと。

彩雲滿屋

彩雲屋《さいうんおく》に満《み》つ

美しい彩《いろど》りの雲が家をおおう。めでたさの形容。

彩鳳時舞

彩鳳時《さいほうとき》に舞《ま》う

その時、美しい鳳凰《ほうおう》が舞い飛びはじめた。めでたさの形容。

從心之年

従心《じゅうしん》の年《とし》

七十歳の称。心の欲するままに行って自然と道にかなう年齢。

從事筆硯

筆硯《ひっけん》に従事《じゅうじ》す

書道、あるいは文筆業を仕事とする。

得意良宵

得意《とくい》の良宵《りょうしょう》

快《こころよ》い晴れた夜。●良宵　晴れた夜。良夜。

惜玉憐香

玉《たま》を惜《お》しみ香《こう》を憐《あわ》れむ

女性を愛護するたとえ。

惜陰愛日

陰《いん》を惜《お》しみ日《ひ》を愛《あい》す

時の過ぎゆくのを惜しむ。時間をたいせつにすること。●惜陰・愛日　時日を惜しむこと。

掩地表畝

地《ち》を掩《おお》い畝《うね》を表《あらわ》す

土を両方から盛り上げて畝をきちんとつくる。正確無比。

接福迎祥

福《ふく》に接《せつ》し祥《しょう》を迎《むか》う

幸福と喜びの中で生きる。

教子一經

子《こ》に一経《いっけい》を教《おし》う

子供には黄金を残すよりも経書を教えた方がよい。＊経書　聖人や賢人の言行や教えをしるした書籍。

旋乾轉坤

乾《けん》を旋《めぐ》らし坤《こん》を転《てん》ず

天地を回転する。局面を転回すること。●乾坤　天地。

晨入夜歸

晨入夜帰《しんにゅうやき》

朝早く出勤し、夜に家に帰る。一日中、よく働くこと。

梅花五福

梅花五福《ばいかごふく》あり

梅の花には五つの幸せがある。●五福　長寿、富裕、無病息災、道徳を楽しむこと、天命を全うすること。

梅花報喜

梅花《ばいか》喜《よろこ》びを報《ほう》ず

きれいな梅の花が咲いて心がなごむ。

梨花竹葉

梨花竹葉《りかちくよう》

梨花春と竹葉清。ともに酒の名。

涼風驟至

涼風《りょうふう》驟《にわ》かに至《いた》る

涼しい風が突然に吹いてきた。

淑氣韶光

淑気《しゅくき》韶光《しょうこう》

春のなごやかな気象とのどかな光。

深恩未報

深恩《しんおん》未《いま》だ報《ほう》ぜず

深い恩恵にまだ応えていない。恩恵を忘れないで努力すること。

清心似鑑

清心《せいしん》鑑《かがみ》に似《に》たり

心は鏡のように清らかである。

清水明鏡

清水明鏡《せいすいめいきょう》

清らかな水と明らかな鏡。心が清らかで明るいようすの形容。

清白傳家

清白《せいはく》家《いえ》に伝《つた》う

代々、清廉公正を守る。●清白　清くていさぎよく、不正がないこと。

清風明月

清風明月《せいふうめいげつ》

清らかな風と明るい月。心なごむ風景をいう。

清風徐來

清風《せいふう》 徐《おもむろ》に来《きた》る

清らかな風がゆるやかに吹いてきた。

清風惠及

清風《せいふう》恵《めぐ》み及《およ》ぶ

清らかな風が恵みをもたらした。

清香馥郁

清香馥郁《せいこうふくいく》たり

清らかな香りが盛んにただよう。●馥郁　香りの盛んなようす。

清靜禪林

清静《しょうじょう》なる禅林《ぜんりん》

汚れや迷いのない寺。●清静　悪行の過失を離れ、煩悩の垢《あか》を離れること。●禅林　禅宗の寺院。

添丁之喜

添丁《てんてい》の喜《よろこ》び

男子誕生の喜び。●添丁　男子誕生。

祥光滿戶

祥光戸《しょうこうこ》に満《み》つ

めでたい光が家をおおっている。

祥光繞室

祥光室《しょうこうしつ》を繞《めぐ》る

めでたい光が部屋にめぐり流れる。

祥呈黃道

祥《しょう》は黄道《こうどう》を呈《てい》す

めでたさは良い日から生まれる。●黄道　良い日。

祥呈麟趾

祥《しょう》は麟趾《りんし》を呈《てい》す

人の子を生むことを祝していう言葉。●麟趾　公族の盛んなのを称していう。

祥雲入境

祥雲境《しょううんさかい》に入《い》る

めでたい雲が辺りをおおう。●祥雲　めでたい雲。

祥雲時集

祥雲時《しょううんとき》に集《あつま》る

めでたい雲が集まり来たる。

祭之以禮

之《こ》れを祭《まつ》るに礼《れい》を以《もっ》てす

祭りごとは礼儀と感謝の心を以て行う。

紫氣千星

紫気《しき》千星《せんせい》

むらさき色の雲と多くの星。めでたさの形容。●紫気　むらさき色の瑞雲。

紫氣東來

紫気《しき》東《ひがし》より来《きた》る

めでたい雲が東からただよってきた。

紫燕黄鶯

紫燕黄鶯《しえんこうおう》

むらさき色のつばめと黄色のうぐいすとを男女に比して、俗を脱した男と美しい女をいう。

莫如爲善

善《ぜん》を為《な》すに如《し》く莫《な》し

善い行いをする以上のことはない。

莫富於地

地《ち》より富《と》めるは莫《な》し

大地より富んでいるものはない。大地は万物を生ずるからいう。

閑臨大草

閑《かん》に大草《たいそう》を臨《のぞ》む

静かに筆を取って草書を書す。

陳去新來

陳《ちん》去《さ》り新来《しんきた》る

古いことは去りゆき、新しいことがやってきた。新年。

陳義甚高

義《ぎ》を陳《の》ぶること甚《はなは》だ高《たか》し

いつも正義とは何かと説いている。

雪中松柏

雪中《せっちゅう》の松柏《しょうはく》

松と柏は雪中でもその色を変えない。節操の堅くて変じないたとえ。

魚龍將化

魚竜《ぎょりゅう》将《まさ》に化《か》せんとす

鯉《こい》が竜になること。「立身出世」すること。

鳥歌春暖

鳥歌《とりうた》い春暖《はるあたた》かなり

うららかな春の日、鳥が盛んにさえずる。

備致嘉祥

備《すべ》て嘉祥《かしょう》を致《いた》す

ありとあらゆるものがめでたいしるしを呈している。

勝於金玉

金玉《きんぎょく》に勝《まさ》る

黄金や珠玉よりもすぐれる。すばらしさの形容。

善以爲寶

善以《ぜんもっ》て宝《たから》と為《な》す

善い行いを最上の宝とする。

善爲至寶

善《ぜん》は至宝《しほう》と為《な》す

善い行いをすることが無上の宝である。●至宝　この上ない貴い宝。

喜迎鳳輦

喜《よろこ》んで鳳輦《ほうれん》を迎《むか》う

喜んでめでたい車を迎える。花嫁を迎えること。●鳳輦　屋根の上に黄金づくりの鳳凰の飾りをつけた車。雄を鳳、雌を凰という。

喜溢門楣

喜《よろこ》びは門楣《もんび》に溢《あふ》る

喜びが家中にあふれている。●門楣　門の上の横はり。家をいう。

喜慶大來

喜慶大《きけい》いに来《おお》る《きた》

喜びがつぎつぎに訪れてくる。

喜歡無量

喜歡無量《きかんむりょう》

喜びがはてしないこと。

富在知足

富《とみ》は足《た》るを知《し》るに在《あ》り

ある程度に満足することを知れば心は富む。

富貴不斷

富貴不断《ふうきふだん》

豊かさが長く続いて絶えないこと。

富貴白頭

富貴白頭《ふうきはくとう》

老年になっても豊かである。

富貴有餘

富貴《ふうき》余《あま》り有《あ》り

豊かさが満ちあふれている。

富貴長春

富貴《ふうき》にして長　春《ちょうしゅん》

いたるところ豊かな春景色で満ちている。

富貴榮華

富貴栄華《ふうきえいが》

富み栄えること。

富貴福澤

富貴福沢《ふうきふくたく》

豊かで幸せであること。

富貴緜長

富《ふう》貴《き》綿《めん》として長《なが》し

豊かさは長く続いて絶えることがない。

寒消暖至

寒消《かんしょう》し暖至《だんいた》る

寒さが去り、暖かくなってきた。春になること。

循理自安

理《り》に循《したが》えば自《おの》ずから安《やす》らかなり

道理に従えば自然に心も穏やかになる。

循規蹈矩

規《き》に循《したが》い矩《く》を蹈《ふ》む

規則に従うこと。●規・矩　ぶんまわしとさしがね。転じて、規則。

恵風和暢

恵風和暢《けいふうわちょう》

快《こころよ》い恵みの風がのどかに吹くこと。

恵浸萌生

恵《めぐ》みは萌生《ほうせい》を浸《うるお》す

恩恵が万物をうるおす。●萌生　万物。

援筆成文

筆《ふで》を援《ひ》けば文《ぶん》を成《な》す

筆を持てばたちどころに文章を作る。

敦行不怠

敦行《とんこう》怠《おこた》らず

常に心のこもった行動をとる。

普天同慶

普天同慶《ふてんどうけい》

「天下一同」の喜び。

普天歌樂

普《ふ》天《てん》の歌楽《かがく》

あまねく行き渡る音楽。●歌楽　音楽。

普育後生

普《あまね》く後生《こうせい》を育《はぐく》む

広く後輩や子孫を教えはぐくむ。●後生　後輩。子孫。

景星慶雲

景星慶雲《けいせいけいうん》

輝く星と喜びの雲。めでたさの形容。

景星麟鳳

景星麟鳳《けいせいりんほう》

輝く星ときりんと鳳凰《ほうおう》。賢人のたとえ。●麟鳳　きりんと鳳凰。

晴陽麗景

晴陽《せいよう》の麗景《れいけい》

晴れた陽光の降り注ぐうるわしい眺め。

棄虚崇實

虚《きょ》を棄《す》てて実《じつ》を崇《たっと》ぶ

いつわりは捨てて実際のことに就くのを尊ぶ。

椒花獻頌

椒花《しょうか》頌《しょう》を献《けん》ず

山椒《さんしょう》の花を祝いとして供える。新年の祝いの言葉。

椒氣千春

椒《しょう》気《き》千春《せんしゅん》

山椒の香りは千年もの春のようである。めでたさの形容。●椒気　山椒の香り。●千春　千年。

椒酒松香

椒酒松香《しょうしゅしょうこう》

椒酒と松やに。めでたいお供えもの。●椒酒　山椒を入れた酒。

湖碧山青

湖《みずうみ》碧《みどり》に山《やま》青《あお》し

山河は清らかに澄み渡っている。

無中生有

無《む》中《ちゅう》有《ゆう》を生《しょう》ず

あらゆるものは無の中から生まれ出ずる。

無量壽佛

無《む》量《りょう》寿《じゅ》仏《ぶつ》

いつまでも達者なことを祝っていう言葉。

無邊風月

無《む》辺《へん》の風《ふう》月《げつ》

風景のすぐれて極まりないようす。

爲文氣盛

文《ぶん》を為《つく》るの気《き》盛《さか》んなり

盛んに文章を作る。

爲善最樂

善《ぜん》を為《な》すは最《もつと》も楽《たの》し

善い行いをすることはこの上ない喜びである。

琴書故業

琴《きん》書《しょ》故《こ》業《ぎょう》なり

弾琴と読書は代々の家風である。

琴瑟友之

琴《きん》瑟《しつ》之《こ》れを友《とも》とす

夫婦はよい連れ合いである。●琴瑟　琴と大琴で「夫婦和合」のたとえ。

琴瑟雅調

琴《きん》瑟《しつ》雅《が》調《ちょう》

夫婦が相和合するたとえ。●琴瑟　琴と大琴で「夫婦和合」のたとえ。●雅調　みやびやかな調べ。

琴瑟聲和

琴瑟《きんしつ》声《こえ》和《わ》す

夫婦の相和するたとえ。●琴瑟　琴と大琴で「夫婦和合」のたとえ。

畫地成圖

地《ち》に画《えが》き図《ず》を成《な》す

地上に図を描く。ものごとに精通しているたとえ。

登峯造極

峰《みね》に登《のぼ》り極《きょく》に造《いた》る

峰を登って絶頂にいたる。学問、または技術の深奥を究めるたとえ。

登樓遠眺

楼《ろう》に登《のぼ》り遠眺《えんちょう》す

高殿に登って遠くを眺める。

盛世卽今

盛世《せいせい》は即《すなわ》ち今《いま》なり

盛んで太平な世は今である。

窗竹池蓮

窓竹池蓮《そうちくちれん》

窓には竹がなびき、池にははすの花が咲いている。おもむきのある景色。

筆下生輝

筆下《ひっか》輝《かがや》きを生《しょう》ず

筆を持つと生き生きとしてくる。

筆下烟雲

筆下烟雲《ひっかえんうん》

書画を仕事とすること。●烟雲　書画の筆勢の躍動する形容。烟は煙に同じ。

筆生萬花

筆《ふで》は万花《ばんか》を生《しょう》ず

筆は多くのすばらしい書作品を生む。

筆老詩新

筆《ふで》老《お》いて詩《し》新《あら》たなり

ちびた筆で新しい詩を書す。

筆耕硯田

筆耕硯田《ひっこうけんでん》

文筆で生活すること。

筆裏花濃

筆裏《ひつり》花《はな》濃《こま》やかなり

美しい花を細部に至るまで描く。

筆端風雨

筆端風雨《ひったんふうう》

風や雨が速《すみ》やかに走り去るように、詩文などを作るに速いこと。

筆翰如流

筆翰《ひっかん》流《なが》るるが如《ごと》し

筆がとどこおることなく流れる。すらすらと書すこと。●筆翰

筆。また、字を書すこと。

筆墨精良

筆墨精良《ひつぼくせいりょう》

すぐれた筆と墨。

結爲瑞彩

結《むす》んで瑞彩《ずいさい》を為《な》す

あちこちのものを束ねてめでたい彩《いろど》りを放たせる。

絶甘分少

甘《かん》を絶《た》ち少《しょう》を分《わか》つ

自ら美味を絶ち、乏しいものをみんなと分かち合ってその量を同じくすること。

翔鸞舞鳳

翔鸞舞鳳《しょうらんぶほう》

空飛ぶらんと舞い飛ぶ鳳凰。夫婦が相和合するたとえ。

華堂紫氛

華堂《かどう》紫氛《しふん》

美しい家にむらさき色のめでたい雲がたなびく。●華堂　美しい家。立派な家。●紫氛　むらさき色の瑞雲。

華堂開宴

華堂宴《かどうえん》を開《ひら》く

立派な家でお祝いの酒宴を開く。●華堂　美しい家。立派な家。

華堂照耀

華堂《かどう》照《て》り耀《かがや》く

立派な家が光り輝いている。●華堂　美しい家。立派な家。

華堂輝日

華堂《かどう》日《ひ》に輝《かがや》く

美しい家が日の光を浴びてさらに輝く。●華堂　美しい家。立派な家。

華筵燦爛

華筵燦爛《かえんさんらん》たり

華麗なる宴席はきらびやかである。●華筵　華麗なる宴席。●燦爛　鮮やかに輝くこと。きらびやかなこと。

虚心平意

虚心平意《きょしんへいい》

心に迷いがなく、静かなこと。愛憎好悪《あいぞうこうお》の念なく、公平無私な態度。●虚心　わだかまりのない心。●平意　穏やかな心。

虚静恬淡

虚静恬淡《きょせいてんたん》

静かにわだかまりなく、あっさりしていること。●虚静　心を落ち着けていること。●恬淡　安らかで静かなようす。

衆志成城

衆志城《しゅうししろ》を成《な》す

多くの人の志が立派な城をも築き上げる。団結のすばらしさをいう。

賀客盈門

賀客門《がかくもん》に盈《み》つ

お祝いに来た客人が門にあふれている。

超凡入聖
凡《ぼん》を超《こ》え聖《しょう》に入《い》る
普通の人の域を超えて聖者の域に入ること。

超羣絶倫
超群絶倫《ちょうぐんぜつりん》
飛びすぐれて比較すべきものがないこと。●超群・絶倫　たぐいなくすぐれていること。

開心見誠
心《こころ》を開《ひら》き誠《まこと》を見《あらわ》す
心を開いてまごころを示す。

開巻有益
巻《かん》を開《ひら》けば益《えき》有《あ》り
読書すると有益なことが多い。●開巻　本を開くこと。

開物成務
物《もの》を開《ひら》き務《つと》めを成《な》す
人の知らないところを開発して、人のつとめを成し遂げる。

開雲観天
雲《くも》を開《ひら》き天《てん》を観《み》る
雲が流れて青空となる。聡明になること。

開衡山雲
衡山《こうざん》の雲《くも》を開《ひら》く
衡山の雲を開いてはっきりと望む。まごころがよく邪魔を除くたとえ。●衡山　五岳の南岳。湖南省衡山県にある。

閑居養志
閑居《かんきょ》して志《こころざし》を養《やしな》う
静かな住居で自分の志を養い育てる。

陽和新宇
陽和《ようわ》の新宇《しんう》
のどかな春の気候の中の新天地。

陽春煙景

陽《よう》春《しゅん》煙《えん》景《けい》

うららかでかすみたなびく春の景色。

陽開泰運

陽《よう》は泰運《たいうん》を開《ひら》く

春は太平の気運に満ちあふれる。●泰運　太平の気運。

集福凝祥

福《ふく》を集《あつ》め祥《しょう》を凝《むす》ぶ

めでたいこと。●福・祥　めでたいこと。幸い。

集螢映雪

蛍《ほたる》を集《あつ》め雪《ゆき》に映《えい》ず

蛍や雪の光で読書すること。苦学すること。

雲心月性

雲《うん》心《しん》月《げつ》性《せい》

無欲で世の「名誉利益」を求める心のないのにいう。

雲現吉祥

雲《くも》は吉祥《きっしょう》を現《あらわ》す

雲は幸いをもたらした。

雲開天宇

雲《くも》は天宇《てんう》を開《ひら》く

雲が流れて大空が広がる。

雲煙飛動

雲《うん》煙《えん》飛《ひ》動《どう》

書画の筆勢の躍動する形容。

雲霞燦爛

雲《うん》霞《か》燦《さん》爛《らん》たり

雲やかすみが鮮やかに輝いている。春のきらびやかな形容。

雲護禪房

雲《くも》は禅房《ぜんぼう》を護《まも》る

雲は寺を守るようにたなびいている。

順水推船

水《みず》に順《したが》い船《ふね》を推《お》す

思い通りになるたとえ。

順天應人

天《てん》に順《したが》い人《ひと》に応《おう》ず

天命に従い、人心に応える。

順風滿帆

順風満帆《じゅんぷうまんぱん》

帆にいっぱい風を受けて、船が進むこと。ことがうまく進むようす。

黄金滿地

黄金《おうごん》地《ち》に満《み》つ

稲がよく実った。豊作をいう。●黄金　ここは稲の穂をいう。

勢如破竹

勢《いきお》い破《は》竹《ちく》の如《ごと》し

勢いが猛烈で当たる敵のないようすをいう。

勤學有功

学《がく》に勤《つと》むれば功《こう》有《あ》り

「一所懸命」勉強すれば成功する。

廉潔明察

廉潔明察《れんけつめいさつ》

欲が少なくて知識の明らかなこと。●廉潔　正しくいさぎよいこと。●明察　ものごとの奥底まで明らかに見ぬくこと。

敬則徳聚

敬《けい》すれば則《すなわ》ち徳聚《とくあつ》まる

敬《うやま》う姿勢があれば徳は自然に集まってくる。

敬業樂羣

業《ぎょう》を敬《うやま》い群《ぐん》を楽《たの》しむ

学業に長じた人を敬い、友だちと競い合うことを楽しむ。

新年春色

新年《しんねん》の春《しゅん》色《しょく》

新年の春景色。

新年景象

新年《しんねん》の景《けい》象《しょう》

新年のめでたい景色。

椽大之筆

椽大《てんだい》の筆《ふで》

たるきのような大きな筆。堂々たる文章をいう。

椿萱百歳

椿萱百歳《ちんけんひゃくさい》

父母は百歳。長寿を祝う言葉。●椿萱　椿堂（父）と萱堂（母）のこと。

楊柳春風

楊柳《ようりゅう》春風《しゅんぷう》

柳は春風になびく。のどかな表現。

歳寒三友

歳寒《さいかん》の三友《さんゆう》

寒い季節における三つの友だち。松・竹・梅。

源遠流長

源《みなもと》遠《とお》くして流《なが》れ長《なが》し

川ははるか遠くにみなもとを発し、とうとうと流れてくる。悠久不変をいう。

溫暖之氣

温暖《おんだん》の気《き》

あたたかい心。思いやりのある心。

瑞日芝蘭

瑞日《ずいじつ》芝蘭《しらん》

めでたい日と芳しく香る霊芝と蘭。

瑞日祥雲

瑞日《ずいじつ》祥雲《しょううん》

めでたい日のめでたい雲。

瑞日騰輝

瑞日《ずいじつ》騰《のぼ》り輝《かがや》く

めでたい太陽が昇り輝く。

瑞以和降

瑞《ずい》は和《わ》を以《もつ》て降《くだ》る

めでたさは天の和を以てはじめて降る。

瑞氣盈門

瑞気《ずいき》門《もん》に盈《み》つ

めでたい気が家をおおっている。

瑞雪豐年

瑞雪《ずいせつ》は豊年《ほうねん》なり

冬の雪は豊年をもたらす。

瑞獻赤符

瑞《ずい》は赤符《せきふ》を献《けん》ず

めでたさは良い日から生まれる。●赤符　良い日。

瑞蘭呈秀

瑞蘭《ずいらん》秀《しゅう》を呈《てい》す

めでたい蘭の花は美しさと芳しい香りをもたらす。

羣星擁北

群星《ぐんせい》北《きた》に擁《よう》す

多くの星が北極星に群がり従う。文筆業の人が集まること。

義冲霄漢

義《ぎ》は霄漢《しょうかん》に冲《のぼ》る

正義に富んだ心は大空に昇る。大きな義理に富んだ心。●霄漢　大空。

義海恩山

義海恩山《ぎかいおんざん》

正義の心は海のように大きく、恩は山のように高くあること。恩義の非常に大きいこと。

義氣凌雲

義気《ぎき》雲《くも》を凌《しの》ぐ

正義に勇んだ心は雲をも超えている。大きな義理に富んだ心。

萬千氣象

万千《ばんせん》の気象《きしょう》

広大なる春のおもむき。●万千　数の多いこと。

萬千巖壑

万千《ばんせん》の巌壑《がんがく》

多くの巌《いわ》と谷。山水画をいう。

萬戸歡聲

万戸《ばんこ》の歓声《かんせい》

万民が喜んでうたっている。

萬古千秋

万古千秋《ばんこせんしゅう》

いつの世までも。過去未来に通じていう。●万古　永久。●千秋　千年。永久。

萬世不朽

万世《ばんせい》朽《く》ちず

いつまでも存在している。

萬代不易

万代不易《ばんだいふえき》

いつまでも変わらないこと。

萬里和風

万《ばん》里《り》和《わ》風《ふう》

太平の世で万里の遠くまで風俗が同じである。

萬里姻縁

万《ばん》里《り》の姻縁《いんねん》

はるかなる夫婦の縁。

萬里笙歌

万《ばん》里《り》の笙歌《しょうか》

はるかかなたまでしょうの笛の音と歌が流れていること。めでたさの形容。

萬物皆生

万物《ばんぶつ》皆《みな》生《しょう》ず

春が訪れて、ありとあらゆるものが生き生きとしてくる。

萬巻詩書

万巻《ばんかん》の詩書《ししょ》

たくさんの詩集。

萬花齊放

万《ばん》花《か》斉《ひと》しく放《はな》つ

多くの花がそろって花を咲かせた。

萬紫千紅

万《ばん》紫《し》千紅《せんこう》

いろいろの美しい花。「千紫万紅」とも。

萬象回春

万象《ばんしょう》春《はる》に回《かえ》る

ありとあらゆるものが春を呈している。

萬象更新

万象《ばんしょう》更《さら》に新《あら》たなり

ありとあらゆるものがいっそう新しくなった。

萬盞花開

万盞《ばんさん》花《はな》開《ひら》く

すべての明かりがともった。●万盞　よろずの灯火。

萬福來朝

万福《ばんぷく》来《きた》り朝《あつ》まる

多くの幸いが集まり来た。

萬壽無疆

万寿《ばんじゆ》疆《かぎ》り無《な》し

人の長寿を祝う言葉。

落紙如飛

落紙《らくし》飛《と》ぶが如《ごと》し

筆を運ぶのが非常に早いこと。●落紙　紙の上に筆をおろすこと。すなわち、字を書すこと。

落紙則華

落紙《らくし》則《すなわ》ち華《はな》なり

すばらしい筆跡をいう。●落紙　紙の上に筆をおろすこと。すなわち、字を書すこと。

試筆書永

試筆《しひつ》永《えい》と書《しょ》す

書きはじめに永の字を書す。「永字八法」。

詩吟佳句

詩《し》は佳句《かく》を吟《ぎん》ず

美しい詩歌を口ずさむ。

詩咏夭桃

詩《し》は夭桃《ようとう》を咏《えい》ず

花嫁を祝す詩をうたう。●夭桃　若やかで元気のよい桃。美少女。花嫁。『詩経《しきょう》』の周南編に「桃之夭夭《タル》、灼灼《タリ》其《ノ》華」とある。

詩咏關雎

詩《し》は関雎《かんしょ》を咏《えい》ず

「関雎」の詩をうたう。●関雎　『詩経《しきょう》』の周南編。文王の后妃の偉大さをうたう。夫婦和合の徳。

詩書味長

詩《し》書《しょ》味《あじ》長《なが》し

詩集を読むと味わい深くていつまでも心に残る。

詩書継世

詩《し》書《しょ》世《よ》を継《つ》ぐ

『詩経《しきょう》』や『書経《しょきょう》』を学んで世のために役に立とう。

詩酒徵逐

詩《し》酒《しゅ》徵《ちょう》逐《ちく》

酒を飲み、ともに詩を作って親しく行《ゆ》き来《き》すること。●徵逐　友人の親しいこと。

詩源如海

詩《し》源《げん》海《うみ》の如《ごと》し

詩作の心が海のように広い。

詩禮傳家

詩《し》礼《れい》家《いえ》を伝《つた》う

代々、詩作と礼儀を以て家系を伝える。

農爲邦本

農《のう》は邦《くに》の本《もと》を為《な》す

農業は最もたいせつである。

遍地春光

遍《へん》地《ち》の春《しゅん》光《こう》

どこもかも春の光で満ちている。●遍地　一面。全部の地。

道德平林

道《どう》徳《とく》平《へい》林《りん》

道徳の盛んなことを林にたとえていう。

飲馬投錢

馬《うま》に飲《みずか》い銭《ぜに》を投《とう》ず

馬に水を飲ませる時に銭を水中に投げて水の料金を払う。「清廉潔白」なたとえ。

鼓腹擊壤

鼓腹撃壌《こふくげきじょう》

太平無事を楽しむようす。帝尭の時、老人が腹づつみを打ち、地を打って、尭の徳をうたい、太平を楽しんだ故事。

鼓樂喧天

鼓楽天《こがくてん》に喧《かまびす》し

天上界は音楽が鳴りひびいている。めでたさの形容。●鼓楽　音楽。

嘉節長春

嘉節長春《かせっちょうしゅん》

春はめでたい良い日ばかり。

圖書之富

図書《としょ》の富《とみ》

書籍を多く蔵していること。金銭などの富に対していう。

圖書滿架

図書架《としょか》に満《み》つ

書籍は本だなにあふれんばかり。

圖畫滿窗

図画窓《ずがまど》に満《み》つ

絵画が部屋にいっぱい。

壽山福海

寿山福海《じゅさんふくかい》

人の長寿を祝う言葉。

壽比南山

寿《じゅ》は南山《なんざん》に比《ひ》す

終南山のように永久に崩壊しない。人の長寿を祈るにいう言葉。●南山　陝西省長安県の西にある終南山。

壽同南嶽

寿《じゅ》は南岳《なんがく》に同《おな》じ

長命は衡山と同じく久しい。●南岳　五岳の南岳の衡山。湖南省衡山県にある。

壽倒三松
寿《じゅ》は三松《さんしょう》を倒《たお》す
極めて長寿のたとえ。

夢日入懐
日《ひ》懐《ふところ》に入《い》るを夢《ゆめ》む
太陽がふところに入った夢を見る。婦人が王者を生む前兆をいう。

幕天席地
天《てん》を幕《まく》とし地《ち》を席《せき》とす
天を幕とし、地を座席とす。志気の豪放なこと。

敲氷煮茗
氷《こおり》を敲《たた》き茗《めい》を煮《に》る
氷のように清らかな水で茶を煎じる。賓客を迎えるのにいう。

暢敍桑麻
桑麻《そうま》を暢叙《ちょうじょ》す
養蚕《ようさん》と紡績《ぼうせき》について十分に語り合う。●暢叙　十分に述べること。

滿地春光
満地《まんち》の春光《しゅんこう》
地上いっぱいにあふれる春の光。

滿身是膽
満身是胆《まんしんこれたん》
全身に気力がみなぎっていること。

滿門吉慶
門《もん》に満《み》つるの吉慶《きっけい》
家中が喜びで満ちている。●吉慶　喜び。

滿門歡樂
門《もん》に満《み》つるの歓楽《かんらく》
家中に喜びが満ちあふれること。二世誕生など。

盡力無私

力《ちから》を尽《つく》して私《わたくし》無《な》し

他人のために持っている自分の力はすべて尽くす。●無私　私心のないこと。

盡在眼中

尽《ことごと》く眼中《がんちゅう》に在《あ》り

辺りのものをすべて見る。

碧落一洗

碧落一洗《へきらくいっせん》

大空がからりと晴れる。青空を雨でひと洗いしたこと。●碧落　青空。

福自天來

福《ふく》は天《てん》自《よ》り来《きた》る

幸いは天からもたらされた。

福至心靈

福至《ふくいた》れば心《こころ》霊《れい》なり

幸福がいたる時は精神も豊かで明らかになる。

福共海天

福《ふく》は海天《かいてん》と共《とも》にす

幸せは海や空、自然とともにある。

福在眼前

福《ふく》は眼前《がんぜん》に在《あ》り

幸福はすぐ身近《みぢか》にある。

福門花柳

福門《ふくもん》の花柳《かりゅう》

幸いなる家の紅《あか》い花やみどり色の柳。はなやかでうるわしいこと。

福星朗耀

福星朗《ふくせいあき》らかに耀《かがや》く

めでたい星が明るく輝く。男子誕生の兆《きざ》し。●福星　めでたい星。

福備人間

福《ふく》は人間《にんげん》に備《そな》わる

幸せは本来、人間に備わっているものである。

福祿長久

福禄長久《ふくろくちょうきゅう》

幸せが長く続くこと。●福禄　幸せ。

福祿滿門

福禄門《ふくろくもん》に満《み》つ

幸せが家に満ちている。●福禄　幸せ。

福祿壽喜

福禄寿喜《ふくろくじゅき》

幸せと長命を祝う言葉。●福禄　幸せ。

福壽康寧

福寿康寧《ふくじゅこうねい》

「幸福長命」で安らかなこと。●康寧　安らかなこと。わずらいがないこと。

福壽雙全

福寿双全《ふくじゅそうぜん》

幸福と長寿がそろっている。

福緣善慶

福縁善慶《ふくえんぜんけい》

幸せと喜びがいっぱい。

福履增綏

福履綏《ふくりすい》を増《ま》す

幸いによって安んずる。●福履　幸い。福禄。

稱體裁衣

体《たい》に称《かな》えて衣《い》を裁《さい》す

身体に適するように衣服をつくる。相手に応じて適合させるたとえ。

竭盡晨昏

晨昏《しんこん》を竭尽《けつじん》す

朝から晩まで力を尽くす。●竭尽　ありったけを尽くすこと。●晨昏　朝晩

管鮑遺風

管鮑《かんほう》の遺風《いふう》

管鮑の交《まじ》わりの名残《なごり》を留めて親しくつきあうこと。●管鮑　春秋時代の管仲と鮑叔牙《ほうしゅくが》。二人は互いに交情が極めて厚かった。

精金良玉

精金良玉《せいきんりょうぎょく》

すぐれた金属と立派な玉。人柄の純良で温和なたとえ。

聚精會神

精《せい》を聚《あつ》め神《しん》を会《かい》す

精神を集中すること。

與德爲鄰

徳《とく》と隣《となり》を為《な》す

徳のある人は人に慕《した》われる。

舞衫歌扇

舞衫歌扇《ぶさんかせん》

舞う人の衣《ころも》と歌姫の扇。はなやかな宴会。

蓋世神童

蓋世《がいせい》の神童《しんどう》

たぐいまれな才知のすぐれた子。●蓋世　一世をおおうこと。●神童　才知のすぐれた子。

誨人不倦

人《ひと》を誨《おし》えて倦《う》まず

教育が大好きである。

賓客咸集

賓客《ひんかく》咸《みな》集《あつま》る

お客さんはすべてそろった。満員の盛況。

遠不忘君

遠《とお》ざくるも君《きみ》を忘《わす》れず

遠く離れても君を思って忘れない。

銀燭交輝

銀燭《ぎんしょく》 輝《ひかり》を交《まじ》う

灯火が光をまぜ合わせていっそう明るく輝く。夫婦の仲の良さをいう。●銀燭　明るく光る灯火。

銜華佩實

華《か》を銜《ふく》み実《じつ》を佩《お》ぶ

花を開き、実をつける。外見と内面がよく調和していること。

閤家安然

閤家安然《こうかあんぜん》たり

すべての家が穏やかである。●閤家　すべての家。

閤家歡慶

閤家慶《こうかけい》を歓《よろこ》ぶ

家中で喜び合う。子供の生まれた喜び。●閤家　家中。

鳳毛麟角

鳳毛麟角《ほうもうりんかく》

貴重で稀有《けう》な人をほめていう言葉。●鳳毛　すぐれた文才のたとえ。●麟角　成業者をいう。極めてまれにあるもののたとえ。

鳳凰鳴矣

鳳凰《ほうおう》鳴《な》く矣《なり》

夫婦が相和合すること。●鳳凰　瑞鳥。雄を鳳、雌を凰という。

鳴劍抵掌

剣《けん》を鳴《な》らし 掌《たなごころ》を抵《う》つ

剣を鳴らして手を打つ。勇み立つようす。

墨起香風

墨《すみ》は香風《こうふう》を起《おこ》す

墨のよい香りが風に乗ってただよってくる。

寛厚宏博

寛厚宏博《かんこうこうはく》

情け深くて手厚く、広く大きいこと。度量の大きいことをいう。

履端肇慶

履端《りたん》慶《よろこ》びを肇《はじ》む

元旦、みんなで祝い喜び合う。●履端　新年を迎えること。

弾絲吹竹

糸《し》を弾《だん》じ竹《ちく》を吹《ふ》く

音楽をかなでること。●弾糸　琴のたぐいをひくこと。●吹竹　笛を吹くこと。

徳門富有

徳門《とくもん》に富《と》み有《あ》り

徳のある家は豊かである。

徳風加草

徳風草《とくふうくさ》に加《くわ》わる

君子の徳が人を教化することは、あたかも草が風になびくようである。

徳厚流光

徳厚《とくあつ》ければ流《なが》れ光《ひかり》あり

徳が厚ければ子孫が栄える。

徳能潤身

徳《とく》は能《よ》く身《み》を潤《うるお》す

徳は自分自身を豊かにしてくれる。

慶衍螽斯

螽斯《しゅうし》を慶衍《けいえん》す

夫婦が和合して子孫繁栄を喜ぶ。●慶衍　幸せがあふれること。●螽斯　虫の名。はたおり。一度にたくさんの子を生むので子孫繁栄にたとえる。

慶祝三多

三多《さんた》を慶祝《けいしゅく》す

幸い多く、長命で、子供が多いことを喜び祝う。祝儀《しゅうぎ》の言葉。●慶祝　喜び祝うこと。●三多　多福、多寿、多男子の意。

慶賀佳節

佳節《かせつ》を慶賀《けいが》す

めでたい日を喜び合う。

暮鼓晨鐘

暮鼓晨鐘《ぼこしんしょう》

寺で朝夕、太鼓や鐘を打って時を知らせること。微妙な言葉を以て人を目覚めさせること。戒めの言葉。

樂以忘憂

楽《たの》しみて以《もっ》て憂《うれ》いを忘《わす》る

道を楽しんで心配ごとを忘れる。

樂而不荒

楽《たの》しみて荒《すさ》まず

楽しんでも度を超さない。

樂奏周南

楽《がく》は周南《しゅうなん》を奏《そう》す

音楽は『詩経《しきょう》』の周南をかなでる。●周南 『詩経』の周南編。文王の后妃の偉大さをうたう。夫婦和合の徳。

樂福無涯

楽福《らくふく》涯《かぎ》り無《な》し

楽しみや幸せは追い求めれば際限ないものである。

樓高月明

楼高《ろうたか》く月明《つきあき》らかなり

高殿に登って明るい月を眺める。

樓閣入雲

楼閣雲《ろうかくくも》に入《い》る

高殿は雲におおわれる。

潔身守道

身《み》を潔《きよ》くして道《みち》を守《まも》る

わが身をいさぎよくして行いを高くし、人の踏むべき道を歩んでゆく。

稽古爲訓

稽古《けいこ》訓《おし》えと為《な》す

昔の道を考えることを教訓とする。●稽古　古《いにしえ》のことを考え努力すること。

翦草除根

草《くさ》を翦《き》り根《ね》を除《のぞ》く

草を刈り、根を取り除く。害悪の根本を絶ち滅ぼすことをいう。

調墨弄筆

墨《すみ》を調《ととの》え筆《ふで》を弄《ろう》す

墨をすり、筆で書す。ものには順序があること。

談經說史

経《けい》を談《だん》じ史《し》を説《と》く

経書の話をし、歴史を語り説く。※経書　聖賢の言行や教えをしるした書籍。

賞花釣魚

花《はな》を賞《しょう》し魚《うお》を釣《つ》る

花を観賞し、魚を釣って遊ぶ。

養成大志

大志《たいし》を養成《ようせい》す

大いなる志《こころざし》を養い育てる。

黎明卽起

黎明《れいめい》即《すなわ》ち起《お》く

夜明けとともに起きる。●黎明　明け方。夜明け。

學道無憂

道《みち》を学《まな》んで憂《うれ》い無《な》し

生きる道を会得《えとく》したので心配事はない。

學盡人倫

学《がく》は人倫《じんりん》を尽《つ》くす

学問は人の踏むべき道の最《さい》たるものであるから心を尽くさねばならない。

學優處世
学《がく》優《すぐ》れ世《よ》に処《しょ》す
学問で以て世を渡ってゆく。

樹徳務滋
徳《とく》を樹《た》て滋《じ》に務《つと》む
徳を心に持って世に広めてゆく。

樽酒不空
樽《そん》酒《しゅ》空《むな》しからず
酒はまだ樽に残っている。楽しい宴会。

澤及萬民
沢《たく》は万民《ばんみん》に及《およ》ぶ
恵みはすべての人びとにもたらせられた。●沢　うるおい。恵み。

燈上生花
灯上《とうじょう》花《はな》を生《しょう》ず
灯火が燃えはじける。喜びごとのある兆《きざ》し。「嘉客来訪」の兆し。

燈火可親
灯火《とうか》親《した》しむ可《べ》し
秋の夜は長く、読書の好季節である。

燈火徹夜
灯《とう》火《か》夜《よる》を徹《てっ》す
夜通し灯火がともっている。祝いの宴。

燒香禮拜
焼香礼拝《しょうこうらいはい》
香を焚《た》いて仏を拝む。●焼香　仏へのたむけに香を焚くこと。●礼拝　仏を拝むこと。

燕帶春來
燕《つばめ》は春《はる》を帯《お》びて来《きた》る
暖かい春の訪れとともにつばめが渡ってきた。

獨占鼇頭

独《ひと》り鼇頭《ごうとう》を占《し》む

第一位を独占する。●鼇頭　首位。

獨注離騷

独《ひと》り離騒《りそう》に注《そそ》ぐ

もっぱら「離騒」を読みふける。●離騒　戦国時代の楚の屈原の作った『楚辞』の編名。

獨當一面

独《ひと》り一面《いちめん》に当《あた》る

独りで一方面を担当する才能がある。

磨穿鐵硯

鉄硯《てっけん》を磨穿《ません》す

学問に熱心で決して他事に移らないたとえ。●磨穿　みがきうがつこと。

積水成淵

積水淵《せきすいふち》を成《な》す

少しの水も積もれば大きな淵《ふち》となる。小も集まれば大をなすたとえ。

積年累月

積年累月《せきねんるいげつ》

年を積み、月を重ねる。長い年月に渡ること。

積厚流光

積厚流光《せきこうりゅうこう》

蓄《たくわ》えの多い人はその恩恵が広大であること。

積善之家

積善《せきぜん》の家《いえ》

善事を積み重ねる家。

積善餘慶

積善《せきぜん》の余慶《よけい》

善事を多く行った家では、子孫まで幸いを受ける。

穎秀若華

穎秀華《えいしゅうはな》の若《ごと》し

賢《かしこ》さは花のようである。●穎秀　さとく秀《ひい》でていること。

翰林子墨

翰林《かんりん》子墨《しぼく》

文学者や書家をいう。

翰墨傳家

翰墨家《かんぼくいえ》を伝《つた》う

書道家、あるいは文学者の家系をいう。

翰墨詩書

翰墨《かんぼく》詩書《ししょ》

筆と墨を用い、詩の本を読む。

興利除害

利《り》を興《おこ》し害《がい》を除《のぞ》く

長所を伸ばし、短所を改める。

諸事遂心

諸事《しょじ》心《こころ》に遂《かな》う

いろいろなことが思い通りになる。

遺言家訓

遺言《ゆいごん》は家訓《かくん》なり

先祖の伝え残した言葉は家の教えである。

遺訓可秉

遺訓《いくん》秉《と》る可《べ》し

先祖の伝え残した教えは守り行うのが良い。

錦上添花

錦上《きんじょう》花《はな》を添《そ》ゆ

美しい上にさらに美しさを加える。

錯彩鏤金

彩《さい》を錯《まじ》え金《きん》を鏤《ちりば》む

彩色を施し、黄金をちりばめる。きれいに飾り立てること。

随風倒柁

風《かぜ》に随《したが》い柁《かじ》を倒《さかしま》にす

機を見てことを行うたとえ。

随處皆春

随処皆春《ずいしょみなはる》なり

いたるところ、すべて春景色で満ちている。

随處爲主

随処《ずいしょ》に主《しゅ》と為《な》る

いかなるところでも境遇にまどわされず「独立自在」である。

鴛鴦交頸

鴛鴦交頸《えんおうこうけい》

おしどりは仲むつまじい。夫婦の相親しむたとえ。●鴛鴦　おしどり。雄を鴛、雌を鴦という。●交頸　首を交えること。夫婦の仲のよいたとえ。

龍馬銀鞍

竜馬《りょうば》銀鞍《ぎんあん》

銀で飾った美しいくらをつけた駿馬。●竜馬　すぐれた馬。●銀鞍　銀で装飾した美しいくら。

龍鳳呈祥

竜鳳祥《りょうほうしょう》を呈《てい》す

竜と鳳凰《ほうおう》が喜びを呈している。結婚の祝いの言葉。

彌天福壽

天《てん》に弥《み》つるの福寿《ふくじゅ》

「幸福長命」は天に満ち満ちている。

燦然而厚

燦然《さんぜん》として厚《あつ》し

盛んに光り輝くこと。●燦然　明らかなようす。光り輝くようす。

禧凝大地

禧《き》は大地《だいち》を凝《むす》ぶ

喜びが大地をおおっている。●禧　喜び。幸い。

聲名光輝

声名光輝《せいめいこうき》あり

光り輝く名誉を持つ。●声名　名誉。評判。●光輝　光り。輝き。

臨池學書

池《いけ》に臨《のぞ》み書《しょ》を学《まな》ぶ

池のほとりで書を学ぶ。後漢の張芝《ちょうし》の故事。

螽斯之徵

螽斯《しゅうし》の徴《ちょう》

「子孫繁栄」のしるし。●螽斯　虫の名。一度にたくさんの子を生むので「子孫繁栄」のしるしに比せられる。

講信修睦

信《しん》を講《こう》じ睦《ぼく》を修《おさ》む

お互いまことを示し合って仲よくする。

謝天謝地

天《てん》に謝《しゃ》し地《ち》に謝《しゃ》す

天地の神に感謝する。

輿地春光

輿地《よち》の春光《しゅんこう》

大地は春の光で満ちている。●輿地　大地。

韓柳歐蘇

韓柳欧蘇《かんりゅうおうそ》

唐の韓愈《かんゆ》・柳宗元《りゅうそうげん》と宋《そう》の欧陽脩《おうようしゅう》・蘇軾《そしょく》。ともに唐宋の大文章家。

擧案齊眉

挙案斉眉《きょあんせいび》

夫婦が互いに相うやまうこと。後漢の梁鴻の妻、孟光が夫に食事をすすめる時に食膳を眉の高さに挙げてこれをうやまった故事による。

禮門義路

礼《れい》門《もん》義《ぎ》路《ろ》

礼は人の出入りする門、義は人の依る道である。

禮爲教本

礼《れい》は教《おし》えの本《もと》を為《な》す

「礼儀作法」は教育の根本である。

禮樂詩書

礼《れい》楽《がく》詩《し》書《しょ》

士たる者が学ぶべき四つの書籍。『礼記《らいき》』『楽経《がくけい》』『詩経《しきょう》』『書《しょ》経《きょう》』。

織錦題詩

錦《にしき》を織《お》り詩《し》を題《だい》す

妻が夫を慕《した》って手紙を送る。故事がある。

繡戸祥光

繡《しゅう》戸《こ》祥《しょう》光《こう》あり

美しく飾った部屋にめでたい光が射《さ》し込む。●繡戸　女性の部屋。

繡戸莊嚴

繡《しゅう》戸《こ》荘《そう》厳《ごん》なり

美しく飾った部屋は気高《けだか》くおごそかである。●繡戸　女性の部屋。

繡箔珠簾

繡《しゅう》箔《はく》珠《しゅ》簾《れん》

ぬいとりをした美しいすだれ。女性の部屋をいう。●繡箔・珠簾　美しいすだれ。

藍田生玉

藍《らん》田《でん》玉《たま》を生《しょう》ず

藍田から美玉を出す。名門から賢い子弟を出すこと。●藍田　地名。陝西省藍田県の東南。美玉を産出する。

謹言愼行

言《げん》を謹《つつし》み行《こう》を慎《つつし》む

言語をつつしみ、行為を引き締める。

豐衣足食
豊《ほう》衣《い》足《そく》食《しょく》
衣食足《た》ること。生活の安定をいう。

豐亨豫大
豊亨《ほうこう》予《よ》大《だい》
「天下太平」で人びとが楽しみを極めること。

雙南至寶
双南《そうなん》の至宝《しほう》
他にくらべるものがない宝物。●双南　二倍の価値がある貴いもの。

雙飛竝蔕
双《なら》び飛《と》び蔕《うてな》を並《なら》ぶ
夫婦がいつも一緒のこと。仲の良いこと。

瓊花竝蔕
瓊《けい》花《か》蔕《うてな》を並《なら》ぶ
美しい花が茎《くき》を並べて開く。めでたいこと、また、寄り添う姿をいう。

騏麟送子
騏麟《きりん》子《し》を送《おく》る
きりん児が生まれた。※きりん児　神童。すぐれて賢い子。※騏は麒に同じ意

麗日初長
麗日《れいじつ》初《はじ》めて長《なが》し
うららかな日が長くなった。●麗日　うららかな日。

寶婺常明
宝婺《ほうぶ》常《つね》に明《あき》らかなり
宝婺星はいつも明るく輝いている。●宝婺　星の名。女星《おんなぼし》。

寶墨生輝
宝墨《ほうぼく》輝《かがや》きを生《しょう》ず
すばらしい筆跡をいう。●宝墨　立派な筆跡。貴い法帖。

懸弧之喜

懸弧《けんこ》の喜《よろこ》び

男子誕生の喜び。●懸弧　男子誕生。

鐘鼓之樂

鐘鼓《しょうこ》の楽《たの》しみ

音楽の楽しみ。●鐘鼓　楽器。鐘とつづみ。

騰蛟起鳳

騰蛟起鳳《とうこうきほう》

躍《おど》り上がるみずちと飛び立つ鳳凰《ほうおう》。才能のすぐれているたとえ。

灌輸新智

新智《しんち》を灌輸《かんゆ》す

新しい知識を求めること。●灌輸　積み出して送ること。

蘭因絮果

蘭因絮果《らんいんじょか》

因縁会合の深い間柄の者をいう。●蘭絮　蘭の花と柳のわた。●因果　原因と結果。

蘭室生香

蘭室香《らんしつこう》を生《しょう》ず

蘭の花咲く家からは芳しい香りがただよってくる。●蘭室　善き人のいるところをいう。

蘭桂起香

蘭桂香《らんけいこう》を起《おこ》す

蘭と桂《かつら》が芳しい香りを発しはじめた。

蘭桂滿庭

蘭桂庭《らんけいにわ》に満《み》つ

蘭や桂《かつら》の花が庭にいっぱい。喜び、めでたさの形容。

蘭桂騰芳

蘭桂騰芳《らんけいとうほう》す

蘭や桂《かつら》の花が芳しい香りを放つ。子孫が繁栄すること。

蘭階日暖

蘭階《らんかい》日《ひ》暖《あたた》かなり

暖かい日の光が家をつつむ。●蘭階　人の家をいう。

蘭馨遠馥

蘭馨《らんけい》遠《とお》く馥《かお》る

蘭の香りが遠くまで芳しくただよう。人となりが大きく広がること。

護壽保年

寿《じゅ》を護《まも》り年《とし》を保《たも》つ

長寿を祝う言葉。●年寿　寿命。

鐵心石腸

鉄心石腸《てつしんせきちょう》

志が堅固で変わらないこと。●鉄心・石腸　堅固な心をいう。

鶯花海裡

鶯花海裡《おうかかいり》

あちこちでうぐいすがさえずり、花が咲き乱れる、らんまんたる春の景色をいう。●海裡　ものが一か所に集まって盛んなこと。

鶯花爛漫

鶯花爛漫《おうからんまん》

あちこちでうぐいすがさえずり、花が咲き乱れて、春は今たけなわ。

鶯囀上林

鶯《うぐいす》は上林《じょうりん》に囀《さえず》る

うぐいすは上林苑でさえずっている。●上林　陝西省長安県の西にある天子の苑の名。

鶴鹿同春

鶴鹿春《かくろくはる》を同《おな》じくす

鶴も鹿も一緒に春を楽しんでいる。

歡天喜地

歓天喜地《かんてんきち》

喜ぶこと。

歡頌歳稔

歓《よろこ》んで歳稔《さんじん》を頌《たた》う

豊年を喜ぶ。●歳稔　豊年。

讀古人書

古人《こじん》の書《しょ》を読《よ》む

昔の人のためになる本を読む。

讀書便佳

読書《どくしょ》便《すなわ》ち佳《か》なり

読書することは良いことである。

讀聖賢書

聖賢《せいけん》の書《しょ》を読《よ》む

立派な人の書籍を読んで勉強する。

驚神泣鬼

神《しん》を驚《おどろ》かし鬼《き》を泣《な》かしむ

極めてすぐれた文章が鬼神を感動させるたとえ。

體大思精

体大《たいだい》にして思《おも》い精《せい》なり

包容力が大きくて、かつ思慮が行き届いている。

麟趾呈祥

麟趾《りんし》祥《しょう》を呈《てい》す

人の子を生むことを祝していう言葉。●麟趾　公族の盛んなのを称していう。

靈光普照

霊光《れいこう》普《あまね》く照《てら》す

恵みの光があますところなく照らす。●霊光　霊妙な恵みの光。

鸞鳳和鳴

鸞鳳《らんぼう》和《わ》して鳴《な》く

夫婦相和すたとえ。●鸞鳳　至徳の瑞兆としてあらわれるという神鳥。らんと鳳凰《ほうおう》。

四字聯

一天淑氣
萬里恩波

一天《いってん》の淑気《しゅくき》
万里《ばんり》の恩波《おんぱ》

空には春のなごやかな気が満ち、万里のかなたまで恵みがもたらされる。●淑気　春日のなごやかな気。●恩波　恵み。

一元復始
萬象更新

一元《いちげん》復《また》始《はじ》まり
万象《ばんしょう》更《さら》に新《あら》たなり

また春が訪れ、ありとあらゆるものがいっそう新たになった。春の訪れを祝う形容。●一元　はじめ。一は数のはじめ。元は大の意。はじめを尊んでいう語。●万象　ありとあらゆるもの。

一門瑞氣
萬里和風

一門《いちもん》の瑞気《ずいき》
万里《ばんり》の和風《わふう》

年が改まり、家中にめでたい気が立ちこめ、外にははるか遠くまでなごやかな春風が吹いている。めでたさの形容。●瑞気　めでたい気。●和風　なごやかな風。春風

一聲爆響
萬里春回

一声《いっせい》爆《ばく》響《ひび》き
万里《ばんり》春《はる》回《かえ》る

爆竹が一度大きな音で鳴りひびき、世界に春が訪れたことを知った。●爆響　爆竹のひびき。爆竹は細い竹の筒に火薬をつめて爆発させるもの。鬼を払う。祝日に用いる。

人民萬歲
祖國永昌

人民万歳《じんみんばんざい》
祖国永昌《そこくえいしょう》

人びとは長寿でめでたいことである。祖国は永遠に繁栄してほしい。●万歳　いつまでも長寿。めでたいこと。●祖国　祖先以来、住み、かつ自分の生まれた国。●永昌　永遠に盛んなこと。

人修駿徳
天錫鴻禧

人《ひと》は駿徳《しゅんとく》を修《おさ》め
天《てん》は鴻禧《こうき》を錫《たま》う

人がすぐれた徳を身につけると、天は大きな幸いをさずけてくれる。●駿徳　すぐれて良い徳。●鴻禧　大きな幸い。

人傑地寶
物華天靈

人傑《じんけつ》地宝《ちほう》
物華《ぶっか》天霊《てんれい》

すぐれた人は大地の宝であり、風景は天がさずけたいつくしみの最《さい》たるものである。●人傑　多くの人にすぐれた人物。●地宝　大地の宝。●物華　景色。風景。●天霊　天がさずけたすぐれたもの。

人歡馬叫
春和景明

人《ひと》歓《よろこ》んで馬《うま》叫《さけ》び
春《はる》和《わ》して景《けい》明《あき》らかなり

やわらいだ春の訪れで、景色も晴れやかで、人びとは喜び、馬はいななく。

入孝出悌
由義居仁

孝《こう》に入《い》り悌《てい》に出《い》で
義《ぎ》に由《よ》り仁《じん》に居《きょ》す

家族をいつくしみ、仁義を以て人と世に対す。●孝悌　親・兄弟によく尽くすこと。●仁義　あわれみの心と人として守らねばならない道徳。

十里花雨
四天香雲

十里《じゅうり》の花雨《かう》
四天《してん》の香雲《こううん》

十里も続いて花が雨の降るように散り、四方の空めがけて雲の形をした香の煙が立ち上る。●花雨　雨のように降る花。●四天　空。●香雲　雲の形をした香煙。

三江春水
五嶽青松

三江《さんこう》の春水《しゅんすい》
五岳《ごがく》の青松《せいしょう》

三江は清らかな春の水が流れている。五岳のいずれも青々とした松がおおい尽くしている。●三江　川の名。三江には種々の説がある。●五岳　五つの名山。泰山（東岳）・華山（西岳）・衡山（南岳）・恒山（北岳）・嵩山（中岳）。

三陽開泰
五族共和

三陽開泰《さんようかいたい》
五族共和《ごぞくきょうわ》

新しい年が豊かに開け、みんなが楽しみやわらぐ。●三陽開泰　新年の祝詞。●五族共和　みんながともにやわらぐこと。

千祥雲集
百福駢臻

千祥雲集《せんしょううんしゅう》
百福駢臻《ひゃくふくへんしん》

多くのめでたさや幸せが集まってくること。●雲集　雲のように多く集まること。●駢臻　並んでくること。

山河似錦
歳月更新

山河《さんが》錦《にしき》に似《に》
歳月《さいげつ》更《さら》に新《あら》たなり

山河が錦のように美しさを織り成して、春が訪れたことを知らせてくれる。●歳月更新　年月が新しくなって春がきたこと。

友天下士
讀古人書

天下《てんか》の士《し》を友《とも》とし
古人《こじん》の書《しょ》を読《よ》む

世の中の立派な人とつきあい、昔から伝わる良書を読んで学ぶ。

天下爲一
萬里同風

天下《てんか》一《いつ》を為《な》し
万里《ばんり》風《かぜ》を同《おな》じくす

天下太平をいう。

天宇澄霽
燭燄凝然

天宇《てんう》澄霽《ちょうせい》
燭燄凝然《しょくえんぎょうぜん》

大空は澄んで晴れ渡り、灯火の炎はびくともしない。●天宇　大空。●澄霽　澄んで晴れ渡ること。●燭燄　灯火の炎。●凝然　動かないこと。

太平有象
幸福無疆

夫妻恩愛
鸞鳳和鳴

心靈美好
情操高風

文成筆下
芬藻麗春

文思益厚
筆才逾親

文魚水宿
錦鳥雲翔

太平《たいへい》は象《かたち》有《あ》り
幸福《こうふく》は疆《かぎ》り無《な》し

夫妻《ふさい》の恩愛《おんあい》
鸞鳳《らんぽう》の和鳴《わめい》

心霊美好《しんれいびこう》
情操高風《じょうそうこうふう》

文《ぶん》は筆下《ひっか》に成《な》り
藻麗《そうれい》の春《はる》に芬《かお》る

文思《ぶんし》益《ますます》厚《あつ》く
筆才《ひっさい》逾《いよいよ》親《した》し

文魚水《ぶんぎょみず》に宿《しゅく》し
錦鳥雲《きんちょうくも》に翔《かけ》る

世の中が平和なことは形としてあらわれ、幸福は限りなく続くと感じる。めでたさの形容。

ちぎりを交わした仲のよい夫婦をいう。●恩愛　恵みいつくしむこと。●鸞鳳　至徳の瑞兆としてあらわれるという神鳥。らんと鳳凰。●和鳴　鳴き交わす鳥の声。「鸞鳳和鳴」は、夫婦のちぎりなどのたとえ。

心はうるわしく、心の活動も気高《けだか》い。相手をほめる言葉。●心霊　魂。心の主体。●美好　美しくみめよいこと。●情操　心の活動によって起こる感情で、程度の高いもの。●高風　気高いようす。

文章は筆を下せばまたたく間にできあがり、あやがあって美しい春に芳しい香りを放つ。●藻麗　あやがあって美しいこと。

文章を作る考えはますます強くなり、文章に巧みな才能を開発しようと思う。●文思　文章を作る思い。●筆才　文章に巧みな才能。

まだら模様の美しい魚は水中に棲み、錦のように美しい鳥は空高く飛びかける。●文魚　まだら模様の美しい魚。●錦鳥　錦のように美しい鳥。

日増月盛
積玉堆金

日薫春杏
風送臘梅

月圓花好
鳳舞龍飛

牛耕綠野
虎嘯青山

北窗梅啓
東潤柳舒

四時吉慶
八節安康

日《ひ》に増《ま》し月《つき》に盛《さか》んに
玉《たま》を積《つ》み金《きん》を堆《うずたか》くす

日《ひ》は春杏《しゅんきょう》を薫《くん》じ
風《かぜ》は臘梅《ろうばい》を送《おく》る

月《つき》円《まる》く花《はな》好《よ》し
鳳《ほう》舞《ま》い竜《りょう》飛《と》ぶ

牛《うし》は緑野《りょくや》を耕《たがや》し
虎《とら》は青山《せいざん》に嘯《うそぶ》く

北窓《ほくそう》に梅《うめ》啓《ひら》き
東潤《とうかん》に柳《やなぎ》舒《の》ぶ

四時吉慶《よじきっけい》
八節安康《はっせつあんこう》

日に日にお客が増して一か月も経つと大繁盛となり。大金が転がり込んでくる。

暖かい日が昇ると杏《あんず》の花は芳しい香りを放ち、春風は冬の梅の花をそよがせる。●春杏　春の杏。早春、白または淡紅色の花を開く。●薫　香ること。●臘梅　木の名。からうめ。冬の末に淡黄色の花を開く。

満月が輝き、美しい花が芳しく香る。鳳凰が舞い飛び、竜が飛昇する。めでたさの形容。●鳳　おおとり。鳳凰。想像上の鳥。聖人が世に出れば、それに応じてあらわれるという、めでたいしるしの鳥。●竜　想像上の動物。すぐれた人物にたとえる。

牛はみどり色の野を耕し、青々とした山からは虎の鳴き声が聞こえる。春ののどかな光景。

北方の窓ぎわにも梅の花が咲き、東方の谷川のほとりの柳も新芽が生じた。春たけなわのようす。●東潤　東方の谷川。

今年一年は天下太平であることを願い、年のはじめにあたりお祝いをする。●四時　春夏秋冬の四季をいう。●吉慶　めでたく賀すべきこと。●八節　一年中の八つの気候の変わり目。立春・春分・立夏・夏至・立秋・秋分・立冬・冬至。●安康　安らかに治まること。

民生發達
國體尊榮

民生発達《みんせいはったつ》し
国体尊栄《こくたいそんえい》す

人びとの生活は豊かに安定し、国全体が繁栄している。●民生　人民の生活。●発達　発育して完全になること。生長。●国体　国柄。●尊栄　尊く栄えること。

民呼萬歳
人樂三春

民《たみ》は万歳《ばんざい》を呼《さけ》び
人《ひと》は三春《さんしゅん》を楽《たの》しむ

春が訪れて、人びとはめでたさをたたえ、春を楽しむ。●万歳　健康・長寿などを祝していう言葉。また、めでたいこと。●三春　春をいう。孟春（陰暦正月）・仲春（二月）・季春（三月）の春三か月の称。

民康物阜
人壽年豐

民《たみ》は物《もの》の阜《さか》んなるに康《やす》んじ
人《ひと》は年《とし》の豊《ゆた》かなるを寿《ことほ》ぐ

人びとは豊年に穏やかな心でお祝いをする。●物阜　ものが盛んなこと。●年豊　穀物が豊かに実ること。豊年。

民權優勝
國礎奠安

民権優勝《みんけんゆうしょう》
国礎奠安《こくそてんあん》

人びとがすぐれた主張を持ってそれを発表すると、国の地盤が固まる。●民権　政治上の人民の権利。●優勝　最もすぐれること。●国礎　国のいしずえ。●奠安　落ち着くこと。

玄墀釦砌
玉階彫庭

玄墀釦砌《げんちこうせい》
玉階彫庭《ぎょくかいちょうてい》

黒のしっくい塗りで固めた庭と玉をちりばめた美しいきざはし。玉で飾った美しいきざはしと玉に彫りこんだような美しい庭。●玄墀　黒のしっくい塗りで固めた庭。●釦砌・玉階　玉をちりばめた美しいきざはし。●彫庭　玉に彫りこんだ美しい庭。

玉樓紫館
瓊室瑤臺

玉楼紫館《ぎょくろうしかん》
瓊室瑶台《けいしつようだい》

美しい高殿とむらさき色の立派なやかた。玉で飾った部屋と立派なうてな。美しい立派な建物の形容。

白日欲落
紅霞始生

光天滿月
火樹銀花

光華世界
文化潮流

冰霜志氣
松柏節操

同刱大業
共繪鴻圖

名揚社會
福備家庭

白日《はくじつ》落《お》ちんと欲《ほっ》し
紅霞《こうか》始《はじ》めて生《しょう》ず

光天満月《こうてんまんげつ》
火樹銀花《かじゅぎんか》

光華《こうか》の世界《せかい》
文化《ぶんか》の潮流《ちょうりゅう》

氷霜《ひょうそう》の志気《しき》
松柏《しょうはく》の節操《せっそう》

同《とも》に大業《たいぎょう》を刱《はじ》め
共《とも》に鴻図《こうと》を絵《えが》く

名《な》を社会《しゃかい》に揚《あ》げ
福《ふく》を家庭《かてい》に備《そな》う

輝く太陽が沈みはじめると、紅《くれない》色の夕焼けで景色は染まった。
●白日　輝く太陽。●紅霞　紅色の夕焼け。

美しいからりと晴れ渡った空には満月が輝き、室内には灯火が明るい光を放っている。めでたさの形容。●光天満月　晴れた空に満月が輝いていること。●火樹銀花　灯火の光の盛んなこと。

世界は美しく光り輝き、栄えている。文化は潮の流れのように広く行き渡っている。●光華　美しく光り輝き、繁栄すること。また、光。

堅固な志と終生変わらない節操。●氷霜　節操の堅固なこと。●志気　志。●松柏　松も柏も四時色を変えないから、人の節操あるたとえに用いる。

一緒に大きな事業をはじめたのは、遠大な計画を話し合って共感したためである。助け合い、努力すること。●大業　偉大な事業。●鴻図　王者の大きなはかりごと。

社会のために心を尽くし、幸せいっぱいの家庭を築き上げる。

存心忠義
秉燭春秋

江山不老
郷里永春

江山如畫
大地皆春

百花齊放
萬木爭榮

百花齊放
萬象更新

竹苞松茂
日陞月恒

心《こころ》を忠義《ちゅうぎ》に存《そん》し
燭《しょく》を春秋《しゅんじゅう》に秉《と》る

江山《こうざん》老《お》いず
郷里《きょうり》永《とこしえ》に春《はる》なり

江山《こうざん》画《え》の如《ごと》く
大地《だいち》皆《みな》春《はる》なり

百《ひゃっ》花《か》斉《ひと》しく放《はな》ち
万木《ばんぼく》争《あらそ》って栄《さか》ゆ

百《ひゃっ》花《か》斉《ひと》しく放《はな》ち
万象《ばんしょう》更《さら》に新《あら》たなり

竹《たけ》苞《むらが》り松《まつ》茂《しげ》り
日《ひ》陞《のぼ》り月《つき》恒《かわ》らず

まごころを尽くして正しい道を歩み、灯火をともして『春秋』を読む。●忠義　まごころを尽くすことと正道を踏み行うこと。●春秋　五経の一つ。孔子が筆を加えたという史書の名。五経は『易経』『書経』『詩経』『礼記《らいき》』『春秋』。

わが故郷の山河はいつも変わることなく、悠久の春を保つ。●江山　川と山。山河。●郷里　故郷。

山河は絵のように美しく、地上の世界は春を呈している。●江山　川と山。山河。

春が訪れて多くの花がいっせいに咲きはじめ、多くの木が争うように美しさを競いはじめた。●百花　多くの花。●万木　多くの木。●争栄　美しさを競うこと。

春が訪れて多くの花がいっせいに咲きはじめ、ありとあらゆるものがいっそう新たになった。●百花　多くの花。●万象　ありとあらゆるもの。

竹も松もよく茂り、日も月もいつもと変わらない。

聿修厥徳
長發其祥

至誠不息
厚徳無疆

含欣秉筆
乘興爲書

吸收福利
鼓吹休明

良金美玉
渾厚無瑕

良宵美景
春夜燈花

聿《ここ》に厥《そ》の徳《とく》を修《おさ》め
長《とこしえ》に其《そ》の祥《しょう》を発《ひら》く

至誠《しせい》息《や》まず
厚徳《こうとく》疆《かぎ》り無《な》し

欣《きん》を含《ふく》んで筆《ふで》を秉《と》り
興《きょう》に乗《じょう》じて書《しょ》を為《な》す

福利《ふくり》を吸 収《きゅうしゅう》し
休明《きゅうめい》を鼓吹《こすい》す

良金美玉《りょうきんびぎょく》
渾厚瑕《こんこうきず》無《な》し

良 宵《りょうしょう》の美景《びけい》
春夜《しゅんや》の灯花《とうか》

ここにその恵みを身につけ、その幸いを末長く広めていこうと思う。●徳　品性を向上させるために修得すべきもの。恵み。

人に尽くそうというまごころは死ぬまで保ち続ける。●至誠　この上ないまこと。●厚徳　広く大きな心。

喜んで筆を手にし、楽しんで書す。

幸いを自分に引き寄せ、大いなる道を追い求めていく。●吸収　取り入れること。●福利　幸福と利益。幸い。●鼓吹　明らかにすること。●休明　立派で明らかなこと。

良い金とうるわしい玉は大きくて深みがあってきずは全くない。徳のある人のたとえ。また、善美を尽くした名文章のたとえ。●渾厚　大きくて深みのあること。

月の輝く美しい景色の夜、春の夜の灯火の灯心の先に花が咲いた。めでたいことの形容。●良宵　月の良い夜。●灯花　灯火の灯心の先に生じた燃えかすのかたまりが花の形に結ばれたもの。吉事の前ぶれをいう。

赤心扶漢
大義參天

赤心《せきしん》漢《かん》を扶《ささ》え
大義《たいぎ》天《てん》に参《さん》ず

まごころは天の川を支えるほど大きく深く、人として生きる道は天に届くほどまっすぐ歩んでいる。●赤心　まごころ。●漢　天の川。●大義　人として踏まねばならぬたいせつな道義。

忠心貫日
浩氣凌雲

忠心《ちゅうしん》日《ひ》を貫《つらぬ》き
浩気《こうき》雲《くも》を凌《しの》ぐ

太陽を貫き通すほどのまごころを持ち、雲をしのぐほどの活発な行動力を持っている。●忠心　まごころ。●浩気　大いなる元氣。

抬頭見喜
擧步生風

頭《こうべ》を抬《あ》げて喜《よろこ》びを見《み》
歩《ほ》を挙《あ》げて風《かぜ》を生《しょう》ず

頭を上げて新年を喜ぶ人びとの顔を眺め、歩いてはのどかな春風を身に受ける。●挙歩　歩くこと。

杯浮梅蕊
詩凝雪花

杯《はい》は梅蕊《ばいずい》を浮《うか》べ
詩《し》は雪花《せっか》を凝《こ》らす

酒杯に梅の花を浮かべて飲み、花の散るように降る雪を題材に詩を作る。正月の光景。●梅蕊　梅の花。●雪花　雪を花にたとえていう。

東風化雨
政策歸心

東風《とうふう》雨《あめ》と化《か》し
政策《せいさく》心《こころ》に帰《かえ》る

気候が順調で五穀も豊かに実り、国の政策も良くて人びとは安心して従っている。●東風　春風。●帰心　なつき従うこと。

東風拂戸
喜氣盈門

東風《とうふう》戸《こ》を払《はら》い
喜気《きき》門《もん》に盈《み》つ

穏やかな春風が家々に吹き渡り、人びとは門に出て喜び合っている。●東風　春風。●喜気　喜ばしい気。

河山依舊
歳月維新

河山《かざん》旧《きゅう》に依《よ》り
歳月《さいげつ》新《しん》を維《つな》ぐ

山河は四季おりおりの景色を繰り返すが、年月は年が改まると新しくなる。自然の悠久さと人の生命の新しく変わることをいう。●河山　山河。川と山。●依旧　昔と変わらないこと。●維新　新しくなること。

花容綽約
釵鈿照輝

花容《かようしゃくやく》綽約
釵鈿《さいでんしょうき》照輝

美人の姿はしとやかで、かんざしは光り輝く。●花容　美人の姿。●綽約　しとやかなようす。●釵鈿　かんざし。●照輝　光り輝くこと。

花開并蔕
縁結同心

花開《はなひら》いて蔕《うてな》を并《なら》べ
縁結《えんむす》んで心《こころ》を同《おな》じくす

ともに美しい花を咲かせたばかりか、うてなも並べ、縁あって一心同体となる。結婚をいう。●蔕　花のうてな。また、根もと。●縁結　男女の縁を結ぶこと。●同心　心を合わせること。また、ちぎりを結ぶこと。

花開富貴
竹報平安

花《はな》は富貴《ふうき》を開《ひら》き
竹《たけ》は平安《へいあん》を報《ほう》ず

花は豊かさをもたらし、竹は平穏無事を教えてくれる。●富貴　富と高い身分。●平安　何事もなく穏やかなこと。

花開錦綉
雲獻吉祥

花《はな》は錦綉《きんしゅう》を開《ひら》き
雲《くも》は吉祥《きっしょう》を献《けん》ず

花はあや錦を織り成して美しく咲き、雲はめでたさを運んでくる。●錦綉　錦のぬいとりのある絹。

迎春接福
除舊布新

春《はる》を迎《むか》えて福《ふく》に接《せっ》し
旧《きゅう》を除《のぞ》いて新《しん》を布《し》く

春が訪れて心は豊かになって幸せそのものに浸り、昨年のことは忘れて今年の決意を新たにする。

金池動月
玉樹含風

金池《きんち》月《つき》を動《うご》かし
玉樹《ぎょくじゅ》風《かぜ》を含《ふく》む

黄金色の池に映《うつ》る月はさざ波とともに揺れ動き、美しい木は風にそよいでいる。●金池　金色の池。●玉樹　美しい木。

長空溢彩
大地流金

長空《ちょうくう》彩《いろど》りに溢《あふ》れ
大地《だいち》金《きん》を流《なが》す

大空は輝きに満ちあふれ、地上の世界も黄金を流したように春の美しさを呈している。●長空　大空。●彩　輝き。

青陽氣淑
黄種光昌

青陽《せいよう》の気《き》淑《しゅく》に
黄種《こうしゅ》の光《ひかり》昌《さか》んなり

春は清らかそのもので、アジアの地域全体が活気づき、動きが盛んである。●青陽　春をいう。気が青く温陽なところからいう。●気淑　気が清らかなこと。●黄種　アジアの民族。●光昌　栄えること。

侵陵雪色
漏洩春光

雪色《せっしょく》を侵陵《しんりょう》し
春光《しゅんこう》を漏洩《ろうせつ》す

春を迎えること。●侵陵　侵ししのぐこと。●漏洩　もれること。

品行端正
意志堅强

品行端正《ひんこうたんせい》
意志堅強《いしけんきょう》

行いはきちんとして正しく、考え方もしっかりしている。相手をほめる言葉。●品行　行い。身もち。●端正　きちんとしていること。●意志　考え。選択・決定・努力する心の働き。●堅強　固く強いこと。

春回大地
黨振雄風

春《はる》は大地《だいち》に回《かえ》り
党《とう》は雄風《ゆうふう》を振《ふる》う

春が大地に帰ってくると、人びとは喜んで盛んな勢いで働き出す。●党　仲間。ここは人びとをいう。●雄風　雄大で快い風。盛んな勢いをいう。

春光駘蕩
國步龍騰

春光駘蕩《しゅんこうたいとう》
国歩《こくほ》竜騰《りようとう》

春の日の光はのどかで、国の歩みは竜が飛昇するするように勢いが盛んである。●春光　春の日の光。●駘蕩　春ののどかなようす。●国歩　国家の運命。国運の進行を歩行にたとえていう。●竜騰　竜の飛昇するように勢いが盛んなことをいう。

春風化雨
瓊樹瑤林

春風化雨《しゅんぷうかう》
瓊樹瑶林《けいじゅようりん》

教えは春風が雨をもたらすように広く及び渡り、人格は美しい木々が美しい林となるように群を抜いている。

春風吹綠
山海映紅

春風《しゅんぷう》緑《みどり》を吹《ふ》き
山海《さんかい》紅《くれない》に映《えい》ず

春風はみどり成す草木を吹き、山も海も日に映えて紅《くれない》色に染まっている。

春風梳柳
時雨潤苗

春風《しゅんぷう》柳《やなぎ》を梳《くしけず》り
時雨《じう》苗《なえ》を潤《うるお》す

春風は柳をそよがせ、恵みの雨は苗を育てる。●時雨　ほどよい時に降る雨。

春風得意
麗日舒懷

春風《しゅんぷう》意《い》を得《え》
麗日《れいじつ》懐《おも》いを舒《の》ぶ

春風は自分の心のままにそよ吹き、日は思いを述べるかのようにうららかな光を降り注ぐ。春ののどかな日の形容。●得意　自分の心にかなうこと。●麗日　うららかな日の光。

春爲歲首
梅占花魁

春《はる》は歳首《さいしゅ》を為《な》し
梅《うめ》は花魁《かかい》を占《し》む

春は一年のはじめであり、梅は百花のさきがけである。●歳首　一年のはじめ。年始。●花魁　百花のさきがけの意。梅の異名。

春臨大地
喜到人間

春《はる》は大地《だいち》に臨《のぞ》み
喜《よろこ》びは人間《にんげん》に到《いた》る

春が訪れ、人びとは喜び合っている。

春鶯翦柳
喜鵲登梅

春鶯《しゅんおう》柳《やなぎ》を翦《き》り
喜鵲《きじゃく》梅《うめ》に登《のぼ》る

春先のうぐいすは柳の枝をかすめて飛び、かささぎは梅の木に止まっている。春の景色。●春鶯　春先のうぐいす。●喜鵲　鳥の名。かささぎ。

柔情似水
佳節如夢

柔情《じゅうじょう》水《みず》に似《に》
佳節《かせつ》夢《ゆめ》の如《ごと》し

穏やかでやさしい心は水のようで慕い続け、この成婚のめでたい日は夢のようである。結婚をいう。●柔情　穏やかでやさしい心。●佳節　めでたい日。吉日。

紅梅吐蕊
緑竹催春

紅梅《こうばい》蕊《ずい》を吐《は》き
緑竹《りょくちく》春《はる》を催《うなが》す

紅《くれない》色の梅の花が咲き、みどり色を増す竹の葉は春を告げている。春の光景。●紅梅　紅色の花の咲く梅。●吐蕊　花が咲くこと。

紅塵四合
煙雲相連

紅塵《こうじん》四《よも》に合《がっ》し
煙雲《えんうん》相《あい》連《つら》なる

繁華な地のあちこちはちりやほこりでまみれており、遠くの景色はかすみにけぶって連なっている。●紅塵　繁華な地のちりやほこり。●煙雲　かすみけぶった景色。

紅旗映日
白雪連山

紅旗《こうき》日《ひ》に映《えい》じ
白雪《はくせつ》山《やま》に連《つら》なる

連なり続く山々の白い雪を背に、家々のお祝いの紅《くれない》色の旗が日に映じていっそうめでたさを添える。

風和日麗
人傑地靈

風《かぜ》和《わ》し日《ひ》麗《うら》らかなり
人《ひと》傑《すぐ》れ地《ち》霊《すぐ》れたり

のどかな風が吹き、うららかな日が降り注ぐ。豊かな地に住む人はみんなすぐれている。

風和日麗
燕語鶯歌

風《かぜ》和《わ》し日《ひ》麗《うら》らかに
燕《つばめ》語《かた》り鶯《うぐいす》歌《うた》う

のどかな風が吹き、うららかな日が降り注ぐ中、つばめは語り合い、うぐいすはさえずる。

風迎新歳
雪兆豐年

風《かぜ》は新歳《しんさい》を迎《むか》え
雪《ゆき》は豊年《ほうねん》を兆《きざ》す

新年を迎えて風は穏やかなそよ風となり、新年そうそうの雪は豊年だと告げる瑞雪である。●新歳　新しい年。※瑞雪　めでたい雪。

風舒柳眼
雪積梅腮

風《かぜ》は柳眼《りゅうがん》を舒《のば》し
雪《ゆき》は梅腮《ばいさい》に積《つも》る

風は柳の新芽を大きく伸ばし、雪は梅のつぼみに積もる春の訪れ。●柳眼　柳の新芽。●梅腮　梅のつぼみ。

風調雨順
國盛人和

風《かぜ》調《ととの》って雨《あめ》順《したが》う
国《くに》盛《さか》んにして人《ひと》和《わ》す

気候が順調で五穀も豊かに実っている。国も栄えて人びとは安んじ和合している。天下太平のこと。平和なこと。

家藏萬寶
日進斗金

家《いえ》は万宝《ばんぽう》を蔵《ぞう》し
日《ひび》に斗金《ときん》を進《すす》む

家には多くの宝があり、日が進むにつれて多くのお金を産出する。●万宝　多くの宝。ここでは魅力ある商品。●斗金　とます（十升を入れるます）のお金。大金。

時和世泰
人壽年豐

時《じ》和《わ》世《よ》泰《やす》んじ
人寿《じんじゅ》年《とし》豊《ゆた》かなり

今年は気候が順調で穀物の育ちもよく、世の中は太平で人びとも安心して寿命も伸びるだろう。●時和年豊　気候が順調で年穀の豊かなこと。●人寿　人の寿命。

桃穠李郁
桂馥蘭香

桃《もも》穠《しげ》く李《すもも》郁《さか》んに
桂《かつら》馥《かお》り蘭《らん》香《かんば》し

春らんまんで、桃もすももも美しい花を咲かせ、桂も春蘭も芳しい香りを放っている。春らんまんのようす。

特設書幌
乍置筆牀

特《とく》に書幌《しょこう》を設《もう》け
乍《たちま》ち筆牀《ひっしょう》を置《お》く

書斎にカーテンをつるし、机には筆掛けを置く。●書幌　書斎のカーテン。●筆牀　筆掛け。

珠聯璧合
鳳翥鸞翔

珠《たま》聯《つら》なり璧《たま》合《がっ》し
鳳《ほう》翥《と》び鸞《らん》翔《かけ》る

美しい玉が連なり合い、鳳凰がかけり飛ぶ。めでたさの形容。結婚。●珠・璧　美しい玉。●鳳・鸞　鳳凰。想像上の鳥。聖人が世に出れば、それに応じてあらわれるという、めでたいしるしの鳥。

胸懷全局
志在四方

胸《むね》は全局《ぜんきょく》を懐《おも》い
志《こころざし》は四方《しほう》に在《あ》り

心の中ではいつも全体の局面を思い浮かべており、志も天下を見て決めようと思っている。大きな志を抱いていること。●全局　全体の局面。●四方　東西南北。よも。天下をいう。

財源似水
生意如春

財源《ざいげん》水《みず》に似《に》
生意《せいい》春《はる》の如《ごと》し

お金を産出するみなもとは水のようなものであり、商売は春のように順調である。●生意　商売。

唯心所適
隨意任情

堂堂日永
綺閣春生

梅因雪放
鳥爲春歌

清虚澹泊
歸之自然

魚翔水底
鳥唱茂林

喜辭舊歳
笑迎新春

唯心《ゆいしん》適《かな》う所《ところ》
意《い》に随《したが》って情《じょう》に任《まか》す

堂堂《どうどう》日《ひ》永《なが》く
綺閣《きかく》春《はる》生《しょう》ず

梅《うめ》は雪《ゆき》に因《よ》って放《はな》ち
鳥《とり》は春《はる》の為《ため》に歌《うた》う

清虚澹泊《せいきょたんぱく》にして
之《こ》れ自然《しぜん》に帰《かえ》る

魚《うお》は水底《すいてい》を翔《か》け
鳥《とり》は茂林《もりん》に唱《うた》う

喜《よろこ》んで旧歳《きゅうさい》を辞《じ》し
笑《わら》って新春《しんしゅん》を迎《むか》う

心がひびき合った時やところで、思いのままに振舞う。●唯心　内なる心。●随意任情　心のままに振舞うこと。

空はよく晴れて日も長くなり、美しい高殿は春におおわれている。●堂堂　つつみかくしのないようす。●綺閣　美しい高殿。

梅は雪が降り出すと花開き、鳥は春になると美しい声でさえずる。

静かで安らかで欲のない心を以て、いつも自然の状態にいる。●清虚澹泊　心に欲がなく、静かで安らかなこと。

魚は水の中を泳ぎ回り、鳥はよく茂った林の中で鳴いている。●茂林　樹木の茂った林。

みんなで新しい年を迎えた喜びを詠じたもの。●辞　礼をいうこと。●旧歳　昨年。●新春　年のはじめの春。新年。

普天同慶
日月增輝

椒花獻頌
梅萼呈祥

椒盤獻歳
黍谷回春

爲善最樂
讀書便佳

華燈飛彩
喜炮迎春

階前風暖
徑外花香

普天同慶《ふてんどうけい》
日月増輝《じつげつぞうき》

椒花《しょうか》頌《しょう》を献《けん》じ
梅萼《ばいがく》祥《しょう》を呈《てい》す

椒盤《しょうばん》歳《とし》を献《けん》じ
黍谷《しょこく》春《はる》を回《かえ》す

善《ぜん》を為《な》せば最《もっと》も楽《たの》しく
書《しょ》を読《よ》めば便《すなわ》ち佳《か》なり

華灯《かとう》彩《いろど》りを飛《と》ばし
喜炮《きほう》春《はる》を迎《むか》う

階前《かいぜん》風《かぜ》暖《あたた》かに
径外《けいがい》花《はな》香《かんば》し

天下の人びとがすべて喜び合っていると、日と月はますます輝きを増してみんなを照らす。●普天同慶　天下一同の喜び。●日月増輝　日と月が輝きを増し加えること。

山椒の花は祝いの歌詞を捧げ、梅のつぼみはめでたさを呈している。●椒花頌　新年の祝詞。椒花は山椒の花。●梅萼　梅のつぼみ。

新しい年が訪れたので酒と肴《さかな》で祝い、寒さきびしい黍谷の地にも春が帰ってきたことを喜び合う。●椒盤　新年に用いる酒と肴。正月一日、椒酒を盤に入れてすすめたことに基づく。●献歳　元旦。献は進。新しい年が進みくること。●黍谷　山名。河北省密雲県の西南。

善いことをすると心は晴れ晴れとし、読書することは知識を増やす。

はなやかに輝く灯火はめでたい五色の光を放ち、その喜ばしい炎は春を迎えた心を呈しているようである。●華灯　はなやかに輝く灯火。●喜炮　喜ばしい炎。

階段の辺りには暖かい春風が吹き、小道の両側には花が咲いて芳しい香りをただよわせている。●径外　小道の両側。

雲霞呈秀
梅柳生輝

雲邊雁斷
隴上羊歸

黃鸝正囀
紫燕初飛

新春快樂
盛世文明

歲將更始
時乃日新

歲通盛世
人遇華年

雲霞《うんか》秀《しゅう》を呈《てい》し
梅柳《ばいりゅう》輝《かがや》きを生《しょう》ず

雲辺《うんぺん》雁《かり》断《た》え
隴上《ろうじょう》羊《ひつじ》帰《かえ》る

黄鸝《こうり》正《まさ》に囀《さえず》り
紫燕《しえん》初《はじ》めて飛《と》ぶ

新春《しんしゅん》の快楽《かいらく》
盛世《せいせい》の文明《ぶんめい》

歳《とし》将《まさ》に更《さら》に始《はじ》まらんとす
時《とき》乃《すなわ》ち日《ひび》に新《あら》たなり

歳《とし》は盛世《せいせい》に通《つう》じ
人《ひと》は華年《かねん》に遇《あ》う

景色は一面春となり、梅は花開き、柳は芽吹《めぶ》いてきた。●雲霞　春景色をいう。

春になって北へ帰る雁は雲のかなたへ飛び去り、羊は畑のほとりのうねを小屋へ帰ってゆく。故郷を忘れないことをいう。●雲辺　雲のたなびく辺り。●隴上　畑のほとり。

うぐいすがさえずり出し、つばめがはじめて飛んできた。春たけなわのようす。●黄鸝　うぐいす。●紫燕　つばめの一種。

新たな春を心地《ここち》よく楽しみ、太平の世にさらに勉学にはげんで社会に役立とうと思う。●快楽　心地よく楽しむこと。●盛世　盛んで太平な世。●文明　人の知性が進み、世の中が開けること。

大晦日《おおみそか》の夜、時刻は一刻一刻と元旦に近づいた。

今年は治まり栄えるよい年になり、人びとにとってははなやかな年になる。●盛世　盛んで太平な世。●華年　はなやかな年。

羣鷗戲水
衆鶴游天

萬民有慶
幸福無邊

萬般如意
四季平安

萬福來朝
春日載陽

載瞻星氣
如寫陽春

過年最樂
讀書更佳

群鷗《ぐんおう》水《みず》に戯《たわむ》れ
衆鶴《しゅうかく》天《てん》に游《あそ》ぶ

万民《ばんみん》慶《よろこ》び有《あ》り
幸福《こうふく》辺《かぎ》り無《な》し

万般《ばんぱん》意《い》の如《ごと》く
四季《しき》平安《へいあん》なり

万福《ばんぷく》来《きた》り朝《あつま》り
春日《しゅんじつ》載《すなわ》ち陽《あたた》かなり

星気《せいき》を載《さい》し瞻《み》れば
陽春《ようしゅん》を写《うつ》すが如《ごと》し

年《とし》を過《すご》して最《もっと》も楽《たの》しみ
書《しょ》を読《よ》んで更《さら》に佳《か》なり

水にはかもめが群がって楽しそうに泳ぎ回り、空には鶴が群がって飛び回っている。仲よく楽しむ表現。

すべての人びとに喜びがあり、幸せは限りがない。めでたさの形容。●万民　あらゆる人びと。●無辺　広々として限りがないこと。

いろいろなことが思いのままになれば、一年中、穏やかに暮らせるだろう。●万般　いろいろなこと。●如意　わが思いのままにすること。●四季　春夏秋冬。一年中。●平安　何事もなく穏やかなこと。

多くの幸せが集まり来たり、春の日は暖かそのものである。

今年の吉凶を占ってみると、今の暖かな春の時節を映すような幸運の卦《け》が出て喜んでいる。●星気　吉凶を占いうかがうこと。卦。●陽春　暖かな春の時節。

新年を迎えて楽しみを極めた後、静かに読書すると心はいっそう豊かになった。●過年　年を越すこと。●佳　良いこと。すぐれていること。

福如東海
壽比南山

聞鶏起舞
躍馬爭春

遙山聳翠
遠水生光

億歳眷屬
千載子孫

履端肇慶
首祚迎祥

賞心悦事
美景良辰

福《ふく》は東海《とうかい》の如《ごと》く
寿《じゅ》は南山《なんざん》に比《ひ》す

鶏《けい》を聞《き》いて舞《まい》を起《おこ》し
馬《うま》を躍《おど》らせて春《はる》を争《あらそ》う

遥山《ようざん》翠《みどり》に聳《そび》え
遠水《えんすい》光《ひかり》を生《しょう》ず

億歳《おくさい》の眷属《けんぞく》
千載《せんざい》の子孫《しそん》

履端《りたん》慶《けい》を肇《はじ》め
首祚《しゅそ》祥《しょう》を迎《むか》う

賞心悦事《しょうしんえつじ》
美景良辰《びけいりょうしん》

幸いは東方の海のように広く開け、終南山が崩れないようにその業は長く久しく、堅固である。幸せと長寿を祝う言葉。●南山　陝西省長安県の西にある終南山。

夜明けを告げるにわとりの鳴き声を聞いて起きて舞い、日中は仲間と春の野辺に馬を走らせて楽しむ。

はるか遠くの高くそびえる山々はみどり色に映え、遠くの川のさざ波は日の光を受けてきらきらと輝いている。春景色の形容。

久しい後までの一族子孫。●億歳・千載　一億年・千年もの久しい後まで。●眷属　一族。親族。

年のはじめの元旦に喜び合い、祝い合う。●履端・首祚　年のはじめ。元旦。●慶・祥　喜び。祝い。

この良い時節のこの良い景色の中で、心から楽しみ喜ぶ。結婚をいう。●賞心悦事　心が楽しみ、心喜ばしいこと。●美景良辰　良い景色と良い時節。

鴛鴦幷立
鳳凰共栖

龍吟國瑞
虎嘯年豐

龍騰虎躍
水嘯山吟

擊鼓吹笛
舐筆輒成

爆竹辭舊
桃符迎新

臘梅報喜
瑞雪迎春

鴛鴦《えんおう》幷《なら》び立《た》ち
鳳凰《ほうおう》共《とも》に栖《す》む

竜《りょう》は国瑞《こくずい》を吟《ぎん》じ
虎《とら》は年豊《ねんぽう》を嘯《うそぶ》く

竜《りょう》騰《のぼ》り虎《とら》躍《はし》る
水《みず》嘯《うそぶ》き山《やま》吟《ぎん》ず

鼓《つづみ》を撃《う》って笛《ふえ》を吹《ふ》き
筆《ふで》を舐《な》めて輒《たちま》ち成《な》す

爆竹《ばくちく》旧《きゅう》を辞《じ》し
桃符《とうふ》新《しん》を迎《むか》う

臘梅《ろうばい》喜《よろこ》びを報《ほう》じ
瑞雪《ずいせつ》春《はる》を迎《むか》う

鴛と鴦が並んで立ち、鳳と凰が一緒に住む。結婚をいう。●鴛鴦　おしどり。雄を鴛、雌を鴦という。雌雄むつまじくて離れないことから、夫婦仲のむつまじいことにたとえる。●鳳凰　おおとり。想像上の鳥。雄を鳳、雌を凰という。聖人が世に出れば、それに応じてあらわれるという、めでたいしるしの鳥。

竜は国の繁栄をうたい、虎は豊年をうたう。●竜・虎　すぐれた人物にたとえる。●吟・嘯　歌をうたうこと。●国瑞　国のめでたいしるし。国家の吉兆。●年豊　穀物が豊かに実ること。豊年に同じ。

竜は巻き起こる雲を呼んで天に昇り、千里を走る虎は疾風を迎えて野を駆ける。川の水は静かな音を立てて流れ、山はそれに応えてうたうように風に鳴っている。和合の表現。平和なこと。

時にはつづみを打ち、あるいは笛を吹き、そして筆をなめて書す。

爆竹をひびかせて昨年に感謝し、桃符を門に貼って新年を迎えた。新年の行事。●爆竹　細い竹の筒に火薬をつめて爆発させるもの。鬼を払う。祝日に用いる。●辞旧　旧年（昨年）を去ること。●桃符　桃の木でつくった悪鬼を払う札。●迎春　新年を迎えること。

臘梅も新年を迎えて花に輝きを増し、めでたい春雪も降り積もった。●臘梅　木の名。からうめ。冬の末に淡黄色の花を開く。●瑞雪　めでたい雪。

黨恩浩蕩
春意盎然
歡天喜地
吐氣揚眉
體天行道
作善降祥

党《とう》恩《おん》浩《こう》蕩《とう》
春《しゅん》意《い》盎然《おうぜん》

仲間のいつくしみは広大で、春ののどかな心持ちが盛んにあふれ出てくる。友だちのありがたさをいう。●党恩　仲間のいつくしみ。●浩蕩　恵みなどの非常に大きいようす。●春意　春ののどかな心持ち。●盎然　盛んにあふれ出るようす。

天《てん》を歓《よろこ》び地《ち》を喜《よろこ》び
気《き》を吐《は》き眉《まゆ》を揚《あ》ぐ

天と地に感謝するのは、志《こころざし》を得てさらに大いなる道を歩もうと決心したからである。●吐気　抑えていた志を存分に伸ばすこと。志を得た時にいう。●揚眉　きっとした目つきをすること。意気の盛んなようす。

天《てん》を体《たい》して道《みち》を行《おこな》い
善《ぜん》を作《な》して祥《しょう》を降《くだ》す

天命にのっとって人の踏み行うべき道を歩み、善行を積み重ねて幸せを身につける。

五字聯

一天新雨露
萬古老禪林

一天《いってん》の新雨露《しんうろ》
万古《ばんこ》の老禅林《ろうぜんりん》

空は雨や露が万物を養うように大きな恵みで満ち、地には大昔から続く由緒ある寺がそびえている。●万古　大昔。●禅林　禅宗の寺院

一言芬若貴
四海臭如蘭

一言《いちげん》の芬《ふん》は貴《とうと》きが若《ごと》く
四海《しかい》の臭《しゅう》は蘭《らん》の如《ごと》し

一つの忠言は胸にひびき渡り、天下に広がるうわさは蘭の香りのようである。●芬　香り。●四海　天下。●臭　良い香り。また悪い香り。

一榻春風暖
三秋夜月明

一榻春風《いっとうしゅんぷう》暖《あたた》かに
三秋夜月《さんしゅうやげつ》明《あき》らかなり

腰掛けにすわっていると春風は何とも気持ちよいものである。秋になれば秋三か月の間中、月は明るく照っている。●一榻　一つの腰掛け。●三秋　秋三か月。

九陌祥雲合
千山淑氣融

九陌祥雲《きゅうはくしょううん》合《がっ》し
千山淑気《せんざんしゅくき》融《ゆう》なり

都大路はめでたい雲でおおわれ、多くの山は春のなごやかな気で満ちている。●九陌　都大路。●淑気　春日のなごやかな気。

九陌連燈影
千門慶月華

九陌灯影《きゅうはくとうえい》を連《つら》ね
千門月華《せんもんげっか》を慶《けい》す

都大路は明るい灯火がともり、多くの家々は月の光に照らされている。●九陌　都大路。●千門　多くの家。●月華　月の光。

人心新歳月
春意舊乾坤

人心新歳月《じんしんしんさいげつ》
春意《しゅんい》旧乾坤《きゅうけんこん》

新年を迎えて人の心は改まり、天地はいつもの通りに春めいてくる。

人羣延幸福
世界進文明

人群幸福《じんぐんこうふく》を延《の》べ
世界文明《せかいぶんめい》を進《すす》む

人びとは幸せに満ち、世界は豊かさであふれている。

十年通巧技
兩手作生涯

十年巧技《じゅうねんこうぎ》に通《つう》じ
両手生涯《りょうしゅしょうがい》を作《な》す

十年も努力すると巧みなわざが身につき、生涯を通してその両手で生きてゆける。●巧技　巧みなわざ。

三星方在戸
百輛正迎門

三星方《さんせいまさ》に戸《こ》に在《あ》り
百輛正《ひゃくりょうまさ》に門《もん》に迎《むか》う

幸せは家にあって、今日、百台の車がはなやかな門に満ちる。婚礼の儀。●三星在戸　心星が傾いて家の方向にある。幸せ・幸運のたとえ。

三陽從地起
五福自天來

三陽地《さんようち》従《よ》り起《おこ》り
五福天《ごふくてん》自《よ》り来《きた》る

新年は地から沸《わ》き出てくるようであり、幸せは天からもたらされるようである。●三陽　正月。新年。●五福　長寿、富裕、無病息災、道徳を楽しむこと、天命を全うすること。

上序春暉麗
神都佳氣濃

上序春暉《じょうじょしゅんき》麗《うるわ》しく
神都佳気《しんとかき》濃《こま》やかなり

正月は春の光が満ちあふれ、都中、めでたい気が立ちこめている。
●上序　正月。●神都　都。

上苑梅花早
重門柳色新

下筆驚鸚鵡
吹簫引鳳凰

千家春不夜
萬里月連宵

大開日中市
廣招天下財

大塊能相假
名山不獨藏

山川終不改
桃李自無言

上苑《じょうえん》梅花《ばいか》早《はや》く
重門《ちょうもん》柳《りゅう》色《しょく》新《あら》たなり

筆《ふで》を下《くだ》せば鸚鵡《おうむ》を驚《おどろ》かし
簫《しょう》を吹《ふ》けば鳳凰《ほうおう》を引《ひ》く

千家《せんか》春夜《はるよる》ならず
万里《ばんり》月宵《つきよい》に連《つら》なる

大《おお》いに日中《にっちゅう》の市《いち》を開《ひら》き
広《ひろ》く天下《てんか》の財《ざい》を招《まね》く

大塊《たいかい》能《よ》く相仮《あいか》り
名山《めいざん》独《ひと》り蔵《ぞう》せず

山川《さんせん》終《つい》に改《あらた》まらず
桃李《とうり》自《おの》ずから言《げん》無《な》し

天子の庭園の梅の花は早くも咲きはじめ、重なり合う門の柳もみどり色を増してきた。●上苑　天子の庭園。●重門　重なった門。

文章を作るとおうむが驚き、しょうの笛を吹くと鳳凰が寄ってくる。才人才女をいう。●下筆　文章を作ること。●吹簫　しょうの笛を吹くこと。●鳳凰　瑞鳥。

多くの家は春を楽しんで夜でも明るい灯火がともり、月も夜通し明るく輝いている。元宵（陰暦正月十五日夜）の光景。●千家　多くの家。●不夜　明るいこと。

日が昇りはじめると市を開き、幅広く商売をしてお金をもうける。

名文はよく参考にするし、名高い山は独占せずにみんなで楽しむ。●大塊　名文。

山河はいつも変わることなく、桃やすももは美しい花や実があるから言葉を発しなくても人は集まってくる。

山水含芳意
風雲入壯圖

山水《さんすい》芳意《ほうい》を含《ふく》み
風雲《ふううん》壮図《そうと》に入《い》る

山河は春景色となり、大いなる計画を立てる。●芳意　春の景色。●風雲　勢いの盛んなたとえ。●壮図　大きなはかりごと。

山水開精舍
烟雲護法門

山水《さんすい》精舎《しょうじゃ》を開《ひら》き
烟雲《えんうん》法門《ほうもん》を護《まも》る

美しい山河に寺を築き、かすみけぶる景色が仏道を護持する。●精舎　寺。●烟雲　かすみけぶる景色。烟は煙に同じ。●法門　仏道。

山光浮水至
春色犯寒來

山光《さんこう》水《みず》に浮《うか》んで至《いた》り
春色《しゅんしょく》寒《かん》を犯《おか》して来《きた》る

山の景色が水に映《うつ》り、春は寒さが残る中を訪れた。

山高塵不到
院靜月先來

山高《やまたか》くして塵到《ちりいた》らず
院静《いんしず》かにして月先《つきま》ず来《きた》る

山が高いと往来のちりやほこりは届かず、山中の寺は静かに月に照らされる。●院　寺。

丹心昭日月
青史有光輝

丹心日月《たんしんじつげつ》を昭《あき》らかにし
青史光輝《せいしこうき》有《あ》り

まごころは日や月のように明らかであり、歴史にその名をとどめるほど輝いている。●丹心　まごころ。●青史　歴史。●光輝　光。輝き。

丹桂月中種
金枝海上芳

丹桂月中《たんけいげつちゅう》に種《う》え
金枝海上《きんしかいじょう》に芳《かんば》し

丹桂を月に植えつけ、美しい枝の香りは広い海の上空を流れてゆく。賢い子が大きく育ってゆくこと。●丹桂　桂の一種。月中にあるという。●金枝　美しい枝。

丹鳳從天降
神童不世生

丹鳳《たんぽう》天従《てんよ》り降《くだ》り
神童《しんどう》世《よ》に不《しか》らずして生《しょう》ず

美しい女児が誕生し、才知豊かな男子が今、誕生した。●丹鳳　首と翼の赤い鳳凰。美しい女児のたとえ。●神童　才知のすぐれた男子。●不世　まれなこと。

五味甘能配
羣蜂蜜比奇

五味《ごみ》の甘《かん》を能《よ》く配《はい》し
群蜂《ぐんぽう》の蜜《みつ》は奇《き》に比《ひ》すべし

調味料の中でも甘さをうまく調合し、はちみつのおいしさに匹敵するほどである。上手な料理、よくできた作品をいう。●五味　鹹（塩け）・苦（にがさ）・辛（からさ）・酸（すっぱさ）・甘の五味の味。●奇　すぐれること。

五花能奔日
八駿可追風

五花《ごか》能《よ》く日《ひ》に奔《はし》り
八駿《はっしゅん》風《かぜ》を追《お》う可《べ》し

五花馬はよく一日に走り、八駿馬は風を追って走る。●五花　五花馬。あし毛の馬。●八駿　周の穆王の名馬の名で八駿馬。

五雲蟠吉地
三瑞映華門

五雲吉地《ごうんきっち》に蟠《わだかま》り
三瑞華門《さんずいかもん》に映《えい》ず

めでたい五色の雲が良い土地をおおい、三つのめでたさが美しい門から生じている。●五雲　青・白・赤・黒・黄色の五種の雲。●吉地　良い土地。●三瑞　三つのめでたさ。●華門　美しい門。

元正當聖節
雲物燦華年

元正聖節《げんせいせいせつ》に当《あた》り
雲物華年《うんぶつかねん》に燦《かがや》く

元旦は天長節と同じ日であり、景色も新年を迎えて輝いている。●元正　元旦。●聖節　天長節。●雲物　景色。●華年　善い年。

元辰爲令旦
萬物有清輝

元辰令旦《げんしんれいたん》を為《な》し
万物清輝《ばんぶつせいき》有《あ》り

元日は美しい夜明けとともに訪れ、ありとあらゆるものが清らかな光を放つ。●元辰　元日。●令旦　良い夜明け。

元鶴千年壽
蒼松萬古春

天上一輪滿
人間萬里明

天香生桂子
國瑞發蘭英

天清霞耀彩
花醉柳垂絲

天開清淑景
人樂共和年

天開新世界
地鞏舊山河

元鶴千年《げんかくせんねん》の寿《じゅ》
蒼松万古《そうしょうばんこ》の春《はる》

天上一輪《てんじょういちりん》満《み》ち
人間万里《じんかんばんり》明《あき》らかなり

天香桂子《てんこうけいし》に生《しょう》じ
国瑞蘭英《こくずいらんえい》に発《はっ》す

天清《てんきよ》くして霞《かすみ》彩《いろど》りを耀《かがや》かし
花《はな》酔《よ》うて柳《やなぎ》糸《いと》を垂《た》る

天《てん》は清淑《せいしゅく》の景《けい》を開《ひら》き
人《ひと》は共和《きょうわ》の年《とし》を楽《たの》しむ

天《てん》は新世界《しんせかい》を開《ひら》き
地《ち》は旧山河《きゅうさんが》を鞏《つか》ぬ

黒い鶴は長寿のあかしであり、青い松は永久の春をたたえている。めでたさの形容。●元鶴　二千歳を経て黒色に変じた鶴。玄鶴に同じ。●蒼松　青い松。青松に同じ。●万古　永久。いつまでも、の意。

空には満月が輝き、見渡す限り、明るく照らしている。元宵（陰暦正月十五日夜）の光景。●一輪　一つの輪。満月をいう。●人間　俗世間。

桂の実が芳しい良い香りを放ちはじめ、蘭の花が咲いて国のめでたさをうたっている。めでたさの形容。●天香　天からの香り。すぐれて良い香り。●桂子　桂の実。●国瑞　国のめでたいしるし。国の吉兆。●蘭英　蘭の花。

清らかな空のもと、美しいかすみがたなびき、花が咲き乱れる中、柳は長い枝を垂らしている。

天は世に清らかな春景色をもたらし、人びとは新年にあたって協力し合って生きていこうと喜び合う。●清淑　清らかで良いこと。●共和　力を合わせてことを行うこと。

天は新年を迎えて明るく輝き、地はいつも通りの山河で美しい。

心情縈夢少
地曠得天多

心情《しんじょう》夢《ゆめ》を縈《まと》うこと少《まれ》に
地曠《ちこう》天《てん》を得《う》ること多《おお》し

心は安らかで夢を見ることもなく、地は広いのでその分、空も広い。●心情　心持ち。●地曠　土地が広いこと。

戸外千峯秀
窗前萬木低

戸外《こがい》千峰《せんぽう》秀《ひい》で
窓前《そうぜん》万木《ばんぼく》低《ひく》し

家の外の多くの峰々はいずれも高くそびえて連なり、窓の外の多くの庭の木は背が低い。

戸外春風暖
堂前午日長

戸外《こがい》春風《しゅんぷう》暖《あたた》かに
堂前《どうぜん》午日《ごじつ》長《なが》し

家の外には暖かい春風がそよ吹き、春の日中は長い。

戸牖観天地
山川足古今

戸牖《こゆう》天地《てんち》を観《み》
山川《さんせん》古今《ここん》に足《た》る

家は天地の間に高くそびえており、山河は昔から変わらずに悠然とした姿を誇っている。●戸牖　家。●古今　昔から今まで。

文史三冬足
芝蘭一室香

文史《ぶんし》三冬《さんとう》に足《た》り
芝蘭《しらん》一室《いっしつ》に香《かんば》し

文学と史学の書籍は冬の三か月の間に読めば用をなし、よくできた子弟は家の中にいっぱいいる。●文史　文学と史学。●三冬　冬三か月。●芝蘭　佳良な子弟をいう。

文章千古事
花柳一闤春

文章《ぶんしょう》千古《せんこ》の事《こと》
花柳《かりゅう》一闤《いっかん》の春《はる》

文章は遠い後世にまで伝わり、春になって紅《あか》い花やみどり色の柳が町中に満ちている。●闤　町。

文章堪華國
道德仰先型

文墨存眞趣
園林無俗情

日月天恩普
山河地德深

日月恩光照
乾坤喜氣多

日暖鶯初語
風和燕又來

日暖蘭英秀
風清桂子香

文章《ぶんしょう》華国《かこく》に堪《た》え
道徳《どうとく》先型《せんけい》を仰《あお》ぐ

文墨《ぶんぼく》真趣《しんしゅ》存《そん》し
園林《えんりん》俗情《ぞくじょう》無《な》し

日月《じつげつ》天恩《てんおん》普《あまね》く
山河《さんが》地徳《ちとく》深《ふか》し

日月《じつげつ》恩光《おんこう》照《あき》らかに
乾坤《けんこん》喜気《きき》多《おお》し

日《ひ》暖《あたた》かにして鶯《うぐいす》初《はじ》めて語《かた》り
風《かぜ》和《わ》して燕《つばめ》又《また》来《きた》る

日《ひ》暖《あたた》かにして蘭英《らんえい》秀《ひい》で
風《かぜ》清《きよ》くして桂子《けいし》香《かんば》し

文章力は立派な国の中でも有数であり、人の歩むべき道は先の立派な人から学ぶ。●華国　立派な国。●先型　先人の生き方。

詩文には心がこもっており、庭園は自然そのものである。●文墨　詩文をいう。●真趣　ほんとうのおもしろみ。●園林　庭園。●俗情　世の中の事柄。

日や月の恵みはだれかれの区別なく行き渡り、山河の土地の豊かさも同じように深い。●天恩　天の恵み。●地徳　大地が万物を生産し、育成すること。

日と月は恵み深い光を明るく注ぎ、天地には喜ばしい気が満ちている。

日が暖かくなってうぐいすがさえずりはじめ、なごやかな風が吹いて今年もつばめがやってきた。

暖かい春の日、蘭の花が美しく咲き、清らかな風が吹いて桂の実が芳しく香る。●蘭英　蘭の花。●桂子　桂の実。

月明高士榻
風展古人書

月《つき》は高士《こうし》の榻《とう》を明《あき》らかに
風《かぜ》は古人《こじん》の書《しょ》を展《の》ぶ

月は高尚な人の寝台を明るく照らし、風は昔の聖賢の書籍を吹く。●高士　人格高潔の人。高尚な人。●榻　寝台。●古人書　昔の聖賢の書籍。

月明常讀易
雨細且扶犂

月明《つきあき》らかなれば常《つね》に易《えき》を読《よ》み
雨細《あめこま》やかにして且《まさ》に犂《り》を扶《たす》けんとす

月が明らかに照っている夜はその光で常に『易経』を読み、小雨なので田畑に出向いて一緒に耕作する。●易　書名。『易経』。占いの書籍。五経の一つ。●扶犂　耕作すること。

月漾三篙水
團開四面窗

月《つき》は漾《ただよ》う三篙《さんこう》の水《みず》
団《だん》は開《ひら》く四面《しめん》の窓《まど》

月は深い池のさざ波に揺れ動いて映《うつ》っている。店は四方の窓を開け放っている。●三篙　三本のさお。深いことの形容。●団　店。●四面　四方。

月影窗前靜
琴聲雨後清

月影窓前《げつえいそうぜん》静《しず》かに
琴声雨後《きんせいうご》清《きよ》し

月の光は静かに窓から射し込み、琴の音は雨上がりに清らかにひびき渡る。●月影　月の光。●雨後　雨上がり。

水深魚極樂
春入鳥能言

水深《みずふか》ければ魚楽《うおたの》しみを極《きわ》め
春入《はるい》らば鳥能《とりよ》く言《かた》る

水が深いと魚は安心して楽しく泳ぎ回り、春になると鳥は盛んにさえずる。

水靜魚呑浪
花繁鳥狎人

水静《みずしず》かにして魚浪《うおなみ》を呑《の》み
花繁《はなしげ》くして鳥人《とりひと》に狎《な》る

小さなさざ波の立つ水面に魚が泳ぎ回り、花の咲いた木々に鳥は人を恐れることなく鳴きさわいでいる。

火射屛中雀
名標閣上麟

火樹祥光麗
星橋寶炬紅

火樹銀花合
星橋鐵鎖開

世徳千秋遠
家聲三鳳齊

世徳鍾麟趾
家聲毓鳳毛

仙藥隨時採
靈丹對月燒

火《ひ》は屛中《へいちゅう》の雀《すずめ》を射《い》
名《な》は閣上《かくじょう》の麟《りん》を標《ひょう》す

火樹祥光麗《かじゅしょうこううるわ》しく
星橋宝炬《せいきょうほうきょ》紅《くれない》なり

火樹銀花合《かじゅぎんかがっ》し
星橋鉄鎖開《せいきょうてっさひら》く

世徳千秋《せいとくせんしゅう》遠《とお》く
家声三鳳《かせいさんぽう》斉《ひと》し

世徳麟趾《せいとくりんし》を鍾《あつ》め
家声鳳毛《かせいほうもう》を毓《そだ》つ

仙薬時《せんやくとき》に随《したが》って採《と》り
霊丹月《れいたんつき》に対《たい》して焼《や》く

光は屛風《びょうぶ》に描かれたすずめを照らし、名前は高殿にいるきりんと同じになる。結婚すること。●火　光。●屛中　屛風。●閣上　高殿。●麟　きりん。

灯火は美しいめでたい光を放ち、空には天の川が尊いたいまつの火のような紅《くれない》色に輝いている。●火樹　灯火の光の盛んなこと。●祥光　めでたい光。●星橋　天の川。●宝炬　美しいたいまつの火。

灯火の光は盛んに輝き、天の川の橋の鉄のくさりも解《と》かれた。元宵節（陰暦正月十五日夜）の形容。●火樹銀花　灯火の光の盛んなこと。●星橋　天の川の橋。●鉄鎖　鉄のくさり。

代々に積まれた徳は千年の遠きに伝わり、一家の名声は三人の秀才にひとしく受け継がれている。●世徳　代々の積徳。●千秋　千年。●家声　一家のほまれ。●三鳳　三人の秀才。

父祖以来の積み重ねた徳は子孫を大きく育て、家のほまれはすぐれた人材をはぐくむ。●世徳　父祖以来、代々積みあげられた徳。●麟趾　子孫の盛んなこと。●家声　家のほまれ。●鳳毛　すぐれた才能のたとえ。

仙人になることができるという薬草を摘み、月明かりのもとで薬を煉《ね》る。●仙薬・霊丹　不老不死の薬。

北闕恩光大
南山瑞靄新

北闕彫雲近
南山紫氣臨

北闕晴光動
南山佳氣多

句得王維意
絃調居易情

四序開新律
千箱答瑞年

正心從大學
率性自中庸

北闕《ほくけつ》恩光《おんこう》大《だい》に
南山《なんざん》瑞靄《ずいあい》新《あら》たなり

北闕《ほくけつ》彫雲《ちょううん》近《ちか》く
南山《なんざん》紫気《しき》臨《のぞ》む

北闕《ほくけつ》晴光《せいこう》動《うご》き
南山《なんざん》佳気《かき》多《おお》し

句《く》は王維《おうい》の意《い》を得《え》
絃《げん》は居易《きょい》の情《じょう》を調《ととの》う

四序《しじょ》新律《しんりつ》を開《ひら》き
千箱《せんそう》瑞年《ずいねん》に答《こた》う

心《こころ》を正《ただ》すは大学《だいがく》に従《したが》い
性《せい》を率《ひき》いるは中庸《ちゅうよう》自《よ》りす

宮城の北門は大いなる恵みの光につつまれ、終南山はめでたいもやでおおわれている。●北闕　宮城の北門。●南山　陝西省長安県の西にある終南山のこと。

宮城の北門には美しい雲がたなびき、終南山にはむらさき色のめでたい気が立ちこめる。●北闕　宮城の北門。●彫雲　ちりばめたような美しい雲。●南山　陝西省長安県の西にある終南山のこと。●紫気　むらさき色の雲気。瑞気。

晴れやかな光は宮城の北門から照らしはじめ、終南山にはめでたい気があふれている。●北闕　宮城の北門。●南山　陝西省長安県の西にある終南山のこと。「南山之寿」「南山不落」などいう。

詩句は王維を学んで作り、調べは白居易を手本とする。●王維　唐の詩人。山西省太原の人。字《あざな》は摩詰。南画の祖。●居易　唐の詩人、白居易。山西省太原の人。字は楽天。号は香山。

季節は移って新年になり、蔵《くら》に積まれた米だわらは豊年のあかしである。●四序　春夏秋冬。●新律　新年。●千箱　多くの箱。●瑞年　豊年。

心を正すには『大学』を、本性のまことに従うには『中庸』を読んで学べばよい。●大学・中庸　ともに書名。四書（『大学』・『中庸』・『論語』・『孟子』）の中の二つ。大いに世に行われた。

玉缸春正熟
綺席夜常明

玉瓶甘露滴
金柳恵風生

玉樹凌雲筆
紅霞織錦文

生財従大道
處世守中和

生涯兼日夜
物價最公平

生涯従此盛
風味及時新

玉缸《ぎょくこう》春《はる》正《まさ》に熟《じゅく》し
綺席《きせき》夜《よる》常《つね》に明《あき》らかなり

玉瓶《ぎょくへい》甘露《かんろ》滴《したた》り
金柳《きんりゅう》恵風《けいふう》生《しょう》ず

玉樹《ぎょくじゅ》雲筆《うんぴつ》を凌《しの》ぎ
紅霞《こうか》錦文《きんぶん》を織《お》る

財《ざい》を生《しょう》ずるには大道《たいどう》に従《したが》い
世《よ》に処《しょ》するには中和《ちゅうわ》を守《まも》る

生涯《しょうがい》日夜《にちや》を兼《か》ね
物価《ぶっか》最《もっと》も公平《こうへい》なり

生涯《しょうがい》此《これ》従《よ》り盛《さか》んに
風味《ふうみ》時《とき》に及《およ》んで新《あら》たなり

玉で飾った美しいかめの花も咲き誇って春はたけなわであり、あや絹を張った座敷は夜になっても明るく輝いている。●玉缸　玉で飾ったかめ。●綺席　あや絹を張った席。

玉でつくったかめに甘い露がしたたり降り、美しい柳は恵みの風に揺れている。めでたさの形容。●玉瓶　玉でつくったかめ。●甘露　甘い露。天下が太平になると降るという。●金柳　美しい柳。●恵風　恵みの風。万物を生長させる風。

美しい木は筆で描くことができないほどで、紅《くれない》色の夕焼けは錦の模様をなしている。美しさの形容。●玉樹　美しい木。●雲筆　雲のように高い筆力。●紅霞　紅色の夕焼け。●錦文　錦の模様。

財をなすには正しい道を進み、世を渡るには片よらない心を持って生きる。●大道　正しい道。●中和　片よらないで正しい状態。

昼夜を問わずに商売にはげみ、商品の値段も人びとの納得のいくものである。●生涯　生業。商売。

商売はたいへん繁盛している。それは新鮮な旬《しゅん》のものをそろえているからである。●生涯　生業。商売。●風味　良い味。

生意三春草
文章五色花

生意《せいい》三春《さんしゅん》の草《くさ》
文章《ぶんしょう》五色《ごしょく》の花《はな》

商売は春の草のように盛んに伸び、色とりどりのあやを織り成す花が咲くように繁盛している。●生意　商売。●三春　春三か月。孟春・仲春・季春。●文章　あやをいう。青と赤のあやを文といい、赤と白のあやを章という。

田園自可樂
魚鳥亦相親

田園《でんえん》自《おの》ずから楽《たの》しむ可《べ》く
魚鳥《ぎょちょう》亦《また》相《あい》親《した》しむ

田園生活を十分に楽しむのがよく、魚や鳥の自然とも親しむべきである。

甲第驅車入
良宵秉燭游

甲第《こうだい》車《くるま》を駆《か》って入《い》り
良宵《りょうしょう》燭《しょく》を秉《と》って遊《あそ》ぶ

車を走らせて立派な邸宅へ行き、晴れた夜、灯火をともして一緒に遊ぶ。●甲第　立派な邸宅。●良宵　晴れた夜。良夜。

白鳥無塵事
青山似故人

白鳥《はくちょう》塵事《じんじ》無《な》く
青山《せいざん》故人《こじん》に似《に》たり

白鳥には人のように世俗のわずらわしいことはなく、青々とした山を眺めると昔なじみに会ったような気がする。●塵事　世俗のうるさい事柄。●故人　昔なじみ。

白雲在幽谷
仙徑横石牀

白雲《はくうん》幽谷《ゆうこく》に在《あ》り
仙径《せんけい》石牀《せきしょう》に横《よこ》たわる

白雲は奥深い谷あいの上空に浮かび、仙境からの小道はわたしの石の寝台に続いている。●幽谷　奥深い谷あい。●仙径　仙境の小道。●石牀　石の寝台。

白雲依靜渚
明月照高樓

白雲《はくうん》静渚《せいしょ》に依《よ》り
明月《めいげつ》高楼《こうろう》を照《てら》す

白い雲が静かな渚《なぎさ》の上空を流れ、明月は高殿を明るく照らしている。●高楼　高殿。

石榻看雲坐
溪窗聴雨眠

光向風中耀
香従雲外飄

光前増百福
裕後集千祥

光透琉璃影
晴薫錦綉春

光華開五色
能力掃千軍

共被春風暖
咸沾化雨新

石榻《せきとう》雲《くも》を看《み》て坐《ざ》し
溪窓《けいそう》雨《あめ》を聴《き》いて眠《ねむ》る

光《ひかり》は風中《ふうちゅう》に向《むか》って耀《かがや》き
香《こう》は雲外《うんがい》従《よ》り飄《ひるがえ》る

光前《こうぜん》百福《ひゃくふく》を増《ま》し
裕後《ゆうご》千祥《せんしょう》を集《あつ》む

光《ひかり》は琉璃《るり》の影《かげ》を透《とお》し
晴《せい》は錦綉《きんしゅう》の春《はる》を薫《くん》ず

光華《こうか》五色《ごしょく》を開《ひら》き
能力《のうりょく》千軍《せんぐん》を掃《はら》う

共《とも》に春風《しゅんぷう》の暖《あたた》かきを被《う》け
咸《みな》化雨《かう》の新《あたら》しきに沾《うるお》う

石の腰掛けにすわって雲を眺め、谷あいに面した窓辺で雨の音を聞きながら昼寝する。●石榻　石の腰掛け。●渓窓　谷あいに面した窓。

光は風に乗って広がるように輝きを増し、芳しい香りは雲の上から降り注ぐようにただよってくる。

祖先のほまれを増して、子孫に多くの恵みを及ぼす。一族を盛んにすること。●光前裕後　先祖の名をあらわし、子孫を富ますこと。●百福　多くの幸福。●千祥　多くの恵み。

美しいるり色の光が降り注ぎ、あや錦のような春が辺り一面に広がる。●琉璃　七宝の一つ。●錦綉　錦のぬいとりのある絹。

江淹《こうえん》は五色の筆をさずけられて文才を発揮して光り輝き、江郎としては千軍をも打ち払う活躍をした。●光華　光。※江淹　梁、河南省考城の人。字は文通。諡は憲。宋・斉・梁に歴任す。「江淹夢《ム》ㇾ筆《ヲ》」の故事がある。

みんなともに暖かい春風に吹かれ、新たな恵みの雨を受けて大きく育ちゆく。●化雨　草木が雨を得て発生するように、恵みがあまねく及ぶことをいう。

吉卜諧鳴鳳
祥開待舞鸞

名山諧夙好
老圃作鄰家

名高扶日月
機發動乾坤

名將天地久
心與石泉清

名園依綠水
野竹上靑霄

地勝春逾好
心和政自平

吉《きち》卜《えら》んで鳳《ほう》の鳴《な》くに諧《あ》い
祥《しょう》開《ひら》いて鸞《らん》の舞《ま》うを待《ま》つ

名山《めいざん》夙好《しゅくこう》に諧《かな》い
老圃《ろうほ》隣家《りんか》を作《な》す

名《な》高《たか》くして日月《じつげつ》を扶《おさ》め
機発《きはつ》して乾坤《けんこん》を動《うご》かす

名《な》は天地《てんち》と将《とも》に久《ひさ》しく
心《こころ》は石泉《せきせん》と与《とも》に清《きよ》し

名園《めいえん》緑 水《りょくすい》に依《よ》り
野竹《やちく》青 霄《せいしょう》に上《のぼ》る

地《ち》勝《まさ》って春《はる》 逾《いよいよ》 好《よ》く
心《こころ》和《わ》して 政《まつりごと》 自《おの》ずから平《たい》らかなり

婚礼の日が決まると鳳凰が鳴いて祝ってくれ、あとはらんの舞い飛ぶ結婚式を待つだけである。●吉・祥　めでたいこと。●鳳　鳳凰。瑞鳥。●鸞　鳳凰の一種。瑞鳥。

すぐれた山は昔の交友を思い出させ、畑つくりのベテランはとなりの家にいる。●夙好　昔の交友。●老圃　畑つくりに老練な人。

名前は日や月のように著名であり、活動しはじめると天地をも動かす。●乾坤　天地。

生まれた時から自然とともに生き、生き方は石中から沸《わ》く泉の清らかさそのものである。

立派な花園にはみどり色の水が流れ込み、野の竹は青空めがけて高々と伸びている。●青霄　青空。

景色の良いところは春になると今まで以上に美しく、人びとの心は天下太平でなごやかそのものである。

地暖花長發
庭閒鳥亦知

地《ち》暖《あたた》かにして花長《はななが》く発《ひら》き
庭間《にわしず》かにして鳥亦知《とりまたし》る

暖かくなったので花は長く咲いており、庭は静かなので鳥もゆったりとさえずっている。

安樂新成歳
幽閒欲寄情

安楽《あんらく》新《あら》たに歳《とし》を成《な》し
幽間《ゆうかん》情《じょう》を寄《よ》せんと欲《ほっ》す

安んじ楽しんで新年を迎え、もの静かで奥ゆかしい気持ちで友だちや自然のことを思う。●安楽　安んじ楽しむこと。●幽間　もの静かで奥ゆかしいこと。

旭日臨門早
春風及第先

旭日門《きょくじつもん》に臨《のぞ》んで早《はや》く
春風第《しゅんぷうだい》に及《およ》んで先《さき》んず

朝日はまっ先に門を照らし、春風は早々《はやばや》と家に吹きめぐる。●第　家。

有風傳雅韻
無雪試幽姿

風有《かぜあ》って雅韻《がいん》を伝《つた》え
雪無《ゆきな》くして幽姿《ゆうし》を試《こころ》む

松は風が吹くと気高《けだか》い音をひびかせ、雪が降らなくてもたおやかな姿を保ってそびえている。松を詠じる。●雅韻　気高い音楽のしらべ。●幽姿　たおやかな姿。

江山增潤色
世界普春光

江山潤《こうざんじゅん》色《しょく》を増《ま》し
世界春《せかいしゅん》光《こう》普《あまね》し

山河は見るからにうるおいを増し、辺り一面、春の光で満ち満ちている。

江水連天色
桃花隔世情

江水天《こうすいてん》色《しょく》に連《つら》なり
桃花世《とうかせい》情《じょう》を隔《へだ》つ

川の水ははるかかなたに流れて天と連なり、桃の花の咲くここは俗世間を離れた別天地である。●世情　俗世間のおもむき。

池上鶯聲早
風前草色初

池上《ちじょう》鶯声《おうせい》早《はや》く
風前《ふうぜん》草色《そうしょく》初《はじ》む

池のほとりでは早くもうぐいすが来てさえずり、春風が吹く前なのに草が芽吹《めぶ》いている。

竹送清溪月
花連繡戶春

竹《たけ》は清渓《せいけい》の月《つき》を送《おく》り
花《はな》は繡戸《しゅうこ》の春《はる》を連《つら》ぬ

竹は清らかな谷川に映《うつ》る月を送るかのような音を立ててなびき、美しい部屋には春の花が飾られている。●清渓　清らかな谷川。●繡戸　美しい部屋。

竹送清谿月
松搖古谷風

竹《たけ》は清谿《せいけい》の月《つき》を送《おく》り
松《まつ》は古谷《ここく》の風《かぜ》に揺《ゆ》らぐ

竹は清らかな谷川に映る月を送るかのような音を立ててなびき、松は古い谷あいに吹く風に揺らいでいる。●清谿　清らかな谷川。

竹影侵棋局
荷香入酒杯

竹影《ちくえい》棋局《ききょく》を侵《おか》し
荷香《かこう》酒杯《しゅはい》に入《い》る

竹のかげが碁盤に映《うつ》り、はすの花の香りが酒杯にまざる。●棋局　碁盤。●荷香　はすの花の香り。

竹影搖三徑
書聲溢一堂

竹影《ちくえい》三径《さんけい》に揺《ゆ》らぎ
書声《しょせい》一堂《いちどう》に溢《あふ》る

竹のかげは庭に揺れ動き、読書の声は家中にひびき渡る。●三径　隠者の住まいの庭園をいう。漢の蔣詡《しょうく》が庭に三径（三つの小道）をつくり、松・菊・竹を植えた故事に基づく。●書声　書を読む声。●一堂　一軒の家。

自治精神健
共和幸福全

自治《じち》の精神《せいしん》健《けん》に
共和《きょうわ》の幸福《こうふく》全《まつた》し

自立の精神に満ち、協力し合うことの喜びも兼ね備えている。●自治　自分の問題を処置すること。

初日迎金屋
飛花上綺筵

利澤源頭水
生涯錦上花

君且停車坐
我將掃雪烹

吹簫堪引鳳
攀桂喜乘龍

孝友一家政
詩書百世宗

弄璋欣有喜
產鳳慶生輝

初日金屋《しょじつきんおく》に迎《むか》え
飛花綺筵《ひかきえん》に上《のぼ》る

利沢源頭《りたくげんとう》の水《みず》
生涯錦上《しょうがいきんじょう》の花《はな》

君《きみ》は且《しばら》く車《くるま》を停《とど》めて坐《ざ》せ
我《われ》は将《まさ》に雪《ゆき》を掃《はら》って烹《に》ん

簫《しょう》を吹《ふ》いて鳳《ほう》を引《ひ》くに堪《た》え
桂《かつら》に攀《よ》じて竜《りょう》に乗《じょう》ずるを喜《よろこ》ぶ

孝友一家《こうゆういっか》の政《せい》
詩書百世《ししょひゃくせい》の宗《そう》

弄璋《ろうしょう》の欣《きん》は喜《よろこ》び有《あ》り
産鳳《さんぽう》の慶《けい》は輝《かがや》きを生《しょう》ず

立派な家で朝日の昇るようすを眺める。美しい宴席に花が舞い散る。●初日　朝日。●金屋　立派な家。●飛花　散る花。●綺筵　美しい宴席。

うるおいは泉のみなもとから勢いのよい水があふれ流れるようであり、生涯は美しい上にさらに美しさを添えるようにはなやかである。●利沢　うるおうこと。●源頭　泉のみなもと。●錦上花　美しい上にさらに美しさを加えること。

お急ぎだろうが車から降りてしばらく休んでいきなさい。茶の木の雪を払って葉を摘み、おいしいお茶を煎じて飲ませるから。

しょうの笛を吹いて鳳凰の飛んで来るのを待ち、桂の木に登って竜に乗って天を駆けるのを喜ぶ。婚礼の喜びをいう。●鳳・竜　めでたい鳥と動物。

父母によく仕え、兄弟仲よくすることは一家の規則であり、学問をすることは後世にまで伝えられる師となる礎《もと》である。

男子誕生は大いなる喜びであり、女児誕生は輝きあふれる喜びである。●弄璋　男子誕生。●欣・慶　喜び。●産鳳　女児誕生。

杏林飛紫燕
橘井起蒼龍

杏林紫燕《きょうりんしえん》を飛《と》ばし
橘井蒼竜《きつせいそうりょう》を起《おこ》す

医者はむらさき色のつばめを遣《つか》わし、青い竜を起こして人を救うために走り回る。名医をいう。●杏林・橘井　医者をいう。三国、呉の董奉《とうほう》（杏林）と晋の蘇耽《えたん》（橘井）の故事。

求新不如舊
訪古卽在茲

新《しん》を求《もと》むるは旧《きゅう》に如《し》かず
古《ふる》きを訪《たず》ぬれば即《すなわ》ち茲《ここ》に在《あ》り

ほんとうに新しいものを求めるなら、古きをたずねたらよい。

良馬行千里
龍駒走萬程

良馬千里《りょうばせんり》を行《ゆ》き
竜駒万程《りょうくばんてい》を走《はし》る

良い馬は千里をゆき、すぐれた馬は万里を走る。●竜駒　すぐれた馬。

貝葉閑中課
蒲團靜裏春

貝葉閑中《ばいようかんちゅう》の課《か》
蒲団静裏《ほたんせいり》の春《はる》

ゆとりのある時はお経《きょう》を読むのをつとめとする。静かな春には坐禅をする。●貝葉　貝多羅樹の葉で経を写すのに用いる。お経をいう。●蒲団　坐禅をする時に用いるざぶとん。

赤足雲爲履
披頭天作冠

赤足雲《せきそくくも》は履《はきもの》と為《な》り
披頭天《ひとうてん》は冠《かんむり》と作《な》る

はだしで歩いているとただよい来る雲がはきものとなり、かんむりをかぶらないでいると天そのものがかんむりとなる。ことは考え方次第である、の意。●赤足　はだし。●披頭　かんむりをかぶらないこと。

身心塵外遠
歲月坐中安

身心塵外《しんじんじんがい》に遠《とお》く
歳月坐中《さいげつざちゅう》に安《やす》んず

身も心も遠く浮世を離れてあり、年月は坐禅とともに過ぎてゆく。●塵外　浮世の外。●坐中　坐禅。

身安茅屋穩
性定菜根香

身《み》安《やす》んずれば茅屋《ぼうおく》穏《おだ》やかに
性《せい》定《さだ》まれば菜根《さいこん》香《かんば》し

心と身体が満足するとかやぶきの家も、粗末な食事も楽しいものである。●茅屋　かやぶきの家。●菜根　粗末な食事をいう。

佳韻邀清月
幽懷托素雲

佳韻《かいん》清月《せいげつ》を邀《むか》え
幽懐《ゆうかい》素雲《そうん》に托《たく》す

よい詩句を以て澄んだ月の出を迎え、胸の中は白い雲の流れに任せる。●佳韻　よい詩句。●幽懐　心の奥深くに抱く思い。

兩輪如日月
一軸定乾坤

両輪《りょうりん》日月《じつげつ》の如《ごと》く
一軸《いちじく》乾坤《けんこん》を定《さだ》む

車の両輪は日と月のようなものであり、両輪をつなぐ一本の軸は天と地を結びつけて安定させている。

和風生玉樹
瑞靄迎瑤池

和風《わふう》玉樹《ぎょくじゅ》を生《しょう》じ
瑞靄《ずいあい》瑶池《ようち》を迎《むか》う

のどかな春風が美しい木に吹き、めでたいもやが美しい池に立ちこめる。

和悅人情廣
公平生意多

和悦《わえつ》人情《にんじょう》広《ひろ》く
公平《こうへい》生意《せいい》多《おお》し

人柄が穏やかで思いやりが深く、だれに対しても公平なので商売が繁盛している。●和悦　やわらぎ喜ぶこと。●人情　思いやり。情け。●生意　商売。

垂竿深柳下
看弈右岩前

竿《さお》を垂《た》る深柳《しんりゅう》の下《もと》
弈《えき》を看《み》る右岩《ゆうがん》の前《まえ》

よく茂った柳の木の下で魚釣りをし、右側の岩の前で囲碁を見る。●垂竿　魚を釣ること。●奕　囲碁。

垂楊拂白馬
曉日上青樓

奉公勤且愼
保赤愛兼慈

姓名光史冊
忠義重人寰

孟常君子店
千里客來投

店內賓客集
門前車馬多

往來通國計
交易洽輿情

垂楊白馬《すいようはくば》を払《はら》い
暁日青楼《ぎょうじつせいろう》に上《のぼ》る

公《こう》を奉《ほう》ずるに勤《つと》め且《か》つ慎《つつし》み
赤《せき》を保《ほ》するに愛《あい》し兼《か》ねて慈《いつく》しむ

姓名史冊《せいめいしさく》に光《かがや》き
忠義人寰《ちゅうぎじんかん》に重《おも》んぜらる

孟常君子《もうじょうくんし》の店《みせ》
千里《せんり》の客来《きゃくきた》り投《とう》ず

店内賓客《てんないひんかく》集《あつま》り
門前車馬《もんぜんしゃば》多《おお》し

往来《おうらい》は国計《こくけい》を通《つう》じ
交易《こうえき》は輿情《よじょう》を洽《やわ》らぐ

しだれ柳が白い馬をなでるようにたなびき、朝日が青い高殿の上空に昇る。●垂楊　しだれ柳。●暁日　朝日。●青楼　青い高殿。

奉公はつつしみ深くつとめあげ、人びとを保護するにはいつくしみ愛することを主とする。●保赤　赤子を保護すること。

名前は歴史書にさん然と輝き、堂々と正しい道を歩んで世の中を渡ったことが記してある。●史冊　歴史書。●忠義　まごころを尽くすことと正道を踏み行うこと。●人寰　世の中。

天下の賢士・食客数千人を招き養った孟嘗君の家のようなこの旅館には、千里もの遠くからのお客が訪れてにぎわっている。●孟常君子　戦国時代の斉（山東省）の公族、孟嘗君。姓は田、名は文。賢士・食客数千人を擁して勢力をふるった。

店の中も外もお客で満ちあふれている。人が多く集まり来ること。商売繁盛。

商売は国の経済とつながっており、また、人びとの心を大きくする。●往来・交易　やりとり。商売。●国計　国の経済。●輿情　人びとの心。

忠義昭天地
威靈貫古今

承家多舊德
繼代有清風

披巖搜大木
築室有良材

抱琴看鶴去
說法有龍聽

昌時占幸福
仁里迓春暉

明月千門雪
銀燈萬樹花

忠《ちゅう》義《ぎ》天地《てんち》を昭《あき》らかにし
威霊《いれい》古今《ここん》を貫《つらぬ》く

家《いえ》を承《う》けて旧徳《きゅうとく》多《おお》く
代《だい》を継《つ》いで清風《せいふう》有《あ》り

巌《いわ》を披《ひら》いて大木《たいぼく》を捜《さが》せば
室《しつ》を築《きず》くに良材《りょうざい》有《あ》り

琴《こと》を抱《いだ》いて鶴《つる》の去《さ》るを看《み》
法《ほう》を説《と》けば竜《りょう》の聴《き》く有《あ》り

昌時《しょうじ》幸福《こうふく》を占《み》
仁里《じんり》春暉《しゅんき》を迓《むか》う

明月千門《めいげつせんもん》の雪《ゆき》
銀灯万樹《ぎんとうばんじゅ》の花《はな》

堂々と正しい道を歩んで世の中を渡り、昔から今まで及ぶ者がない立派な名前を残す。●忠義　まごころを尽くすことと正道を踏み行うこと。●天地　世の中。●威霊　いかめしく尊い力。●古今　昔から今まで。

家には古くからの恩徳が多く残っており、代々清らかな風格を保ち続けている。

巌の多い険しい山中で大木を捜していると、家を建てるのにふさわしい木が見つかった。苦労すれば報われること。

琴を弾《ひ》きながら鶴の立ち去るのを見、教えを説くと竜までが静かに聞き入っている。

太平の世、人びとは幸せであり、豊かな地で春の光を迎える。●昌時　太平の世。●仁里　風俗の美しい郷。●春暉　春の光。

明月は雪の積もった多くの家々を照らし、明るくともる灯火は多くの木に咲いた花のように連なり続いている。元宵（陰暦正月十五日夜）の光景。●銀灯　明るくともる灯火。

明月千門照
清歌幾處聞

明月千門《めいげつせんもん》を照《てら》し
清歌《せいか》幾処《いくしょ》にか聞《き》く

明るい月が多くの家を照らし、どこからか清らかな歌声が聞こえてくる。●千門　多くの家。

明月浸書幌
疎星落硯池

明月《めいげつ》書幌《しょこう》に浸《そそ》ぎ
疎星《そせい》硯池《けんち》に落《お》つ

明月は書斎のとばりを照らし、まばらな星の光が硯の海に映《うつ》っている。●書幌　書斎のとばり。●硯池　硯の海。

明月雙谿水
輕波一釣船

明月双谿水《めいげつそうけいすい》
軽波《けいは》一釣船《いちちょうせん》

二つの谷川の水に明月が映《うつ》り、一隻の釣り船がさざ波に揺れている。●谿水　谷川の水。●軽波　さざ波。

杯中傾竹葉
人面點桃花

杯中《はいちゅう》竹葉《ちくよう》を傾《かたむ》け
人面桃花《じんめんとうか》を点《てん》ず

竹葉酒を酌《く》み交《か》わして、顔が桃の花のように赤くなる。●竹葉　酒の名。●桃花面　酒を飲んで赤ら顔になること。

東風來自震
北斗指回寅

東風来《とうふうきた》って自《おの》ずから震《ふる》い
北斗《ほくと》指《ゆびさ》して寅《いん》を回《かえ》す

春風が吹き出し、北斗七星が輝く中で正月となる。●回寅　正月になること。

東壁圖書府
西園翰墨林

東壁《とうへき》の図書府《としょふ》
西園《せいえん》の翰墨林《かんぼくりん》

前句も後句も国宮の図書館のこと。●図書府　書籍を置くところ。●翰墨林　書画を置くところ。

松風眠一榻
花雨撲重簾

松柏霜還翠
芝蘭露更香

松雲窗外藹
池水閣邊明

松筠思勁節
巖壑問孤芳

林木來如水
炊煙望似雲

林深塵市遠
戸靜鳥聲幽

松風一榻《しょうふういっとう》に眠《ねむ》り
花雨《かう》重簾《ちょうれん》を撲《う》つ

松柏霜《しょうはくしも》に還《かえ》って翠《みどり》に
芝蘭露《しらんつゆ》に更《さら》に香《かんば》し

松雲窓外《しょううんそうがい》に藹《うるお》い
池水閣辺《ちすいかくへん》に明《あき》らかなり

松筠勁節《しょういんけいせつ》を思《おも》い
巌壑孤芳《がんがくこほう》を問《と》う

林木《りんぼく》来《きた》ること水《みず》の如《ごと》く
炊煙《すいえん》望《のぞ》めば雲《くも》に似《に》たり

林《はやし》深《ふか》くして塵市《じんし》遠《とお》く
戸《こ》静《しず》かにして鳥声《ちょうせい》幽《かす》かなり

松風の音を聞きながら腰掛けで昼寝をし、雨のように舞い散る花が二重のすだれ越しに入ってくるのに気づき目覚める。●一榻　一つの腰掛け。●花雨　雨のように降る花。●重簾　二重のすだれ。

松や柏は霜を受けるとかえってみどり色を増し、香り草は露を置くといっそう芳しく香る。●芝蘭　芝草と蘭草。香り草。

窓の外を眺めると雲が松をおおい、高殿のそばの池の水は光り輝いている。●閣辺　高殿のほとり。

松や竹を見ると強くて屈しないみさおを思い、険しい巌《いわ》や谷あいでは自分の心は高潔かと問い正してみる。●松筠　松と竹。●勁節　強くて屈しないみさお。●巌壑　巌と谷あい。●孤芳　人の品格の高潔なようす。

林のたきぎがたくさん集められ、村を眺めると炊事の煙が盛んに立ち上っている。活気ある村の光景。●林木　林の木々。●炊煙　炊事の煙。

寺は騒がしい町から遠く離れた奥深い林にあり、静かそのものの中に鳥の声がかすかに聞こえてくる。

林塘多秀色
山水有遺音

林塘《りんとう》秀色《しゅうしょく》多《おお》く
山水《さんすい》遺音《いおん》有《あ》り

林と堤にはすぐれた景色が多く、山河には何とも言えないおもむきがある。●林塘　林と堤。●遺音　残されたおもむき。

林靜鶯啼遠
山空月色深

林《はやし》静《しず》かにして鶯啼《おうてい》遠《とお》く
山《やま》空《むな》しくして月色《げっしょく》深《ふか》し

林は静かなのでうぐいすの鳴き声は遠くからでも聞こえ、ひっそりした山を月は盛んに照らす。●鶯啼　うぐいすの鳴き声。

泛花浮座客
命酒酌幽心

花《はな》を泛《うか》べて座客《ざきゃく》を浮《う》かし
酒《さけ》を命《めい》じて幽心《ゆうしん》を酌《く》む

同席の客人は花を眺めながらそわそわしだしたが、酒を頼んで酌《く》み交《か》わすと静かに語り合い出した。●幽心　静かな心。

爭來問津客
都是雇舟人

争《あらそ》い来《きた》る津《しん》を問《と》うの客《きゃく》
都《すべ》て是《これ》舟《ふね》を雇《やと》うの人《ひと》

大ぜいの人が港にやってきて、みんな舟に乗る。商売大繁盛のようす。●問津　渡し場（港）の所在を問うこと。

芝蘭香滿砌
桃李植成陰

芝蘭《しらん》香《かお》って砌《せい》に満《み》ち
桃李《とうり》植《う》えて陰《かげ》を成《な》す

香り草の芳しい香りが階段に満ちあふれ、桃とすももが大きくなってかげをつくるようになった。●芝蘭　芝草と蘭草。香り草。●砌　階段。

花市千門月
燈衢萬里春

花市《かし》千門《せんもん》の月《つき》
灯衢《とうく》万里《ばんり》の春《はる》

花市場を成す多くの家々は月に照らされている。灯火のともった町はどこも春たけなわである。元宵節（陰暦正月十五日夜）。●花市　花市場。●千門　多くの家。●灯衢　灯火のともる町。

花香入家満
草色映階長

花香來曲塢
竹影上紗窗

花草相掩映
雲霞共吐呑

花徑晴光暖
華堂瑞氣浮

花間金作屋
燈上玉爲人

花開香入戸
月照影臨軒

花香《かこう》家《いえ》に入《い》って満《み》ち
草色《そうしょく》階《かい》に映《えい》じて長《なが》し

花香《かこう》曲塢《きょくお》に来《きた》り
竹影《ちくえい》紗窓《さそう》に上《のぼ》る

花草《かそう》相《あい》掩映《えんえい》し
雲霞《うんか》共《とも》に吐呑《とどん》す

花径《かけい》晴光《せいこう》暖《あたた》かに
華堂《かどう》瑞気《ずいき》浮《うか》ぶ

花間《かかん》金屋《きんおく》を作《な》し
灯上《とうじょう》玉人《たまひと》を為《な》す

花《はな》開《ひら》いて香戸《こうこ》に入《い》り
月《つき》照《て》って影軒《かげのき》を臨《のぞ》む

芳しい花の香りが家中に満ち、青々とした草が階段の上り口に茂っている。

花の香りは曲がり続く堤いっぱいにただよい流れ、竹の揺らぐかげが窓のカーテンに映《うつ》る。●曲塢　曲がった堤。●紗窓　うす絹を張った窓。

花の咲いた草がおおい映《うつ》り、雲とかすみが生じたり消えたりしている。●掩映　おおい映ること。●吐呑　吐いたり呑んだりすること。生じたり消えたりすること。

花咲く小道は暖かい春の陽光につつまれ、美しい家はめでたい雲でおおわれている。●瑞気　めでたい雲。

家は輝く黄金のような花につつまれ、人は灯火の光のようにきらめいている。新婚家庭をいう。●屋　家。

花が咲いて芳しい香りが家に満ち、月が昇って明るい光が軒を照らす。

花暖青牛臥
松高白鶴眠

花暖《はなあたた》かにして青牛《せいぎゅう》臥《が》し
松高《まつたか》くして白鶴《はくかく》眠《ねむ》る

暖かい春、花をつけた草の中で黒毛の牛が横になり、高い松の木のいただきには白い鶴が眠っている。●青牛　黒毛の牛。

花燭光生彩
瓊筵宴喜新

花燭《かしょく》光《ひかり》彩《いろど》りを生《しょう》じ
瓊筵宴新《けいえんえんしん》を喜《よろこ》ぶ

はなやかな灯火の光は美しい彩《いろど》りを放ち、結婚披露宴《ひろうえん》は盛り上がっている。●花燭　はなやかな灯火。●瓊筵宴　結婚披露宴。

芳草斜陽外
落花流水間

芳草斜陽《ほうそうしゃよう》の外《そと》
落花《らっか》流水《りゅうすい》の間《かん》

夕日を受けて芳しい草花の香りがただよい、川には散った花が流れてゆく。●芳草　芳しく香る草花。

金玉本非富
詩書原不貧

金玉《きんぎょく》本《もと》より富《とみ》に非《あら》ず
詩書《ししょ》原《もと》より貧《ひん》に不《あら》ず

黄金や珠玉が財産ではなく、『詩経《しきょう》』や『書経《しょきょう》』の教えは豊かなものである。●金玉　黄金と珠玉。●詩書　『詩経』と『書経』。

金芽映客座
玉雪懷仙歌

金芽《きんが》客座《きゃくざ》に映《えい》じ
玉雪《ぎょくせつ》仙歌《せんか》を懐《おも》う

上等のお茶が茶屋の座席に運ばれ、あまりのおいしさに別天地にいるように思われる。●金芽・玉雪　銘茶の名。●仙歌　仙人の歌。仙境・仙郷・別天地と解した。

金屏牛女會
玉樹鳳凰鳴

金屏《きんぺい》牛女《ぎゅうじょ》会《かい》し
玉樹《ぎょくじゅ》鳳凰《ほうおう》鳴《な》く

金屏風《びょうぶ》を背に才子と佳人が並び、庭の美しい木では鳳凰が鳴いている。婚礼をたたえる。●金屏　金屏風。●牛女　牽牛と織女の二星。●玉樹　美しい木。●鳳凰　瑞鳥。雄を鳳、雌を凰という。

金莖承曉露
玉樹接青雲

金茎暁露《きんけいぎょうろ》を承《う》け
玉樹青雲《ぎょくじゅせいうん》に接《せっ》す

金茎花は夜明けの露を受けてさらに輝き、美しい木は青い雲に届かんばかりにそびえ立っている。

金繩開覺路
寶筏渡迷津

金縄覚路《きんじょうかくろ》を開《ひら》き
宝筏迷津《ほうばつめいしん》を渡《わた》る

清浄な国の黄金製のなわで区切られた悟りの道を歩んでゆき、宝でつくったいかだに乗って迷いのこの世界を渡ってゆく。仏法に帰依して悟りを得るたとえ。●金縄　黄金製のなわ。●覚路　悟りの道。●宝筏　宝でつくったいかだ。●迷津　迷いの世界の岸。

長劍一杯酒
高樓萬里心

長剣一杯《ちょうけんいっぱい》の酒《さけ》
高楼万里《こうろうばんり》の心《こころ》

長いつるぎと一杯の酒を携えて旅をし、高殿に登ってははるかかなたの故郷を眺める。●高楼　高殿。

門迎四海客
貨備八時鮮

門《もん》は四海《しかい》の客《きゃく》を迎《むか》え
貨《か》は八時《はちじ》の鮮《せん》を備《そな》う

店先にはあちこちからのお客が集まり、商品はいつも新鮮なものをそろえてある。●四海　天下。●貨　商品。●八時　いつでも。

門前春草綠
宅內慶安寧

門前春草緑《もんぜんしゅんそうみどり》に
宅内慶安寧《たくないけいあんやす》んず

門の前には春の草がみどり色に芽生《めば》え、家の中は喜びで満ちている。

門巷規模古
文章大雅存

門巷《もんこう》規模《きぼ》古《ふる》く
文章大雅《ぶんしょうたいが》存《そん》す

いかにも古めかしい村里に、文章の大家がいる。●門巷　村里。●大雅　学識のある立派な人。

門牆多古意
家世重儒風

門牆《もんしょう》古意《こい》多《おお》く
家世儒風《かせいじゅふう》を重《おも》んず

家の門や垣根には先祖からの古めかしいおもむきが多く残っており、家すじは儒者の風習を継いでいる。●門牆　門と垣根。●古意　古めかしいおもむき。●家世　家柄。家すじ。●儒風　儒者の風習。

雨降琴書潤
風來翰墨香

雨《あめ》降《ふ》って琴書《きんしょ》潤《うるお》い
風《かぜ》来《きた》って翰墨《かんぼく》香《かんば》し

雨が降って琴も書籍もしめりがち。風が吹いて筆や墨の香りが芳しくただよう。●琴書　琴と書籍。弾琴と読書。ともに風流なもの。●翰墨　筆と墨。

雨前勤採取
酒後合品嘗

雨前《うぜん》採取《さいしゅ》に勤《つと》め
酒後《しゅご》品嘗《ひんしょう》に合《がっ》す

雨が降りそうなので野菜を採り、酒を飲んだ後、お茶を飲んでみんなで品評する。●品嘗　お茶を試飲して品評すること。

雨過苔紋綠
風牽荇帶長

雨《あめ》過《す》ぎて苔紋《たいもん》緑《みどり》に
風《かぜ》牽《ひ》いて荇帯《こうたい》長《なが》し

春雨が降って苔はいっそうみどり色を増し、そよ風が吹いてあさざが揺れ動く。●苔紋　苔。●荇帯　あさざ。

雨過琴書潤
風來筆硯香

雨《あめ》過《す》ぎて琴書《きんしょ》潤《うるお》い
風《かぜ》来《きた》って筆硯《ひっけん》香《かんば》し

雨が通り過ぎると琴や書籍がしめり、風が吹いてくると筆や硯が芳しい香りをただよわす。●琴書　琴と書籍。ともに風流なもの。

青山當戶碧
秋水繞亭幽

青山《せいざん》戸《こ》に当《あた》って碧《みどり》に
秋水《しゅうすい》亭《てい》を繞《めぐ》って幽《ゆう》なり

家の前方には青々とした山がそびえ、あずま屋をめぐって秋の水が静かに流れている。●亭　あずま屋。●幽　もの静かなようす。

青松多壽色
丹桂有叢香

奎壁輝華館
龍光映草堂

客至禽呼夢
詩成月助吟

客來宜對飲
人靜夜攤書

屋小堪容膝
窗晴好讀書

星雲同獻瑞
日月互爭輝

青松寿色《せいしょうじゅしょく》多《おお》く
丹桂叢香《たんけいそうこう》有《あ》り

奎壁華館《けいへきかかん》に輝《かがや》き
竜光草堂《りょうこうそうどう》に映《えい》ず

客《きゃく》至《いた》って禽夢《とりゆめ》を呼《よ》び
詩《し》成《な》って月吟《つきぎん》を助《たす》く

客《きゃく》来《きた》って飲《いん》を対《たい》するに宜《よろ》しく
人《ひと》静《しず》かにして夜書《よるしょ》を攤《ひら》く

屋《おく》小《しょう》にして膝《ひざ》を容《い》るるに堪《た》え
窓《まど》晴《は》れて書《しょ》を読《よ》むに好《よ》し

星雲《せいうん》同《とも》に瑞《ずい》を献《けん》じ
日月《じつげつ》互《たが》いに輝《き》を争《あらそ》う

青々とした松はめでたさの象徴であり、丹桂は芳しい多くの香りをただよわす。●寿色　めでたい色。長寿をいう。●丹桂　桂の一種。●叢香　群《むら》がった香り。

玉をちりばめた壁が美しいやかたを彩《いろど》り、めでたい光が草ぶきの家を照らす。

客人が訪れると鳥が美しい声で鳴き、詩ができると月を見上げて微吟する。●禽　鳥。

客人が訪れたので一緒に酒を飲むのにちょうどよい。静かな夜は読書する。●対飲　向き合って酒を飲むこと。

家は小さいけれど十分に満足しており、明るい窓辺は読書するのに最適である。

星も雲もめでたさを呈し、日も月もその輝きを競っている。天下太平の形容。●瑞　めでたいしるし。

春共山頭採
香宜竹裏煎

春《はる》は共《とも》に山頭《さんとう》に採《と》り
香《こう》は宜《よろ》しく竹裏《ちくり》に煎《い》るべし

春たけなわ、みんなで山に登ってお茶を摘み、竹やぶの中で煎じて飲むと芳しい香りが辺りをおおう。

春光開錦綉
吉地報平安

春光錦《しゅんこうきん》 綉《しゅう》を開《ひら》き
吉地平安《きっちへいあん》を報《ほう》ず

春の光はあや錦の風景を織り成し、地上一面は平穏無事である。
●錦綉　錦のぬいとりのある絹

春秋多佳日
義理爲豐年

春 秋《しゅんじゅう》 佳日《かじつ》多《おお》く
義理《ぎり》豊年《ほうねん》を為《な》す

春と秋は寒暖のほどよい晴れた日が多くて快《こころよ》い。一所懸命、心から尽くしていれば豊かな年になる。

春風吹曉幕
融雪滴晴簷

春風暁《しゅんぷうぎょう》 幕《ばく》を吹《ふ》き
融雪晴簷《ゆうせつせいえん》に滴《したた》る

春風が夜明け方のカーテンを吹いてなびかせ、雪どけ水が晴れた軒《のき》にしたたる。

春風和一室
淑氣擁重門

春風一室《しゅんぷういっしつ》に和《わ》し
淑気重門《しゅくきちょうもん》を擁《よう》す

春風が部屋いっぱいに吹き渡り、春のなごやかな気が重なった門をつつんでいる。●淑気　春のなごやかな気。

春風來馬帳
瑞雪集程門

春風馬《しゅんぷうば》 帳《ちょう》に来《きた》り
瑞雪程門《ずいせつていもん》に集《あつま》る

学校に春風が吹き、めでたい雪が積もる。すぐれた生徒が多く集まること。●馬帳・程門　ともに学校。

春風來綉戸
和氣滿香閨

春風《しゅんぷう》綉戸《しゅうこ》に来《きた》り
和気《わき》香閨《こうけい》に満《み》つ

春風が婦人の寝室に吹き渡り、やわらいだ気が部屋中に垂れ込める。●綉戸・香閨　婦人の寝室をいう。

春風迎綠樹
山色上紅樓

春風《しゅんぷう》緑樹《りょくじゅ》を迎《むか》え
山色《さんしょく》紅楼《こうろう》に上《のぼ》る

春風がみどり色の木々を吹き、山の色が朱塗りの高殿に映《うつ》る。●紅楼　朱塗りの高殿。

春風舒柳眼
麗日展花唇

春風《しゅんぷう》柳眼《りゅうがん》を舒《の》べ
麗日《れいじつ》花唇《かしん》を展《の》ぶ

春風が吹いて柳の新芽が出、のどかな日和《ひより》に花が咲く。●柳眼　柳の新芽。細長くて眼のようであるからいう。●麗日　のどかな日。

春風開紫殿
天樂下朱樓

春風《しゅんぷう》紫殿《しでん》を開《ひら》き
天楽《てんがく》朱楼《しゅろう》に下《くだ》る

春風は美しく飾った御殿に吹き渡り、たえなる音楽は朱色の高殿に鳴りひびく。●紫殿　むらさき色に彩《いろど》った御殿。●天楽　天上の音楽。たえなる音楽。●朱楼　朱塗りの高殿。

春風摩劍氣
夜雨度書聲

春風《しゅんぷう》剣気《けんき》を摩《ま》し
夜雨《やう》書声《しょせい》を度《わた》す

春風は剣のような鋭さを以て迫り来たり、夜になって降り出した雨の中、読書の声がひびき渡る。●書声　書を読む声。※度は渡に同じ。

春風飜雪浪
爐火詠金波

春風《しゅんぷう》雪浪《せつろう》を飜《ひるがえ》し
炉火《ろか》金波《きんば》を詠《えい》ず

春風は雪のように白いさざ波を起こし、いろりの火は黄金色の波のような炎をくゆらす。●炉火　いろりの火。

春草迎門綠
晴花拂架香

春草變綠野
新鶯有佳音

春浮花氣遠
雨霽鳥聲繁

春城廻北斗
烟樹發南枝

春從天上至
恩向日邊來

春深花結子
秋後竹生孫

春《しゅん》草《そう》門《もん》に迎《むか》えて緑《みどり》に
晴《せい》花《か》架《か》を払《はら》って香《かんば》し

春《しゅん》草《そう》緑《りょく》野《や》に変《へん》じ
新《しん》鶯《おう》佳《か》音《おん》有《あ》り

春《はる》浮《うか》んで花《か》気《き》遠《とお》く
雨《あめ》霽《は》れて鳥《ちょう》声《せい》繁《しげ》し

春《しゅん》城《じょう》北《ほく》斗《と》廻《めぐ》り
烟《えん》樹《じゅ》南《なん》枝《し》に発《おこ》る

春《はる》は天《てん》上《じょう》従《よ》り至《いた》り
恩《おん》は日《にっ》辺《ぺん》に向《むか》って来《きた》る

春《しゅん》深《しん》花《はな》子《み》を結《むす》び
秋《しゅう》後《ご》竹《たけ》孫《まご》を生《しょう》ず

春の草は門の辺りまでみどり色に芽吹《めぶ》き、美しい花はたな越しに芳しい香りを放っている。●晴花　美しい花。●架　たな。

春の草が芽生《めば》えて野原は一面みどり色と変わり、はじめて鳴いたうぐいすの声は良い音色である。●佳音　良い音色。

春は訪れたばかりなのでまだ花の香りは届かないが、空が晴れると鳥たちは盛んに鳴き出した。●花気　花の香り。

町には春が訪れ、木の南がわの枝にかすみがかかる。●廻北斗　春になること。※烟は煙に同じ。

春は天から訪れ、恵みは輝く太陽がもたらせてくれる。

春もたけなわとなると花は実を結び、秋になると竹は竹の子を生ずる。●春深　春がたけなわになること。●秋後　立秋以後。

春晴花結子
日暖燕呼雛

春暖観魚躍
秋高聴鹿鳴

柳色黄金嫩
梨花白雪香

柴扉人跡静
桑徑夕陽斜

泉清堪洗硯
山秀可藏書

泉聲常到耳
山色不離門

春《はる》晴《は》れて花子《はなみ》を結《むす》び
日《ひ》暖《あたた》かにして燕雛《つばめひな》を呼《よ》ぶ

春暖《はるあたた》かにして魚《うお》の躍《おど》るを観《み》
秋高《あきたか》くして鹿《しか》の鳴《な》くを聴《き》く

柳 色 黄金嫩《りゅうしょくおうごんやわ》らかに
梨花《りか》白雪《はくせつ》 香《かんば》し

柴扉人跡静《さいひじんせきしず》かに
桑径夕陽斜《そうけいせきようなな》めなり

泉清《いずみきよ》くして硯《すずり》を洗《あら》うに堪《た》え
山秀《やまひい》でて書《しょ》を蔵《ぞう》す可《べ》し

泉声常《せんせいつね》に耳《みみ》に到《いた》り
山色門《さんしょくもん》を離《はな》れず

晴れ渡った春の日、花は実を結び、暖かい日、つばめはひなを引き連れて飛び交う。

暖かい春の日には魚の跳ね泳ぐようすを眺め、空高く晴れた秋の日には鹿の鳴き声を聞く。悠々自適。

柳は芽《め》吹《ぶ》いて美しい黄金色を呈し、梨《なし》の花は雪のように白く咲いて芳しい香りを放つ。

わびしい住まいにはめったに人の訪れることはなく、桑畑の小道は夕日に照らされている。●柴扉　わびしい住居。●人跡　人の足あと。●桑径　桑畑の小道。

泉は清らかなので硯を洗うにはもったいないと思える。山は静かですばらしいのでいくらでも読書できる雰囲気である。

清らかな泉の流れる音がいつも聞こえてくる山中に門を構えて、いつまでもここに住もうと思っている。

流輝増瑞彩
異色賽春花

皇極開昌運
春風鼓太和

看山晴入畫
愛竹月當樓

砌長延年草
堂開益壽花

秋露滋丹桂
春風醉碧桃

紅塵分戶外
黄卷滿窗前

流輝《りゅうき》瑞彩《ずいさい》を増《ま》し
異色《いしょく》春花《しゅんか》を賽《きそ》う

皇極《こうきょく》昌運《しょううん》を開《ひら》き
春風《しゅんぷう》太和《たいわ》を鼓《こ》す

山《やま》を看《み》れば晴《せい》は画《が》に入《い》り
竹《たけ》を愛《め》でれば月《つき》は楼《ろう》に当《あた》る

砌《せい》は延年《えんねん》の草《くさ》を長《ちょう》じ
堂《どう》は益寿《えきじゅ》の花《はな》を開《ひら》く

秋露《しゅうろ》丹桂《たんけい》に滋《しげ》く
春風《しゅんぷう》碧桃《へきとう》に酔《よ》う

紅塵《こうじん》戸外《こがい》に分《わか》れ
黄巻《こうかん》窓前《そうぜん》に満《み》つ

流れゆく光はめでたい彩《いろど》りを盛んに増さしめ、美しい色は春の花のように競い合う。●流輝　流れゆく光。●瑞彩　めでたい彩り。●異色　美しい色。

北斗七星は盛運をもたらし、春風は万物生成の元気を盛んにする。●皇極　北斗七星。

晴天のもとの山は絵のように美しく、月は竹やぶの中の高殿を明るく照らす。●楼　高殿。

階段には延年草が大きくなり、家の前には益寿花が咲いた。●延年・益寿　長生きすること。

秋の露が丹桂に降りて美しさを増し、春風が碧桃に吹いて芳しい香りがただよってくる。めでたさの形容。●丹桂　桂の一種。月中にあるという。●碧桃　桃の一種。「碧桃花」は仙人の食べる果実。

往来のちりやほこりはあくまでも家の外のことで、書斎の窓辺には万巻の書籍が積まれている。●紅塵　往来のちりやほこり。●黄巻　書籍。

苔痕上階綠
草色入簾靑

苔痕階《たいこんかい》に上《のぼ》って緑《みどり》に
草色簾《そうしょくれん》に入《い》って青《あお》し

苔は階段にまでみどり色にはびこり、草はすだれに青々と美しく映《うつ》っている。●苔痕　苔のあと。●簾　すだれ。

重門迎喜氣
高第煦春風

重門喜気《ちょうもんきき》を迎《むか》え
高第春風《こうだいしゅんぷう》に煦《あたた》まる

重なった門は喜ばしい気に満ちあふれ、高殿には暖かい春風が吹き渡る。●高第　高殿。

風引奇香入
祥徵景福來

風《かぜ》は奇香《きこう》を引《ひ》いて入《い》り
祥《しょう》は景福《けいふく》を徴《め》して来《きた》る

風は芳しい香りを乗せて吹いてき、めでたさは大きな幸いを呼んで訪れた。●奇香　良い香り。●景福　大きな幸い。

風月資吟詠
烟霞得性情

風月吟詠《ふうげつぎんえい》を資《たす》け
烟霞性情《えんかせいじょう》を得《え》たり

清風と明月は詩歌をうたう時にふさわしく、山河の景色は心うばわれるおもむきがある。●風月　清風と明月。●吟詠　詩歌をうたうこと。●烟霞　もやかすみ。山河の景色。烟は煙に同じ。●性情　心のおもむき。心。

風生叢竹嘯
香泛乳花輕

風《かぜ》生《しょう》じて叢竹《そうちく》嘯《うそぶ》き
香《こう》泛《うか》んで乳《にゅう》花《か》軽《かる》し

風が吹き出すと竹やぶは騒がしい音を立て、茶を煎じると軽くあわが浮かんで芳しい香りがただよう。●叢竹　竹やぶ。●乳花　茶のあわ。

風光行處好
雲物望中新

風光《ふうこう》行《ゆ》く処《ところ》好《よ》く
雲物《うんぶつ》望《のぞ》む中《うち》新《あら》たなり

景色は行くさきざきで美しく、眺めれば眺めるだけ新しさを発見できる。●風光・雲物　景色。

風回楊柳夢
月渡海棠陰

風《かぜ》は楊柳《ようりゅう》の夢《ゆめ》を回《かえ》し
月《つき》は海棠《かいどう》の陰《かげ》を渡《わた》る

春風は柳を芽吹《めぶ》かせ、月はかいどうの木を明るく照らす。

風來花自舞
春入鳥能言

風来《かぜきた》って花自《はなおの》ずから舞《ま》い
春入《はるい》って鳥能《とりよ》く言《かた》る

風が吹くと花が散り、春の訪れとともに鳥は盛んに鳴き騒ぐ。

風來花影動
露滴柳絲垂

風来《かぜきた》って花影動《かえいうご》き
露滴《つゆしたた》って柳 糸《りゅうし》垂《た》る

風が吹いて花が揺らぎ、露をしたたらせながら柳の枝が垂れている。

風來書幌動
花落墨池香

風来《かぜきた》って書幌動《しょこううご》き
花落《はなお》ちて墨池 香《ぼくちかんば》し

風が吹いて書斎のカーテンが揺れ動き、花が筆や硯を洗う池に落ちて芳しく香る。●書幌　書斎のカーテン。●墨池　筆硯を洗う池。

風雲歸硯匣
林鳥和書聲

風雲硯匣《ふううんけんこう》に帰《かえ》り
林鳥 書声《りんちょうしょせい》に和《わ》す

硯箱に帰るように風がやみ、雲が流れ去ると、読書の声に合わせるように林の鳥が鳴き出した。●硯匣　硯箱。

風暖鳥聲碎
日高花影重

風 暖《かぜあたた》かにして鳥 声砕《ちょうせいくだ》け
日高《ひたか》くして花影重《かえいかさ》なる

暖かい春風に乗ってあちこちから鳥の声が聞こえ、日が高く昇って花のかげが重なる。春らんまんの光景。

飛閣凌芳樹
高窗度白雲

飛閣《ひかく》芳樹《ほうじゅ》を凌《しの》ぎ
高窓《こうそう》白雲《はくうん》度《わた》る

高殿は花の咲く木々の中にそびえ、高い窓辺を白雲がたなびき流れる。●飛閣　高い高殿。●芳樹　花の咲く木。

香車珠結綱
錦轆玉爲鉤

香車《こうしゃ》珠綱《たまつな》を結《むす》び
錦轆《きんろく》玉鉤《たまこう》と為《な》る

はなやかな車には玉でつづった綱が結ばれており、錦の車木《くるまぎ》には美しい玉でつくった輪が飾ってある。●香車　華美な車、すなわち婚礼に用いる装飾した車。●錦轆　錦の車木。●鉤　飾りの輪。

香開梅映月
爽挹竹鳴秋

香《こう》開《ひら》いて梅月《うめつき》に映《えい》じ
爽《そう》挹《く》んで竹《たけ》秋《あき》に鳴《な》る

月明かりのもと、梅の花が芳しく香り、秋たけなわ、竹が風にさわやかな音を立てる。

香閣凌清漢
丹梯隱翠微

香閣《こうかく》清漢《せいかん》を凌《しの》ぎ
丹梯《たんてい》翠微《すいび》に隠《かく》る

寺は天の川に向かって高くそびえ、朱色の階段は山の八合目辺りで見えなくなっている。●香閣　寺。●清漢　天の川。●丹梯　朱色の階段。●翠微　山の八合目。

修身如執玉
積德勝遺金

身《み》を修《おさ》むるは玉《たま》を執《と》るが如《ご》く
徳《とく》を積《つ》むは金《きん》を遺《のこ》すに勝《まさ》る

行いを正しくすることと徳を積むことはどんなものよりもたいせつなことである。

倚闌吟夜月
捲幔挹春風

闌《らん》に倚《よ》って夜月《やげつ》を吟《ぎん》じ
幔《まん》を捲《ま》いて春風《しゅんぷう》を挹《く》む

欄干にもたれて夜の月の詩を作り、とばりを巻き上げて春風を部屋に入れる。●闌　欄干。●幔　とばり。

城闕千門曉
河山萬戸春

家傳七寶貴
春發萬年枝

席上山花落
檐前野樹低

座列珊瑚樹
堂開玳瑁筵

座靜春風溥
庭高愛日長

桂香浮半月
竹影亂清風

城闕千門《じょうけつせんもん》の暁《あかつき》
河山万戸《かざんばんこ》の春《はる》

家《いえ》は七宝《しちほう》の貴《き》を伝《つた》え
春《はる》は万年《まんねん》の枝《えだ》を発《はっ》す

席上山花《せきじょうさんか》落《お》ち
檐前野樹《えんぜんやじゅ》低《ひく》し

座《ざ》は珊瑚樹《さんごじゅ》を列《つら》ね
堂《どう》は玳瑁筵《たいまいえん》を開《ひら》く

座《ざ》静《しず》かにして春風《しゅんぷう》溥《あまね》く
庭高《にわたか》くして愛日《あいじつ》長《なが》し

桂香半月《けいこうはんげつ》に浮《うか》び
竹影清風《ちくえいせいふう》に乱《みだ》る

町中の家に夜明けが訪れ、山河の多くの家は春らんまんである。●城闕　都市をいう。●千門・万戸　多くの家。

家には七宝の貴《とうと》さが伝わり、春は万年も持ちこたえる枝を生じさせる。●七宝貴　金・銀・瑠璃《るり》・硨磲《しゃこ》・瑪瑙《めのう》・琥珀《こはく》・珊瑚《さんご》。また、米・味噌《みそ》・油・薪《まき》・酢・茶・塩。

座席に山の花が落ち、軒《のき》の前方の野原の木々はまだ大きくはない。●檐前　軒の前。

立派な高殿での宴会はたいまいで飾ったむしろが敷かれ、座席にはさんご樹が連ねられている。盛んな宴席をいう。●玳瑁筵　たいまいで飾ったむしろ。

春風が座敷一面に吹き渡り、愛すべき日光が一日中庭に降り注ぐ。

半月からは桂の木の香りがただよい、清らかな風に竹のかげが揺れ動く。●桂香　桂の木の香り。桂は月中にある。

桃花臨水岸
柳絮襲人衣

桃紅兼柳綠
燕語雜鶯聲

桑麻深雨露
詩酒悅風雲

泰岱松千尺
丹山鳳九苞

海近雲常濕
樓高月更明

海闊雲連樹
花香春滿堂

桃花《とうか》水岸《すいがん》に臨《のぞ》み
柳絮《りゅうじょ》人衣《じんい》を襲《おそ》う

桃紅《とうこう》柳《りゅう》 緑《りょく》に兼《あわ》せ
燕語《えんご》鶯声《おうせい》に雑《まじ》ゆ

桑麻《そうま》雨露《うろ》深《ふか》く
詩酒《ししゅ》風雲《ふううん》を悦《よろこ》ぶ

泰岱《たいたい》松《まつ》千尺《せんじゃく》
丹山《たんざん》鳳《ほう》九苞《きゅうほう》

海《うみ》近《ちか》くして雲《くも》常《つね》に湿《うるお》い
楼《ろう》高《たか》くして月《つき》更《さら》に明《あき》らかなり

海《うみ》闊《ひろ》くして雲樹《くもじゅ》に連《つら》なり
花《はな》香《かんば》しくして春堂《はるどう》に満《み》つ

桃の花が水辺に咲いており、柳のわたが衣服に散りまとう。●柳絮　柳のわた。●人衣　ころも。

桃の花の紅《くれない》色が柳のみどり色と張り合っていっそう美しく、つばめの語り声がうぐいすのさえずりと相まって心がなごむ。春たけなわの景色。

雨や露の恵みによって桑や麻はよく育ち、天候の悪い時は詩を作り、酒を飲む。

泰山の松は千尺もの高くにそびえ、丹山のおおとりは九種の羽の色を持っている。男子の誕生をいう。●泰岱　泰山。山東省泰安県の北にある。五岳の一つでその長とされる。●千尺　非常に高いことの形容。●丹山　山名。山東省臨朐県の東北にある。●鳳凰。瑞鳥。●九苞　鳳凰の九種の羽の色。

海岸の雲はいつもしめり気を帯びており、高殿は月に照らされて明らかにそびえている。●楼　高殿。

広い海の上空の雲は山の木々まで連なり続き、花は芳しく香って高殿は春で満ちあふれている。●堂　高殿。

烟雲連草樹
星斗煥文章

留客風吹竹
吟詩月満堂

眞心凌晩桂
勁節掩寒松

草芽隨意緑
柳眼向人青

釜浄炊香稻
筵開進壽觥

高名留竹帛
眞行表郷間

烟雲草樹《えんうんそうじゅ》に連《つら》なり
星斗《せいと》文章《ぶんしょう》に煥《あき》らかなり

客《きゃく》を留《とど》むれば風竹《かぜたけ》を吹《ふ》き
詩《し》を吟《ぎん》ずれば月堂《つきどう》に満《み》つ

真心《しんしん》晩桂《ばんけい》を凌《しの》ぎ
勁節寒 松《けいせつかんしょう》を掩《おお》う

草芽《そうが》意《い》に随《したが》って緑《みどり》に
柳眼《りゅうがん》人《ひと》に向《むか》って青《あお》し

釜《かま》浄《きよ》くして香稲《こうとう》を炊《かし》ぎ
筵《えん》開《ひら》いて寿觥《じゅこう》を進《すす》む

高名《こうめい》竹帛《ちくはく》に留《とど》め
真行《しんこう》郷間《きょうかん》に表《あらわ》す

草木はかすかにけむっており、星は美しく光り輝いている。●烟雲　かすかにけむった景色。烟は煙に同じ。●星斗　星。●文章　あや。模様。

客人を引きとどめると風が竹を吹きよそがせ、詩を吟ずると月が家を明るく照らす。

まことの心は寒さきびしいころにも花咲くもくせいをしのぎ、強くて屈しないみさおは、寒さに耐える冬の松をもしのぐ。●真心　いつわりのないまことの心。●晩桂　寒さに耐えて花咲くもくせい。●勁節　強くて屈しないみさお。●寒松　寒さに耐える松。

春になると草はみどり色の若芽を出し、柳は人にこびるように青々とした新芽を出す。●柳眼　柳の新芽。細長くて眼のようであるからいう。

美しいかまでご飯をたき、宴会を開いて祝いの杯を酌《く》み交《か》わす。●香稲　稲の一種。●筵　宴会。●寿觥　祝いの杯。

その名声は歴史書に記され、まごころのこもった行いは故郷でいつまでも語り継がれるだろう。●竹帛　歴史書。●真行　誠実なる行い。●郷間　故郷。

高樓懸百尺
玉樹起千尋

高楼《こうろう》百尺《ひゃくしゃく》に懸《かか》り
玉樹《ぎょくじゅ》千尋《せんじん》に起《た》つ

高殿は百尺もあろうかと思えるほど高くそびえ、そばの美しい木も空高く目がけて伸びている。●高楼　高殿。

高懷同霽月
雅量洽春風

高懐《こうかい》霽月《せいげつ》に同《おな》じく
雅量《がりょう》春風《しゅんぷう》洽《あまね》し

気高《けだか》い思いは晴れ渡った明月と同じで、正しく寛大な心は春風があまねく吹き渡るように豊かである。●高懐　気高い思い。高尚な心。●霽月　晴れ渡った月。●雅量　正しく寛大な心。胸中の正しく広いこと。

乾坤資化育
日月同光華

乾坤《けんこん》化育《かいく》を資《たす》け
日月《じつげつ》光華《こうか》を同《おな》じくす

天地自然は万物を生じ育て、太陽と月は同じ恵みの光を降り注ぐ。●乾坤　天地。●化育　天地自然が万物を生じ育てること。●光華　光。

乾坤爲逆旅
風月作良朋

乾坤《けんこん》を逆旅《げきりょ》と為《な》し
風月《ふうげつ》を良朋《りょうほう》と作《な》す

天地を旅館とし、清風と明月を良い友だちとして暮らす。●乾坤　天地。●逆旅　旅館。●風月　清風と明月。夜景の美しいことをいう。●良朋　良い友だち。

乾坤開兩地
覆載育羣生

乾坤《けんこん》両地《りょうち》を開《ひら》き
覆載《ふさい》群生《ぐんせい》を育《そだ》つ

天地はそれぞれの地を明らかにし、おおい尽くして人民を育てる。●乾坤　天地。●覆載　天の万物をおおうことと、地の万物を乗せること。恵みをいう。●群生　多くの人。人民。

堂上金萱茂
堦前玉樹榮

堂上《どうじょう》金萱《きんけん》茂《しげ》り
堦前《かいぜん》玉樹《ぎょくじゅ》栄《さか》ゆ

高殿の周囲には美しい忘れ草が盛んに茂っており、階段の前には美しい木々が空高くそびえている。●堂上　高殿のほとり。●堦前　階段の前。堦は階に同じ。●玉樹　玉のように美しい木。

堆盤皆玉粒
調鼎盡銀沙

盤《ばん》に堆《つ》むは皆玉粒《みなぎよくりゆう》
鼎《てい》を調《ととの》うるは尽《ことごと》く銀沙《ぎんさ》

皿《さら》に盛るのはすべて玉の粒であり、かなえに入っているのはすべて白い砂である。●玉粒・銀沙　ともに塩のこと。

帶經耕綠野
留客醉黃花

経《けい》を帯《お》びて緑野《りよくや》を耕《たがや》し
客《きやく》を留《とど》めて黄花《こうか》に酔《よ》う

経書を持ってみどり色の野を耕し、客人を引きとどめて菊の花を眺めながら酒を酌《く》み交わす。●帯経　経書を携え持つこと。経書は聖賢の言行や教えを記した書籍。●黄花　菊の花をいう。

得句邀新月
披書坐落花

句《く》を得《え》て新月《しんげつ》を邀《むか》え
書《しよ》を披《ひら》いて落花《らくか》に坐《ざ》す

鮮やかな月を見て詩を作り、落花の上にすわって書を読む。

得性無人境
傳心有道書

性《せい》を得《う》るに人境《じんきよう》無《な》く
心《こころ》を伝《つた》うるに道書《どうしよ》有《あ》り

生まれつきにかなうのには住むところは関係なく、心を伝えるには道教の書から学ぶのが一番よい。●人境　人の住むところ。●道書　道教を説いた書物。

惜花春起早
愛月夜眠遲

花《はな》を惜《お》しんで春起《はるお》きること早《はや》く
月《つき》を愛《め》でて夜眠《よるねむ》ること遅《おそ》し

咲いている花を見るために春は早起きで、明月を眺めていて夜は床に着くのが遅い。

捲簾投燕子
添水插芙蓉

簾《れん》を捲《ま》いて燕子《えんし》を投《とう》じ
水《みず》を添《そ》えて芙蓉《ふよう》を挿《さしはさ》む

すだれを巻き上げてつばめを引き入れ、花びんに水を入れてはすの花を生ける。●簾　すだれ。●燕子　つばめ。●芙蓉　はすの花。

掃徑待延客
閉門思讀書

径《けい》を掃《はら》って延客《えんきやく》を待《ま》ち
門《もん》を閉《とざ》して読書《どくしょ》を思《おも》う

小道を掃除して長く連なったお客を待ち、応待が終われば門を閉めて読書する。●径　小道。

採藥雲生岫
焼丹月在庭

薬《くすり》を採《と》る雲《くも》の生《しょう》ずる岫《みね》
丹《たん》を焼《や》く月《つき》の在《あ》る庭《にわ》

雲の沸《わ》き起こる峰で薬草を採り、月の照る庭で不老長寿の薬を煉《ね》る。●焼丹　不老長寿の薬を煉ること。

晨昏三叩首
早晩一爐香

晨昏三叩首《しんこんさんこうしゅ》
早晩一炉香《そうばんいちろこう》

いつも朝夕は三度、礼拝《らいはい》し、香炉を焚《た》く。●晨昏・早晩　朝夕。●叩首　ぬかづくこと。●炉香　香炉の煙。

朗照三更月
清敲五夜鐘

朗《あき》らかに照《てら》す三更《さんこう》の月《つき》
清《きよ》らかに敲《たた》く五夜《ごや》の鐘《かね》

真夜中、月は明らかに輝いている。夜明け方、寺の鐘の音が清らかにひびいてくる。●三更　夜を五区分した第三の時刻。真夜中。●五夜　五更に同じ。夜明け方。

梅吐流蘇帳
椒浮合巹杯

梅《うめ》吐《は》いて蘇帳《そちょう》を流《なが》し
椒《しょう》浮《う》いて巹杯《きんぱい》を合《がっ》す

梅の花の芳しい香りが純白のとばりをつつみ、山椒が浮いた祝い酒を飲んでちぎりを結ぶ。●蘇帳　素帳。純白のとばり。●椒酒　山椒の浮いた祝い酒。●巹杯　婚礼の時の夫婦のちぎりの杯。

梅花千樹白
石竹數松青

梅花《ばいか》千樹《せんじゅ》白《しろ》く
石竹《せきちく》数松《すうしょう》青《あお》し

多くの梅の木に白い花が咲き、なでしこの花咲く林に数本の松が青々とそびえている。●石竹　なでしこ。

梵聲天半落
鈴語月中來

梵声《ぼんじょう》天半《てんぱん》に落《お》ち
鈴語《れいご》月中《げっちゅう》に来《きた》る

読経《どきょう》の声が大空に流れ渡り、ふうりんの音が月明かりの中にひびいてくる。●梵声　読経の声。●鈴語　ふうりんの音。

淑氣庭中貯
好風天外來

淑気《しゅくき》庭中《ていちゅう》に貯《つ》もり
好風《こうふう》天外《てんがい》より来《きた》る

庭は春のなごやかな気で満ち、そよ風が空高くから吹いてくる。●淑気　春のなごやかな気。●好風　快い風。●天外　はるかに遠いところ。

淑氣浮高閣
梅花灼景春

淑気《しゅくき》高閣《こうかく》に浮《うか》び
梅花《ばいか》景春《けいしゅん》に灼《かがや》く

高殿には春のなごやかな気がみなぎり、梅の花も美しく咲き誇っている。新春の景。●淑気　春のなごやかな気。●景春　春。

淑氣符首節
和風搧早春

淑気《しゅくき》首節《しゅせつ》に符《あ》い
和風《わふう》早春《そうしゅん》を搧《あお》ぐ

正月は春のなごやかな気で満ち、穏やかな風は春の到来を告げている。●淑気　春のなごやかな気。●首節　正月。

淑氣臨門早
春風及第先

淑気《しゅくき》門《もん》に臨《のぞ》むこと早《はや》く
春風《しゅんぷう》第《だい》に及《およ》ぶこと先《さき》んず

春のなごやかさはまず門に訪れ、そよ風は先に家に吹いてきた。●淑気　春のなごやかな気。●第　家。

清風在掌握
爽氣滿襟懷

清風《せいふう》掌握《しょうあく》に在《あ》り
爽気《そうき》襟懐《きんかい》に満《み》つ

清らかな風が吹いて身をつつみこむと、胸の中までさわやかな気でいっぱいになる。●掌握　手ににぎり持つこと。●爽気　さわやかな気。●襟懐　胸の中。

清風留客飲
皓月伴賓茶

清風《せいふう》客《きゃく》を留《とど》めて飲《の》み
皓月《こうげつ》賓《ひん》を伴《ともな》って茶《ちゃ》をす

清らかな風が吹き渡るので客人を引きとどめて酒を酌《く》み交《か》わし、月が明るく輝く中で賓客とともに茶をする。●皓月　明るく輝く月。●賓　賓客。

清襟蘊秀氣
淳意發高文

清襟《せいきん》秀《しゅう》気《き》を蘊《つ》み
淳意《じゅんい》高文《こうぶん》を発《はっ》す

清らかな心はどんどんとすぐれたものを身につけ、情け深い心は高尚な文章を生み出す。●清襟　清らかな心。●秀気　すぐれた気。●淳意　情け深い心。●高文　見識のある文章。

眼中滄海小
衣上白雲多

眼中《がんちゅう》滄海《そうかい》小《しょう》に
衣上《いじょう》白雲《はくうん》多《おお》し

高殿から眺めると青海原も小さく見え、空を見上げると白雲がたくさん浮かんでいる。●滄海　青海原。

祥招熊入夢
慶衍鳳來儀

祥《しょう》は熊《くま》を招《まね》いて夢《ゆめ》に入《い》れ
慶《けい》は鳳《おおとり》を衍《の》べて儀《ぎ》に来《きた》る

喜びは、男子誕生の夢を見たことであり、女児誕生の前兆を知ることである。●祥・慶　喜び。●熊入夢・鳳来儀　男子誕生と女児誕生の前兆を受けること。

笙歌歸院落
燈火接樓臺

笙《しょう》歌《か》院落《いんらく》に帰《かえ》り
灯火《とうか》楼台《ろうだい》に接《せっ》す

しょうの笛の音と歌声は垣根に囲まれた座敷に帰ってゆき、灯火は高殿まで続いている。元宵節（陰暦正月十五日夜）。●笙歌　しょうの笛と歌。●院落　垣根に囲まれた座敷。●楼台　高殿。

笛奏梅花曲
鶯啼楊柳風

笛《ふえ》は梅花《ばいか》の曲《きょく》を奏《そう》し
鶯《うぐいす》は楊柳《ようりゅう》の風《かぜ》に啼《な》く

梅花の曲を笛で吹いていると、合わせるようにうぐいすが風になびく柳の木で鳴き出した。●梅花曲　歌曲の名。●楊柳　柳。

紫氣臨華屋
祥光照奇筵

紫気華屋《しきかおく》に臨《のぞ》み
祥光奇筵《しょうこうきえん》を照《てら》す

めでたいむらさき色の雲が立派な家に立ちこめ、めでたい光が美しい宴席を照らす。●紫気　むらさき色の雲。瑞雲。●華屋　立派な家。●奇筵　美しい宴席。

絃中傳妙理
曲裡寄幽情

絃中妙理《げんちゅうみょうり》を伝《つた》え
曲裡幽情《きょくりゆうじょう》を寄《よ》す

琴はすぐれたメロディをかなで、その中には静かな心映えがこもっている。●妙理　すぐれたことわり。●幽情　静かな心情。

絃鳴公府靜
花落訟庭閒

絃《げん》鳴《な》って公府《こうふ》静《しず》かに
花《はな》落《お》ちて訟庭《しょうてい》間《しず》かなり

静かな役所に琴の音がひびき渡り、静かな裁判所の庭に花が散る。平和なたとえ。●絃　琴。●公府　役所。●訟庭　裁判所。

絃隨流水急
身與白雲閒

絃《げん》は流水《りゅうすい》に随《したが》って急《きゅう》に
身《み》は白雲《はくうん》と与《とも》に間《しず》かなり

琴の調べは流れる水に合わせて激しくなったが、わたしは白い雲と一緒で静かそのものである。●絃　琴の糸。

釣艇同琴酒
良宵背水濱

釣艇琴酒《ちょうていきんしゅ》を同《とも》にし
良宵水浜《りょうしょうすいひん》を背《せ》にす

釣り舟に乗って琴を弾き酒を酌《く》み交《か》わし、晴れた夜に水辺をあとにする。●釣艇　釣り舟。●良宵　晴れた夜。良夜。

閉戸延嘉友
開緘見古人

戸《こ》を閉《と》じて嘉友《かゆう》を延《まね》き
緘《かん》を開《ひら》いて古人《こじん》を見《み》る

仲の良い友だちが訪れたので門を閉ざして語り合い、本を開いて昔の聖賢と会う。●嘉友　良友。●緘　とじなわ。本がくくってある。●古人　昔の聖賢。

雪中常送暖
灰裡不使寒

雪中常《せっちゅうつね》に暖《だん》を送《おく》り
灰裡寒《かいりさむ》から使《し》めず

雪が降っていても、いろりの火は暖かく、灰になっても暖かさは残っている。●灰裡　燃え尽きて灰になること。

雪消春草發
風送早梅開

雪消《ゆきしよう》して春草発《しゅんそうはっ》し
風送《かぜおく》って早梅開《そうばいひら》く

雪が消えると春の草が芽吹《めぶ》き出し、春風が吹くと早咲きの梅が花開く。

雪壓梅花白
春歸柳色青

雪《ゆき》は圧《あっ》す梅花《ばいか》の白《しろ》きを
春《はる》は帰《かえ》る柳　色《りゅうしょく》の青《あお》きに

雪は梅の白い花よりも白く、春は柳の青々とした枝に帰ってきた。

鳥啼春院靜
魚戲野池幽

鳥啼《とりな》いて春　院静《しゅんいんしず》かに
魚戯《うおたわむ》れて野池幽《やちゆう》なり

静かな春の屋敷に鳥の鳴き声がひびき渡り、野の池には魚がゆったりと泳ぎ回っている。●春院　春の屋敷。

鳥喧高士榻
螢照古人書

鳥《とり》は高士《こうし》の榻《とう》に喧《かまびす》しく
蛍《ほたる》は古人《こじん》の書《しょ》を照《てら》す

鳥は高尚な人の寝台の近くで騒がしく鳴き、ほたるは昔の聖賢の書籍を照らす。●高士　人格の高潔な人。高尚な人。●榻　寝台。●古人書　昔の聖賢の書籍。

鳥語高低樹
池開上下天

鳥《とり》は高低《こうてい》の樹《じゅ》に語《かた》り
池《いけ》は上下《じょうげ》の天《てん》に開《ひら》く

鳥は高い木でも低い木でもさえずっており、池の水も空も一様に光り輝いている。

鳥語紗窗曉
鶯啼繡閣春

鳥《とり》は語《かた》る紗窓《さそう》の暁《あかつき》
鶯《うぐいす》は啼《な》く繡閣《しゅうかく》の春《はる》

夜明けのカーテン越しに鳥の鳴き声が聞こえ、春にふさわしい美しい高殿でうぐいすのさえずりを聞く。●紗窓　うす絹を張った窓。●繡閣　美しく飾った高殿。

鳥歸苔有跡
魚戲水知春

鳥《とり》帰《かえ》って苔跡《こけあと》有《あ》り
魚《うお》戯《たわむ》れて水春《みずはる》を知《し》る

鳥が飛び立った後の苔には足あとが残っており、魚が泳ぎ回る水面には春の訪れが感じられる。

卿雲輝柳眼
春色粲梅魁

卿雲柳眼《けいうんりゅうがん》に輝《かがや》き
春色梅魁《しゅんしょくばいかい》に粲《さん》たり

めでたい雲は柳の新芽を喜び、春の訪れは早咲きの梅の花にあらわれている。●柳眼　柳の新芽。細長くて眼のようであるからいう。●梅魁　早咲きの梅。

啼鳥撓相思
飛花動客吟

啼鳥相思《ていちょうそうし》を撓《みだ》し
飛花客吟《ひかかくぎん》を動《うご》かす

うるさく鳴く鳥は慕い合う二人の心を乱し、散る花は旅人に歌をうたわせる。旅館の雰囲気を詠ず。●啼鳥　鳴く鳥。●相思　思い合う心。●飛花　散る花。●客吟　旅人のうたう歌。

幾樽浮綠蟻
數斗啓黃封

幾樽《いくそん》か緑蟻《りょくぎ》を浮《うか》べ
数斗《すうと》か黄封《こうほう》を啓《ひら》く

家ではいくつかの樽から美酒を注《つ》ぎ並べ、役所ではいくつもの斗ますを開いて役人に酒杯を配る。●緑蟻　美酒の異称。蟻は酒の表面に浮かぶ酒かす。●黄封　酒の名。官酒。

普天開景運
大地轉新機

普天景運《ふてんけいうん》を開《ひら》き
大地新機《だいちしんき》に転《てん》ず

空にはめでたさがあふれ、大地には新しさが満ちる。

棋軒脩竹月
琴室古松風

棠棣開雙萼
琴書萃一堂

棠梨隨候至
桃李滿門羅

椒花辭舊歲
粉茘入新年

焚香來白鶴
翦燭看黃庭

無私歌頌徳
福澤賜羣黎

棋軒《きけん》脩竹《しゅうちく》の月《つき》
琴室《きんしつ》古松《こしょう》の風《かぜ》

棠棣《とうてい》双萼《そうがく》を開《ひら》き
琴書《きんしょ》一堂《いちどう》に萃《あつ》まる

棠梨《とうり》候《とき》に随《したが》って至《いた》り
桃李《とうり》門《もん》に満《み》ちて羅《つら》なる

椒《しょう》花《か》旧歳《きゅうさい》を辞《じ》し
粉茘《ふんれい》新年《しんねん》に入《い》る

香《こう》を焚《た》いて白鶴《はくかく》を来《まね》き
燭《しょく》を翦《き》って黄庭《こうてい》を看《み》る

私《わたくし》無《な》くして頌徳《しょうとく》を歌《うた》い
福沢《ふくたく》群黎《ぐんれい》に賜《たま》う

長い竹に囲まれた囲碁を打つ家の上空には月が輝き、老松を吹く風に乗って部屋で弾く琴の調べがひびいてくる。●棋軒　囲碁を打つ家。●脩竹　長い竹。●琴室　琴を弾く部屋。

庭梅が二つの花びらを開き、多くの風流な人が家に集まってきた。●棠棣　庭梅。●双萼　二つの花びら。●琴書　琴と書籍。ともに風流なもの。

秋になると山なしが店先に並び、春には桃やすももが人の目をうばう。●棠梨　山なし。●候　時節。●桃李　桃とすもも。

山椒《さんしょう》の花が落ちて年を越し、茘枝を飾って新年を迎える。●粉茘　河南省洛陽の人家で、元旦を迎える時に飾る茘枝。

香を焚いて白い鶴を招き寄せ、灯火を明るくして『黄庭経』を読む。●黄庭　『黄庭経』。道士の読む経文。

欲得の心を持たずに頌徳の歌をうたい、幸いと恵みがみんなにめぐるように願う。●無私　私心のないこと。●頌徳　功徳をほめたたえること。●福沢　幸いと恵み。●群黎　庶民。

琴琵春常在
芝蘭徳自新

畫堂瞻北極
春酒頌南山

畫閣東風靜
深閨化日長

登樓窮遠目
命酌動幽心

程功專克己
好學在清心

窗小能留月
簷低不礙雲

琴琵《きんぴ》春《はる》常《つね》に在《あ》り
芝蘭徳《しらんとく》自《おの》ずから新《あら》たなり

画堂《がどう》北極《ほくきょく》を瞻《み》
春酒《しゅんしゅ》南山《なんざん》を頌《しょう》す

画閣《がかく》東風《とうふう》静《しず》かに
深閨《しんけい》化日《かじつ》長《なが》し

楼《ろう》に登《のぼ》って遠目《えんもく》を窮《きわ》め
酌《しゃく》を命《めい》じて幽心《ゆうしん》を動《うご》かす

功《こう》を程《はか》るは克己《こくき》を専《もっぱ》らにし
学《がく》を好《この》むは清心《せいしん》に在《あ》り

窓《まど》小《しょう》にして能《よ》く月《つき》を留《とど》め
簷《のき》低《ひく》くして雲《くも》を礙《さえぎ》らず

夫婦はいつも春のようであり、美しい徳は新鮮な香りを放つ。●琴琵　夫婦をいう。●芝蘭徳　美しい徳。

絵の描いてある部屋で北極星を眺め、春酒を酌んで長寿を祝う。●画堂　絵の描いてある部屋。●北極　星の名。●南山　陝西省長安県の西にある終南山。「南山之寿」をいう。

春風は静かに美しい高殿に吹き渡り、奥深くにある婦人の寝室を春の日が暖かに降り注ぐ。●画閣　彩色を施した美しい高殿。●東風　春風。●深閨　婦人の寝室をいう。●化日　日をいう。

高殿に登ってはるか遠くを眺め、酒を頼んで静かに語り合う。●登楼　高殿に登ること。●遠目　はるか遠くを眺めること。●幽心　静かな心。

定まった仕事をすることは己《おのれ》の欲に勝つことであり、学問を好むもとは清らかな心である。●克己　自分のわがままな心（欲望）に打ち勝つこと。

家の窓は小さいけれどいつでも月が眺められ、低い軒なので雲が垂れ込めることはない。●簷　檐に同じ。軒。

窗前花弄影
亭畔鳥喧晴

筆端通造化
意表出雲霞

結宇依青嶂
長吟對白雲

結成平等果
開出自由花

絲蘿山海固
琴瑟地天長

華屋輝生壁
春山綠到門

窓《そう》前《ぜん》花《はな》影《かげ》を弄《ろう》し
亭《てい》畔《はん》鳥《とり》晴《せい》に喧《かまびす》し

筆《ひっ》端《たん》造《ぞう》化《か》に通《つう》じ
意《い》表《ひょう》雲《うん》霞《か》を出《い》ず

結《けっ》宇《う》青《せい》嶂《しょう》に依《よ》り
長《ちょう》吟《ぎん》白《はく》雲《うん》に対《たい》す

結《むす》び成《な》す平等《びょうどう》の果《か》
開《ひら》き出《いだ》す自由《じゆう》の花《はな》

糸《し》蘿《ら》山《さん》海《かい》固《かた》く
琴瑟《きんしつ》地《ち》天《てん》長《なが》し

華《か》屋《おく》輝《かがや》き壁《へき》に生《しょう》じ
春《しゅん》山《ざん》緑《みどり》門《もん》に到《いた》る

窓の前の花は風に揺らぎ、あずま屋のほとりの鳥は晴天のもと騒がしいほどに鳴いている。●弄　もてあそぶこと。●亭畔　あずま屋のほとり。

筆の運びは造物主のようで、見ただけで群を抜いている。●筆端　筆の運び。●造化　天地間の万物を創立した神。●意表　思いのほか。●雲霞　多く群がり集まるたとえ。

青々とした峰に家を築き、白い雲に向かって長く歌をうたう。●結宇　家を構えること。●青嶂　青々とした峰。●長吟　音調を長くしてうたうこと。

みんなが協力し合って幸せをつかみ、思い思いの望みをとげる。

結婚は山と海を固く結びつけるようなものであり、夫婦は天と地を相和してともに生きてゆくものである。●糸蘿　婚姻のたとえ。●琴瑟　夫婦和合のたとえ。

立派な家は壁まで光り輝き、春の山のみどり色は家の門まで迫ってくる。●華屋　立派な家。

貴品原宜補
奇功不在多

貴品《きひん》は原《もと》より補《おぎな》うに宜《よろ》しく
奇功《きこう》は多《おお》く在《あ》らず

尊い品物は効果あるものであり、珍しいほど効きめのあるものは少ない。天からさずかった佳品をいう。●貴品　尊い品物。●奇功　珍しい手柄。

開徑延三益
垂簾遠四非

径《けい》を開《ひら》いて三益《さんえき》を延《まね》き
簾《れん》を垂《た》れて四非《しひ》を遠《とお》ざく

三本の小道のある庭をつくって親しい友だちを招き、書斎のすだれを下ろして四つの過ちを遠ざける。●径　小道。●三益　交わってわが利益となる三種の友人。正しい人・誠実な人・多聞な人。●簾　すだれ。●四非　四つの過ち。見・聞・言・動で正しい道にそむくこと。

開窗千里月
洗硯一溪雲

窓《まど》を開《ひら》けば千里《せんり》の月《つき》
硯《すずり》を洗《あら》えば一渓《いっけい》の雲《くも》

窓を開けるとはるかな空に明月が輝いている。谷川で硯を洗っていると雲がたなびき頭上を流れる。

開窗臨水面
引月到亭心

窓《まど》を開《ひら》いて水面《すいめん》に臨《のぞ》み
月《つき》を引《ひ》いて亭心《ていしん》に到《いた》る

窓を開けて池を眺め、月光のもと、あずま屋へ着いた。●亭心　あずま屋。

陽回三徑草
風入一樓花

陽《ひ》は三径《さんけい》の草《くさ》を回《めぐ》り
風《かぜ》は一楼《いちろう》の花《はな》に入《い》る

陽光は庭の草をめぐり動き、風は高殿の花を吹き芳しい香りを辺りに巻き散らす。●三径　庭園をいう。漢の蔣詡《しょうく》が庭に三径（三つの小道）をつくり、松・菊・竹を植えた故事に基づく。●一楼　高殿。

陽春開物象
山水作繁華

陽春《ようしゅん》物象《ぶっしょう》を開《ひら》き
山水《さんすい》繁華《はんか》を作《な》す

自然は温暖な春そのものを呈し、山河もにぎやかさを増している。●陽春　温暖な春の季節。●物象　自然の風景。●山水　山河。●繁華　草木が茂って花が咲くこと。にぎわい栄えること。

雅韻人間滿
春風座上生

雲巻千峯色
泉和萬籟聲

雲將心共遠
花與思俱新

雲霞出海曙
梅柳渡江春

雲霞仙路近
松竹草堂深

雲霞成異彩
花柳發韶年

雅韻人間《がいんじんかん》に満《み》ち
春風座上《しゅんぷうざじょう》に生《しょう》ず

雲《くも》は千峰《せんぽう》の色《いろ》を巻《ま》き
泉《いずみ》は万籟《ばんらい》の声《こえ》に和《わ》す

雲《くも》は心《こころ》と共《とも》に遠《とお》く
花《はな》は思《おも》いと倶《とも》に新《あら》たなり

雲霞《うんか》海《うみ》を出《い》ずるの曙《あけぼの》
梅柳《ばいりゅう》江《こう》を渡《わた》るの春《はる》

雲霞仙路《うんかせんろ》近《ちか》く
松竹草堂《しょうちくそうどう》深《ふか》し

雲霞異彩《うんかいさい》を成《な》し
花柳《かりゅう》韶年《しょうねん》を発《ひら》く

風流なおもむきが世の中には満ちあふれており、座には春風が生じ吹き渡る。●雅韻　風流なおもむき。●人間　俗世間。世の中。

雲は連なり続く多くの峰をおおい尽くし、泉はすべてのひびきに合わせて音を立てて流れている。●千峰　多くの峰。●万籟　ありとあらゆる音響。

雲は心とともに遠くまでただよい流れ、花は思いとともに美しく咲く。※将と与は「と」と読む。

夜明け方、雲やかすみが海に立ちこめる。春になって川岸の梅や柳が芽《め》吹《ぶ》く。

近くの寺への道は雲とかすみが立ちこめており、かやぶきの家が松と竹に囲まれた林の中にある。●雲霞　雲とかすみ。●仙路　寺院への道。●草堂　かやぶきの家。

雲もかすみもこの上ない美しい色を呈し、紅《あか》い花やみどり色の柳は新年にふさわしい。●韶年　新年。

雲護粧臺曉
春生綉閣深

黄卷挑燈閱
桐琴候月彈

黄卷終年樂
青燈午夜明

傳家惟孝友
養性在詩書

園古逢秋好
樓空得月多

園靜花留客
林深鳥喚人

雲《くも》は粧台《しょうだい》の暁《あかつき》を護《まも》り
春《はる》は綉閣《しゅうかく》の深《ふか》きに生《しょう》ず

黄巻灯《こうかんとう》を挑《かか》げて閲《けみ》し
桐琴月《どうきんつき》を候《ま》って弾《だん》ず

黄巻終年楽《こうかんしゅうねんたの》しく
青灯午夜明《せいとうごやあき》らかなり

家《いえ》を伝《つた》うるは惟孝友《ただこうゆう》にあり
性《せい》を養《やしな》うは詩書《ししょ》に在《あ》り

園古《えんふ》りて秋《あき》に逢《お》うて好《よ》く
楼空《ろうむな》しくして月《つき》を得《え》ること多《おお》し

園静《えんしず》かにして花客《はなきやく》を留《とど》め
林深《はやしふか》くして鳥人《とりひと》を喚《よ》ぶ

夜明け方の化粧台には雲がただよい、春は奥深きにある婦人の寝室に訪れた。●粧台　化粧台。●綉閣　婦人の寝室。

灯火をともして書籍を読み、月の出を待って琴を弾く。●黄巻　書籍。●桐琴　琴をいう。琴は胴を桐の木でつくるから。

読書は一年中楽しく、真夜中でも灯火をともして読みふける。●黄巻　書籍。●終年　一年中。●青灯　灯火の青い光。●午夜　真夜中。

家を伝えるためには親や兄弟と親しく交わることであり、人品を養い育てるには詩書を読むことである。

古びた庭園は秋の訪れとともに美しさを増し、だれもいない高殿は月の光を浴びて輝きそびえている。●楼　高殿。

庭の花見客はいつまでも去らず、林の奥深くでは鳥が人を誘うようにさえずっている。

塔影懸青漢
鐘聲度白雲

新年多吉慶
閤家樂安然

新年納餘慶
佳節號長春

新籌添海屋
春酒宴華堂

暄和催鳥韻
明廛壓花梢

暇日耕耘足
豐年雨露新

塔影《とうえい》青漢《せいかん》に懸《かか》り
鐘《しょう》声《せい》白雲《はくうん》を度《わた》る

新年《しんねん》吉慶《きっけい》多《おお》く
閤家《こうか》安然《あんぜん》を楽《たの》しむ

新年《しんねん》余慶《よけい》を納《おさ》め
佳節《かせつ》長《ちょう》 春《しゅん》を号《よ》ぶ

新籌《しんちゅう》 海屋《かいおく》に添《そ》え
春《しゅん》 酒《しゅ》華堂《かどう》に宴《えん》す

暄和《けんわ》鳥《ちょう》 韻《いん》を催《うなが》し
明廛《めいてん》花《か》 梢《しょう》を圧《あっ》す

暇日《かじつ》耕耘《こううん》足《た》り
豊年《ほうねん》雨《う》露《ろ》新《あら》たなり

仏塔は青空に向かってそびえ、鐘の音は流れゆく白雲に乗ってひびき渡る。●青漢　青空。

新しい年は喜びに満ちており、家中で楽しく過ごす。●閤家　家。●安然　安心しているようす。

新年になってありあまる喜びにひたり、めでたい日にとこしえの春を願う。

海上の仙人の住居のような家で一つ年を加え、立派な高殿で春酒で以て祝宴を催す。●新籌　新しいかずとり。一つ年を加えること。●海屋　海上にある仙人の家。●華堂　立派な高殿。

暖かくてのどかな春の日には鳥が盛んにさえずり、明るい家は花咲くこずえをも圧倒してそびえている。●暄和　暖かくてのどかなこと。●明廛　明らかな住居。

休みの日でも農事にいそしみ、穀物を育てる恵みの雨と露が多くて豊年はまちがいない。●暇日　休みの日。●耕耘　農作のことをいう。●雨露　雨露が万物を養うように大きな恵みをいう。

暖入江山麗
光浮草木新

暖雲低度竹
花樹曲迎春

暖逼桃花放
晴烘柳眼開

椿萱欣共茂
玉樹喜同芬

椿萱欣竝茂
日月慶雙輝

椿樹千尋碧
蟠桃幾度紅

暖《だん》入《い》って江山《こうざん》麗《うるわ》しく
光《ひかり》浮《う》かんで草木《そうもく》新《あら》たなり

暖雲《だんうん》低《た》れて竹《たけ》を度《わた》り
花樹《かじゅ》曲《ま》がって春《はる》を迎《むか》う

暖《だん》逼《せま》って桃花《とうか》放《はな》ち
晴《せい》烘《てら》して柳眼《りゅうがん》開《ひら》く

椿萱《ちんけん》共《とも》に茂《しげ》るを欣《よろこ》び
玉樹《ぎょくじゅ》同《とも》に芬《かお》るを喜《よろこ》ぶ

椿萱《ちんけん》欣《よろこ》んで並《なら》び茂《しげ》り
日月《じつげつ》慶《よろこ》んで双《なら》び輝《かがや》く

椿樹《ちんじゅ》千尋《せんじん》碧《みどり》に
蟠桃《はんとう》幾度《いくたび》か紅《くれない》なり

暖かくなって山河はいっそう美しくなり、日の光を浴びて草木は芽生《めば》える。

暖かな春の雲が低く垂れ込めて竹やぶの上を通り過ぎ、春になって木々の枝に花が咲きはじめた。

暖かくなるにつれて桃の花が咲き、晴天が続いて柳も芽吹《めぶ》いてきた。●柳眼　柳の新芽。細長くて眼のようであるからいう。

父母がともに健全なるを喜び、兄弟がともに仲良しであることを喜ぶ。●椿萱　椿堂と萱堂で、父母にたとえる。●玉樹　兄弟。

椿の木もかやもよく茂り、日も月も美しく輝いている。父母がともに元気で幸せなことにいう。●椿萱　椿堂と萱堂で、父母にたとえる。

椿の木はあくまでも深いみどり色をたたえ、蟠桃は何度か紅《くれない》色の花を咲かせる。長寿を祝す形容。●千尋　極めて深い、高い形容。●蟠桃　三千年に一度、開花結実するという桃の木。

楊柳春風第
芝蘭玉樹階

楊柳《ようりゅう》春風《しゅんぷう》の第《だい》
芝蘭《しらん》玉樹《ぎょくじゅ》の階《かい》

家の前の柳は春風になびき、庭には香り草と美しい木が生えている。●第　家。●芝蘭　香草。●階　庭。

溪聲晴亦雨
松影夏如秋

渓声《けいせい》晴《は》れて亦雨《またあめ》ふり
松影《しょうえい》夏秋《なつあき》の如《ごと》し

谷川は晴れると静かで、雨が降ると音を立てて流れ、松かげにいると夏でも秋のように涼しい。●渓声　谷川の音。

溫暖如人意
纏緜動客心

温暖《おんだん》人意《じんい》の如《ごと》く
纏綿《てんめん》客心《きゃくしん》を動《うご》かす

暖かさが人の心のようであるため、お客の心理をうばって買わせてしまう。魅力あふれる商品・作品。●温暖　暖かさ。●人意　人の心。●纏綿　心にまとわりついて離れないようす。●客心　お客の心。

煮海來衢市
調羹現水晶

海《うみ》を煮《に》て衢市《くし》に来《きた》り
羹《こう》を調《ととの》えて水晶《すいしょう》を現《あらわ》す

塩をつくって町の市《いち》で売り、天然塩であつものを調理する。●煮海　海水を煮て塩をつくること。●衢市　ちまたの市。●羹　吸いもの。あつもの。●水晶　天然の塩。

瑞日開昌運
春風釀太和

瑞日《ずいじつ》昌運《しょううん》を開《ひら》き
春風《しゅんぷう》太和《たいわ》を醸《かも》す

めでたい日に盛んなる気を生じ、春風は万物に恵みをもたらす。●瑞日　めでたい日。●昌運　盛んな時勢。●太和　万物生成の元気。

瑞草生金地
靈雲護道書

瑞草《ずいそう》金地《きんち》に生《しょう》じ
霊雲《れいうん》道書《どうしょ》を護《まも》る

めでたい草が美しい地に生え、あらたかな雲が道教の書をおおい守っている。●瑞草　めでたい草。●金地　土地の美称。●霊雲　めでたい雲。あらたかな雲。●道書　道教を説いた書物。

瑞氣縈丹闕
祥煙散碧空

瑞凝三秀草
春暖桃花開

當門花竝蔕
迎戸樹交柯

綉戸棲三鳳
瓊林茂五枝

綉屋藏金鳳
香閨兆玉麟

綉屏開孔雀
寶帳映芙蓉

瑞気《ずいき》丹闕《たんけつ》を縈《めぐ》り
祥煙碧空《しょうえんへきくう》に散《さん》ず

瑞《ずい》は三秀《さんしゅう》の草《くさ》に凝《こ》り
春《はる》暖《あたた》かにして桃花《とうか》開《ひら》く

門《もん》に当《あた》って花蔕《はなうてな》を並《なら》べ
戸《こ》を迎《むか》えて樹柯《じゅえだ》を交《まじ》ゆ

綉戸《しゅうこ》三鳳《さんぽう》棲《す》み
瓊林《けいりん》五枝《ごし》茂《しげ》る

綉屋金鳳《しゅうおくきんぽう》を蔵《ぞう》し
香閨《こうけい》玉麟《ぎょくりん》を兆《ちょう》す

綉屏《しゅうへい》孔雀《くじゃく》を開《ひら》き
宝帳《ほうちょう》芙蓉《ふよう》を映《えい》ず

めでたい雲が朱色の宮門に立ちこめ、めでたいかすみが青空を流れる。●瑞気　めでたい雲。●丹闕　朱色に塗った宮門。●祥煙　めでたいしるしのかすみ。●碧空　青空。

めでたさは霊草の芽吹《めぶ》きからはじまり、暖かい春になって桃の花が咲いた。●三秀草　芝草。霊草。

門に添うように花が咲き並び、玄関近くの木は枝を交差させている。

婦人の寝室には三人の秀才が住んでおり、瓊林苑では五人の俊才が勉強している。●綉戸　婦人の寝室をいう。●三鳳　三人の秀才。●瓊林　苑の名。河南省にあり、進士が宴を開いたところ。●五枝　五人の俊才にたとえいう。

婦人の部屋の主は美人で、賢い子を育てあげている。●綉屋・香閨　婦人の部屋・寝室をいう。●金鳳　美人。●玉麟　賢い子。

孔雀が描かれた美しい屏風《びょうぶ》を開いて立て、はすの花を描いた美しいとばりを垂れ下げる。●綉屏　美しい屏風。●孔雀　鳥の名。●宝帳　美しいとばり。●芙蓉　はすの花。

聖徳周天壌
韶光近日畿

萬戸元夕宴
一路太平歌

萬里春光溥
千門瑞氣新

詩書列座右
邱壑滿空中

詩書守素業
桃李艶春光

詩書青眼舊
琴酒俗情疎

聖徳《せいとく》天壌《てんじょう》に周《あまね》く
韶光《しょうこう》日畿《にっき》に近《ちか》し

万戸《ばんこ》元夕《げんせき》の宴《えん》
一路《いちろ》太平《たいへい》の歌《うた》

万里《ばんり》春光《しゅんこう》溥《あまね》く
千門《せんもん》瑞気《ずいき》新《あら》たなり

詩書《ししょ》座右《ざゆう》に列《つら》ね
邱壑《きゅうがく》空中《くうちゅう》に満《み》つ

詩書《ししょ》素業《そぎょう》を守《まも》り
桃李《とうり》春光《しゅんこう》に艶《なまめか》し

詩書《ししょ》青眼《せいがん》旧《ふる》く
琴酒《きんしゅ》俗情《ぞくじょう》疎《そ》なり

立派な徳は天地に行き渡り、はなやかな春の光は都中に降り注ぐ。●天壌　天地。●日畿　都。

町はどこの家も元夕の祝宴を開いている。道行く人はだれも太平の歌をうたっている。●元夕　元宵節（陰暦正月十五日夜）。

万里のかなたまで春の光が満ちあふれ、どの家もめでたい気でおおわれている。

書の素材となる詩の書籍はかたわらに連ねて置いてあり、絵になるおもむきは大空に満ちている。●詩書　詩の書籍。●座右　かたわら。●邱壑　画趣。絵になるようなおもむき。

読書は平生《へいぜい》のなりわいであり、桃やすももの花が春の光を浴びて美しく咲いている。

『詩経《しきょう》』や『書経《しょきょう》』には昔から親しみ、琴を弾じ、酒を飲んで野暮《やぼ》な心とは縁遠い。●詩書　『詩経』と『書経』。●青眼　親しい人に対する目つき。●琴酒　琴と酒。弾琴と飲酒。●俗情　世俗的なおもむき。

詩書垂簡竹
珠玉滿琅函

詩酒存眞味
圖書寄古情

詩情光日月
筆力動乾坤

運際三陽泰
時逢大地春

隔壁三家醉
開罇十里香

圖書庋架滿
精義寶函藏

詩書簡竹《ししょかんちく》に垂《た》れ
珠玉琅函《しゅぎょくろうかん》に満《み》つ

詩酒真味《ししゅしんみ》を存《そん》し
図書古情《としょこじょう》を寄《よ》す

詩情日月《しじょうじつげつ》に光《ひか》り
筆力乾坤《ひつりょくけんこん》を動《うご》かす

運《うん》は三陽《さんよう》の泰《たい》に際《あた》り
時《とき》は大地《だいち》の春《はる》に逢《あ》う

壁《へき》を隔《へだ》てて三家《さんか》酔《よ》い
罇《かめ》を開《ひら》けば十里《じゅうり》香《かお》る

図書庋架《としょきか》に満《み》ち
精義宝函《せいぎほうかん》に蔵《ぞう》す

詩を作って竹ふだに書きつけ、今まで作った詩文は書箱にいっぱいたまっている。●詩書　詩を作って書くこと。●簡竹　竹ふだ。●珠玉　詩をほめていう。●琅函　書箱。

詩を作り、酒を飲むことはまことの味わいがあり、また、書籍には昔の人のおもむきや心が感じられて引き付けられる。

詩を作る心は日や月に光り輝き、筆の勢いは天と地を動かす。●詩情　詩作の心。●乾坤　天と地。

運勢は新年の安らかさにあり、時節は春となった。●三陽　正月。新年。

向こう三軒両どなりは酒宴でにぎやかなので、わが家も酒を飲もうとかめを開けると、芳しい香りが辺り一面にただよってゆく。

書籍は本だないっぱいに並んでおり、すぐれた道理を説いた書籍も本箱に詰まっている。●庋架　本だな。●精義　すぐれた道理を説いた書籍。●宝函　本箱

塵外黄公市
雲間李白家

塵外黄公《じんがいこうこう》の市《いち》
雲間李白《うんかんりはく》の家《いえ》

浮世の外には黄公の酒屋があり、大空には酒仙翁と号した李白の家がある。●塵外　浮世の外。陰者の住むところ。●黄公市　晋の王戎（江蘇省臨沂の人。字は濬沖。竹林七賢の一人）が酒を飲んだところ。●雲間　雲の間。大空。●李白　唐、四川省昌明の人。字は太白。号は酒仙翁・青蓮居士。詩仙といわれる。

壽同山嶽永
福共海天長

寿《じゅ》は山岳《さんがく》と同《おな》じく永《なが》く
福《ふく》は海天《かいてん》と共《とも》に長《なが》し

生命は山々と同じように、幸せは海や空、自然とともに長久のものである。●山岳　山。

壽酒浮金液
蟠桃獻彩霞

寿酒金液《じゅしゅきんえき》を浮《うか》べ
蟠桃彩霞《はんとうさいか》を献《けん》ず

長命を祝う酒は黄金色に輝き、食べると長生するという蟠桃はめでたい五色のかすみを与えてくれる。●寿酒　年祝いの酒。●金液　黄金色の汁。●蟠桃　三千年に一度開花結実するという桃の木。人の寿命を賀するに用いる語。●彩霞　めでたい五色のかすみ。

對鏡青鸞舞
當窗紫燕飛

鏡《かがみ》に対《たい》して青鸞《せいらん》舞《ま》い
窓《まど》に当《あた》って紫燕《しえん》飛《と》ぶ

鏡の中には鳳凰が舞い、窓辺にはつばめが飛んでいる。●青鸞　鳳凰の一種。●紫燕　つばめの一種。

慈化青蓮外
行深紅雨中

慈《じ》は青蓮《せいれん》の外《そと》に化《か》し
行《ぎょう》は紅雨《こうう》の中《うち》に深《ふか》し

いつくしみは青いはすの花から生まれて広がり育ち、修行《しゅぎょう》は紅《くれない》色の雨の中で深く進んでゆく。

滿室雲千疊
豐年麥兩岐

満室《まんしつ》の雲《くも》は千畳《せんじょう》
豊年《ほうねん》の麦《むぎ》は両岐《りょうき》

穀物は千畳もある大きな倉庫にいっぱいであり、今年も麦は豊かに実って豊年を告げている。●両岐　麦などの穂の二つ合生すること。

瑤池春不老
壽域日方長

瑤琴清午夜
明月上丁簾

瑤琴清月夜
彩筆絢星文

碧秀墻頭草
紅稠屋角花

碧溪飛白鳥
紅旆映青林

福洪因徳厚
財茂比春濃

瑶池《ようち》春《はる》老《お》いず
寿域《じゅいき》日《ひ》方《まさ》に長《なが》し

瑶琴《ようきん》午夜《ごや》に清《きよ》らかに
明月《めいげつ》丁簾《ていれん》に上《のぼ》る

瑶琴《ようきん》清月《せいげつ》の夜《よる》
彩筆《さいひつ》絢星《けんせい》の文《ぶん》

碧《みどり》は墻頭《しょうとう》の草《くさ》に秀《ひい》で
紅《くれない》は屋角《おくかく》の花《はな》に稠《おお》し

碧渓《へきけい》白鳥《はくちょう》飛《と》び
紅旆《こうはい》青林《せいりん》に映《えい》ず

福《ふく》の洪《おお》いなるは徳《とく》の厚《あつ》きに因《よ》り
財《ざい》の茂《しげ》るは春《はる》の濃《こま》やかなるに比《ひ》す

美しい池はいつも春のようである。天下太平の世は一日が正に長く感じるものである。天下太平の形容。●瑶池　美しい池。●寿域　よく治まった世。

美しい琴の音が真夜中に清らかにひびき渡り、明月は丁字形のすだれ越しに輝く。●瑶琴　美しい音を発する琴。●午夜　真夜中。●丁簾　丁字形のすだれ。

美しい琴の音は澄んだ月の夜にふさわしく、美しい筆からは星の光のようなあやある文章が生まれる。●瑶琴　美しい音を発する琴。●彩筆　美しい光を放つ筆。●絢星文　星のように光るあやある文章。

垣根のほとりはみどり色の草が生い茂り、家の角《かど》には多くの花が色を競っている。●墻頭　垣根のほとり。●屋角　屋根の角。

みどり色の水が流れる谷あいに白鳥が飛び、紅《くれない》色の旗が青々とした林に美しく映えてひるがえる。●碧渓　みどり色の水が流れる谷あい。●紅旆　紅色の旗。

大いなる幸せは人徳の厚さによるものであり、豊かさは春たけなわの時節と同じである。

種竹幾千箇
結茅三四椽

竹《たけ》を種《う》ゆ幾千箇《いくせんこ》
茅《ぼう》を結《むす》ぶ三四椽《さんしてん》

千本にも近い多くの竹を植え、小さいかやぶきの家を建てる。●結茅　かやぶきの家を建てること。●三四椽　三本か四本のたるき。小さい家。

精華儲麥粉
滋味勝羹香

精華麦粉《せいかばくふん》を儲《たくわ》え
滋味羹香《じみこうこう》に勝《まさ》る

麦の粉を十分に練ってよいうどんをつくると、そのおいしい味はあつものに勝るとも劣らない。●精華　すぐれて立派なもの。●滋味　おいしい味。●羹香　おいしいあつもの。

綠水周圍繞
青山四面環

緑水周囲《りょくすいしゅうい》に繞《めぐ》り
青山四面《せいざんしめん》に環《めぐ》る

この地は周囲をみどり色の水が流れ、青々とした山に囲まれた、山紫水明のところである。●四方　周囲。

綠沼看魚樂
青雲羨鳥飛

緑沼魚《りょくしょううお》の楽《たの》しむを看《み》
青雲鳥《せいうんとり》の飛《と》ぶを羨《うらや》む

みどり色の沼に泳ぎ回る魚を見、青空に飛び交う鳥をあこがれ眺める。●青雲　晴天の空。

綠樹材邊合
清泉石上流

緑樹材辺《りょくじゅざいへん》に合《がっ》し
清泉石上《せいせんせきじょう》を流《なが》る

みどり成す木々が道ばたにおおい茂り、清らかな泉が岩の上を流れている。●材辺　道ばた。材は道。

綺窗延皓月
繡幕引薰風

綺窓皓月《きそうこうげつ》を延《ひ》き
繡幕薫風《しゅうばくくんぷう》を引《ひ》く

美しい窓から明月の光が射し込み、ぬいとりをしたカーテンは穏やかな風に吹かれて揺れ動く。●綺窓　美しい窓。●皓月　明るく輝く月。●繡幕　ぬいとりしたカーテン。●薫風　穏やかな風。

綺閣雲霞滿
芳林草樹新

綺閣雲霞滿
清尊日月交

翠竹窗中入
煙巒檻外收

蓋地花如毯
當門竹勝簾

遙峯連碧渚
垂柳夾朱門

遠山含紫氣
芳樹發春暉

綺閣雲霞《きかくうんか》満《み》ち
芳林草樹《ほうりんそうじゅ》新《あら》たなり

綺閣雲霞《きかくうんか》満《み》ち
清尊日月《せいそんじつげつ》交《まじ》わる

翠竹窓中《すいちくそうちゅう》に入《い》り
煙巒檻外《えんらんかんがい》に収《おさ》まる

地《ち》を蓋《おお》うの花毯《はなたん》の如《ごと》く
門《もん》に当《あた》るの竹簾《たけれん》に勝《まさ》る

遥峰碧渚《ようほうへきしょ》に連《つら》なり
垂柳朱門《すいりゅうしゅもん》を夾《さしはさ》む

遠山《えんざん》紫《し》気《き》を含《ふく》み
芳樹春暉《ほうじゅしゅんき》を発《はっ》す

美しい高殿はめでたい雲とかすみでおおわれ、春の林の草や木は芳しい香りを放っている。●綺閣　美しい高殿。●雲霞　雲とかすみ。●芳林　芳しい林。

美しい高殿には多くの人が群がり集まり、日が沈み、月が昇りはじめて清らかな樽を開けて宴会を催しはじめる。●綺閣　美しい高殿。●雲霞　人が群がり集まること。●清尊　清らかな酒樽。尊は樽に同じ。●日月　太陽と月。

窓からは美しいみどり色の竹が見え、手すり越しには春のかすんだ峰が見える。●翠竹　みどり色の竹。●煙巒　かすんだ峰。●檻外　手すりの外。

地面いっぱいに咲く花は毛氈《もうせん》のようであり、門のそばの竹はすだれのようである。●毯　毛氈。●簾　すだれ。

はるか遠くの峰はみどり色の渚《なぎさ》に続いており、朱塗りの門はしだれ柳にはさまれている。●遥峰　はるかな峰。●碧渚　みどり色の渚。●垂柳　しだれ柳。●朱門　朱塗りの門。

遠くの山はめでたいむらさき色の雲でおおわれ、美しい花をつけた木は春の日に映《は》える。

鳳苞呈異彩
雁塔遇羣英

價爲三都貴
名因十樣新

劍氣沖霄漢
文光射斗牛

墨研清露下
茶吸白雲中

樂傳天上譜
梅奏曲中花

樓小聽春雨
峯多望夏雲

鳳苞《ほうほう》異彩《いさい》を呈《てい》し
雁塔群英《がんとうぐんえい》を遇《むか》う

価《あたい》は三都《さんと》の貴《き》を為《な》し
名《な》は十様《じゅうよう》の新《しん》に因《よ》る

剣気《けんき》霄漢《しょうかん》に沖《のぼ》り
文光《ぶんこう》斗牛《とぎゅう》を射《い》る

墨《すみ》は清露《せいろ》の下《もと》に研《す》り
茶《ちゃ》は白雲《はくうん》の中《うち》に吸《す》う

楽《がく》は天上《てんじょう》の譜《ふ》を伝《つた》え
梅《うめ》は曲中《きょくちゅう》の花《はな》を奏《そう》す

楼小《ろうしょう》にして春雨《しゅんう》を聴《き》き
峰多《みねおお》くして夏雲《かうん》を望《なが》む

優秀な人材は人とは異なった光を放っており、そういう俊才が雁塔に集まる。●鳳苞　鳳凰の尾。優秀な人をいう。●異彩　人とちがったありさまをいう。●雁塔　陝西省長安にあった試験場。●群英　多くのすぐれた人。

紙の値段は三つの都と同じく高く、種類はつぎつぎと新しく生まれて十種にも及んでいる。●三都　蜀（四川省）・呉（江蘇省）・魏（河南省）の三国の都。今の成都・江寧・安陽。●十様　紙の名。深紅・浅紅（粉紅）・杏紅・明黄・深青・浅青・深緑・浅緑・銅緑・淡雲（浅雲）の十種の色がある。

剣のような鋭い気が大空に昇り、あやある美しい光は北斗星や牽牛星にも勝る。●剣気　剣の殺気。●霄漢　大空。●文光　あやある光。●斗牛　北斗星と牽牛星。

清らかな露を注いで墨をすって書し、白雲のたなびく空の下で茶をすする。

天上界の音楽が鳴りひびき、梅花の曲が流れる。世はまさに太平である。●天上楽　天上界の音楽。●梅花曲　笛の曲名。

小さな高殿で春雨の音を聞き、連なり続く峰にかかった夏の雲を眺める。●楼　高殿。

樓棲滄海月
窗落敬亭雲

楼《ろう》には棲《とど》む滄海《そうかい》の月《つき》
窓《まど》には落《お》つ敬亭《けいてい》の雲《くも》

海上の月は高殿を照らし、敬亭山上の雲は窓辺へ向かってただよってくる。●滄海　青海原。●敬亭　山名。安徽省宣城県の北。

潤華燃暮雨
潭樹暖春雲

潤華《かんか》暮雨《ぼう》に燃《も》え
潭樹《たんじゅ》春雲《しゅんうん》に暖《あたた》かなり

谷あいの花は夕暮れの雨で花開き、淵《ふち》の木々は春の雲におおわれて盛んに芽吹《めぶ》く。●潤華　谷あいの花。●潭樹　淵の木々。

澄江涵皓月
水影若浮天

澄江《ちょうこう》皓月《こうげつ》を涵《ひた》し
水影《すいえい》天《てん》に浮《うか》ぶが若《ごと》し

きれいに澄んだ川に明らかに輝く月が映《うつ》り、水のかげは天に浮かぶかのようにただよっている。●澄江　きれいに澄んだ川。●皓月　明らかに輝く月。

輝光遍草木
佳氣滿山川

輝光《きこう》草木《そうもく》に遍《あまね》く
佳気《かき》山川《さんせん》に満《み》つ

輝く光は草や木にまんべんなく降り注ぎ、めでたい気が山や川に満ちあふれる。●佳気　めでたい気。

醉我非關酒
留賓可代茶

我《われ》を酔《よ》わしむるは酒《さけ》に関《かん》するに非《あら》ず
賓《ひん》を留《とど》めて茶《ちゃ》に代《か》う可《べ》し

わたしを酔わせるのは酒だけではない。賓客とお茶を飲みながら語り合うのはもっと酔う。

鋤雲循曲徑
嘗草試新方

雲《くも》を鋤《す》いて曲径《きょくけい》を循《めぐ》り
草《くさ》を嘗《な》めて新方《しんぽう》を試《こころ》む

雲のたなびく高山にある畑を耕して、曲がりくねった小道をめぐり歩いて帰る途中、薬草を採って新しい薬をつくりはじめる。●曲径　曲がった小道。●新方　新しい調剤。

養花分宿雨
翦葉補秋衣

花《はな》を養《やしの》うて宿雨《しゅくう》を分《わか》ち
葉《は》を翦《き》って秋衣《しゅうい》を補《おぎな》う

前夜からの雨で花が咲き、木の葉を採って秋の衣服をつくろう。●宿雨　前夜からの雨。

學士歡留佩
詩人願解貂

学士《がくし》歓《よろこ》んで佩《はい》を留《とど》め
詩人《しじん》願《ねが》って貂《ちょう》を解《と》く

学者は帯びものをかたわらに置いたまま帰ろうとせずに酒を楽しんでおり、店へ入って来た詩人はてんの皮ごろもを脱いで酒場の席につく。●学士　学者。●佩　腰に下げる飾り玉。●貂　てんの皮ごろも。

學貫天人際
名爭日月光

学《がく》は天人《てんにん》の際《さい》を貫《つらぬ》き
名《な》は日月《じつげつ》の光《ひかり》を争《あらそ》う

学問は天と人の間をつらぬき、名誉は日と月の光と相争う。

曉日明珠箔
春風動彩衣

暁日珠箔《ぎょうじつしゅはく》を明《かがや》かし
春風彩衣《しゅんぷうさいい》を動《うご》かす

朝日が玉のすだれを明るく照らし、春風が美しい衣服をなびかせる。●珠箔　玉のすだれ。

樹搖金堂露
門標赤城霞

樹《じゅ》は金堂《こんどう》の露《つゆ》を揺《ゆ》り
門《もん》は赤城《せきじょう》の霞《かすみ》を標《あ》ぐ

木の枝は寺の金堂に降りた露を払い、門は赤城山に立ちこめたかすみに染まっている。●金堂　寺で本尊を安置する堂。●赤城　浙江省天台県の北にある山名。

橫琴答山水
把酒話桑麻

琴《こと》を横《よこ》たえて山水《さんすい》に答《こた》え
酒《さけ》を把《と》って桑麻《そうま》を話《かた》る

琴を弾じて山水の曲を作り、酒を酌《く》み交《か》わしながら養蚕と紡織について語り合う。●桑麻　養蚕と紡織。

燈火三更燦
書聲午夜清

灯火三更《とうかさんこう》燦《あき》らかに
書声午夜《しょせいごや》清《きよ》し

真夜中でも灯火は明るく輝き、読書の声が清らかにひびいてくる。●三更　夜を五区分した第三の時刻。真夜中。午夜も同じ。●書声　本を読む声。

燈火雲間月
書聲雨外天

灯火雲間《とうかうんかん》の月《つき》
書声雨外《しょせいうがい》の天《てん》

灯火は雲の間から照る月の光のように輝き、読書の声は雨上がりの空にとどかんばかりにひびき渡る。●書声　本を読む声。

積彩明書幌
流韻繞琴臺

積彩書幌《せきさいしょこう》を明《あき》らかに
流韻琴台《りゅういんきんだい》を繞《めぐ》る

多くの美しい光が書斎のカーテンを明るく照らし、琴からは清らかなひびきがめぐり流れる。●積彩　積もり重なった美しい光。●書幌　書斎のカーテン。●流韻　流れゆくひびき。

興酣不疊紙
走筆操狂詞

興酣《きょうたけなわ》にして紙《かみ》を畳《たた》まず
筆《ふで》を走《はし》らせて狂詞《きょうし》を操《あやつ》る

興に乗って作品を書し続ける。人を驚かすような言葉を探して筆を走らせる。●狂詞　人を驚かすような言葉。

輸誠斟緑蟻
報徳薦黄羊

誠《まこと》を輸《つく》して緑蟻《りょくぎ》を斟《く》み
徳《とく》に報《むく》ゆるに黄羊《こうよう》を薦《すす》む

まごころをこめて美酒をすすめ、恩返しに羊を贈る。●緑蟻　美酒。●黄羊　野生の羊の一種。

靜室門常閉
春窗月伴眠

静室門常《せいしつもんつね》に閉《とざ》し
春窓月眠《しゅんそうつきねむ》りを伴《ともな》う

門を閉ざして静かな部屋に独《ひと》りいると、窓から春の月の光が射し込んできて眠りを誘う。●静室　静かな部屋。

靜時疑水近
高處見山多

靜裏思三益
閑中守四箴

餘寒生積雪
韶景應新年

龍門初變化
麟閣換勳名

嚐來皆適口
嚥去自清心

燭照香車入
花迎寶樹開

静時《せいじ》水《みず》の近《ちか》きを疑《うたが》い
高処《こうしょ》山《やま》の多《おお》きを見《み》る

静裏《せいり》三益《さんえき》を思《おも》い
閑中《かんちゅう》四箴《ししん》を守《まも》る

余寒《よかん》積雪《せきせつ》に生《しょう》じ
韶景《しょうけい》新年《しんねん》に応《おう》ず

竜門《りょうもん》初《はじ》めて変化《へんか》し
麟閣《りんかく》勲名《くんめい》を換《か》ゆ

嚐《な》め来《きた》れば皆口《みなくち》に適《かな》い
嚥《の》み去《さ》れば自《おの》ずから心《こころ》を清《きよ》くす

燭《しょく》照《てら》して香車《こうしゃ》入《い》り
花《はな》迎《むか》えて宝樹《ほうじゅ》開《ひら》く

川は音も立てずに流れ、連なり続く峰々を眺める。

静かに三人の友だちのことを思い、四つのいましめを守って生きようと心にきめる。●三益　交わって利益を受ける三人の友。正しい人・誠実な人・見聞の広い人。●四箴　四つのいましめ。徳を務めること、言を慎むこと、よこしまを遠ざけること、いつわりを防ぐこと。

立春後の寒さが積もった雪から生じ、春ののどかな景色が新年に花を添える。

竜門を登った鯉《こい》は竜と化し、手柄をたてて麒麟閣に像を掲げさせた。人の栄達することをうたう。●竜門　黄河の上流で山西省河津県と陝西省韓城県との間にある激流。●麟閣　前漢の武帝がきりんを獲た時に築いた高殿。功臣の像を閣上に掲げしめた。●勲名　手柄をたてること。

食べるとすべてのものがおいしく、味わうごとに心ゆくまで満足する。

灯火が明るく輝く中、はなやかな車が門から入ってくると、美しい木々はいっせいに花を開いて迎える。●香車　華美な車、すなわち、婚礼に用いる装飾した車。●宝樹　美しい木。

聲價千秋重
恩膏萬姓沾

薛家新製巧
蔡氏舊名高

霞光生紙上
春色露毫端

擧杯邀明月
對影成三人

簫映藍橋月
琴調金屋香

繡戸祥光滿
紗窗曙色新

声価《せいか》千秋《せんしゅう》に重《おも》く
恩膏《おんこう》万姓《ばんせい》に沾《うるお》う

薛家《せっか》新製《しんせい》巧《たく》みに
蔡氏《さいし》旧《きゅう》名《めい》高《たか》し

霞光《かこう》紙上《しじょう》に生《しょう》じ
春色《しゅんしょく》毫端《ごうたん》に露《あらわ》る

杯《はい》を挙《あ》げて明月《めいげつ》を邀《むか》え
影《かげ》に対《たい》して三人《さんにん》を成《な》す

簫《しょう》は藍橋《らんきょう》の月《つき》を映《えい》じ
琴《こと》は金屋《きんおく》の香《こう》を調《ととの》う

繍戸《しゅうこ》祥光《しょうこう》満《み》ち
紗窓《さそう》曙色《しょしょく》新《あら》たなり

ほまれは千年後までも長く伝えられるであろうし、厚い恵みは天下の万民にもたらせられる。●声価　ほまれ。●千秋　千年。●恩膏　厚い恵み。●万姓　天下の万民。

薛濤の作る詩箋はいつもすばらしく、蔡倫の作った紙は昔から有名である。●薛家　唐の薛濤。陝西省長安の人。字は洪度。詩に巧み。晩年、四川省の浣花渓で薛濤箋を作る。●蔡氏　後漢、蔡倫。湖南省桂陽の人。字は敬仲。はじめて紙を作る。世に「蔡侯紙」という。

朝焼けのような美しい光が紙の上に生じ、春の景色のようなはなやかさが筆の先にあらわれた。●霞光　朝焼けのような美しい光。●毫端　筆の先。

明月が昇りはじめたので乾杯していると、自分のかげも映《うつ》りはじめたので三人の宴会となった。

しょうの笛は藍橋の上空の月に向かって吹き、琴は立派な家の香りを伝えかなでる。●簫　しょうの笛。●藍橋　陝西省藍田県を流れる藍水に架かった橋。●金屋　立派な家。

美しく飾った部屋にはめでたい光が満ちあふれ、うす絹を張った窓からはみずみずしい夜明けの光が射し込んでくる。●繍戸　美しく飾った部屋。女子の部屋。●紗窓　うす絹を張った窓。●曙色　あけぼのの光。

藏古今學術
聚天地精華

雞聲茅店月
人跡板橋霜

瓊樓新眷屬
洞府小神仙

簾映天光遠
堂開春色深

嚴霜三尺法
甘雨四時春

露裛千花氣
泉和萬籟聲

古今《ここん》の学術《がくじゅつ》を蔵《ぞう》し
天地《てんち》の精華《せいか》を聚《あつ》む

雞声茅店《けいせいぼうてん》の月《つき》
人跡板橋《じんせきはんきょう》の霜《しも》

瓊楼《けいろう》の新眷属《しんけんぞく》
洞府《どうふ》の小神仙《しょうしんせん》

簾《れん》は天光《てんこう》に映《えい》じて遠《とお》く
堂《どう》は春 色《しゅんしょく》を開《ひら》いて深《ふか》し

厳霜三尺《げんそうさんじゃく》の法《ほう》
甘雨四時《かんうしじ》の春《はる》

露《つゆ》は裛《うるお》す千花《せんか》の気《き》
泉《いずみ》は和《わ》す万籟《ばんらい》の声《こえ》

書籍店には昔から今に至るまでの学術書があり、世に出版されたすばらしい書籍がみんなそろっている。●精華　すぐれてうるわしいもの。

田舎の茶店を照らしていた月が沈みはじめるとにわとりが鳴きはじめ、朝早く出てゆくと自分より先に人が通ったとみえて板橋の上に降りた霜に人の足あとがついている。●雞鳴　にわとりの鳴き声。雞は鶏に同じ。●茅店　田舎の茶店。●人跡　人の足あと。

月中の宮殿の新しい親族。仙境の新しい仙人。結婚をほめたたえる形容。●瓊楼　月中の宮殿。●眷属　一族。親族。●洞府　神仙のいるところ。仙境。●神仙　仙人。

すだれは天の光を受けて遠くまできらめきを放ち、家は春たけなわで喜びに満ちている。●簾　すだれ。●天光　天に輝く光。●堂　家。

厳粛なる法律のもとで、いつも春のような恵みがもたらされている。●厳霜　厳粛なことにたとえる。●三尺法　法律。昔、三尺の木簡に法律を書いたことによる。●甘雨　時を得た雨。恵みをいう。●四時　春夏秋冬の四季をいう。

露が降りて多くの花が芳しく香り、泉は辺りからひびいてくるすべての物音と合奏しているようである。●千花気　多くの花の香り。●万籟声　すべての物音。

馨香能佐味
精潔可調梅

蘭香時滿座
玉屑毎盈居

蘭馨徴國瑞
熊夢兆家祥

鐵肩擔道義
辣手著文章

顧獻南山壽
先開北海樽

鶯唱雲中管
梅舒雪裡花

馨香《けいこう》能《よ》く味《あじ》を佐《たす》け
精潔《せいけつ》梅《うめ》を調《ととの》う可《べ》し

蘭香《らんこう》時《とき》に座《ざ》に満《み》ち
玉屑《ぎょくせつ》毎《つね》に居《きょ》に盈《み》つ

蘭馨《らんけい》国瑞《こくずい》を徴《きざ》し
熊夢《ゆうむ》家《か》祥《しょう》を兆《きざ》す

鉄肩《てっけん》道義《どうぎ》を担《にな》い
辣手《らつしゅ》文章《ぶんしょう》を著《あらわ》す

顧《また》南山《なんざん》の寿《じゅ》を献《けん》じ
先《ま》ず北海《ほっかい》の樽《たる》を開《ひら》く

鶯《うぐいす》は雲中《うんちゅう》の管《かん》を唱《うた》い
梅《うめ》は雪裡《せつり》の花《はな》を舒《の》ぶ

そのよい香りは味つけに最も適し、その清らかさは梅ぼしをつくるのに最もよい。●馨香　よい香り。●精潔　清くていさぎよいこと。

蘭の香りが時おり座敷いっぱいに香り、すぐれた佳句が家いっぱいにあふれる。●玉屑　詩文のすぐれた佳句をいう。

蘭の香りは国の豊かさを、男子誕生は家のめでたさを象徴する。●蘭馨　蘭の香り。●瑞・祥　めでたいしるし。●熊夢　熊の夢を見ること。男子誕生をいう。

鉄のような強い肩に人の踏み行うべき正しい道を担い、そのすばらしい働き手で名文章を書く。●道義　人の踏み行うべき正しい筋道。●辣手　すばらしい働き手。

長寿のお祝いを述べ、みんなで宴会を開いて祝杯をあげる。●南山寿　南山が崩れないようにその業の長く久しく堅固なこと。長寿を祝う言葉。南山は終南山。陝西省にある。●北海樽　賓客を接待するための酒樽。後漢の北海の相であった孔融が常に賓客を好み、宴飲して「樽中酒不ㇾ空《シカラ》」と言った故事。

うぐいすは天上の音楽のような美しい声でさえずり、梅は雪のような鮮やかな白さで花を咲かせている。

鶯遷金谷曉
花報玉堂春

鶯《うぐいす》は金谷《きんこく》の暁《あかつき》に遷《うつ》り
花《はな》は玉堂《ぎょくどう》の春《はる》を報《ほう》ず

うぐいすは夜明けの金谷園に移ってさえずり、春になって立派な家は花で囲まれている。●金谷　晋の石崇の金谷園。河南省洛陽県の西北にある。石崇が賓客を招いて酒宴を催したところ。●玉堂　立派な家。

鶴髪迎春健
斑衣愛日長

鶴髪《かくはつ》春《はる》の健《けん》なるを迎《むか》え
斑衣《はんい》日《ひ》の長《なが》きを愛《あい》す

白髪の老人は春を迎えてますます元気になり、少年は春の日長《ひなが》を喜ぶ。●鶴髪　白髪の老人。●斑衣　少年。

攤書尋至道
對鏡認眞吾

書《しょ》を攤《ひら》いて至道《しどう》を尋《たず》ね
鏡《かがみ》に対《たい》して真吾《しんご》を認《みと》む

読書して自分にとっての最善の道を探し求め、鏡を見ては自分の真の姿を見つける努力をする。●至道　最善の道。●真吾　真のわれの姿。

權衡憑正直
輕重在公平

権衡《けんこう》は正直《しょうじき》に憑《よ》り
軽重《けいじゅう》は公平《こうへい》に在《あ》り

正直であることを以てものごとのつりあいをはかり、公平さで以てものごとの軽さと重さをはかる。●権衡　ものごとのつりあいをいう。

聽經勤受業
講道喜傳眞

経《けい》を聴《き》いて業《ぎょう》を受《う》くるに勤《つと》め
道《みち》を講《こう》じて真《しん》を伝《つた》うるを喜《よろこ》ぶ

聖人・賢人の著作の書から学問につとめ、道を説き明かして真理を伝えることに喜びを感じる。●経　聖賢のあらわした書籍。

讀書破萬卷
落筆超羣英

書《しょ》を読《よ》んでは万巻《ばんかん》を破《やぶ》り
筆《ふで》を落《お》とせば群英《ぐんえい》を超《こ》ゆ

万巻の書籍を読破し、筆を持てば万人に秀でる。

讀書敦上古
忠厚則前修

讀書須玩味
爲學在精神

靈草春雲放
仙池水月流

鬬角鉤心巧
圓規方矩工

鬬雪梅先吐
含烟柳尚青

籬菊黄金合
窗筠緑玉稠

読書上古《どくしょじょうこ》に敦《あつ》く
忠厚前修《ちゅうこうぜんしゅう》に則《のっと》る

書《しょ》を読《よ》むは須《すべか》らく玩味《がんみ》すべく
学《がく》を為《な》すは精神《せいしん》に在《あ》り

霊草《れいそう》春雲《しゅんうん》を放《はな》ち
仙池《せんち》水月《すいげつ》を流《なが》す

闘角鉤心《とうかくこうしん》の巧《わざ》
円規方矩《えんきほうく》の工《たくみ》

雪《ゆき》と闘《たたか》って梅《うめ》先《ま》ず吐《は》き
烟《けむり》を含《ふく》んで柳《やなぎ》尚《なお》青《あお》し

籬菊《りぎく》黄金《おうごん》合《がっ》し
窓筠《そういん》緑玉《りょくぎょく》稠《おお》し

読書するには『書経《しょきょう》』がよく、忠実さや親切さを学ぶには昔の賢人の教えに従うことである。●上古書　五経の一つで、上古の五代の政道を記した書の『書経』。●忠厚　忠実さとていねい親切さ。●前修　前世の徳を修めた賢人。

読書は意味をよく考え味わうのがあたりまえのことであり、学問をするのはその心構えにある。●玩味　詩文を読んでその意味などをよく考え味わうこと。

めでたくてよい草が茂るところから暖かい春の雲が沸《わ》き起こり、神々《こうごう》しい池には美しい月が映《うつ》っている。不老長寿の薬をたとえる。●霊草　めでたくよい草。霊芝。不老の薬とした。●仙池　仙人の池。神々しいまでの清い池。●水月　水に映ずる月かげ。

屋根の頂上の曲がったところと角は大工の腕の見せどころであり、ぶんまわしとかね尺の使い方で決まる。よい道具をそろえてこそ巧みな表現ができることをいう。●闘角鉤心　屋根の角と屋根の曲がったところの頂上。●円規方矩　ぶんまわしとかね尺。

降る雪の中で梅が花を咲かせ、かすみが立ちこめる中で柳が青さを増してくる。●烟　かすみ。烟は煙に同じ。

まがきには黄色の菊がたくさん咲き誇り、窓辺にはみどり色の竹が繁茂している。●籬菊　まがきの菊。●窓筠　窓近くの竹。●緑玉　竹をいう。

躡石苔黏屐
弄花香滿衣

石《いし》を躡《ふ》めば苔屐《こけげき》に黏《ねば》り
花《はな》を弄《ろう》せば香衣《こうい》に満《み》つ

石だたみを歩いてゆくと苔がげたにつき、花を手折ると香りが衣服にしみつく。●屐　はきもの。げたの類。

六字聯

大德得無量壽
我公有不朽名

大徳《だいとく》は無《む》量《りよう》寿《じゆ》を得《え》
我《わ》が公《こう》は不《ふ》朽《きゆう》の名《な》有《あ》り

立派な徳を身につけた人は無限の長寿を保ち、わが主人は永久にくちない名を持っている。長寿を祝す形容。●無量寿　寿命がはかり知れず無限であること。●公　主人。●不朽　いつまでも値うちがすたれないこと。●大徳　立派な徳を身につけた人。

仁人具壽者相
善士作富家翁

仁人《じんじん》寿者《じゆしや》の相《そう》を具《そな》え
善士《ぜんし》富《ふ》家《か》の翁《おう》と作《な》る

情け深い人は長寿の顔をしており、立派な人は豊かな家のおきなとなる。●仁人　情け深い人。成徳の人。●寿者相　長生きする顔。相は顔。●善士　立派な人。●富家翁　豊かな家の老人。また、金持ちの老人。

少壯眞當努力
詩書足以自娛

少壮《しようそう》は真《しん》に当《まさ》に努《ど》力《りよく》すべく
詩書《ししよ》は以《もつ》て自《みずか》ら娯《たの》しむに足《た》れり

若い時は真に何事にも努力すべきであり、学問は自分で楽しみながらやるのがよい。

守澹泊以鎭俗
安和靜而隨時

澹泊《たんぱく》を守《まも》り以《もつ》て俗《ぞく》を鎮《しず》め
和静《わせい》に安《やす》んじ而《しこう》して時《とき》に随《したが》う

静かで安らかな心を以て俗っぽさを遠ざけ、なごやかで落ち着いて何が起こっても時に従ってほどよく行動する。●澹泊　心が静かで安らかなこと。●和静　なごやかで静かなこと。

君子反身修德
學者愛日惜陰

君子《くんし》は身《み》を反《かえり》みて徳《とく》を修《おさ》め
学者《がくしや》は日《ひ》を愛《あい》して陰《いん》を惜《お》しむ

立派な人はことあるごとに反省して徳を身につけ、学ぶ人は寸暇を惜しんで勉強しなければならない。●君子　学徳のある立派な人。●学者　学問する人。●愛日惜陰　光陰を惜しむこと。光陰は年月、時間のこと。

坐久不妨辟穀
行空直可食雲

坐《ざ》久《ひさ》しくして穀《こく》を辟《さ》けるを妨《さまた》げず
行《ぎょう》空《むな》しくして直《ただ》ちに雲《くも》を食《く》らう可《べ》し

坐禅に没頭して食事をすることも忘れ、修行《しゅぎょう》一途で雲を食って努力する。神仙を求めること。●坐　坐禅。

序天倫之樂事
師聖人之遺書

天倫《てんりん》の楽事《らくじ》を序《じょ》し
聖人《せいじん》の遺書《いしょ》を師《し》とす

兄弟との楽しいことを述べ、聖人が書き残した書籍を読んで学ぶ。●天倫　兄弟をいう。

花到碧桃枝上
鶯歌綠柳樓前

花《はな》は碧桃枝上《へきとうしじょう》に到《いた》り
鶯《うぐいす》は緑柳楼前《りょくりゅうろうぜん》に歌《うた》う

碧桃の枝に花が咲き、高殿の前のみどり色の柳の木にうぐいすがさえずっている。●碧桃　桃の一種。

花發滿城錦綉
春生大地文章

花《はな》は満城《まんじょう》の錦繍《きんしゅう》を発《ひら》き
春《はる》は大地《だいち》の文章《ぶんしょう》を生《しょう》ず

町はあや錦を織り成す花で満ちあふれ、大地は春の美しさをかもし出している。●錦綉　錦のぬいとりのある絹。

門外鳥啼花落
菴中飯熟蕊香

門外鳥《もんがいとり》啼《な》いて花《はな》落《お》ち
菴中飯熟《あんちゅうめしじゅく》して蕊《ずい》香《かんば》し

家の外で鳥がさえずると花が散り、いおりの中で食事の用意ができると祝するかのように花が芳しく香ってくる。●菴中　いおりの中。●蕊　花。

春到紅桃枝上
鶯臻綠柳樓前

春《はる》は紅桃枝上《こうとうしじょう》に到《いた》り
鶯《うぐいす》は緑柳楼前《りょくりゅうろうぜん》に臻《いた》る

春は紅《くれない》色の桃の花が咲く枝に訪れ、うぐいすは高殿の前のみどり色の柳の木に来たりさえずる。

柏酒醉辭舊歳
椒花香獻新春

流玉醴乎華闥
秀朱草於庭前

風雨調和萬歳
稲粱狼藉豐年

乘長風以破浪
既富國而利民

效張公多書忍
法司馬厚集功

桃紅復含宿雨
柳綠更帶朝煙

柏酒《はくしゅ》の酔《よ》いは旧歳《きゅうさい》を辞《じ》し
椒花《しょうか》の香《こう》は新春《しんしゅん》を献《けん》ず

玉醴華闥《ぎょくれいかたつ》に流《なが》れ
朱草庭前《しゅそうていぜん》に秀《ひい》ず

風雨《ふうう》の調和《ちょうわ》は万歳《ばんざい》にして
稲粱《とうりょう》の狼藉《ろうぜき》は豊年《ほうねん》なり

長風《ちょうふう》に乗《じょう》じて以《もっ》て浪《なみ》を破《やぶ》り
既《すで》に国《くに》を富《と》ませて民《たみ》を利《り》す

張公《ちょうこう》に効《なら》って多《おお》く忍《にん》を書《しょ》し
司馬《しば》に法《のっと》って厚《あつ》く功《こう》を集《あつ》む

桃紅《とうこう》は復《また》宿雨《しゅくう》を含《ふく》み
柳緑《りゅうりょく》は更《さら》に朝煙《ちょうえん》を帯《お》ぶ

柏葉酒を飲んで年を越し、山椒の花の芳しい香りは新春にふさわしい。●柏酒　正月に飲む柏の葉を浸した酒。邪気を払うという。

玉酒が美しく飾った門に届き、めでたい草が庭に芽生《めば》えた。めでたさの形容。●玉醴　玉の汁をかもしてつくった酒。飲めば長生するという。●華闥　美しく飾った門。●朱草　めでたい草。瑞草。

気候は順調でめでたさにあふれ、穀物は乱れるほどに育って豊年であることは確かである。●万歳　祝うべきこと。めでたいこと。●稲粱　稲と大あわ。穀物をいう。●狼藉　乱れて多いこと。

遠くまで吹いてゆく大風に乗ってはてなき大海原に船を走らせ、今や国にも人びとにも多大な恩恵を施した。大業をなすたとえ。●長風　遠くまで吹いてゆく雄大な風。

張公に習って忍耐を重ね、司馬に習って功を積む。●張公　唐の張儀。忍耐の人。●司馬　宋の司馬温公(司馬光)。勲功の人。

紅《くれない》色の桃の花は前夜からの雨にぬれており、みどり色の柳の枝は朝もやがかかっている。

益壽花開竝蔕
恒春樹茁連枝

益寿《えきじゅ》花《はな》開《ひら》いて蔕《うてな》を並《なら》べ
恒春《こうしゅん》樹《じゅ》茁《めば》えて枝《えだ》を連《つら》ぬ

長寿の花が咲いて萼《がく》を並べ、恒春の木が大きくなって枝を連ねている。夫婦長寿を祝う形容。●益寿　長生きすること。●恒春　香木の名。

欲建無窮事業
須惜有用精神

無窮《むきゅう》の事業《じぎょう》を建《た》てんと欲《ほっ》せば
須《すべから》く有用《ゆうよう》の精神《せいしん》を惜《お》しむべし

大きな事業を起こそうとするなら、役に立ちたいという心を持ち続けなければならない。

腊去易生歡草
春來多種祥花

腊去《せきさ》って易《やす》く歓草《かんそう》を生《しょう》じ
春来《はるきた》って多《おお》く祥花《しょうか》を種《う》ゆ

年が明けて喜びの草が生えそろい、春になって祝いの花をたくさん植える

萃九天之雨露
開百代之文章

九天《きゅうてん》の雨露《うろ》を萃《あつ》め
百代《ひゃくだい》の文章《ぶんしょう》を開《ひら》く

大空に満ちる雨や露のような大きな恵みをいただき、後世まで残る立派な文章を作る。●九天　大空。●雨露　雨や露が万物を養うように、大きな恵みをいう。●百代　のちのちの世。

閑居足以養志
至樂莫如讀書

閑居《かんきょ》は以《もっ》て志《こころざし》を養《やしな》うに足《た》り
至楽《しらく》は書《しょ》を読《よ》むに如《し》く莫《な》し

志を世に得なければ、世を避けて静かに暮らしてその志を養うことができ、最高の楽しみは読書を以てほかにはない。●閑居　静かな住居。●至楽　この上ない楽しみ。

雅言詩書執禮
益友直諒多聞

雅言《がげん》は詩書執礼《ししょしつれい》
益友《えきゆう》は直諒《ちょくりょう》多聞《たぶん》

正しい言葉は書籍と守り行うべき礼から生まれ、善い友だちは正直で誠実であり、多く聞く人である。●執礼　守り行うべき礼。●直諒　正直で誠実。

漢柏秦松骨氣
商彝夏鼎精神

漢柏秦《かんはくしん》 松《しょう》の骨気《こっき》
商彝夏鼎《しょういかてい》の精神《せいしん》

漢代の柏の木、秦代の松の木の心構えを持ち、商代の酒器、夏代のかなえの精神を持つ。心の働きの優秀さをいう。●漢・秦・商・夏　中国の王朝の名。

窮經將以致用
讀書先宜虛心

経《けい》を窮《きわ》めて将《まさ》に以《もっ》て用《よう》を致《いた》さんとすべし
書《しょ》を読《よ》んで先《ま》ず宜《よろ》しく心《こころ》を虚《むな》しくすべし

聖賢の書籍を調べ尽くし、本質をつかんで人の役に立たなくてはならない。読書を多くして、まず心をすなおにしなければならない。●経　聖賢の述作した書籍。●致用　役に立つこと。●虚心　心をすなおにすること。先入観を持たないこと。

養身莫如寡慾
讀書先在虛心

身《み》を養《やしな》うは寡欲《かよく》に如《し》く莫《な》く
書《しょ》を読《よ》むは先《ま》ず虚心《きょしん》に在《あ》り

健康の増進は欲望の少ないことに勝るものはなく、読書はわだかまりのない心で似て行うべきである。

養黃芽而百煉
霏絳雪以千年

黄芽《こうが》を養《やしな》うに百煉《ひゃくれん》を而《もっ》てし
絳雪《こうせつ》を霏《ふ》らすに千年《せんねん》を以《もっ》てす

道士は仙薬をつくるために百回も、千年もの時を経ることを心に刻んでいる。価値あるものをつくり出す心得。●黄芽　道士が薬を焼くことをいう。●百煉　百回も煉《ね》ること。●絳雪　仙薬の名。

憲章盛於文武
詩書煥乎唐虞

憲章《けんしょう》は文武《ぶんぶ》に盛《さか》んに
詩書《ししょ》は唐虞《とうぐ》に煥《かがや》く

法律は周の文王と武王の時に定まり、『詩経《しきょう》』と『書《しょ》経《きょう》』は古代の尭《ぎょう》と舜の時代から有名である。●憲章　法律。●文武　周の文王（姫昌）と武王（姫発）の親子。●詩書　『詩経』と『書経』。●唐虞　中国古代伝説上の聖天子の尭の陶唐と舜の有虞。

爆竹一聲除舊
桃符萬象更新

爆竹《ばくちく》一声《いっせい》旧《きゅう》を除《のぞ》き
桃符《とうふ》万象《ばんしょう》更《さら》に新《あら》たなり

年が明けて新年を祝う爆竹が鳴り、家の入り口には新しい対句が貼ってある。●桃符　吉語の対句。

讀書必務精熟
敎子要有義方

書《しょ》を読《よ》むには必《かなら》ず精熟《せいじゅく》に務《つと》め
子《こ》を教《おし》うるには要《かなら》ず義方《ぎほう》に有《あ》り

読書をする時は必ず心から理解しなければならないし、子供に教育するには道徳に関する家庭内の教訓からはじめねばならない。●義方　正しい方向に向かう意で、道徳に関する家庭での教訓をいう。

七字聯

一代忠心盟日月
千秋節義重乾坤

一代《いちだい》の忠心日月《ちゅうしんじつげつ》に盟《ちか》い
千秋《せんしゅう》の節義乾坤《せつぎけんこん》より重《おも》し

まごころを尽くして一生涯を終えることを日と月に誓い、いつまでも固く道義を守り通すことを天地に刻み込む。●忠心　まごころ。●千秋　千年。●節義　節操があって行為が道にかなうこと。●乾坤　天地。

一生忠赤山河見
千載精神日月光

一生《いっしょう》の忠赤山河《ちゅうせきさんが》に見《あらわ》れ
千載《せんざい》の精神日月《せいしんじつげつ》に光《かがや》く

まごころを尽くして一生涯を終えることは山河に映《うつ》し出されており、いつまでも変わらない心の持ち方は日と月に照らされて輝き渡っている。●忠赤　まごころ。●千載　千年。

一百五日寒食雨
二十四番花信風

一百五日寒食《いっぴゃくごにちかんしょく》の雨《あめ》
二十四番花信《にじゅうしばんかしん》の風《かぜ》

寒食の日には雨が降り、春三か月の間は花が咲き乱れる。●前句　寒食をいう。冬至から百五日目の前後三日間にする行事の名。火を用いず、冷たいものを食べる。晋の介子推の故事。●後句　春風による開花の二十四の順序。

一朶彩雲迎暁日
萬枝紅燭動春天

一朶《いちだ》の彩雲《さいうん》暁日《ぎょうじつ》を迎《むか》え
万枝《ばんし》の紅燭《こうしょく》春天《しゅんてん》を動《うご》かす

ひとかたまりの雲が朝日を受けて美しく輝き、多くの紅《くれない》色の灯火が春の空を赤く染める。●一朶　ひとかたまり。●万枝　多いこと。

一門共坐春風裡
多士羣沾化雨中

一門共《いちもんとも》に春風《しゅんぷう》の裡《うち》に坐《ざ》し
多士《たし》群《むら》がって化雨《かう》の中《うち》に沾《うるお》う

一門の人びとは春風に吹かれながら勉強し、多くの人びとは群がり集まって恵みの雨に学問の真髄をさとる。●化雨　草木の雨を得て発生するように、恵みがあまねく及ぶことをいう。

一泓秋水餘清氣
満室春風散異香

一泓《いちおう》の秋水《しゅうすい》清気《せいき》を余《あま》し
満室《まんしつ》の春風《しゅんぷう》異香《いこう》を散《さん》ず

秋の川の深い淵《ふち》は清らかさに満ちあふれ、春風は部屋いっぱいに快《こころよ》い香りを運んでくる。●一泓　ひとたまりの深い清い水。●異香　珍しいよい香り。

一庭花影三更月
十里松陰百道泉

一庭《いってい》の花影《かえい》三更《さんこう》の月《つき》
十里《じゅうり》の松陰《しょういん》百道《ひゃくどう》の泉《いずみ》

真夜中の庭には月に照らされて花のかげが映《うつ》り、十里も続く山道の松かげには多くの泉が沸《わ》き出ている。●三更　夜を五区分した第三の時刻。真夜中。●百道　多いこと。

一嶺桃花紅錦繡
萬條銀燭引天人

一嶺《いちれい》の桃花《とうか》錦繡《きんしゅう》を紅《くれない》にし
万条《ばんじょう》の銀燭《ぎんしょく》天人《てんじん》を引《ひ》く

峰の桃の花は美しい着物のように紅《くれない》色に咲き誇り、多くの明るく光る灯火は美人を引き立てる。●錦繡　美しい着物。●万条　多いこと。●銀燭　明るく光る灯火。●天人　美人。

一點陽和空外轉
萬家淑氣望中新

一点《いってん》の陽和《ようわ》空外《くうがい》に転《てん》じ
万家《ばんか》の淑気《しゅくき》望中《ぼうちゅう》に新《あら》たなり

ほんのわずかだがのどかな春の時候がはるか天から動き出し、多くの家のなごやかな気が視界に気持ちよく入ってくる。●陽和・淑気　のどかな春の時候。●空外　はるかな天。

九天日月開新運
萬里笙歌醉太平

九天《きゅうてん》の日月《じつげつ》新運《しんうん》を開《ひら》き
万里《ばんり》の笙《しょう》歌《か》太平《たいへい》に酔《よ》う

大空の日と月は信念をもたらし、はるか万里のかなたまでしょうの笛と歌が流れて世は楽しさで満ちている。天下太平。●九天　大空。●笙歌　しょうの笛と歌。

九天星宿檐前燦
四面湖山春至明

九天《きゅうてん》の星宿《せいしゅく》檐前《えんぜん》に燦《あざ》やかに
四面《しめん》の湖山《こざん》春至《しゅんし》に明《あき》らかなり

大空の星は軒端《のきば》の上空に鮮やかに輝き、四方に広がる山河は春になっていよいよ明らかになった。●九天　大空。●星宿　星。●湖山　山河をいう。●春至　春分。

九苞彩鳳雲中現
半夜石麟天上來

九苞《きゅうほう》の彩鳳雲《さいほううん》中《ちゅう》に現《あらわ》れ
半夜《はんや》の石麟天上《せきりんてんじょう》より来《きた》る

美しい鳳凰が雲間からあらわれると、夜中、すぐれた子が生まれた。●九苞彩鳳　九種の羽の色を持つ美しい鳳凰。●半夜　夜中。●石麟　特にすぐれた子をいう。

人居百尺松蘿上
詩在千層花雨中

人《ひと》は百尺《ひゃくしゃく》松蘿《しょうら》の上《うえ》に居《きょ》し
詩《し》は千層花雨《せんそうかう》の中《うち》に在《あ》り

人は松やつたかずらの茂る高地に住み、詩は乱れ飛び散る落花の中にある。●松蘿　松とつたかずら。●千層　幾重にも重なること。●花雨　花が雨のように散ること。

人逢治世居棲穩
時際陽春氣運新

人《ひと》は治世《ちせい》に逢《お》うて居棲穏《きょせいおだ》やかに
時《とき》は陽春《ようしゅん》に際《お》うて気運新《きうんあら》たなり

太平の世、人びとは穏やかに日を過ごし、春の時節、気持ちも新鮮さを増す。●治世　太平の世。●居棲　暮らし。●陽春　春の時節。●気運　なりゆき。

人慶安瀾通客路
民歌厚德沐恩多

人《ひと》は安瀾《あんらん》を慶《けい》して客路《かくろ》を通《つう》じ
民《たみ》は厚徳《こうとく》を歌《うた》って恩《おん》に沐《もく》すること多《おお》し

人びとは天下太平を喜んで旅行を楽しみ、歓喜の歌をうたって感謝している。●安瀾　静かな波。天下太平のたとえ。●客路　旅の道。●厚徳　広く大きな徳。

十二碧城臨縹緲
三千珠闕任逍遥

十二碧城《じゅうにへきじょう》縹緲《ひょうびょう》に臨《のぞ》み
三千珠闕《さんぜんしゅけつ》逍遥《しょうよう》に任《まか》す

仙人の住む城を遠く眺めながら、城門から入って歩きながら向かう。●十二碧城　仙人のいる城。●縹緲　遠くかすかなこと。●三千珠闕　仙人のいる城の門。●逍遥　ぶらつくこと。

又是一年春草緑
依然十里杏花紅

又是一年春草緑《またこれいちねんしゅんそうみどり》に
依然《いぜん》として十里杏花《じゅうりきょうか》紅《くれない》なり

年が改まって春草はみどり色を増し、今年もまた十里も続く道ばたには紅《くれない》色の杏《あんず》の花が咲いている。

三十六峯時變態
百千萬載此鴻圖

三十六峰時《さんじゅうろっぽうとき》に態《たい》を変《へん》じ
百千万載此《ひゃくせんばんさいこ》の鴻図《こうと》あり

嵩山《すうざん》の三十六峰も時にはその姿を変えるが、わたしには久しく積み重ねた大きな計画がある。●三十六峰　河南省登封県にある嵩山の三十六峰。●百千万載　久しく積み重ねること。●鴻図　王者の大きなはかりごと。

三千世界笙歌裡
十二都城錦綉中

三千世界笙歌《さんぜんせかいしょうか》の裡《うち》
十二都城錦綉《じゅうにとじょうきんしゅう》の中《うち》

世界中がめでたいしょうの笛と歌につつまれている。あらゆる町が美しく飾られている。●三千世界　広い世界。●笙歌　しょうの笛と歌。●十二都城　あらゆる町。●錦綉　錦とぬいとり。

三千法界超元妙
一串牟尼悟化機

三千法界《さんぜんほっかい》元妙《げんみょう》を超《こ》え
一串《いっかん》の牟尼《むに》化機《けき》を悟《さと》る

広い世界のあらゆるものが悟りの境地に帰り、連なり続く静寂は天地自然の働きを教えてくれる。●三千法界　広い世界のあらゆる存在。●元妙　悟りの境地。●一串牟尼　連なり貫く静寂。●化機　天地自然の働き。

三元庇佑恩光大
萬善同歸福澤長

三元《さんげん》庇《かば》い佑《たす》けて恩光大《おんこうだい》に
万善同《ばんぜんとも》に帰《かえ》って福沢長《ふくたくなが》し

天地人が三位一体《さんみいったい》となって助け合うと大きな恵みの光につつまれ、多くの良いことが重なり合って帰ってきて幸いと恵みが長く続く。●三元　天地人。●恩光　恵みの光。●万善　多くの善。●福沢　幸いと恵み。

三春天地迴元氣
一統山河際太平

三春《さんしゅん》の天地元気《てんちげんき》を廻《かえ》し
一統《いっとう》の山河太平《さんがたいへい》に際《いた》る

春になると世界は元気を取りもどし、自然界も平和そのものとなる。●三春　春三か月の称。孟春・仲春・季春。●一統　天下。

三春淑氣盈門室
萬里祥光滿斗文

三春《さんしゅん》の淑《しゅく》気門室《きもんしつ》に盈《み》ち
万里《ばんり》の祥光《しょうこう》斗文《ともん》に満《み》つ

春の清らかさとはるかな天から届《とど》くめでたい光が家中に満ちている。●三春　春三か月の称。孟春・仲春・季春。●門室・斗文　家をいう。

三時不害豐年慶
萬寶告成大有年

三時《さんじ》害《がい》せず豊年《ほうねん》の慶《よろこ》び
万宝《ばんぽう》成《な》るを告《つ》ぐ大有年《だいゆうねん》

春、夏、秋、気候も順調で豊作の喜びを妨げることは全くなかった。ありとあらゆる穀物が大豊作の年であることを告げている。●三時　農耕にたいせつな三つの時節。春耕・夏耘・秋収。●万宝　多くの宝。ここは、ありとあらゆる穀物をいう。●大有年　大豊年。

三陽日照平安地
五福星臨吉慶家

三陽《さんよう》日《ひ》は平安《へいあん》の地《ち》を照《てら》し
五福星《ごふくほし》は吉慶《きっけい》の家《いえ》に臨《のぞ》む

正月、日は都を明るく照らし、五福の星は喜び合う家の上空に輝く。●三陽　正月。●五福　長寿・富裕、無病息災・道徳を楽しむこと、天命を全うすること。

三陽氣轉風開甲
六合春回月建寅

三陽《さんよう》気転《きてん》じて風甲《かぜこう》を開《ひら》き
六合《りくごう》春《はる》回《かえ》って月寅《つきいん》を建《た》つ

春になって風は正月を開き、天地を照らす月も正月をもたらした。●三陽　正月。●甲　十干《かん》の甲で正月。●六合　天地。●寅　十二支の寅《とら》で正月。

三華聚頂登金闕
九轉丹成步玉臺

三《さん》華《か》聚《しゅう》頂《ちょう》金闕《きんけつ》に登《のぼ》り
九転丹成玉台《きゅうてんたんせいぎょくだい》を歩《あゆ》む

道士の修行《しゅぎょう》をし、仙薬をつくって天帝のいる宮殿に登って仙人となる。●三華聚頂　道士の修行の術。精・気・神。●金闕・玉台　天帝のいる宮殿。●九転丹成　九たび煉《ね》った仙薬。一転の丹を服用すれば三年で仙人となり、九転の丹は直ちに仙人になれる。

上代天工施厚澤
永懷赤子布仁恩

上代《じょうだい》の天工厚沢《てんこうこうたく》を施《ほどこ》し
永懐《えいかい》の赤子仁恩《せきしじんおん》を布《し》く

昔の人の巧みな技能が大いなる恵みを与えるが、それは後の人びとに対する思いやりからである。●上代　昔。●天工　技芸の巧みなこと。●厚沢　手厚い恵み。●永懐　長く思うこと。●赤子　人びと。●仁恩　いつくしみ。

上苑梅開春九十
高堂桃熟歳三千

上苑梅《じょうえんうめ》は開《ひら》く春九十《はるくじゅう》
高堂桃《こうどうもも》は熟《じゅく》す歳三千《としさんぜん》

天子の庭園の梅の花は春の間中、咲き乱れ、立派な家の桃の実は長寿を祝って熟してゆく。●上苑　天子の庭園。●高堂　立派な家。

千古文章傳性道
一堂交有樂天倫

千古《せんこ》の文章《ぶんしょう》性道《せいどう》を伝《つた》え
一堂《いちどう》の交友天倫《こうゆうてんりん》を楽《たの》しむ

聖賢の文章は生きるために最もたいせつな性質道理を伝え、一つの堂の親しい交わりは天倫を楽しむものである。●天倫　五倫とも。君臣・父子・夫婦・兄弟・朋友の道。

千門共住鴻禧字
百穀同登大有年

千門共《せんもんとも》に鴻禧《こうき》の字《じ》を住《とど》め
百穀同《ひやっこくとも》に大有年《だいゆうねん》に登《みの》る

どこの家もお祝いの春聯の対句を門口に貼り、多くの穀物がよく実って大豊年である。●千門　多くの家。●鴻禧字　大きな幸いの文字。春聯をいう。●大有年　大豊年。

千門共貼宜春字
萬戸同懸換歳符

千門《せんもん》共《とも》に貼《は》る宜春《ぎしゅん》の字《じ》
萬戸《ばんこ》同《おな》じく懸《か》く換歳《かんさい》の符《ふ》

春を迎えて、どこの家も門口に春聯の対句をかかげる。●千門・万戸　多くの家。●宜春字・換歳符　春を迎えて祝う言葉。春聯。

千門柳色連青瑣
三殿花香入紫微

千門《せんもん》の柳色《りゅうしょく》青瑣《せいさ》に連《つら》なり
三殿《さんでん》の花香《かこう》紫微《しび》に入《い》る

多くの門の柳のみどり色は王宮の門に連なり続き、三つの御殿の花の芳しい香りは王宮にただよい流れる。●青瑣　漢の宮門。●紫微　星の名にして天帝の居るところ。王宮。

千秋氣節冰霜凜
萬古貞心鐵石盟

千秋《せんしゅう》の気節《きせつ》氷霜凜《ひょうそうりん》たり
万古《ばんこ》の貞心《ていしん》鉄石《てつせき》盟《ちか》う

いつまでも変わらない堅固な節操を持ち続ける、意。●千秋気節　千年もの時節。●氷霜・鉄石　節操の堅固なこと。●万古貞心　いつまでも変わらない心。

千紅萬紫迎新歳
水綠山青自太和

千紅万紫《せんこうばんし》新歳《しんさい》を迎《むか》え
水緑《すいりょく》山青《さんせい》自《おの》ずから太和《たいわ》なり

色とりどりの花が咲いて新しい年を迎え、水はみどり色で山は青くてまさに天下太平である。●千紅万紫　花などの色とりどりなこと。●太和　世の中がよく治まっていること。

千條綠柳垂金線
萬樹寒梅吐玉葩

千条《せんじよう》の緑柳金線《りよくりゆうきんせん》を垂《た》れ
万樹《ばんじゆ》の寒梅玉葩《かんばいぎよくは》を吐《は》く

春が訪れて柳はみどり色の多くの枝を垂れ、寒中の梅の木はすべて美しい花を咲かせた。●金線　柳の枝の形容。●玉葩　玉のように美しい花。

千萬風雲培玉樹
十分雨露發荊花

千万《せんまん》の風雲玉樹《ふううんぎよくじゆ》を培《つちか》い
十分《じゆうぶん》の雨露荊花《うろけいか》を発《ひら》く

多くの風と雲は美しい木を大きく育て、十分な雨と露はいばらの花を咲かせた。大きな恵みをいう。●玉樹　美しい木。●荊花　いばらの花。

千樹梅花一壺酒
一莊水竹數房書

千樹《せんじゆ》の梅花一壺《ばいかいっこ》の酒《さけ》
一荘《いっそう》の水竹数房《すいちくすうぼう》の書《しよ》

梅林へ一壺の酒を携えて花見にゆく。池と竹やぶのある別荘にはいくつかの部屋があり、書籍であふれている。●一荘　一つの別荘。

大塊文章還假我
十分春色總宜人

大塊《たいかい》の文章還我《ぶんしようまたわれ》に仮《か》り
十分《じゆうぶん》の春色総《しゆんしよくすべ》て人《ひと》に宜《よろ》し

立派な文章を作り上げ、春たけなわの景色を満喫する。

大節至今昭日月
英風亘古振綱常

大節《たいせつ》今《いま》に至《いた》って日月《じつげつ》を昭《あき》らかにし
英風《えいふう》古《いにしえ》に亘《わた》って綱常《こうじょう》を振《ふる》う

大いなる節操は今になってやっと日と月と同じように光り輝き、すぐれた徳は昔から人の守るべき大道として大きな力を発揮している。●大節　大いなる節操。●英風　すぐれた徳。●綱常　人の守るべき大道。

子耕婦織民生足
雨順風調帝澤周

子《こ》耕《たがや》し婦《ふ》織《お》って民生《みんせい》足《た》り
雨《あめ》順《したが》い風《かぜ》調《ととの》って帝沢《ていたく》周《あまね》し

子供が耕し、婦人は織って人の生活は安定し、気候も順調で皇帝のお恵みがすべてに行き届いている。●民生　人民の生活。●雨順風調　気候の順調なこと。

小梅香裡黃鶯囀
玉樹陰中紫鳳來

小梅香裡《しょうばいこうり》黄鶯《こうおう》囀《さえず》り
玉樹陰中《ぎょくじゅいんちゅう》紫鳳《しほう》来《きた》る

小さい梅が芳しく香る中でうぐいすがさえずり、美しい木のかげにむらさき色の鳳凰が飛んできた。●黄鶯　うぐいす。●玉樹　美しい木。●紫鳳　むらさき色の鳳凰。

山川氣象渾如畫
人物風光又轉新

山川《さんせん》の気象《きしょう》渾《こん》として画《が》の如《ごと》く
人物風光《じんぶつふうこう》又《また》新《しん》を転《てん》ず

山河の景色はまさに大きな一幅の絵であり、人も風景も年の改まるとともに新しくなる。●気象　景色。●渾　大きいこと。

山寺日高僧未起
算來名利不如閑

山寺《さんじ》日高《ひたか》くなるも僧未《そういま》だ起《お》きず
算《かぞ》え来《きた》る名利《みようり》閑《かん》に如《し》かず

山寺の僧は日が高く昇っても起きず、なぜかと言えば多くの名誉と利益も暇があることとくらべれば値うちはないからである。●名利　名誉と利益。

山河表裏唐風古
日月光華禹甸春

山河《さんが》の表裏《ひようり》唐風《とうふう》古《ふ》り
日月《じつげつ》の光華《こうか》禹甸《うでん》春《はる》なり

あらゆる山河に帝尭、陶唐氏の遺風が残っており、日と月の光は禹王の都の地を明るく照らす。●唐風　帝尭、陶唐氏の遺風。●光華　光。●禹甸　夏の禹王の都した地。

山河鞏固千春艶
日月昭回一氣新

山河《さんが》鞏固《きようこ》にして千春《せんしゆん》艶《うつく》しく
日月《じつげつ》昭回《しようかい》して一気《いつき》新《あら》たなり

山河はいつも変わらずに春の訪れとともに美しさを呈し、日や月が光を返して大気は新鮮そのものである。●鞏固　しっかりして動かないこと。●昭回　光がめぐり移ること。

弓懸月影銀鉤射
圖繪仙形寶像尊

弓《ゆみ》は月影《げつえい》に懸《かか》って銀鉤《ぎんこう》を射《い》
図《ず》は仙形《せんけい》を絵《えが》いて宝像《ほうぞう》尊《たつと》し

美しいすだれ越しに三日月の光が射し込み、部屋の中には尊い形をした仏像の絵がかけてある。●弓懸月影　三日月。●銀鉤　銀製のすだれ。●仙形　仙人の形。●宝像　仏像。

不待回甘知苦辣
從來佳味雜酸鹹

甘《かん》を回《かえ》すを待《ま》たずして苦辣《くらつ》を知《し》り
従来《じゅうらい》の佳味《かみ》酸鹹《さんかん》を雑《まじ》ゆ

甘さよりも苦《にが》みが際立《きわだ》ち、昔ながらのおいしい味はすい味と塩から味がまじっていたことを思い出した。●苦辣　苦み。●佳味　おいしい味。●酸鹹　すい味と塩から味。

中天日月從新紀
大地山河復舊規

中天《ちゅうてん》の日月《じつげつ》新紀《しんき》に従《したが》い
大地《だいち》の山河《さんが》旧規《きゅうき》に復《ふく》す

大空の日と月は新年を迎えて輝き、大地の山と河はいつも通りの春景色となった。

丹鳳堂前初兆瑞
玉麟閣上早占祥

丹鳳堂前《たんぽうどうぜん》初《はじ》めて瑞《ずい》を兆《うらな》い
玉麟閣上《ぎょくりんかくじょう》早《つと》に祥《しょう》を占《うらな》う

丹鳳堂の前と玉麟閣の室内でめでたさを占う。●丹鳳堂・玉麟閣　高殿の名。●瑞・祥　めでたいしるし。

丹爐煮藥風爲扇
石洞敲棋月作燈

丹炉《たんろ》薬《くすり》を煮《に》るに風《かぜ》扇《おうぎ》と為《な》り
石洞《せきどう》棋《き》を敲《う》つに月《つき》灯《とう》と作《な》る

仙薬を煮るいろりは扇であおがなくても風が吹いて火が盛んに燃え、石のほら穴で囲碁を打っていると灯火のかわりに月が明るく照らしてくれる。●丹炉　仙薬を煮るいろり。●石洞　石のほら穴。●敲棋　囲碁を打つこと。

五色天書詞爛漫
九華春殿語従容

五色《ごしょく》の天書《てんしょ》詞《ことば》爛漫《らんまん》にして
九華《きゅうか》の春殿《しゅんでん》語《ことば》従容《しょうよう》たり

勅語の言葉は光り輝いており、宮殿の言葉はゆったりとしている。●五色天書　勅語。●爛漫　光り輝くようす。●九華春殿　宮殿。●従容　ゆったりしたようす。

五色花成春雨後
千峯奇出夏雲中

五色花《ごしょくはな》は春雨《しゅんう》の後《のち》に成《な》り
千峰奇《せんぼうき》は夏雲《かうん》の中《うち》に出《い》ず

五色をなすめでたい花が春雨の降った後に咲き、多くの峰の中で一番高い山が夏雲の中から顔を出す。

五色雲中開暁日
萬年枝上動春風

五色《ごしょく》の雲中《うんちゅう》暁日《ぎょうじつ》開《ひら》き
万年《ばんねん》の枝上《しじょう》春風《しゅんぷう》動《うご》く

めでたい五色の雲の間から朝日が昇り、もちの木の枝が春風に吹かれて揺らいでいる。●五色　青・黄・赤・白・黒の五色。めでたい時に用いる。●暁日　朝日。●万年　もちの木。

五色雲臨門似彩
七香車擁轡如琴

五色《ごしょく》雲《くも》臨《のぞ》んで門彩《もんあや》に似《に》
七香車《しちこうくるま》擁《よう》して轡《くつわ》琴《こと》の如《ごと》し

五色のめでたい雲がただよって門は鮮やかな彩《いろど》りを放ち、婚礼のはなやかな車のくつわの音は琴が鳴っているようである。●七香車　種々の香木でつくった美しい車。婚礼に用いる。

五色鳳毛新羽翼
百年龍馬舊家聲

五色《ごしょく》の鳳毛新羽翼《ほうもうしんうよく》
百年《ひゃくねん》の竜馬旧家声《りょうばきゅうかせい》

五色の毛のつばさを持った鳳凰《ほうおう》と、百年も旧家のほまれを背負った神馬。父祖に劣らない俊才の子と老いてなお壮健な者をいう。●鳳毛　鳳凰の毛。父祖に劣らない俊才の子をいう。●竜馬　神馬。老いて壮健な者をいう。

五夜漏聲催曉箭
九重春色醉仙桃

五夜《ごや》の漏声暁箭《ろうせいぎょうせん》を催《うなが》し
九重《きゅうちょう》の春色仙桃《しゅんしょくせんとう》を酔《よ》わす

水時計の音が夜明けを告げ、天に広がる春らしさが仙桃をも酔わせてしまう。●五夜　一夜を五区分した第五の時刻。午前四時ごろ。●漏声　水時計の音。●暁箭　夜明けの時刻。●九重　天。●仙桃　桃の一種。

五風十雨唐虞世
萬紫千紅富貴春

五風十雨唐虞《ごふうじゅううとうぐ》の世《よ》
万紫千紅富貴《ばんしせんこうふうき》の春《はる》

気候が順調なことは唐虞の時代のようであり、いろいろの美しい花が咲き乱れる春は豊かそのものである。●唐虞　中国古代伝説中の堯（姓は陶唐氏）と舜（姓は有虞氏）の時代。天下が理想的に治まった。

五陵春色烟霞近
萬里晴雲翰墨新

五陵《ごりょう》の春色烟霞近《しゅんしょくえんかちか》く
万里《ばんり》の晴雲翰墨新《せいうんかんぼくあら》たなり

五陵の地の春景色はかすみたなびく時がすばらしく、はるかかなたまで続く晴れた雲は筆を持って描きたいほど新鮮なおもむきである。●五陵　陝西省五陵付近の地。●烟霞　かすみ。烟は煙に同じ。●翰墨　筆と墨。

五湖寄跡陶公業
四海交遊晏子風

五湖《ごこ》の寄跡《きせき》は陶公《とうこう》の業《ぎょう》
四海《しかい》の交遊《こうゆう》は晏子《あんし》の風《ふう》

越の范蠡《はんれい》は功成って身を退いて五湖に浮かんで遊び、春秋の斉の晏嬰《あんえい》は忠義を以て天下に名を知られている。●五湖　湖の名。江蘇・浙江二省にまたがる。●寄跡　身を置くこと。●陶公　越の忠臣、范蠡。●四海　天下。●交遊　友達。●晏子　春秋の斉国の人、晏嬰。

五穀豐登昭國泰
萬家充足沐天庥

五穀《ごこく》豊《ゆた》かに登《みの》って国泰《こくたい》を昭《あき》らかにし
万家《ばんか》充《み》ち足《た》って天庥《てんきゅう》に沐《もく》す

穀物がよく実って国は豊かであり、すべての人びとは天のおかげと十分に満足している。●五穀　穀物。●天庥　天のおかげ。

元鶴蒼松雙獻壽
玉麟丹桂兩呈祥

元鶴蒼松《げんかくそうしょう》双《なら》んで寿《じゅ》を献《けん》じ
玉麟丹桂《ぎょくりんたんけい》両《ふた》つながら祥《しょう》を呈《てい》す

黒い鶴と青い松は長寿の象徴であり、美しいきりんと赤い桂の木は幸いを象徴している。めでたさの形容。●元鶴　二千年を経て黒色に変じた鶴。玄鶴。●玉麟　きりんの美称。●丹桂　桂の一種。月中にあるという。

勿謂光陰爲過客
須知山水有良朋

謂《い》う勿《なか》れ光陰過客《こういんかかく》為《な》りと
須《すべか》らく知《し》るべし山水良朋《さんすいりょうほう》有《あ》りと

年月は旅人のように過ぎ去って帰らないものだなどと言ってはならない。広い世の中には生涯をともにする親友がいることを知っておかねば生きる価値がない。●光陰　年月。光は日、陰は月。●過客　旅人。●山水　山河。世の中。●良朋　良い友だち。親友。

反求諸己理常足
不頼於人品自高

反《かえり》みて諸《これ》を己《おのれ》に求《もと》むれば理常《りつね》に足《た》り
人《ひと》に頼《たよ》らざれば品自《ひんおの》ずから高《たか》し

いつも自己反省する心を忘れなければ道理は身につくものであり、人に頼らなければ自尊心は高まるものである。

反観自己難全是
細論人家未盡非

自己《じこ》を反観《はんかん》すれば全《すべ》て是《ぜ》なり難《がた》く
人家《じんか》を細論《さいろん》すれば未《いま》だ非《ひ》を尽《つ》くさず

自分を反省するとすべてが正しいとは言いがたく、他人を細かに論ずればすべてが不正だとは言いがたい。●人家　他人。

天上四時春作首
人間五福壽爲先

天上《てんじょう》の四時《しじ》は春《はる》を首《はじ》めと作《な》し
人間《にんげん》の五福《ごふく》は寿《じゅ》を先《さき》と為《な》す

自然の四季の移り変わりは春からはじまり、人間の五つの幸せの中では長寿を最初とする。●五福　長寿、富裕、無病息災、道徳を楽しむこと、天命を全うすること。

天上星杓旋北斗
人間春信到東郊

天上《てんじょう》の星杓《せいしゃく》北斗《ほくと》を旋《めぐ》り
人間《じんかん》の春信《しゅんしん》東郊《とうこう》に到《いた》る

空の星々は北斗星をめぐって動き、地上の春の訪れは東方の野辺からやってくる。●星杓　星。●北斗　北斗星。●人間　俗世間。●春信　春の訪れ。●東郊　東方の野辺。

天上雙星河畔渡
人間合璧鏡中開

天上《てんじょう》の双星河畔《そうせいかはん》を渡《わた》り
人間《にんげん》の合璧鏡中《がっぺききょうちゅう》に開《ひら》く

天上の牽牛星と織女星の二つ星は天の川を渡って会い、地上では美しい二人が相見つめながら一緒になる。●双星　牽牛星と織女星。
●合璧　美しいものが二つ会うこと。

天運特開新世界
地輿永鞏舊山河

天運特《てんうんとく》に新世界《しんせかい》を開《ひら》き
地輿《ちよ》永《なが》く旧山河《きゅうさんが》を鞏《かた》む

天はめぐって新しい世界をもたらし、大地は遠い後世のために古い山河をかためる。●天運　天のめぐり。●地輿　大地。

天増歳月人増壽
春滿乾坤福滿門

天《てん》は歳月《さいげつ》を増《ま》し人《ひと》は寿《じゅ》を増《ま》し
春《はる》は乾坤《けんこん》に満《み》ち福《ふく》は門《もん》に満《み》つ

正月のめでたさをうたう。●寿　祝い。長命。●乾坤　天地。

天機到處都成趣
筆力揮來若有神

天機到《てんきいた》る処《ところ》都《すべ》て趣《おもむき》を成《な》し
筆力揮《ひつりょくふる》い来《きた》れば神有《しんあ》るが若《ごと》し

天の働きのいたるところはすべておもむきがあり、表現するために筆を走らせると神技である。●天機　天の心の動き。

天邊烟景都入畫
海上神仙亦愛春

天辺《てんぺん》の烟景《えんけい》都《すべ》て画《が》に入《い》り
海上《かいじょう》の神仙《しんせん》亦《また》春《はる》を愛《あい》す

空のはてまで続くかすみたなびく景色は絵のようで、海のほとりにいる仙人もまた、春を十分に楽しんでいる。●烟景　かすみがたなびいた春の景色。烟は煙に同じ。

太簇吹過千戸暖
鴻鈎鼓動萬家春

太簇《たいそう》吹過《すいか》すれば千戸《せんこ》暖《あたた》かに
鴻鈎《こうこう》鼓動《こどう》すれば万家《ばんか》春《はる》なり

正月の笛を吹き、つづみを打って、どこの家も平和そのものである。●太簇　昔、正月に吹いた笛。●千戸・万家　多くの家。●鴻鈎　昔、正月に打ったつづみ。

廿三俎餞歸天府
正朔旋臨返故廬

廿三《にじゅうさん》俎《そ》を餞《はなむけ》して天府《てんぷ》に帰《かえ》り
正朔《せいさく》旋《めぐ》り臨《のぞ》んで故廬《ころ》に返《かえ》る

二十三日、祭器にごちそうを盛って宮中の倉に帰り、元日には毎年通り故郷の家に帰る。●俎　祭器。●天府　宮中の倉。●正朔　元旦。●故廬　もとの住みか。

文伯又從天外降
驪珠重向掌中圓

文伯《ぶんぱく》又《また》天外《てんがい》従《よ》り降《くだ》り
驪珠《りしゅ》重《かさ》ねて掌中《しょうちゅう》に向《むか》って円《めぐ》る

文学者が競うように育ち、光り輝く玉となってわが身を取り巻く。●文伯　文学者。●天外　はるかに遠い（高い）ところ。●驪珠　尊い玉。

文運天開修士第
陽春日麗吉人家

文運天《ぶんうんてん》は開《ひら》く修士《しゅうし》の第《だい》
陽春《ようしゅん》日《ひ》は麗《うら》らかなり吉人《きつじん》の家《いえ》

学問の気運がすぐれた人の家をおおい、温暖な春の日が善い人の家をつつむ。●文運　学問の気運。●修士　徳の高い、すぐれた人。●陽春　温暖な春の気候。●吉人　善い人。

斗柄建寅推歳首
梅花送臘占春魁

斗柄《とへい》寅《いん》を建《た》てて歳首《さいしゅ》を推《お》し
梅花《ばいか》臘《ろう》を送《おく》って春魁《しゅんかい》を占《し》む

北斗星の柄が東北東を指して新年となり、早咲きの梅の花は年を越して春の先駆けとなる。●斗柄建寅　北斗星の柄が東北東を指す。●歳首　年のはじめ。●臘　陰暦十二月。●春魁　春の第一番目。

日色射雲時弄彩
桂枝含露自生香

日色《にっしょく》雲《くも》を射《い》て時《とき》に彩《いろど》りを弄《ろう》し
桂枝《けいし》露《つゆ》を含《ふく》んで自《おの》ずから香《こう》を生《しょう》ず

雲は太陽の光を受けてさまざまな色を放ち、桂の枝は露を受けて芳しく香る。

日融春色桃花笑
風約秋聲桂子香

日《ひ》は春色《しゅんしょく》に融《と》けて桃花《とうか》笑《わら》い
風《かぜ》は秋声《しゅうせい》に約《やく》して桂子《けいし》香《かんば》し

春らんまんとなって桃の花も満開となり、風は秋の到来を告げるように涼しく桂の実が芳しく香ってくる。

日耀珠璣光滿殿
花開蘭桂在層階

日《ひ》耀《かがや》いて珠璣《しゅき》滿殿《まんでん》に光《ひか》り
花開《はなひら》いて蘭桂層階《らんけいそうかい》に在《あ》り

朝日が昇ると御殿にある多くの玉が光り輝き、高く連なる階段のそばには蘭や桂の花が咲き香っている。めでたいこと。●珠璣　円い玉と四角の玉。●層階　幾重にも重なった階段。

日耀紫微迎瑞氣
天開黄道集嘉祥

日《ひ》耀《かがや》いて紫微《しび》瑞気《ずいき》を迎《むか》え
天開《てんひら》いて黄道嘉祥《こうどうかしょう》を集《あつ》む

日が都の上空に昇るとめでたい雲がただよい来たり、天はよい日和《ひより》となってめでたいしるしが満ちあふれる。●紫微　都。●黄道　よい日がら。

月因戀客行方緩
風爲吹花不忍狂

月《つき》は客《かく》を恋《した》うに因《よ》って方《まさ》に緩《ゆる》やかに行《ゆ》き
風《かぜ》は花《はな》を吹《ふ》く為《ため》に狂《くる》うに忍《しの》びず

月は旅人を慕うかのようにゆっくりと動き、風は花を散らすまいとそよそよと吹く。●客　旅人。

月映瑤堦熊入夢
花明綺閣燕投懐

月《つき》は瑶堦《ようかい》に映《えい》じて熊夢《くまゆめ》に入《い》り
花《はな》は綺閣《きこう》を明《あき》らかにして燕懐《つばめふところ》に投《とう》ず

月が美しい階段を照らすころ美人は男子を生む夢を見、はなやかな花に囲まれた美しい高殿で結婚式を挙げた。●瑶堦　美しい階段。堦は階に同じ。●熊入夢　男子を生む夢の告げ。●綺閣　美しい高殿。●燕　みめよいこと。

月團香璧佳名著
劍脊龍紋雅製精

月団香璧佳名《げつだんこうへきかめい》著《あらわ》れ
剣脊《けんせき》竜紋《りょうもん》雅製《がせい》精《せい》なり

これらのどの墨もその名前は広く伝わり、そのうるわしさゆえにみんなに使用されている。●月団・香璧・剣脊・竜紋　墨の名。●佳名　よいほまれ。●雅製　美しいできばえ。●精　明らかで詳しいこと。

水上揮毫成竹石
壁間走筆動龍蛇

水上《すいじょう》毫《ごう》を揮《ふる》えば竹石《ちくせき》を成《な》し
壁間《へきかん》筆《ふで》を走《はし》らせば竜《りょう》蛇《だ》動《うご》く

舟の上では竹や石の絵を描き、書斎では勢いある草書を書す。●揮毫　書画を書くこと。●壁間　部屋の中。●竜蛇　草書の筆勢の形容。

水如碧玉山如黛
書在琅函香在衣

水《みず》は碧玉《へきぎょく》の如《ごと》く山《やま》は黛《まゆずみ》の如《ごと》し
書《しょ》は琅函《ろうかん》に在《あ》り香《こう》は衣《い》に在《あ》り

水はみどり色の玉のようで、山はまゆずみ色である。書籍は本箱の中にあり、香りは衣服からただよってくる。●碧玉　みどり色の玉。●琅函　本箱。

水寛山遠春雲冷
月淡風和小閣幽

水《みず》寛《ひろ》く山遠《やまとお》くして春雲《しゅんうん》冷《ひや》やかに
月《つき》淡《あわ》く風《かぜ》和《わ》して小閣《しょうかく》幽《ゆう》なり

広い湖水と遠くに連なる山々の中を春の雲はゆっくりと流れ、淡い月が照り、なごやかな風が吹く中に小さい高殿が静かに建っている。●小閣　小さい高殿。

火樹光騰城不夜
銀花焔吐景長春

火樹《かじゅ》光《ひかり》騰《あが》れば城《しろ》夜《よる》ならず
銀花《ぎんか》焔《ほのお》吐《は》けば景《けい》長《とこしえ》に春《はる》なり

灯火がともされると町は昼のように明るくなり、辺りの景色はいつまでも春のようになる。●火樹　灯火の光の盛んなこと。●銀花　灯火の形容。

仙方濟世回春景
妙劑宜人育物和

仙方《せんぽう》世《よ》を済《すく》って春景《しゅんけい》に回《かえ》し
妙剤《みょうざい》人《ひと》に宜《よろ》しくして物和《ぶつわ》を育《そだ》つ

仙人の生き方は人びとの苦しみを除いていつも春の季節を呈することであり、よくきく薬をつくって人びとの健康を守ることである。●仙方　仙人の生き方。●妙剤　すぐれた薬。●物和　ものが調和すること。

令節雙星牛共女
清歌一曲月如霜

令節《れいせつ》の双星《そうせい》牛女《ぎゅうじょ》と共《とも》にし
清歌《せいか》一曲《いっきょく》月霜《つきしも》の如《ごと》し

時はまさにいたって牽牛星が織女星と会うように連れ合い、月が霜のように白く輝く中、清らかな歌が流れる。●令節　よい時節。●双星牛女　牽牛星と織女星の二つの星。

半榻有詩邀共月
一生無事爲花忙

半榻《はんとう》詩《し》有《あ》り共《とも》に月《つき》を邀《むか》え
一生《いっしょう》事《こと》無《な》くも花《はな》の為《ため》に忙《いそが》わし

腰掛けにすわって月を眺めながら詩を作り、花を育てることに専念して生涯を送ろうと思う。●半榻　腰掛け。

半榻茶煙邀素月
一簾花雨讀南華

半榻《はんとう》の茶煙素月《さえんそげつ》を邀《むか》え
一簾《いちれん》の花雨南華《かうなんか》を読《よ》む

うてなに茶をわかす煙が立ち上ると白く輝く月が昇りはじめ、すだれに花が雨のように降る中で『南華』を読む。●半榻　台（うてな）をいう。●素月　白く輝く月。●一簾　すだれ。●南華　『南華経』。『荘子』の書の別名。

半點紅塵飛不到
一林清氣靜宜人

半点《はんてん》の紅塵飛《こうじんと》んで到《いた》らず
一林《いちりん》の清気静《せいきしず》かにして人《ひと》に宜《よろ》し

道にたつちりやほこりは少しなのでわたしのもとには飛んではこない。林の静かさは清らかで散策するにはもってこいである。●半点　少しばかり。●紅塵　往来のちりやほこり。●清気　清らかさ。

古紙硬黃臨晉帖
新牋勻碧錄唐詩

古紙硬黄晋《こしこうこうしんじょう》帖を臨《うつ》し
新牋勻碧唐詩《しんせんきんぺきとうし》を録《うつ》す

古い硬黄紙では晋代の帖幅を臨書し、新しい勻碧紙には唐代の詩を書き写す。●硬黄・勻碧　紙の名。●新牋　新しい紙。

古廟無燈憑月照
山門不鎖待雲封

古廟《こびょう》灯無《とうな》く月《つき》の照《てら》すに憑《よ》り
山門鎖《さんもんとざ》さず雲《くも》の封《ふう》ずるを待《ま》つ

古いおたま屋は灯火がなくても月の光で存在がわかり、寺の門は閉じなくても雲が空をおおえば存在はなくなる。存在は何によるか、を示す。●古廟　古いおたま屋。●山門　寺の門。

司馬才名光日月
羊公惠愛憶風流

司馬《しば》の才名日月《さいめいじつげつ》に光《ひか》り
羊公《ようこう》の恵愛風流《けいあいふうりゅう》を憶《おも》う

司馬光の才能の豊かさは日や月の光のようなものであり、羊祜の恵みいつくしむ姿は高尚なおもむきのある名残《なごり》を感じる。●司馬　北宋の名臣、司馬光のこと。●羊公　晋の羊祜のこと。字は叔子。

四海風光隨處好
滿天雨露應時新

四海《しかい》の風光随処《ふうこうずいしょ》に好《よ》く
満天《まんてん》の雨露《うろ》時《とき》に応《おう》じて新《あら》たなり

世の中の景色はどこもかしこもすばらしく、空いっぱいの大きな恵みは望みさえすればいつでもさずかることができる。●四海　天下。世の中。●風光　景色。●雨露　雨と露が万物をうるおすように、大きな恵みをいう。

四時恒滿金銀氣
一室常凝珠寶光

四時《しじ》恒《つね》に金銀《きんぎん》の気《き》に満《み》ち
一室常《いっしつつね》に珠宝《しゅほう》の光《ひかり》に凝《こ》る

一年中いつでも金や銀を持っている元気さにあふれ、家はまた常に宝石の輝きを放っている。「順風満帆」なこと。●四時　春夏秋冬・朝昼晩。いつでも。●珠宝　宝石。

巧借花容添月色
欣逢秋夜作春宵

巧《たく》みに花容《かよう》を借《か》りて月色《げっしょく》を添《そ》え
欣《よろこ》んで秋夜《しゅうや》に逢《お》うて春宵《しゅんしょう》を作《な》す

美人は月の光を浴びていっそう美しく、秋の夜に出会って春の夜に結婚した。●花容　美人の姿。

平安兩字爲家福
和緩一生養性天

平安《へいあん》の両《りょう》字《じ》家福《かふく》と為《な》し
和緩《わかん》の一生《いっしょう》性天《せいてん》を養《やしな》う

「平安」の二文字を家訓とし、やわらぎゆるやかな一生は性格を養うものと考える。●平安　穏やかなこと。太平。●和緩　やわらぎゆるやかなこと。●天性　天から受けた本然の性。

平安卽是家門福
孝友可爲子弟箴

平安《へいあん》即《すなわ》ち是《これ》家門《かもん》の福《ふく》
孝友《こうゆう》為《な》す可《べ》し子弟《してい》の箴《しん》

穏やかなことは家の幸せであり、孝行と従順は子どもや若者への教訓である。

本來水源承世澤
秋霜春露憶先靈

本来水源《ほんらいすいげん》世沢《せいたく》を承《う》け
秋霜春露《しゅうそうしゅんろ》先霊《せんれい》を憶《おも》う

今、自分があるのはたどりゆけば祖先のおかげであり、だから一年中、祖先のみたまを飾って拝んで感謝している。●世沢　祖先の恩恵。●先霊　祖先のみたま。

玉宇欣看金鶴舞
畫堂喜聽彩鸞鳴

玉宇《ぎょくう》欣《よろこ》んで金鶴《きんかく》の舞《ま》うを看《み》
画堂《がどう》喜《よろこ》んで彩鸞《さいらん》の鳴《な》くを聴《き》く

立派な御殿では美しい鶴の舞い姿を見、美しい高殿では彩《いろど》り豊かな鳳凰の鳴き声を聞く。●玉宇　立派な御殿。●金・彩　ともに美しいたとえ。●画堂　美しい高殿。

玉砂瑤草連天碧
流水桃花満澗香

玉砂《ぎょくさ》瑶草《ようそう》天《てん》に連《つら》なって碧《みどり》に
流水《りゅうすい》桃花《とうか》澗《かん》に満《み》ちて香《かんば》し

美しい草の生い茂る玉のように美しい砂原は天に連なるかと思えるほどはるかにみどり色を呈し、桃の花を浮かべた谷川の水は谷あい中に芳しい香りをただよわす。●瑶草　美しい草。●澗　谷あい。

玉書金簡帰天地
素業清風及子孫

玉書金簡《ぎょくしょきんかん》天地《てんち》に帰《かえ》り
素業《そぎょう》清風《せいふう》子孫《しそん》に及《およ》ぶ

学び尽くした立派な書籍は世の中へ返し、受け継いだ仕事と清らかな風格は子孫へ伝えおく。●玉書金簡　聖賢の残した立派な書籍。●素業　平生のなりわい。●清風　清らかな風格。

玉軸牙籤唐李泌
琅函金笈晉張華

玉軸牙籤《ぎょくじくがせん》唐《とう》の李泌《りひつ》
琅函金笈《ろうかんきんきゅう》晋《しん》の張華《ちょうか》

唐の李泌も晋の張華も蔵書家で有名である。●玉軸牙籤・琅函金笈　蔵書の多いことを称する語。

玉樹芳蘭承俎豆
瑩蟬紫誥答蒸嘗

玉樹芳蘭《ぎょくじゅほうらん》俎豆《そとう》を承《う》け
瑩蟬《えいぜん》紫誥《しこく》蒸嘗《じょうしょう》に答《こた》う

うら若き兄弟は先祖の祭りの器具を受け継ぎ、役人として採用されたしるしの帽子と辞令を祭壇に供え飾る。●玉樹芳蘭　年若き兄弟。●俎豆　祭りに供えものを盛る器。●瑩蟬　官吏の帽子。●紫誥　辞令。●蒸嘗　祭り。

玉燕頻投青瑣夢
金鶯早報上林春

玉燕《ぎょくえん》頻《しき》りに投《とう》ず青瑣《せいさ》の夢《ゆめ》
金鶯《きんおう》早《つと》に報《ほう》ず上林《じょうりん》の春《はる》

美しいつばめは夢みるかのように青瑣門の上を飛び、美しいうぐいすは上林苑で春の到来を告げてさえずっている。●青瑣　漢の宮門の名。●上林　天子の庭園の名。陝西省長安県の西にある。

玉燕懐中先兆瑞
石麟天上早呈祥

玉燕《ぎょくえん》懐中《かいちゅう》先《ま》ず瑞《ずい》を兆《ちょう》し
石麟《せきりん》天上《てんじょう》早《つと》に祥《しょう》を呈《てい》す

玉燕がふところに入るめでたい夢を見、やがてすぐれた男子が生まれた。●玉燕懐中　玉のように美しいつばめがふところに入る。「玉燕投ズレ懐ニ」の故事がある。●瑞・祥　めでたいしるし。●石麟　男の子の特にすぐれたものをほめていう。

玉鏡人間傳合璧
銀河天上渡雙星

玉鏡《ぎょくきょう》人間《にんげん》合璧《がっぺき》を伝《つた》え
銀河《ぎんが》天上《てんじょう》双星《そうせい》渡《わた》る

月と人はそれぞれに美しいものを伝え合い、空にかかった天の川を牽牛星と織女星が渡り近づいてゆく。●玉鏡　月の異称。●合璧　美しいものが二つ合うこと。●銀河　天の川。●双星　二つ星。牽牛星と織女星。

玉鏡高懸春似水
恩澤千家雨露深

玉鏡《ぎょくきょう》高《たか》く懸《かか》って春水《はるみず》に似《に》
恩沢《おんたく》千家《せんか》雨露《うろ》深《ふか》し

月は中天に昇って春は水のように穏やかである。恵みは雨や露が万物をうるおすようにあらゆる家々にもたらされた。●玉鏡　月の異称。●恩沢　恵み。●雨露　大きな恵みをいう。

甘雨和風人竝壽
琪花瑤草物皆春

甘雨《かんう》和風《わふう》人《ひと》並《みな》寿《ことぶき》
琪花《きか》瑶草《ようそう》物《もの》皆《みな》春《はる》

時を得た雨とのどかな風によって人びとはことほぎ、美しい花と芳しい草が香って天下は春らんまんである。●甘雨和風　時宜を得た雨とのどかな風。●琪花瑶草　仙境にあるという美しい花と草。

甘受最宜和五味
業精定可卜千金

甘受《かんじゅ》は最《もっと》も宜《よろ》しく五味《ごみ》を和《わ》すべし
業《ぎょう》精《せい》は定《かなら》ず千金《せんきん》を卜《ぼく》す可《べ》し

料理は気持ちよく注文を受けて五つの味を最高に調合しなければならない。すぐれたわざは必ずお客を喜ばして成功するであろう。●五味　鹹（塩け）・苦（にがさ）・辛（からさ）・酸（すっぱさ）・甘（甘さ）の五種の味。●業精　すぐれた技術。

白玉壺中凝琥珀
夜光杯裡酌葡萄

白玉《はくぎょく》壺中《こちゅう》琥珀《こはく》を凝《かた》め
夜光杯裡《やこうはいり》葡萄《ぶどう》を酌《く》む

白い玉でつくった壺《つぼ》で琥珀酒をかもし、名玉でつくった夜光杯にぶどう酒を注ぐ。●琥珀　琥珀（透き通った黄色）の色をした酒。●夜光杯　名玉でつくった酒杯。夜中に光を放つからいう。●葡萄　ぶどう酒。

白鹿青龍昇碧落
金臺紫館列仙班

白鹿《はくろく》青竜《せいりょう》碧落《へきらく》に昇《のぼ》り
金台《きんだい》紫館《しかん》仙班《せんぱん》に列《つら》ぬ

白い鹿や青い竜が青空に昇り、美しいうてなやむらさき色のやかたには仙人の仲間が住んでいる。仙境をいう。●碧落　青空。●金台　美しいうてな。●紫館　むらさき色のやかた。●仙班　仙人の仲間。

石麟指日生金屋
彩鳳今朝引玉簫

石麟《せきりん》日《ひ》を指《ゆび》さして金屋《きんおく》に生《しょう》じ
彩鳳《さいほう》今朝《こんちょう》玉簫《ぎょくしょう》を引《ひ》く

立派な家に良い子が生まれ、美しい鳳凰が今朝、玉でつくったしょうの笛を吹きながら訪れた。良い子の誕生。●石麟　男の子の特にすぐれたものをほめていう。●金屋　立派な家。●彩鳳　美しい彩《いろど》りのある鳳凰。●玉簫　玉でつくったしょうの笛。

立志宜思眞品格
讀書須盡苦工夫

志《こころざし》を立《た》つには宜《よろ》しく真《しん》の品格《ひんかく》を思《おも》うべし
書《しょ》を読《よ》むには須《すべか》らく苦《くる》しき工夫《くふう》を尽《つ》くすべし

真の気高《けだか》さとは何かを考えて志を立て、読書はいつも考えながらしなくてはならない。

立身要道惟公徳
益壽良方重衛生

身《み》を立《た》つるの要道《ようどう》は惟公徳《ただこうとく》のみ
寿《じゅ》を益《ま》すの良方《りょうほう》は衛生《えいせい》を重《おも》んず

立派な人になるには正しい徳を身につけるだけ。長生きの秘訣は衛生に気をつけることである。

光借青藜雞唱曉
香飄丹桂鹿鳴秋

光《ひかり》は青藜《せいれい》を借《か》りて雞《けい》暁《あかつき》に唱《うた》い
香《こう》は丹桂《たんけい》に飄《ただよ》って鹿《しか》秋《あき》に鳴《な》く

夜明けの光があかざの木の上空から射し込みはじめるとにわとりが朝を告げ、丹桂の木から芳しい香りがただようと鹿は秋の訪れを告げて鳴く。●青藜　あかざの木。●雞　にわとり。鶏に同じ。●丹桂　桂の一種

光華満架絲綸裕
燦爛千層錦綉多

光華《こうか》架《か》に満《み》ちて糸綸《しりん》裕《ゆた》かに
燦爛《さんらん》千層《せんそう》錦《きん》綉《しゅう》多《お》し

たなには光り輝く絹や綿の布地が満載されており、目を見張る錦やぬいとりがところ狭しと置かれている。呉服店をいう。●光華　美しい光。●満架　たないっぱい。●糸綸　絹と綿。●燦爛　明らかなようす。光り輝くようす。●千層　幾重にも重なるようす。●錦綉　錦とぬいとり。

共羨齊眉呉市案
相看挽手鹿門車

共《とも》に羨《うらや》む斉眉《せいび》呉市《ごし》案《あん》
相看《あいみ》る挽手《ばんしゅ》鹿門《ろくもん》車《しゃ》

ともに夫婦が相うやまう姿をうらやみ、ともに賢婦の徳を顧みる。●斉眉呉市案　後漢の梁鴻と婦人の孟光の故事。●挽手鹿門車　『烈女伝』に出る鮑宣と妻の少君の故事。夫とともに小さな車を引いて故郷に帰った婦人の賢徳をたたえる。

冰壺久貯長生藥
丹灶惟燒不老方

氷《ひょう》壺《こ》久《ひさ》しく長生《ちょうせい》の薬《くすり》を貯《たくわ》え
丹灶《たんそう》惟《ただ》不《ふ》老《ろう》の方《くすり》を焼《や》く

不老長寿の霊薬をかまどで煉《ね》り、氷を入れた玉の壺にたくわえおく。●氷壺　氷を入れた玉の壺。●丹灶　霊薬を煉るかまど。

吉地祥光開泰運
重門旭月輝陽春

吉地《きっち》の祥《しょう》光泰運《こうたいうん》を開《ひら》き
重門《ちょうもん》の旭《きょく》月陽《げつよう》春《しゅん》を輝《かがや》かす

豊かな地にめでたい光が太平を告げて降り注ぎ、城の門の上空の朝日と月は暖かな春を際《きわ》だたせる。●吉地　よい地。●泰運　太平の気運。●旭月　朝日と月。●陽春　温暖な春の時節。

吉祥草發親仁里
富貴花開晝錦堂

吉祥草《きつしようくさ》は親仁《しんじん》の里《さと》に発《はっ》し
富貴花《ふうきはな》は昼錦《ちゅうきん》の堂《どう》に開《ひら》く

めでたい草はいつくしみ親しむ郷里に生え、豊かな花は明るく美しい故郷の家に咲く。

同心永結團圓影
竝蔕常開富貴花

心《こころ》を同《おな》じくして永《なが》く団円《だんえん》の影《かげ》を結《むす》び
蔕《うてな》を並《なら》べて常《つね》に富貴《ふうき》の花《はな》を開《ひら》く

夫婦は心身を一つにしてまろやかに生き、二人三脚で動いて豊かな花を咲かせるものである。

名世文章傳子弟
長春歳月駐神仙

名世《めいせい》の文章《ぶんしょう》子弟《してい》に伝《つた》え
長春《ちょうしゅん》の歳月神仙《さいげつしんせん》を駐《とど》む

世に名高い文章は子弟に伝え、いつも花が咲いているような日々を送ることは仙境に住んでいるのと同じである。●長春　四季、いろいろな色の花を咲かせる木。

名到南宮光姓氏
恩承北闕荷絲綸

名《な》は南宮《なんきゅう》に到《いた》って姓氏《せいし》を光《かがや》かし
恩《おん》は北闕《ほくけつ》に承《う》けて糸綸《しりん》を荷《にな》う

試験場に名前を連ねて自分の存在観を示し、皇室に恩を受けてまつりごとをつかさどる。●南宮　試験場。●北闕　皇室。●糸綸　まつりごと。

吐鳳雄才成博議
畫眉彩筆點新詩

吐鳳《とほう》の雄才博議《ゆうさいはくぎ》を成《な》し
画眉《がび》の彩筆新詩《さいひつしんし》を点《てん》ず

文章の才能に秀でた呂祖謙《りょそけん》は『東萊左氏博議』を著し、美女の手にする美しい筆は新しい詩を書す。●吐鳳雄才　文章の才能に秀でること。●博議　宋の学者、呂祖謙。字は伯恭。号は東萊先生。●画眉　美女をいう。

向陽門第春先到
積善人家慶有餘

陽《ひ》に向《むか》うの門第春先《もんだいはるま》ず到《いた》り
善《ぜん》を積《つ》むの人家慶余《じんかけいあま》り有《あ》り

平和な家に春は真っ先に訪れ、善事を多く行った家では子孫まで幸いを受ける。●門第　家。

地靜更無人跡到
林函時有鳥聲喧

地静《ちしず》かにして更《さら》に人跡《じんせき》の到《いた》る無《な》く
林函《はやしひろ》くして時《とき》に鳥声《ちょうせい》の喧《かまびす》しき有《あ》り

この地は静かで人通りもなく、広い林では時に鳥が騒がしく鳴く。●人跡　人の足あと。

多讀奇書寛眼界
少說閑話養精神

多《おお》く奇書《きしょ》を読《よ》んで眼界《がんかい》を寛《ひろ》め
少《すこ》しく閑話《かんわ》を説《と》いて精神《せいしん》を養《やしな》う

よい書籍を多く読んで視野を広げ、むだ話を少なくして精神を育てる。●眼界　視野。●閑話　むだ話。

好書悟後三更月
良友來時四座春

好書《こうしょ》悟《さと》る後《のち》三更《さんこう》の月《つき》
良友《りょうゆう》来《き》たる時《とき》四座《しざ》の春《はる》

有益な書籍を読んだ後は真夜中に輝く月のように頭が冴え渡り、良い友だちが訪れるとみんなは春のように楽しく語り合う。●三更　夜を五区分した第三の時刻。真夜中。●四座　多くの人。

好送麒麟來福地
喜生蘭桂到祥門

好《この》んで麒麟《きりん》を送《おく》って福地《ふくち》に来《きた》り
喜《よろこ》んで蘭桂《らんけい》を生《しょう》じて祥門《しょうもん》に到《いた》る

天は、幸いな地にはすぐれた子をうれしく送り込み、めでたい家には喜んで美しい子を与え給う。●麒麟　きりん児。神童。●福地　幸いな地。●蘭桂　美しい子孫。●祥門　めでたい家。

如意花明仁壽鏡
豐年玉映吉祥雲

如意花《にょいはな》は仁寿《じんじゅ》の鏡《かがみ》に明《あき》らかに
豊年玉《ほうねんたま》は吉祥《きっしょう》の雲《くも》に映《えい》ず

自然の花は仁寿殿の鏡に美しく映《うつ》り、豊年のしるしはめでたい雲に晴れやかに映っている。●如意　思うがまま。●仁寿　宮殿の名。●吉祥　めでたいしるし。

早卜天香生貴子
喜看國瑞發蘭英

早《つと》に天香貴子《てんこうきし》を生《しょう》ずるを卜《ぼく》し
喜《よろこ》んで国瑞蘭英《こくずいらんえい》を発《ひら》くを看《み》る

天から起こるすぐれた香りは立派な男子の誕生を告げ、蘭の花の開くのを国家繁栄のしるしと喜んで見る。●天香　すぐれてよい香り。●貴子　貴公子。●国瑞　国のめでたいしるし。●蘭英　蘭の花。

旭日光分雙闕迴
春風暖鼓萬家新

旭日光《きょくじつひかり》は双闕《そうけつ》を分《わか》ちて迴《めぐ》り
春風暖《しゅんぷうだん》は万家《ばんか》を鼓《う》って新《あら》たなり

朝日は宮城の二つの門をめぐって照らし、暖かい春風は多くの家をつぎつぎと吹き渡る。●双闕　宮城の二つの門。

旭日垂輪春色美
和風襲慶物華新

旭日輪《きょくじつりん》を垂《た》れて春色《しゅんしょく》美《うるわ》しく
和風慶《わふうけい》を襲《おお》って物華《ぶっか》新《あら》たなり

朝日が昇ると美しい春景色となり、そよ風が恵みをもたらしてあらゆるものが新鮮さを増す。●慶　喜び。恵み。

有福方登三寶地
無緣難入大乘門

福有《ふくあ》って方《まさ》に三宝《さんぼう》の地《ち》に登《のぼ》り
縁無《えんな》くして大乗門《だいじょうもん》に入《い》り難《がた》し

幸せを感じて寺をたずねたけれど、自分のことだけしか考えていなかったことに気がついて、大いなる悟りの門の前にたたずみ尽くした。●三宝地　三宝（仏・法・僧）、つまり、寺。●大乗門　仏教の深玄の義理、つまり、慈悲博愛の心ですべての人びとを救う門。寺のこと。

朱簾暮捲西山雨
飛閣傍臨東野春

朱簾《しゅれん》暮《く》れに捲《ま》けば西山雨《せいざんあめ》ふり
飛閣《ひかく》傍《かたわ》らに臨《のぞ》めば東野春《とうやはる》なり

夕暮れに朱色のすだれを巻き上げると西方の山には雨が降っており、高い高殿のそばで辺りを眺めると東方の野原は春そのものである。
●朱簾　朱色のすだれ。●飛閣　高い高殿。●東野　東方の野原。

江州柳放思元亮
庾嶺梅舒憶浩然

江州《こうしゅう》柳《やなぎ》放《はな》って元亮《げんりょう》を思《おも》い
庾嶺《ゆれい》梅《うめ》舒《の》べて浩然《こうねん》を憶《おも》う

江州でみどり色に茂った柳を見ると陶潜を思い、庾嶺で梅の花を見ると孟浩然を思う。●江州　江西省のこと。●元亮　晋の陶潜。字《あざな》は淵明・元亮。五柳先生と自称す。江西省潯陽の人。●庾嶺　江西省大庾県にある山名。梅の名所。●浩然　唐の孟浩然。湖北省襄陽の人。

池邊柳繞廻環路
水面魚游自在行

池辺《ちへん》柳《やなぎ》は繞《めぐ》る廻環《かいかん》の路《みち》
水面《すいめん》魚《うお》は游《およ》ぐ自在《じざい》の行《こう》

池のほとりをめぐる道には柳が茂っており、池では魚が思うままに泳いでいる。●廻環　めぐりまわること。●自在　思うまま。

百尺樓臺瞻氣象
三春花鳥醉東風

百尺《ひゃくしゃく》の楼台《ろうだい》気象《きしょう》を瞻《み》
三春《さんしゅん》の花鳥《かちょう》東風《とうふう》に酔《よ》う

百尺もあろうかと思われる高殿に登るとはるか遠くまで景色が眺められ、春をいろどる花や鳥は春風に満足している。●楼台　高殿。●気象　景色。●三春　春三か月。●東風　春風。

百世鳳凰諧永吉
千年瓜瓞慶緜長

百世《ひゃくせい》の鳳凰《ほうおう》永吉《えいきつ》を諧《ととの》え
千年《せんねん》の瓜瓞《かてつ》綿長《めんちょう》を慶《よろこ》ぶ

永久の幸せを考えて鳳凰（夫婦）は万端までととのえ、子孫が連綿として続くことを喜ぶ。●百世・千年　のちのちの世。永久の意。●鳳凰　瑞鳥の名。雄を鳳、雌を凰という。●瓜瓞　小瓜で子孫繁栄にたとえる。

百年天地回元氣
一統山河際太平

百年《ひやくねん》の天地《てんち》元気《げんき》に回《かえ》り
一統《いっとう》の山河《さんが》太平《たいへい》に際《いた》る

昔からの天地は春になって精気に満ちあふれ、すべての山河は穏やかさを取り戻しておさまった。

百年琴瑟稱良配
鐘鼓聲洪接大韶

百年《ひやくねん》の琴瑟《きんしつ》良配《りようはい》に称《かな》い
鐘鼓《しようこ》の声洪《せいこう》大韶《だいしよう》に接《せつ》す

長年の夫婦の和合は良い連れ合いに恵まれた結果であり、鐘やつづみの大きな音は舜帝のめでたい音楽で夫婦をほめたたえている。●琴瑟　夫婦和合するたとえ。●良配　良い連れ合い。●声洪　音が大きいこと。●大韶　中国古代伝説上の聖天子、舜の音楽の名。

百年燕翼惟修徳
萬里鵬程在讀書

百年《ひやくねん》の燕翼惟徳《えんよくただとく》を修《おさ》め
万里《ばんり》の鵬程読書《ほうていどくしよ》に在《あ》り

百年、子孫を安んずる計はただ徳を修めることにあり、人間の前途は読書することにある。●燕翼　祖先が子孫を助け安んずること。●鵬程　人間の前途。

百忍家居爲上策
三思處世是良謨

百忍《ひやくにん》の家居上策《かきよじようさく》と為《な》し
三思《さんし》の処世是良謨《しよせいこれりようぼ》なり

家で多くのことを耐え忍ぶことと、何度も考えて世渡りをすることを最上の計略とする。●百忍　多くの忍耐。●家居　住まい。●上策・良謨　ともに、良いはかりごと。●三思　何度も思うこと。●処世　世渡り。

百物彙成通世味
五香加入洽人情

百物《ひゃくぶつ》彙成《いせい》して世味《せいみ》を通《つう》じ
五香《ごこう》加入《かにゅう》して人情《にんじょう》を洽《やわら》ぐ

多くのものが一緒になって世の中の味わいとなり、五香が香り立ち上って人の思いをやわらげる。●百物　いろいろなもの。●彙成　こしらえること。●世味　世の中の味わい。●五香　香木の名。

百萬慈雲揮手遍
三千寶慧現珠圓

百万《ひゃくまん》の慈雲《じうん》手《て》を揮《ふる》って遍《あまね》く
三千《さんぜん》の宝慧《ほうえ》珠《たま》を現《あらわ》して円《まど》かなり

数限りない恵みの雲があまねく空をおおい、多くの尊い智慧が玉となって身をつつむ。●百万・三千　数の多いこと。●慈雲　恵みがあまねく及ぶことを、雲が空一面をおおうのにたとえる。●宝慧　尊い宝のような智慧。

百穀用成承福澤
四時不害薦馨香

百穀《ひゃっこく》成《な》るを用《もっ》て福沢《ふくたく》を承《う》け
四時《しじ》害《がい》せずして馨香《けいこう》を薦《すす》む

多くの穀物が実って大いなる幸いと恵みに感謝し、一年中に及んで安泰で人びとは楽しみ合っている。●百穀　多くの穀物。●福沢　幸いと恵み。●四時　春夏秋冬の四季。●馨香　よい香り。徳化の遠く及ぶたとえ。

竹影掃窗金鳳毛
梅花入戸玉龍涎

竹影《ちくえい》窓《まど》を掃《はら》う金鳳《きんぽう》の毛《け》
梅花《ばいか》戸《こ》に入《い》る玉竜《ぎょくりょう》の涎《えん》

竹のかげが黄金の鳳凰の毛のように風に揺れて窓を掃い、梅の花の芳しい香りが玉竜涎のようにただよってくる。●金鳳毛　黄金の鳳凰の毛。●玉竜涎　香の名。

但願世上人無病
那怕籠中藥積年

人びとが健康であることを願い、かごの中の薬も使わないことを祈る。●世上　この世。●籠中　かごの中。

但願《ただねが》う世上《せじょう》人《ひと》病《やまい》無《な》きを
那《なん》ぞ怕《おそ》れん籠中《ろうちゅう》 薬年《くすりとし》を積《つ》むを

佐賓賴有清香在
煮海應推雅製精

清らかな香りのある料理をお客にすすめるには精製されたよい塩を使ったらよい。●賓　お客。●清香　清らかな香り。●煮海　海水を煮て塩をつくること。●雅製精　一番上等にしたてること。

賓《ひん》に佐《すす》むるに頼《さいわ》いに清香《せいこう》の在《あ》る有《あ》り
海《うみ》を煮《に》るに応《まさ》に雅製《がせい》の精《せい》を推《お》すべし

初陽弄色鳴高鳥
殘雪留寒伴落梅

朝日が昇って光を発すると空高く飛ぶ鳥が鳴き、寒さを残す雪の上に梅の花びらが落ちる。●初陽　朝日。

初陽《しょよう》色《いろ》を弄《ろう》して高鳥《こうちょう》を鳴《な》かせ
残雪《ざんせつ》寒《かん》を留《とど》めて落梅《らくばい》を伴《ともな》う

利人不外潔矩道
克己常存改過心

人を益するには規則を守って対することであり、自分に勝つにはいつも過ちを正す心を持つことである。

人《ひと》を利《り》するは矩《のり》を潔《いさぎよ》しとす道《みち》に外《ほか》ならず
己《おのれ》に克《か》つは常《つね》に過《あやま》ちを改《あらた》むる心《こころ》を存《そん》す

利己濟人兼有益
便民裕國本無私

己《おのれ》を利《り》し人《ひと》を済《すく》い兼《あわ》せて益《えき》有《あ》り
民《たみ》を便《やわ》らげ国《くに》を裕《ゆた》かにし本《もと》より私《わたくし》無《な》し

自分をきたえあげ、人を助けてともに成長し、人びとを安らかにし、国を富ませても私利私欲は全く持っていない。

忍而和齊家善策
勤與儉創業良圖

忍《しの》んで和《わ》するは家《いえ》を斉《ととの》えるの善策《ぜんさく》
勤《きん》と倹《けん》は業《ぎょう》を創《はじ》めるの良図《りょうと》

忍耐と穏和は家を保つ上で、勤勉と倹約は事業をはじめる上での最良の方法である。●善策・良図　すぐれたはかりごと。

把盞澆胸神骨健
吟詩入醉夢魂香

盞《さかずき》を把《と》り胸《むね》に澆《そそ》げば神骨《しんこつ》健《すこ》やかに
詩《し》を吟《ぎん》じ酔《よ》いに入《い》らば夢魂《むこん》香《かんば》し

杯を手にして酒を飲むと心身ともに元気になり、詩を吟じながら酔いが回ってくると夢を見ているような心地になってくる。●神骨　精神と肉体。●夢魂　夢を見ている魂。

李白問道誰家好
劉伶回言此處高

李白《りはく》問《と》うて道《い》う誰《た》が家《いえ》が好《よ》きかと
劉伶《りゅうれい》回《かえ》して言《い》う此《こ》の処高《ところたか》しと

李白がどの酒家がおいしい酒を飲ませるかと聞くと、劉伶がこの酒屋がおいしい酒を飲ませると答える。ここでの人名は酒飲みを李白と劉伶にたとえたもの。●李白　唐の詩人。四川省昌明の人。字は太白。号は酒仙翁・青蓮居士。詩仙といわれる。●劉伶　晋、江蘇省沛県の人。字は伯倫。最も酒を好み「酒徳頌」を作る。竹林七賢の一人。

杏坊声振金邊鐸
芹泮生香筆底春

杏坊声《きょうぼうこえ》は振《ふる》う金辺鐸《きんぺんたく》
芹泮香《きんはんこう》を生《しょう》ず筆底《ひってい》の春《はる》

学問所では金辺鐸の音が盛んにひびき、試験場では春の花の香りの中で学生が答案用紙に真剣に取り組んでいる。●杏坊　学問所。●金辺鐸　真珠の鈴で、孔子が子弟を教育する時に振ったもの。●芹泮　試験場。●筆底　書くこと。

秀發芝蘭山海永
和諧琴瑟地天長

秀《しゅう》は芝蘭《しらん》に発《はっ》して山海永《さんかいなが》く
和《わ》は琴瑟《きんしつ》を諧《ととの》えて地天長《ちてんなが》し

賢い子弟に恵まれて未来は山や海のように広々と開け、夫婦は相和合して天地は大きくめぐり合う。●芝蘭　佳良な子弟のたとえ。●琴瑟　夫婦和合するたとえ。

赤松嶺上風塵起
黄石山中日月長

赤松嶺上風塵《せきしょうれいじょうふうじん》起《おこ》り
黄石山中日月《こうせきさんちゅうじつげつ》長《なが》し

仙人の住む赤松山の峰にはちりが風に飛び、黄石山の一日はとても長い。●赤松嶺・黄石山　ともに仙人のいるところ。赤松山は浙江省に、黄石山は湖北省にある。

車馬不來眞避俗
風烟人興便成章

車馬《しやば》来《きた》らざれば真《しん》に俗《ぞく》を避《さ》く
風烟《ふうえん》人興《ひときょう》ずれば便《すなわ》ち章《しょう》を成《な》す

車や馬が来なければまさに隠居の地であるが、まだそうではなく人が訪れる。風にたなびくかすみを眺めると人びとは興味を起こして、すぐに文章に表現する。※烟は煙に同じ。

里有仁風春色溥
家餘徳澤吉祥臨

里《さと》に仁風《じんぷう》有《あ》れば春色《しゅんしょく》溥《あまね》く
家《いえ》に徳沢《とくたく》余《ゆた》かなれば吉祥《きっしょう》臨《のぞ》む

住む地が豊かであればあまねく春景色であり、家に恵みが多くあれば幸いが訪れる。●仁風　情け深い至善の徳。●徳沢　恵み。●吉祥　幸い。

兎穎生春題鳳帖
鸞牋致敬達龍門

兎穎春《とえいはる》を生《しょう》じて鳳帖《ほうじょう》に題《だい》し
鸞牋敬《らんせんけい》を致《いた》して竜門《りょうもん》に達《たっ》す

めでたい春を迎えて筆で婚姻届けを書き、敬意を尽くして役所に提出した。●兎穎　筆をいう。●鳳帖・鸞牋　結婚の契約書。●竜門　登竜門。人の栄達するたとえ。

到眼經書皆雪亮
束身名教自風流

眼《め》に到《いた》るの経書皆雪《けいしよみなゆき》のごとく亮《あき》らかに
身《み》を束《たば》ねるの名教自《めいきょうおの》ずから風流《ふうりゅう》なり

身近《みぢか》にある聖賢の書籍はみんな読破したし、身についた道徳上の教えを守って行動すると心は豊かである。

刺鳳描鸞新式様
裁雲澣月細工夫

鳳《ほう》を刺《ぬ》い鸞《らん》を描《えが》く新式様《しんしきよう》
雲《くも》を裁《さい》し月《つき》を澣《あら》う細工夫《さいくふう》

鳳凰を刺繡し、らんを描く新しい方式で仕上げる。雲をたち切り、月をあらわす細かい工夫を持ち込む。表現の方法を述べる。●鳳凰。●鸞　鳳凰の一種。

叔姪竝歸忠義傳
子孫長作棟梁材

叔姪《しゅくてつ》は並《とも》に忠義《ちゅうぎ》の伝《でん》に帰《かえ》り
子孫《しそん》は長《とこしえ》に棟梁《とうりょう》の材《ざい》を作《な》す

叔父とめいはともに忠義な人びとの伝記通りに生き、子や孫は代々、重鎮をなす。●叔姪　叔父とめい。●棟梁　一国の重任にあたる人。

和氣平添春色藹
祥光常與日華新

和気《わき》平《たい》らかに春色《しゅんしょく》を添《そ》えて藹《うるお》い
祥光《しょうこう》常《つね》に日華《にっか》と与《とも》に新《あら》たなり

穏やかに立ちこめた気に春景色が加わっていっそう穏やかになり、めでたい光に日の光が加わって新鮮さがうるおう。●日華　日の光。

坦腹風流王逸少
著書博議呂東萊

坦腹《たんぷく》風流《ふうりゅう》王逸少《おういつしょう》
著書《ちょしょ》博議《はくぎ》呂東萊《りょとうらい》

寝転んだりして風流そのものに生きたのは王羲之である。著書に『東萊左氏博議』が残るのは呂祖謙である。●王逸少　東晋の書家、王羲之の字《あざな》。書道にすぐれ「書聖」と呼ばれる。●呂東萊　宋の学者、呂祖謙の号。字は伯恭。

孤絃無調琴音寂
半鏡摩雲月色明

孤絃《こげん》調《しら》べ無《な》くして琴音《きんいん》寂《せき》たり
半鏡《はんきょう》雲《くも》を摩《ま》して月色《げっしょく》明《あき》らかなり

一本の糸しかない琴の音は何とも寂しいものであるが、雲間から顔を出した弓張り月は明るく辺りを照らす。●半鏡　弓張り月。

宜室家堂開燕喜
鼓琴瑟人咏螽斯

室家《しつか》に宜《よろ》しく堂燕喜《どうえんき》を開《ひら》き
琴瑟《きんしつ》を鼓《こ》して人《ひと》螽斯《しゅうし》を咏《えい》ず

夫婦を祝って家は酒盛りの真っ最中、琴を弾いて人びとは子孫繁栄を願ってうたう。●室家　夫婦・家庭をいう。●燕喜　酒盛り。●琴瑟　琴と大琴。●螽斯　虫の名。はたおり。一度にたくさんの子を生むので子孫繁栄にたとえる。

往來盡是甘甜客
談笑應無拂逆人

往来《おうらい》尽《ことごと》く是《これ》甘甜《かんてん》の客《きゃく》
談笑《だんしょう》応《まさ》に無《な》からん払逆《ふつぎゃく》の人《ひと》

おいしい料理のもとではお客のやりとりは自然となごやかになり、楽しい語らいはみんな同じ話題に集中する。●往来　人のやりとり。●甘甜　甘くなること。●払逆人　人に逆らいそむく者。

性天活潑如流水
心地光明徹本源

性天《せいてん》活潑《かつぱつ》にして流水《りゅうすい》の如《ごと》く
心地《しんち》光明《こうめい》にして本源《ほんげん》に徹《てつ》す

生まれながらに流れる水のように勢いよく動き、心は明らかに光を輝かせて清らかさを放っている。●性天　天がさずけた本性。●心地　心。●本源　人が本来持っている清浄な心。

承家事業輝堂構
經世文章裕棟梁

家《いえ》を承《つ》ぐの事業《じぎょう》堂構《どうこう》に輝《かがや》き
世《よ》を経《おさ》めるの文章《ぶんしょう》棟梁《とうりょう》を裕《ゆた》かにす

子は父の事業を受け継いでいっそう盛んにし、世に伝わる立派な文章は家を豊かにする。●堂構　父祖の事業を継承すること。●棟梁　むなぎとうつばり。家屋のたいせつな部分。

拍岸緑波春映席
囀枝黄鳥日撩詩

岸《きし》を拍《う》つの緑波《りょくは》春席《はるせき》に映《えい》じ
枝《えだ》に囀《さえず》るの黄鳥《こうちょう》日《ひ》に詩《し》を撩《おさ》む

座敷からは岸に打ち寄せる春のみどり色の波が眺められ、枝でさえずるうぐいすの鳴き声は詩作をうながす。●黄鳥　うぐいす。

明月一輪輝墨綬
春風百里拂銅章

一輪の明月が黒色の印のひもを照らし、はるかかなたまで吹き渡る春風は銅の印になぜつける。出世したこと。●墨綬銅章　黒色の印綬と銅製の印。六百石以上の諸侯の帯びるもの。

明月一輪《めいげついちりん》墨綬《ぼくじゅ》を輝《かがや》かせ
春風百里《しゅんぷうひゃくり》銅章《どうしょう》を払《はら》う

杯交玉液飛鸚鵡
樂奏周南第一章

おうむ杯で美酒を酌《く》み交《か》わし、音楽は「周南」の第一章をかなでる。●鸚鵡杯　酒杯の名。おうむの形をした貝でつくった杯。●周南第一章　『詩経』の周南編の関雎《かんしょ》の章。文王の后妃の偉大さをうたう。夫婦和合の徳。

杯《はい》は玉液《ぎょくえき》を交《まじ》えて鸚鵡《おうむ》飛《と》び
楽《がく》は周南第一章《しゅうなんだいいっしょう》を奏《そう》す

松竹梅歳寒三友
天地人四海同春

松と竹と梅は冬時に友としてめで賞すべきものである。天と地と人は一緒に春を迎える。●歳寒　冬。●四海　天下。

松竹梅《しょうちくばい》は歳寒《さいかん》の三友《さんゆう》
天地人《てんちじん》は四海同春《しかいどうしゅん》

松風臨水朝磨劍
竹月當窗夜讀書

松を吹く風が水上に及ぶと朝には剣をみがき、竹やぶの上に昇った月が窓から光を注ぐと夜は読書する。

松風水《しょうふうみず》に臨《のぞ》めば朝《あした》剣《けん》を磨《みが》き
竹月《ちくげつ》窓《まど》に当《あた》れば夜《よる》書《しょ》を読《よ》む

松滋龍劑金同質
易水犀紋玉比堅

これらのどの墨もその質から言って逸品である。●松滋・竜剤・易水・犀紋　墨の名。●堅　かたさ。

松滋《しょうじ》竜剤金《りょうざいきん》と質《しつ》を同《おな》じくし
易水犀紋玉《えきすいさいもんたま》と堅《けん》を比《くら》ぶ

沿堦草色迎人緑
小閣書聲漱齒清

階段に沿った草の色は人通りが多くなるとみどり色を増し、小さい高殿の読書の声はいっそう清らかになってきた。●小閣　小さい高殿。●書声　書を読む声。

堦《かい》に沿《そ》うの草色人《そうしょくひと》を迎《むか》えて緑《みどり》に
小閣《しょうかく》の書声歯《しょせいは》を漱《すす》いで清《きよ》し

法雨慈雲沾聖澤
松風水月見清華

雨が万物をうるおすように、雲が空一面をおおうように恵みが世にもたらされ、松吹く風と水に映ずる月かげのもとで清らかに咲く花を見る。心豊かな形容。●法雨　雨が万物をうるおすように恵みを人に及ぼすこと。●慈雲　恵みがあまねく及ぶことを、雲が空一面をおおうのにたとえる。●聖沢　恵み。

法雨慈雲聖沢《ほううじうんせいたく》を沾《うるお》し
松風水月清華《しょうふうすいげつせいか》を見《み》る

知足一生得自在
靜觀萬類無人爲

足《た》ることを知《し》れば一生《いっしょう》自在《じざい》を得《え》
静《しず》かに観《かん》ずれば万類《ばんるい》人為《じんい》無《な》し

自己の現在の生活に満足して不平不満を去れば一生思うままであり、静かにものごとを観察するとあらゆるものが人の力の及ばないことがわかる。●万類　万物いっさい。●人為　人の力。

芙蓉夜月開天鏡
楊柳春風擁畫圖

芙蓉《ふよう》の夜月《やげつ》天鏡《てんきょう》を開《ひら》き
楊柳《ようりゅう》の春風《しゅんぷう》画図《がず》を擁《よう》す

はすの花のような美しい月が空に輝き、春風に揺れなびく柳の枝は一幅の絵のようである。●芙蓉　はすの花。美しさの形容。●天鏡　天然の大きな鏡。

芙蓉香汁稠花粉
詩書滿架燦琳琅

芙蓉《ふよう》の香汁《こうじゅう》花粉《かふん》稠《おお》く
詩書《ししょ》架《か》に満《み》ちて琳琅《りんろう》燦《さん》たり

書斎の周囲にははすの花が芳しく香り、詩の本は本だなに並んでそれぞれが美しい詩句を輝かせている。●芙蓉　はすの花。●香汁　香り。●満架　本だないっぱい。●燦　輝くこと。●琳琅　美しい詩句のたとえ。

芝蘭得氣一庭秀
桃李成陰四海春

芝蘭《しらん》気《き》を得《う》れば一庭《いってい》秀《ひい》で
桃李《とうり》陰《かげ》を成《な》せば四海《しかい》春《はる》なり

香り草が芽吹《めぶ》きはじめると庭全体に芳しい香りが立ちこめ、桃やすももがよく茂ってかげをつくり出すと世の中は春らんまんである。●芝蘭　香り草。●四海　天下。

花迎喜氣皆如笑
鳥識歡聲亦解歌

花《はな》は喜気《きき》を迎《むか》えて皆笑《みなわら》うが如《ごと》く
鳥《とり》は歓声《かんせい》を識《し》って亦歌《またうた》を解《かい》す

花は春の訪れとともに喜んで咲きはじめ、鳥は喜びの声を聞いて盛んにさえずる。

花映芙蓉開錦綉
友聯琴瑟咏關雎

花《はな》は芙蓉《ふよう》を映《えい》じて錦綉《きんしゅう》を開《ひら》き
友《とも》は琴瑟《きんしつ》を聯《つら》ねて関雎《かんしょ》を咏《えい》ず

はすが美しい花を咲かせ、友だちは琴の伴奏で「関雎」をうたう。●芙蓉　はすの花。●錦綉　錦とぬいとり。●琴瑟　琴と大琴。●関雎　『詩経《しきょう》』の周南編。文王の后妃の偉大さをうたう。夫婦和合の徳。

花浮水面添文趣
月印波心悟化機

花《はな》は水面《すいめん》に浮《うか》んで文趣《ぶんしゅ》を添《そ》え
月《つき》は波心《はしん》に印《いん》して化機《かき》を悟《さと》る

水面に浮かんだ花は詩作の心を沸《わ》きたたせ、さざ波に映《うつ》った月は心の働きがいかなるかを教えてくれる。●文趣　詩を作ろうという気持ち。●波心　波の中央。●化機　心の働き。

花發東垣開仲景
水流河澗接丹溪

花《はな》は東垣《とうえん》に発《ひら》いて仲景《ちゅうけい》を開《ひら》き
水《みず》は河澗《かかん》を流《なが》れて丹渓《たんけい》に接《せっ》す

東方の垣根に花が咲いて春たけなわとなり、谷川の水はめぐり流れて赤い花の咲く谷あいへと続いている。●東垣　東方の垣根。●仲景　仲春の景色。●河澗　谷川。●丹渓　赤い花の咲く谷あい。

花開彩檻呈春色
鶯囀芳林發好音

花《はな》は彩檻《さいかん》に開《ひら》いて春 色《しゅんしょく》を呈《てい》し
鶯《うぐいす》は芳林《ほうりん》に囀《さえず》って好音《こうおん》を発《はっ》す

美しい手すりのほとりに花が咲いて春景色を際《きわ》だたせ、芳しい林ではうぐいすがきれいな声でさえずっている。●彩檻　美しい手すり。●好音　よい声。

花落滿庭民詠徳
風清兩袖吏稱廉

花落《はなお》ちて満庭民徳《まんていたみとく》を詠《うた》い
風清《かぜきよ》くして両 袖 吏廉《りょうしゅうりれん》を称《たた》う

花の散る庭いっぱいに集まった人びとは天下太平を喜び、清らかな風に吹かれながら清廉潔白な役人をほめたたえる。●両袖吏　清廉潔白な役人。●廉　心が清くて欲がないこと。

芳草春回依舊綠
梅花時到自然香

芳草春回《ほうそうはるかえ》って旧《きゅう》に依《よ》って緑《みどり》に
梅花時到《ばいかときいた》って自然《しぜん》に香《かんば》し

春が訪れて以前のように草はみどり色を増して芳しく、梅の花も辺りに香りを放ちはじめた。●芳草　芳しく香る草花。●依旧　以前のように、の意。

近水樓臺先得月
向陽草木易逢春

水《みず》に近《ちか》きの楼台《ろうだい》先《ま》ず月《つき》を得《え》
陽《ひ》に向《むか》うの草木春《そうもくはる》に逢《あ》い易《やす》し

川のそばの高殿が最初に月に照らされ、日ざしを浴びる草や木が大きく育つ。●楼台　高殿。

金城柳色千門曉
玉洞桃花萬里春

金城《きんじょう》の柳色《りゅうしょく》千門《せんもん》の暁《あかつき》
玉洞《ぎょくどう》の桃花《とうか》万里《ばんり》の春《はる》

夜明け方の立派な城の門には柳が青々と茂っている。見渡す限りの春景色の中、仙人の住居には桃の花が咲いている。●玉洞　仙人の住居。

金翦裁衣如鳳舞
銀針引線似龍飛

金翦《きんせん》衣《い》を裁《さい》すは鳳《ほう》の舞《ま》うが如《ごと》く
銀針《ぎんしん》線《せん》を引《ひ》くは竜《りょう》の飛《と》ぶに似《に》たり

はさみで布《ぬの》をたち切るようすは鳳凰が舞い飛ぶようであり、はりで縫い立てていくようすは竜が雲に乗って天に昇るようである。裁縫の達人をいう。●金翦　美しいはさみ。●鳳　鳳凰。●銀針　美しいはり。●引線　縫うこと。

金爐不斷千年火
玉盞常明萬歳燈

金炉《きんろ》千年《せんねん》の火《ひ》を断《た》たず
玉盞《ぎょくさん》常《つね》に万歳《ばんざい》の灯《とう》を明《あき》らかにす

黄金づくりの香炉にはいつも香の煙が上り、美しい灯籠にはいつも明るい灯火がともっている。永久の供養と心のあり方を説く。●金炉　黄金製の香炉。●玉盞　美しい油ざら。

金鶯織柳天開鏡
玉鵲含梅戸納春

金鶯《きんおう》柳《やなぎ》を織《お》って天鏡《てんかがみ》を開《ひら》き
玉鵲《ぎょくじゃく》梅《うめ》を含《ふく》んで戸春《こはる》を納《おさ》む

よく晴れた空のもと、美しいうぐいすは柳の木でさえずり、春につつまれた家の庭で、美しいかささぎが梅の花を口にくわえている。

門迎綠水宜提甕
簾捲春山好拂眉

門《もん》は緑水《りょくすい》を迎《むか》えて提甕《ていおう》に宜《よろ》しく
簾《れん》は春山《しゅんざん》を捲《ま》いて払眉《ふつび》に好《よ》し

門にはみどり色の水が流れて婦人の働くのに便利になっており、すだれを巻くと春の山が見えて化粧するのにちょうどよい。●提甕　婦人の勤労。●簾　すだれ。●払眉　化粧。

門迎曉日財源廣
戸納春風吉慶多

門《もん》は暁日《ぎょうじつ》を迎《むか》えて財源広《ざんげんひろ》く
戸《こ》は春風《しゅんぷう》を納《おさ》めて吉慶多《きっけいおお》し

門から朝日が射し込んでくると豊かさが広がり、家には春風が吹き込んでめでたさが満ちてくる。●暁日　朝日。●財源　豊かさ。●吉慶　めでたく賀すべきこと。

門庭春暖生光彩
田畝年豐樂太平

門庭春暖《もんていはるあたた》かにして光彩《こうさい》を生《しょう》じ
田畝年豊《でんぽとしゆた》かにして太平《たいへい》を楽《たの》しむ

門や庭には春の暖かい光が降り注ぎ、田畑には穀物が豊かに実って平和な世を満喫する。●光彩　うるわしい光。●田畝　田畑。

門無車馬終年靜
座對琴書百慮清

門《もん》に車馬《しゃば》無《な》くして終年静《しゅうねんしず》かなり
座《ざ》して琴書《きんしょ》に対《たい》して百慮清《ひゃくりょきよ》らかなり

表を通る車や馬もなくて隠居は一年中静かそのものである。すわって琴を弾いたり書籍を読んだりしていると何も考えることなく心は清らかそのものになる。

門繞雲霞光彩耀
堂懸日月吉星臨

門《もん》は雲霞《うんか》を繞《めぐ》らせて光彩《こうさい》耀《かがや》き
堂《どう》は日月《じつげつ》を懸《か》けて吉星《きっせい》臨《のぞ》む

門は雲やかすみにおおわれて美しく光り輝き、家は日や月の光を豊かに浴びてめでたい星に対しているようである。●光彩　美しい光。●吉星　めでたい星。

雨捲珠珍繡閣曉
風開斑竹畫堂春

雨《あめ》は珠珍《しゅちん》を捲《ま》く繡閣《しゅうかく》の暁《あかつき》
風《かぜ》は斑竹《はんちく》を開《ひら》く画堂《がどう》の春《はる》

夜明け方、雨は美しい玉となって飾り立てられた高殿に降り注ぐ。春、風はまだら竹越しに彩《いろど》りを施した家にやさしく吹く。●珠珍　美しい玉。●繡閣　美しく飾った高殿。●斑竹　まだら竹。●画堂　美しく彩色を施した家。

雨過池邊魚鼓浪
風來花裏蝶尋香

雨《あめ》過《す》ぎる池辺《ちへん》魚《うお》浪《なみ》を鼓《う》ち
風《かぜ》来《きた》る花裏《かり》蝶《ちょう》香《こう》を尋《たず》ぬ

雨の降る池では魚が勢いよく跳《は》ねて波立たせ、風に吹かれる花を目がけて蝶が飛んでくる。

雨潤蘭孫香楚畹
春輝玉筍發藍田

雨《あめ》潤《うるお》って蘭孫《らんそん》楚畹《そえん》に香《かお》り
春《はる》輝《かがや》いて玉筍《ぎょくじゅん》藍田《らんでん》に発《はっ》す

雨が降って大きく育ったしょうぶは楚の地の田に芳しく香り、暖かい春の日が降り注いで美しい竹の子が藍田の地に競うように生えてくる。子孫が栄える形容。●蘭孫　しょうぶ。●楚畹　楚（今の湖南・湖北両省の地）の田。●玉筍　美しい竹の子。●藍田　地名。陝西省藍田県。美玉の産地。

雨餘試墨情無限
月照吟詩興更濃

雨余《うよ》墨《すみ》を試《こころ》みれば情《じょう》限《かぎ》り無《な》く
月照《つきて》って詩《し》を吟《ぎん》ずれば興《きょう》更《さら》に濃《こま》やかなり

雨上がりに筆を持って書すと気持ちはこの上なくよく、月が明るく照る中で詩を吟ずると心の底まで満たされる。●雨余　雨上がり。

青史文章高點筆
彤簷喜氣遠凌雲

青史《せいし》の文章《ぶんしょう》高《たか》く筆《ふで》を点《てん》じ
彤簷《とうえん》の喜気《きき》遠《とお》く雲《くも》を凌《しの》ぐ

歴史書の文章をつまびらかに写し取っていると、朱塗りの軒《のき》の家から流れてくる喜ばしい気は雲のかなたまでただよって行く。●青史　歴史。●彤簷　朱塗りの軒。●喜気　喜ばしい気。

青草池塘千里夢
夜牀風雨十年心

青草《せいそう》の池塘《ちとう》千里《せんり》の夢《ゆめ》
夜牀《やしょう》の風雨《ふうう》十年《じゅうねん》の心《こころ》

青い草の茂る池の堤には遠い昔の楽しみがあり、夜の寝台をともにした昔の兄弟のことを思い出す。※池塘春草夢　少年時代の楽しみをいう。夢は、楽しみの意と、はかなく過ぎ去る意とを含む。※風雨対牀　兄弟が相会うことをいう。

青歸柳眼窺晴畫
紅點桃脣笑暖暉

青《せい》は柳眼《りゅうがん》に帰《かえ》って晴画《せいが》を窺《うかが》い
紅《こう》は桃唇《とうしん》に点《てん》じて暖暉《だんき》に笑《ほほえ》む

柳の新芽が青く芽吹《めぶ》いて絵を見るようにすばらしく、桃の花が紅《くれない》色をのぞかせて暖かい光を受けて咲こうとしている。

保珠玉不如保善
友富貴莫若友仁

珠玉《しゅぎょく》を保《たも》つは善《ぜん》を保《たも》つに如《し》かず
富貴《ふうき》を友《とも》とするは仁《じん》を友《とも》とするに若《し》く莫《な》し

善良で情け深いことが最も尊いことである。●珠玉　玉。●富貴　富と高い身分。

南畝栽培歌帝力
千箱積聚濟民生

南畝《なんぼ》の栽培《さいばい》帝力《ていりょく》を歌《うた》い
千箱《せんそう》の積聚《せきしゅう》民生《みんせい》を済《すく》う

南方の畑で帝王の徳をたたえる歌をうたいながら耕し、豊かに実った穀物を多くの箱に積み集めて人びとの生活をうるおす。●南畝　南方の畑。●民生　人びとの生活。

南峯紫筍來仙品
北苑春芽快客談

南峰《なんぽう》の紫筍《しじゅん》仙品《せんぴん》を来《きた》し
北苑《ほくえん》の春芽《しゅんが》客談《きゃくだん》を快《こころよ》くす

南方の峰からは極上のお茶が届けられ、北苑の新茶は客人たちの語らいを盛んにする。●紫筍　上等のお茶。●仙品　極上の品。●北苑　福建省にある茶の産地。●春芽　新茶。●客談　お客の語らい。

奎璧光生銀漢曉
芝蘭香藹玉堂春

奎璧《けいへき》光《ひかり》は生《しょう》ず銀漢《ぎんかん》の暁《あかつき》
芝蘭《しらん》香《こう》は藹《うるお》う玉堂《ぎょくどう》の春《はる》

夜明け方の天の川に多くの星が美しい光を放っている。春たけなわの立派な家には香り草の芳しい香りが満ちている。●奎璧　多くの星。●銀漢　天の川。●芝蘭　香り草。●玉堂　立派な家。

奎壁光華文盛日
乾坤清泰治隆時

奎壁《けいへき》光華《こうか》盛日《せいじつ》を文《かざ》り
乾坤《けんこん》清泰《せいたい》隆時《りゅうじ》を治《おさ》む

多くの星の光は豊かなる日々を飾るように天に輝き、天地は穏やかに治まってゆったりと時が流れてゆく。●奎壁　多くの星。●盛日　盛んなる日々。●清泰　静かで安らかに治まること。●隆時　盛んなる時。

客歳臘容隨日換
新年春色逐風來

客歳《かくさい》の臘容《ろうよう》日《ひ》に随《したが》って換《かわ》り
新年《しんねん》の春《しゅん》色《しょく》風《かぜ》を逐《お》って来《きた》る

去年の暮れを思うと日に日にようすが変わり、新年の春景色はとうとう風が運んできた。●客歳　去年。●臘容　陰暦十二月のありさま。

帝苑有梧皆集鳳
春城無處不飛花

帝苑《ていえん》梧《ご》有《あ》り皆《みな》鳳《ほう》を集《あつ》め
春《しゅん》城《じょう》処《ところ》として花《はな》の飛《と》ばざる無《な》し

天子の庭園には青桐《あおぎり》の木が多くあって瑞鳥の鳳凰が集まり棲んでおり、春の城には花の飛んでいないところはない。※鳳凰は梧桐に棲む。

建偉業栽培心地
讀奇書涵養性天

偉業《いぎょう》を建《た》てて心地《しんち》を栽培《さいばい》し
奇書《きしょ》を読《よ》んで性天《せいてん》を涵養《かんよう》す

大きな事業を成し遂げて心を豊かにし、良い書籍を読んで人格を大きく育てる。●心地　心。●性天　天から受けた本然の性。天性。

待人忠恕遵孔道
治家勤儉溯唐風

人《ひと》を待《もてな》すに忠恕《ちゅうじょ》にして孔道《こうどう》に遵《したが》い
家《いえ》を治《おさ》むるに勤倹《きんけん》にして唐風《とうふう》に溯《さかのぼ》る

人に対しては誠実と思いやりを以て孔子の教えに従い、家を治めるには勤勉倹約を以て帝尭、陶唐氏の遺風に従う。●孔道　孔子の道。●唐風　帝尭、陶唐氏の遺風。

律轉青陽增氣象
天開黃道啓文明

律《りつ》は青陽《せいよう》に転《てん》じて気象《きしょう》を増《ま》し
天《てん》は黄道《こうどう》を開《ひら》いて文明《ぶんめい》を啓《ひら》く

季節は春になって暖かくなり、天は良い日和《ひより》となって美しく光り輝いている。●青陽　春。●黄道　良い日がら。●文明　あやがあり、光り輝くこと。

挑得白雲閑採藥
引來明月靜燒丹

白雲《はくうん》を挑《かか》げ得《え》て閑《しず》かに薬《くすり》を採《と》り
明月《めいげつ》を引《ひ》き来《きた》って静《しず》かに丹《たん》を焼《や》く

白い雲がたなびく下で薬草を採り、明月の輝く下で霊薬を煉《ね》る。●焼丹　不老長寿の霊薬を煉ること。

春入水光成嫩碧
日勻花色變新紅

春《はる》は水光《すいこう》に入《い》って嫩碧《どんぺき》を成《な》し
日《ひ》は花色《かしょく》を勻《ととの》えて新紅《しんこう》に変《へん》ず

春が訪れて水の色は新緑となり、暖かい日が照ると花の色はいっせいに紅《くれない》色となる。●嫩碧　新緑。

春入華堂添喜色
花飛玉案有清香

春《はる》は華堂《かどう》に入《い》って喜色《きしょく》を添《そ》え
花《はな》は玉案《ぎょくあん》に飛《と》んで清香《せいこう》有《あ》り

春は立派な家に訪れて喜びの色でおおい、花は美しい机に散り落ちて清らかな香りをただよわす。●華堂　立派な家。●玉案　玉のような美しい机。

春雨一犂珠玉種
秋風滿室稻粱馨

春雨《しゅんう》一犂《いちり》珠玉《しゅぎょく》を種《ま》けば
秋風《しゅうふう》満室《まんしつ》稲《とう》粱《りょう》馨《かお》る

春雨の日に田畑を耕して美しい種をまくと、秋風の吹く日には倉に満ちた穀物が芳しく香る。●一犂　耕作すること。●珠玉　ここは美しい種のこと。●稲粱　広く穀物をいう。

春來也魚龍變化
時至矣桃李芳菲

春来《はるき》たるや魚竜《ぎょりょう》変化《へんか》し
時至《ときいた》るや桃李《とうり》芳菲《ほうひ》す

春が訪れると魚や竜が泳ぎ回り、桃やすももが花を咲かせて芳しく香る。●芳菲　花のよい香り。

春風大雅能容物
秋水文章不染塵

春風大雅《しゅんぷうたいが》能《よ》く物《もの》を容《い》れ
秋水文章《しゅうすいぶんしょう》塵《ちり》に染《そ》まらず

恵みをもたらす春風はありとあらゆるものを大きく育て、あやなす美しい秋の水はなにものにも染まらない。●大雅　すぐれて正しいこと。●文章　文も章もあや。美しいこと。

春風送綠歸楊柳
細雨飛紅上碧桃

春風《しゅんぷう》緑《みどり》を送《おく》って楊柳《ようりゅう》に帰《かえ》り
細雨《さいう》紅《くれない》を飛《と》ばして碧桃《へきとう》に上《のぼ》る

春風が吹いて柳はみどり色を増し、小雨が降って碧桃は紅《くれない》色の花を咲かせはじめた。●碧桃　桃の一種。

春風堂上初來燕
香雨庭前新種花

春風堂上《しゅんぷうどうじょう》初《はじ》めて燕来《つばめきた》り
香雨庭前《こううていぜん》新《あら》たに花《はな》を種《う》ゆ

春風が吹いて家にはじめてつばめが飛んでき、芳しい雨が降る中で庭に花を植える。

春風堂上通佳氣
夜雨庭前種好花

春風堂上《しゅんぷうどうじょう》佳気《かき》を通《つう》じ
夜雨庭前《やうていぜん》好花《こうか》を種《う》ゆ

春風は家々にめでたい気をもたらし、夜に雨が降る庭で美しい花を植える。●佳気　めでたい気。●好花　美しい花。

春風掩映千門柳
碧潤縈廻十里花

春風掩映千門《しゅんぷうえんえいせんもん》の柳《やなぎ》
碧潤縈廻十里《へきかんえいかいじゅうり》の花《はな》

春風は多くの家の柳を吹きなびかせ、みどり色の谷は十里も続いて花が咲いている。●掩映　おおい映《うつ》すこと。●碧潤　みどり色の谷。
●縈廻　まといめぐること。

春風得意花千蕊
秋月揚輝桂一枝

春風《しゅんぷう》得意《とくい》花千蕊《はなせんずい》
秋月《しゅうげつ》輝《き》を揚《あ》ぐ桂《かつら》一枝《いっし》

春風がそよ吹くと花は満開となり、秋月が空に輝くと桂の花が美しく咲く。●千蕊　多くの花。※桂は貴に通ず。

春風楊柳鳴金馬
晴雪梅花照玉堂

春風《しゅんぷう》楊柳《ようりゅう》金馬《きんば》を鳴《な》らし
晴雪《せいせつ》梅花《ばいか》玉堂《ぎょくどう》を照《てら》す

柳の茂る表門に春風が吹き渡り、梅の花が咲き誇る立派な家には雪が積もっている。●金馬　表門。●晴雪　雪が晴れること。●玉堂　立派な家。

春盈瑞草名花上
人在卿雲旭日中

春《はる》は瑞草《ずいそう》名花《めいか》の上《うえ》に盈《み》ち
人《ひと》は卿雲《けいうん》旭日《きょくじつ》の中《うち》に在《あ》り

春はめでたい草や美しい花に囲まれており、人はめでたい雲や朝日におおわれて生きている。●卿雲　めでたい雲。

春庭草色和烟暖
午夜書聲帯月寒

春庭《しゅんてい》の草色《そうしょく》烟《けむり》に和《わ》して暖《あたた》かに
午夜《ごや》の書声《しょせい》月《つき》を帯《お》びて寒《さむ》し

春の庭の草の色は暖かいもやにつつまれ、真夜中の読書の声は寒々とした月光の中にひびき渡る。●午夜　真夜中。●書声　書を読む声。※烟は煙に同じ。

春情寄語千條柳
世第流芳萬卷書

春情《しゅんじょう》語《ご》を寄《よ》す千条《せんじょう》の柳《やなぎ》
世第《せだい》芳《ほう》を流《なが》す万巻《ばんかん》の書《しょ》

柳は多くの枝を揺るがせながら春ののどかな気持ちを伝える。家には後世まで名を残す多くの書籍がある。●春情　春ののどかな気持ち。●千条　多くの枝。●世第　代々継いだ家。●流芳　名を後世に残すこと。

春深碧海龍騰甲
花滿天地起鳳毛

春深《はるふか》くして碧海《へきかい》竜《りょう》甲《こう》を騰《あ》げ
花満《はなみ》ちて天地《てんち》鳳毛《ほうもう》を起《おこ》す

春たけなわで青海原には竜が飛揚し、花が咲き乱れて天地はすばらしい景色である。●碧海　青海原。●鳳毛　すぐれた風采をいう。

春深曉翠雲封戸
花外夕陽人倚樓

春深《しゅんしん》の暁翠《ぎょうすい》雲《くも》戸《こ》を封《ふう》じ
花外《かがい》の夕陽《せきよう》人《ひと》楼《ろう》に倚《よ》る

春たけなわの夜明け方のみどり色の中、雲は家をおおっている。花の咲いているところから遠くの夕日に照らされる中、人は高殿に歩いてゆく。●暁翠　夜明け方のみどり色。●楼　高殿。

春臨柳色翠環戸
風送梅花香滿門

春《はる》は柳色《りゅうしょく》に臨《のぞ》んで翠戸《みどりこ》を環《めぐ》り
風《かぜ》は梅花《ばいか》を送《おく》って香門《こうもん》に満《み》つ

春が訪れて家の周《まわ》りの柳はみどり色を呈し、そよ風が吹いて梅の花の芳しい香りが門からただよってくる。

春歸禹甸山川外
人在堯天雨露中

春《はる》は禹甸山川《うでんさんせん》の外《そと》に帰《かえ》り
人《ひと》は尭天雨露《ぎょうてんうろ》の中《うち》に在《あ》り

春は禹王が治めた地すべてに訪れ、人は尭王がもたらした恵みの中に生きている。●禹甸　夏の禹王が都した地。●尭天　古代中国伝説上の聖天子、尭王の世。●雨露　大きな恩恵をいう。

昨夜春風纔入戸
今朝楊柳半垂隄

昨夜《さくや》の春風《しゅんぷう》纔《わず》かに戸《こ》に入《い》り
今朝《こんちょう》の楊柳《ようりゅう》半《なか》ば隄《つつみ》に垂《た》る

昨夜から春風が家にそよ吹き、今朝、堤を歩くと柳が枝を長く垂らして春の訪れを思わせる。●楊柳　柳。

昨夜祥光騰婺女
他時喜氣應門楣

昨夜《さくや》の祥光《しょうこう》婺女《ぶじょ》に騰《あが》り
他時《たじ》の喜気《きき》門楣《もんび》に応《おう》ず

昨夜、婺女星が空高くからめでたい光を放ち、以前に思っていた喜びが家庭内に満ちあふれた。女子誕生。●婺女　星の名。●門楣　家庭。「門楣喜」は女子が生まれた喜びをいう。

架有古今書萬巻
家藏晉魏帖千函

架《か》には古今《ここん》の書万巻《しょばんかん》有《あ》り
家《いえ》には晋魏《しんぎ》の帖千函《じょうせんかん》を蔵《ぞう》す

本だなには昔から今に至るまでの万巻もの書籍があり、家には晋や魏の国の法帖が千もの箱に置いてある。●晋魏　古い国の名。晋と魏。

染指毎因晨滌墨
折腰只爲晩澆花

指《ゆび》を染《そ》むるは毎《つね》に晨《あした》に墨《すみ》を滌《あら》うに因《よ》り
腰《こし》を折《お》るは只晩《ただくれ》に花《はな》に澆《そそ》ぐが為《ため》なり

指が黒く染まるのはいつも朝、筆や硯を洗うからであり、かがむ時はというと、ただ夕暮れに花に水を注ぐ時だけである。

柳眼桃腮舒化日
鶯歌燕語鬧春風

柳眼桃腮《りゅうがんとうさい》化日《かじつ》に舒《の》べ
鶯歌燕語《おうかえんご》 春風《しゅんぷう》に鬧《さわ》ぐ

柳の新芽と桃のつぼみが日に日に目を引くようになり、うぐいすのさえずりとつばめの鳴き声が春風に乗って聞こえてくる。●柳眼　柳の新芽。●桃腮　桃の花のつぼみ。●化日　日をいう。

珍藏世上稀奇品
調補人間缺陷天

世上《せじょう》の稀奇《きき》を珍蔵《ちんぞう》するの品《しな》
人間《にんげん》の欠陥《けっかん》を調補《ちょうほ》するの天《てん》

世の中にも珍しい品物をたいせつに保存しているが、それは人びとの希望を調え補うために天からさずかったものである。●珍蔵　たいせつに保存すること。●世上　この世。●稀奇　まれなる珍しいもの。●調補　調え補うこと。

相逢盡是他郷客
信宿時招異地人

相逢《あいあ》うは尽《ことごと》く是他郷《これたきょう》の客《きゃく》
信宿《しんしゅく》は時《とき》に招《まね》く異地《いち》の人《ひと》

この旅館で会う人はすべて他郷の人であるが、二泊もすると語り合う友が欲しくなって部屋へ呼び招いてくつろぎ合う。●信宿　二泊すること。

眉山兄弟爲師友
花萼文章共性情

眉山《びざん》の兄弟《けいてい》師友《しゆう》と為《な》し
花萼《かがく》の文章《ぶんしよう》性情《せいじよう》を共《とも》にす

峨眉山の月を先生と友だちとし、兄弟のような美しい姿を友だちとする。●眉山兄弟　唐の李白の「峨眉山月半輪秋」の一句より月に対していう。●花萼　兄弟の情をいう。●文章　美しい姿・ようす。●性情　心のおもむき。心。

看書對酒心無事
洗竹澆花興有餘

書《しよ》を看《み》酒《さけ》に対《たい》して心事《こころこと》無《な》く
竹《たけ》を洗《あら》い花《はな》に澆《そそ》いで興《きよう》余《あま》り有《あ》り

読書をし、酒を飲めば心は安らかであり、筆で書し、花に水を注げば楽しさは限りない。●洗竹　筆を洗うこと。筆で書すこと。

紅日西沈留客住
玉兎東吐遣人行

紅日西《こうじつにし》に沈《しず》んで客《きやく》の住《じゆう》するを留《とど》め
玉兎《ぎよくと》東《ひがし》に吐《い》でて人《ひと》の行《ゆ》くを遣《おく》る

大陽が西に沈み、月が東から昇りはじめると、人は旅館を探し出す。●紅日　赤く輝く日。太陽。●玉兎　月。

紅杏林中添燕語
綠楊陰裏有鶯啼

紅杏林中《こうきようりんちゆう》燕語《えんご》を添《そ》え
緑楊陰裏《りよくよういんり》鶯啼《おうてい》有《あ》り

紅《くれない》色の花咲く杏《あんず》の林の中ではつばめが盛んにさえずり、みどり色に茂った柳の木ではうぐいすがさえずっている。

紅桃緑柳爭春色
白日青天樹黨旗

紅桃《こうとう》緑柳《りょくりゅう》春色《しゅんしょく》を争《あらそ》い
白日《はくじつ》青天《せいてん》党旗《とうき》を樹《た》つ

紅《くれない》色の桃の花とみどり色の柳が春の景色をかもし、よく晴れた青空に向けて美しい旗を立てる。●党旗　美しい旗。

紅梅枝上傳春信
黄鳥聲中送好音

紅梅《こうばい》枝上《しじょう》春信《しゅんしん》を伝《つた》え
黄鳥《こうちょう》声中《せいちゅう》好音《こうおん》を送《おく》る

枝に咲いた紅《くれない》色の梅の花は春の訪れを知らせ、うぐいすは美しい声でさえずっている。●黄鳥　うぐいす。

紅錦裁雲朝奠雁
紫簫吹月夜乘鸞

紅錦雲《こうきんくも》を裁《さい》して朝雁《あしたかり》を奠《てん》し
紫簫《ししょう》月《つき》に吹《ふ》いて夜鸞《よるらん》に乗《じょう》ず

朝は紅《くれない》色の錦に雲を描いた衣服を着て、雁を贈り物として婚約者を訪れ、夜は月に向かってめでたいしょうの笛を吹いてらんに乗って婚約者を訪れる。●紅錦　紅色の地の錦。●紫簫　めでたいしょうの笛。

美味偏招雲外客
清香能引洞中仙

美味《びみ》偏《ひとえ》に雲外《うんがい》の客《きゃく》を招《まね》き
清香《せいこう》能《よ》く洞中《どうちゅう》の仙《せん》を引《ひ》く

おいしい酒の味にはるか遠方からもお客が押し寄せ、清らかなその香りはほら穴に住む仙人さえも引き寄せる。よくはやっている酒屋。
●雲外客　雲の上に住む人。●洞中仙　ほら穴に住む仙人。

重簾不捲留香久
古硯微凹聚寶多

二重のすだれを巻きあげないでいると香りは長く残り、古い硯は少しへこんでいてよく墨がすれる。●重簾　二重のすだれ。

重簾《ちょうれん》捲《ま》かずして香《こう》を留《とど》むること久《ひさ》しく
古硯《こけん》微《かす》かに凹《くぼ》んで宝《たから》を聚《あつ》むること多《おお》し

風光先到圖書府
春色偏宜翰墨家

書籍を蔵する倉は豊かさに満ち、文学者の家には春の光があふれている。●風光　風が吹き草木が光り輝くようす。●図書府　書籍を蔵する倉。●春色　春の景色。●翰墨家　文学者の家。

風光《ふうこう》先《ま》ず図書《としょ》の府《ふ》に到《いた》り
春色《しゅんしょく》偏《ひとえ》に翰墨《かんぼく》の家《いえ》に宜《よろ》し

風流長史千秋賞
肆意平安一幅懸

すぐれた絵は千年も後までの長くに渡って人びとから愛され、自分の心のまま描いた穏やかなそんな絵一幅が懸かっている。●長史　漢朝の役名で、画の意に用いる。●千秋　千年。●肆意　心をほしいままにすること。

風流《ふうりゅう》長史《りょうし》千秋《せんしゅう》賞《しょう》し
肆意《しい》平安《へいあん》一幅《いっぷく》懸《か》かる

風送一帘招遠客
價無雙品憶高賢

酒屋の旗は風になびいて多くの客を招き寄せ、その酒の価値は並ぶものがないほどおいしくてすぐれた賢人を思い出させるほどである。●帘　酒屋の旗。●遠客　遠方からのお客。●価　価値。評判。●双品　並んだもの。●高賢　高くすぐれた人。

風《かぜ》は一帘《いちれん》を送《おく》って遠客《えんきゃく》を招《まね》き
価《あたい》は双品《そうひん》無《な》くして高賢《こうけん》を憶《おも》う

風送花香侵筆硯
月移竹影拂欄干

風《かぜ》は花香《かこう》を送《おく》って筆硯《ひっけん》を侵《おか》し
月《つき》は竹影《ちくえい》を移《うつ》して欄干《らんかん》を払《はら》う

風は花の香りを送って書斎の筆や硯までつつみ込み、月は高く昇って竹のかげを欄干に映《うつ》す。

風送書聲來別院
月移花影上疎簾

風《かぜ》は書声《しょせい》を送《おく》って別院《べついん》に来《きた》り
月《つき》は花影《かえい》を移《うつ》して疎簾《それん》に上《のぼ》る

風は離れ座敷まで読書の声を送ってくる。月は空高く昇ってまばらなすだれに花のかげを映《うつ》す。●書声　書を読む声。●別院　離れ座敷。●疎簾　まばらに編んだすだれ。

風送書聲芹泮曉
月移花影杏壇春

風《かぜ》は書声《しょせい》を送《おく》る芹泮《きんはん》の暁《あかつき》
月《つき》は花影《かえい》を移《うつ》す杏壇《きょうだん》の春《はる》

風は夜明け方の試験場の書籍をめくる音を伝えてくる。月は春の学問所の花のかげを移してくる。●芹泮　試験場。●杏壇　学問所。

風雲欲展垂天翼
霄漢常存捧日心

風雲《ふううん》展《の》びんと欲《ほっ》して天翼《てんよく》を垂《た》れ
霄漢《しょうかん》常《つね》に日《ひ》を捧《ささ》ぐるの心《こころ》を存《そん》す

風と雲はさらに大きな恵みをもたらせようと大きくそのつばさを広げ、大空はいつも暖かい日をもたらす心を持っている。●霄漢　大空。

風傳松韻來幽谷
月送梅影上綺窗

風《かぜ》は松韻《しょういん》を伝《つた》えて幽谷《ゆうこく》に来《きた》り
月《つき》は梅影《ばいえい》を送《おく》って綺窓《きそう》に上《のぼ》る

松風の音は奥深い谷まで伝わり、月は中天に向かって昇りはじめて梅の花のかげを美しい窓に映《うつ》す。●松韻　松風の音。●幽谷　奥深い谷。●綺窓　美しい窓。

香烟青鎖瓶中柳
燈影紅浮座上蓮

香烟《こうえん》青《あお》く鎖《とざ》す瓶中《へいちゅう》の柳《やなぎ》
灯影《とうえい》紅《あか》く浮《うか》ぶ座上《ざじょう》の蓮《はす》

青い香の煙はかめに生けた柳の枝に立ちこめ、赤い光を放つ灯火は仏座のはすを鮮やかに浮かびあがらせる。●香烟　仏に供える香の煙。烟は煙に同じ。●瓶中　かめの中。●灯影　灯火の光。

香煙篆就平安字
燭燄開成富貴花

香煙《こうえん》篆《てん》じて平安《へいあん》の字《じ》と就《な》り
燭燄《しょくえん》開《ひら》いて富貴《ふうき》の花《はな》と成《な》る

香の煙がうねり上って平安の文字となり、灯火の炎が明るく輝いてぼたんの花となる。●香煙　仏に供える香の煙。●篆　煙のうねるのをいう。●平安字　無事を知らせる手紙。●燭燄　灯火の炎。●富貴花　ぼたんの異名。

香繞美人歌後夢
涼侵詩客醉中仙

香《こう》は美人《びじん》歌後《かご》の夢《ゆめ》を繞《めぐ》り
涼《りょう》は詩客《しかく》酔中《すいちゅう》の仙《せん》を侵《おか》す

お茶の芳しい香りは美人が歌をうたう夢を見たあとのようであり、七椀の清風がそよ吹く涼しさは詩人が仙郷に遊んで酒に酔っているようなものである。●詩客　詩人。●酔中仙　仙境・仙郷・別天地にたとえる。

乗龍長倚三珠樹
引鳳歡迎百輛車

竜《りょう》に乗《じょう》じて長《なが》く倚《よ》る三珠《さんしゅ》の樹《じゅ》
鳳《ほう》を引《ひ》いて歓《よろこ》んで迎《むか》う百《ひゃくりょう》 輛の車《くるま》

竜に乗って三珠の樹にたどり着いたので末長く住みたい。鳳凰を招き寄せたので喜んで百台もの車を迎える。●竜・鳳　めでたい動物とめでたい鳥。●三珠樹　珍しい木の名。

倉箱既裕歌豐稔
婦子無餘慶有年

倉箱《そうしょう》既《すで》に裕《ゆた》かにして豊稔《ほうじん》を歌《うた》い
婦子《ふし》余《あま》り無《な》くして有年《ゆうねん》を慶《よろこ》ぶ

倉には穀物がうず高く納められており、女や子供は他に望むこともなく、豊年をうたい喜んでいる。●倉箱　倉。●豊稔・有年　豊年。

剝棗鹽梅談可佐
浮瓜沈李暑能消

剝棗塩梅談《はくそうえんばいだん》を佐《たす》く可《べ》く
浮瓜沈李暑《ふかちんりしょ》を消《しょう》し能《あた》う

なつめと梅ぼしは人の語らいを盛んにし、瓜とすももの漬物は夏の暑さを忘れさせる。●剝棗　採ってきたなつめ。●塩梅　梅ぼし。●浮瓜沈李　瓜とすももの漬物。

家產神駒徵富貴
門騰彩鳳耀光華

家産《かさん》の神駒富貴《しんくふうき》を徴《ちょう》し
門騰《もんとう》の彩鳳光華《さいほうこうか》を耀《かがや》かす

家で飼っているすぐれた馬は豊かさを示し、門の上の美しい鳳凰は光を放っている。子供の誕生を祝す。●神駒・彩鳳　すぐれた子供を指す。●光華　光。

家傳一首水壺賦
庭苗千尋玉樹枝

家伝一首水壺《かでんいっしゅすいこ》の賦《ふ》
庭苗千尋玉樹《ていびょうせんじんぎょくじゅ》の枝《えだ》

家に伝わる詩文は「水壺の賦」であり、庭の美しい木の枝はそれぞれ芽吹《めぶ》いている。●水壺賦　詩文の名。●玉樹　美しい木。

家傳敬義數千歳
世繼詩書幾百年

家《いえ》は敬義《けいぎ》を伝《つた》う数千歳《すうせんさい》
世《よ》は詩書《ししょ》を継《つ》ぐ幾百年《いくひゃくねん》

家はつつしみと義理を家訓とし続けて、世は立派な詩の書籍を伝え続けて今に至っている。●敬義　つつしみ敬うことと義理。

座上人豪樓百尺
匣中寶氣劍千秋

座上《ざじょう》の人豪楼百尺《じんごうろうひゃくしゃく》
匣中《こうちゅう》の宝気剣千秋《ほうきけんせんしゅう》

百尺もある立派な高殿には豪傑がすわっている。箱の中からただよってくる何とも言えない良い香りは千年も経た宝剣からである。●人豪　豪傑。●楼　高殿。●匣中　箱の中。●宝気　尊い気配。●千秋　千年。

座雅時招湖海客
堂高日聚縉紳人

座《ざ》雅《みやび》にして時《とき》に湖海《こかい》の客《きゃく》を招《まね》き
堂高《どうたか》くして日縉紳《ひびしんしん》の人《ひと》を聚《あつ》む

みやびやかな座席には時おり辺りの賓客を招き、高殿には毎日、高官が集まってくる。●湖海客　世の中の賓客。有名人。●堂　高殿。●縉紳人　高位・高官をいう。

庭前蘭吐芳春玉
掌上珠生子夜光

庭前蘭《ていぜんらん》は芳春《ほうしゅん》の玉《たま》を吐《は》き
掌上珠《しょうじょうたま》は子夜《しや》の光《ひかり》を生《しょう》ず

庭の蘭は芳しい春を象徴するように花を咲かせ、手の中の玉は真夜中に光を放った。子供の誕生を祝す。●芳春　芳しい春。●子夜　真夜中。

悟得柳公書內法
生來江子夢中花

悟《さと》り得《え》たり柳公書内《りゅうこうしょない》の法《ほう》
生来江子夢《せいらいこうしむ》中《ちゅう》の花《はな》

柳公権は書法を確立して広め、江淹は若い時に夢に五色の筆をさずけられて書の達人となった。●柳公　唐の柳公権。陝西省華原の人。字は誠懸。書に巧み。●江子　梁の江淹。河南省考城の人。字は文通。諡は憲。「江淹夢《ム》ㇾ筆《ヲ》」の故事がある。

拳石畫臨黃子久
瞻瓶花插紫丁香

石《いし》を拳《にぎ》って画《が》は黄子久《こうしきゅう》に臨《のぞ》み
瓶《びん》を瞻《み》て花《はな》は紫丁香《しちょうこう》を挿《さ》す

石をにぎり持って黄子久に負けないようにと絵を描き、びんの形を見て紫丁香の花を挿す。●黄子久　唐時代の画家。●紫丁香　草花の名。

書田菽粟多眞味
性地芝蘭有異香

書田《しょでん》の菽粟真味《しゅくぞくしんみ》多《おお》く
性地《せいち》の芝蘭異香《しらんいこう》有《あ》り

書籍に学ぶことは生きていく上では、不可欠のことであり、生来の善き人は独特の雰囲気を持っている。●書田　書籍をいう。●菽粟　豆類と穀類で、人の常食で欠くことのできないもの。●真味　ほんとうの味わい。●性地　生まれながらのもの。●芝蘭　善人君子をいう。●異香　他と異なったよい香り。

書有未曾經我讀
事無不可對人言

書籍はまだ読んでいないものもあるが、言いたいことはすべて言い尽くした。

書《しょ》は未《いま》だ曾経《かつ》て我《わ》が読《よ》まざるもの有《あ》るも
事《こと》は人《ひと》に対《たい》して言《かた》る可《べ》からざるもの無《な》し

書從難解翻成悟
文到無心始見奇

書籍は難解であることが理解できればすぐわかるものであり、文章は無心になってはじめてすぐれたものになる。●奇　すぐれること。

書《しょ》は難解《なんかいよ》従り翻《ひるがえ》って悟《さと》りを成《な》し
文《ぶん》は無心《むしん》に到《いた》って始《はじ》めて奇《き》を見《み》る

書劍夜深光射斗
墨池春暖筆生花

文人は夜、北斗七星が輝く中で書籍と剣をあらため、暖かな春、墨をすって書す。●書剣　書籍とつるぎ。昔、学者や文人が常に携行したもの。●斗　北斗七星。●墨池　墨つぼ。●筆生花　文筆に秀でるきざし。唐の李白の故事。

書剣夜深《しょけんよるふか》くして光《ひかり》斗《と》を射《い》
墨池春暖《ぼくちはるあたた》かにして筆花《ふではな》を生《しょう》ず

書囊應滿三千卷
人品當居第一流

多くの本を読んで、人格はいつでも一流でありたいものである。●書嚢　書籍を入れる袋。●人品　人格。風采。

書嚢応《しょのうまさ》に三千巻《さんぜんかん》に満《み》つべし
人品当《じんぴんまさ》に第一流《だいいちりゅう》に居《お》るべし

桂子呈祥徵厚福
蘭孫毓秀兆嘉祥

桂子《けいし》祥《しょう》を呈《てい》して厚福《こうふく》を徴《きざ》し
蘭孫《らんそん》秀《しゅう》を毓《そだ》てて嘉祥《かしょう》を兆《きざ》す

よい子は喜びを表面に出して大いなる幸せをもたらし、立派な孫はすぐれた才能を生かしてめでたさをもたらす。●桂子　他人の子の美称。●蘭孫　美質あるもののたとえ。

桂發九秋蟾窟折
杏開三月曲江遊

桂《かつら》は九秋《きゅうしゅう》に発《はっ》して蟾窟《せんくつ》折《お》れ
杏《あんず》は三月《さんがつ》に開《ひら》いて曲江《きょくこう》に遊《あそ》ぶ

科挙の試験に合格して、曲江で宴会を催す。●蟾窟折桂　窟は宮に通ず。試験に合格する意。●曲江　陝西省長安にある試験場で、唐時代、秀才が宴会したところ。

桃杏滿村春似錦
芝蘭繞砌座凝香

桃杏《とうきょう》村《むら》に満《み》ちて春《はる》錦《にしき》に似《に》
芝蘭《しらん》砌《せい》を繞《めぐ》って座香《ざこう》を凝《こ》らす

春の村は桃と杏《あんず》の花が咲いて錦を成し、石だたみの周《まわ》りには霊芝と蘭がめぐって座敷は芳しい香りで満ちている。●砌　石だたみ。

案牘能消胸有竹
絃歌不絶縣成花

案牘《あんとく》能《よ》く消《しょう》して胸《むね》に竹《たけ》有《あ》り
絃歌《げんか》絶《た》えずして県花《けんはな》を成《な》す

机上の計算通りにことが運び、琴を伴奏にした歌声がいつも流れて県政は穏やかそのものである。●案牘　机。●有竹　成算があること。●絃歌　琴と歌。●県成花　県政が治まること。

桐爲奕世承恩樹
杏是春風及第花

桐《きり》は為《な》す奕世恩《えきせいおん》を承《う》くるの樹《じゅ》
杏《あんず》は是春風第《これしゅんぷうだい》に及《およ》ぶの花《はな》

桐は代々、恩恵を受ける木であり、杏《あんず》は家を繁栄させる花である。●奕世　代々。●春風　恩恵の深いたとえ。●及第　進士の試験に合格すること。

氣吐龍涎通霄漢
輝騰鳳彩徹雲衢

気《き》は竜涎《りょうえん》を吐《は》いて霄漢《しょうかん》に通《つう》じ
輝《き》は鳳彩《ほうさい》を騰《あ》げて雲衢《うんく》に徹《てつ》す

気持ちはただよい香る竜涎香のように大空にまで立ち上り、輝きは鳳凰の五色の羽のように彩《いろど》りを連ねて雲の上を飛びめぐる。●竜涎　香の名。●霄漢　大空。●鳳彩　鳳凰の五色の羽の色。●雲衢　雲の通い路。

海上蟠桃初結子
月中仙桂復生枝

海上《かいじょう》の蟠桃《はんとう》初《はじ》めて子《み》を結《むす》び
月中《げっちゅう》の仙桂《せんけい》復《また》枝《えだ》を生《しょう》ず

海のほとりの仙桃がはじめて実をつけ、月桂樹にまた枝が生じた。子供の誕生を祝す。●蟠桃　三千年に一度、開花結実するという桃の木。仙桃。●仙桂　月桂樹。

消閒翰墨供清課
隨意園林是好春

消間《しょうかん》の翰墨《かんぼく》清課《せいか》に供《きょう》し
随意《ずいい》の園林《えんりん》是好春《これこうしゅん》なり

退屈しのぎではじめた書がいつしか日課となり、思いたって庭園の林へ行くとまさに春たけなわである。●消間　ひまつぶし。●翰墨　筆墨。●清課　仏家で日行の課程をいう。●好春　よい春。

烏石製成傳妙品
丹砂合就號佳珍

烏《う》石《せき》製《せい》成《せい》して妙品《みようひん》を伝《つた》え
丹砂《たんさ》合《がつ》就《しゆう》して佳珍《かちん》と号《ごう》す

すばらしくよい墨をつくって伝え、立派な宝として名づける。●烏石・丹砂　墨の名。●妙品・佳珍　すばらしく立派なもの。

烟開蘭葉香風起
春入桃花暖氣匀

烟《けむり》は蘭葉《らんよう》を開《ひら》いて香風《こうふう》起《おこ》り
春《はる》は桃花《とうか》に入《い》って暖気《だんき》匀《あまね》し

かすみが蘭の葉を芽生《めば》えさせると香りある風が起こり、春になって暖かさが広がり行き渡ると桃の花が咲いた。※烟は煙に同じ。

珠樹自饒千古色
筆花開遍四時春

珠樹《しゆじゆ》自《おの》ずから千古《せんこ》の色《いろ》に饒《と》み
筆花《ひつか》開《ひら》いて四時《しじ》の春《はる》に遍《あまね》し

美しい木は千年も後まで続く色で輝き、筆に生じた花は気持ちよく、一年中、春のようにのどかである。●筆花　筆頭に生じた花。文筆に秀でるたとえ。

祖徳宗功千載澤
子承孫繼萬年春

祖《そ》は徳《めぐ》み宗《そう》は功《つと》む千載《せんざい》の沢《たく》
子《こ》は承《う》け孫《まご》は継《つ》ぐ万年《ばんねん》の春《はる》

おのおのの先祖は千年あとまでの恵みを残してくれ、これをまた子孫がいつまでも春たけなわとして受け継いでゆく。●祖宗　歴代の先祖。●徳功　恵みと手がら。●千載　千年。●沢　うるおい。恵み。

紙田墨稼随時詠
野草名花得意題

紙田墨稼《しでんぼくか》時《とき》に随《したが》って詠《えい》じ
野草名花《やそうめいか》意《い》を得《え》て題《だい》す

詩を作って紙に書しては吟じ、野の草や美しい花を見ると心がおどって詩を作る。●紙田墨稼　書画を書くこと。

素壁有琴蔵太古
虚窗留月待吟詩

素壁《そへき》琴《こと》有《あ》って太古《たいこ》を蔵《ぞう》し
虚窓《きょそう》月《つき》を留《とど》めて詩《し》を吟《ぎん》ずるを待《ま》つ

白い壁に掛けてある琴はいかにも古めかしいおもむきがあり、開け放った窓から月を眺めながら詩を作ろうと思う。

紡績三更堪繼晷
讀書午夜喜焚膏

紡績三更《ぼうせきさんこう》晷《ひかり》を継《つ》ぐに堪《た》え
読書午夜《どくしょごや》膏《あぶら》を焚《た》くを喜《よろこ》ぶ

織物業は忙しくて夜なべをするので必ず光が必要であり、真夜中に及ぶ読書も灯火がいる。●三更　一夜を五区分した第三の時刻。真夜中。「午夜」に同じ。

能添壮士英雄膽
善助文人錦繍腸

能《よ》く添《そ》う壮士英雄《そうしえいゆう》の胆《きも》
善《よ》く助《たす》く文人錦繍《ぶんじんきんしゅう》の腸《はらわた》

若者は英雄の心を持っているかのように酒杯を重ね、文章に巧みな人は美しい言葉で以て酒のおいしさをほめたたえる。●壮士　若者。●胆・腸　心。思い。●錦繍　錦とぬいとり。美しいあや錦。

荊樹有花兄弟樂
書田無税子孫耕

荊樹《けいじゅ》花《はな》有《あ》り兄弟《けいてい》楽《たの》しみ
書田《しょでん》税《ぜい》無《な》く子孫《しそん》 耕《たがや》す

仲良しの兄弟は荊の木が今年も花を咲かせたので喜び、読書には税金はかからないし、末代まで栄えさせるもとである。●荊樹　にんじんぼくの木。漢代の張公道兄弟の故事がある。●書田　書籍をいう。

馬幃肄業欽師範
鹿洞傳書悟道眞

馬幃《ばい》 業《ぎょう》を肄《なら》って師範《しはん》を欽《うやま》い
鹿洞書《ろくどうしょ》を伝《つた》えて道真《どうしん》を悟《さと》る

学校で、学問を習って先生を尊敬し、書籍をたくさん読んで道の真理をさとる。●馬幃　学校。後漢の馬援がとばりで囲んで教えを施した。●鹿洞　学校。白鹿洞のこと。江西省星子県にあり、宋の朱熹が学を講じたところ。

高厚恩深隆至徳
陰陽氣運慶豐年

高厚《こうこう》恩《おん》深《ふか》くして至徳《しとく》を隆《たか》め
陰陽《いんよう》気《き》運《めぐ》って豊年《ほうねん》を慶《けい》す

広大で深い恩はこれ以上ないほどの徳に高め、万物を恵み育てる陰陽の気は喜ばしい豊年をもたらす。●高厚　高く厚いこと。●至徳　大いなる徳。●陰陽　陰と陽。天地間にあって万物を生ずる二気。

問字堂前書染緑
執經門下月留光

字《じ》を問《と》うの堂前書《どうぜんしょ》 緑《みどり》を染《そ》め
経《けい》を執《と》るの門下《もんか》月《つき》 光《ひかり》を留《とど》む

学校ではみどり色の文字を書して教育を受け、家では月の光で経書を読む。●問字　教育を受けること。●堂前　学校。●執経　学問をすること。経は聖人・賢人の著した書籍。

啓作後人知有頼
事承先業應無疆

後人《こうじん》を啓作《けいさく》して頼《たよ》り有《あ》るを知《し》り
先業《せんぎょう》を事承《じしょう》して応《まさ》に疆《かぎ》り無《な》し

子供たちに教えて大きくなるにつれて頼りがいが増し、先代の事業を受け継いで十分に満足している。●後人　子孫。●先業　祖先の事業。

堂構森嚴繩祖武
大葩移發煥文章

堂構森厳《どうこうしんげん》にして祖武《そぶ》を縄《つ》ぎ
大葩《たいは》移《うつ》し発《ひら》いて文章《ぶんしょう》を煥《かがや》かす

おごそかに父祖の業を継ぎ、大きな美しいあやある花を咲かせた。●堂構　子が父祖の業を継承すること。●森厳　おごそかなこと。●祖武　先祖の残した功績。●大葩　大きな花。●文章　青と赤のあやを文といい、赤と白のあやを章という。

堂醍鼎俎酬先烈
孝子仁心竭至誠

堂醍鼎俎《どうだいていそ》先烈《せんれつ》に酬《むく》い
孝子仁心至誠《こうしじんしんしせい》を竭《つく》す

祭壇のいろいろの器具に供えものを盛って先祖の恩恵に感謝し、父母によく仕え、人を愛してこの上ないまことを尽くす。●堂醍・鼎俎　祭器。●先烈　先祖のいさお。●孝子　よく父母に仕えること。●仁心　人を愛する心。●至誠　この上ないまこと。

屛間錦綉環珠箔
天上笙歌送玉麟

屛間《へいかん》の錦綉珠箔《きんしゅうしゅはく》を環《めぐ》り
天上《てんじょう》の笙歌《しょうか》玉麟《ぎょくりん》を送《おく》る

玉でつくったすだれの前には錦とぬいとりの美しい屛風が立てられ、天上界から流れてくるしょうの笛と歌声の中、すぐれた賢い子が誕生した。●屛間　屛風。●錦綉　錦とぬいとり。●珠箔　玉でつくったすだれ。●笙歌　しょうの笛と歌。●玉麟　きりん児。すぐれた賢い子。

常存敬畏方爲福
肯賜箴規卽是師

常《つね》に敬畏《けいい》を存《そん》し方《はじ》めて福《ふく》を為《な》し
肯《がえん》じて箴規《しんき》を賜《たま》うは即《すなわ》ち是《これ》師《し》なり

いつもうやまいおそれる心を持っておれば幸いを得ることができる。あえていましめをいただくのはすべて師とすべきである。●敬畏　うやまいおそれること。●箴規　いましめ。

彩筆喜題紅葉句
華堂新咏采蘋章

彩筆《さいひつ》喜《よろこ》んで紅葉《こうよう》の句《く》を題《だい》し
華堂《かどう》新《あら》たに采蘋《さいひん》の章《しょう》を咏《えい》ず

美しい筆で「紅葉の詩」を作り、立派な家で気持ちも新たに「采蘋の章」をうたう。●紅葉句　紅葉良媒（仲人）の故事。●采蘋章　『詩経』の召南の編名。大夫の妻が文王の化をこうむって、よく祭祀に奉ずることをいう。

得志須爲天下雨
論交猶有古人風

志《こころざし》を得《う》れば須《すべから》く天下《てんか》の雨《あめ》と為《な》るべし
交《こう》を論《ろん》ずれば猶《なお》古人《こじん》の風《ふう》有《あ》るがごとし

志をはたしたならば必ず天下に仁を施す。交友を論じたならば昔の賢人の風格をそなえている。

掃除身外閒名利
師友書中古聖賢

身外《しんがい》の閒名利《かんめいり》を掃除《そうじょ》し
書中《しょちゅう》の古聖賢《こせいけん》を師友《しゆう》とす

自分以外のつまらない名誉や利益は取り除き、書籍の中の古の聖人・賢人を師と仰ぐ友だちとする。

教士窗前丹桂發
育才堂上秀蘭開

士《し》を教《おし》うるの窓前丹桂《そうぜんたんけい》発《はっ》し
才《さい》を育《はぐ》むの堂上《どうじょう》秀蘭《しゅうらん》開《ひら》く

人を教えている教室の窓際《まどぎわ》には桂の木が大きく育ち、才能を伸ばす教場のほとりでは美しい蘭の花が咲いた。●丹桂　桂の一種。

晝日明窗閑試墨
寒泉古鼎自煮茶

昼日明窓閑《ちゅうじつめいそうかん》に墨《すみ》を試《こころ》み
寒泉古鼎《かんせんこてい》自《みずか》ら茶《ちゃ》を煮《に》る

真昼の太陽が輝く明るい窓辺で静かに筆を持って書し、冷たい泉を汲んできて古いかなえで自分で茶をわかす。●昼日　真昼の太陽。●寒泉　冷たい泉。●古鼎　古いかなえ。

梅竹平安春意滿
椿萱竝茂壽源長

梅竹平安《ばいちくへいあん》にして春意《しゅんい》満《み》ち
椿萱《ちんけん》並《なら》び茂《しげ》って寿源《じゅげん》長《なが》し

節操を守って穏やかで心は春のようであり、父も母も健在で長生きで喜ばしい。●梅竹　節操を守ることの高いたとえ。●椿萱　父母をいう。

梅花預報金門曉
楊柳新添繡陌春

梅花《ばいか》預《あらかじ》め報《ほう》ず金門《きんもん》の暁《あかつき》
楊柳《ようりゅう》新《あら》たに添《そ》う繡陌《しゅうはく》の春《はる》

梅の花は明け方に美しい門のそばに咲いて春の訪れを告げ、柳もはなやかな道路に春らしさを添える。●金門　黄金飾りの門。美しい門。●楊柳　柳。●繡陌　はなやかな道路。

梅和臈雪調新艶
花引東風入舊枝

梅《うめ》は臈雪《ろうせつ》に和《わ》して新艶《しんえん》を調《ととの》え
花《はな》は東風《とうふう》を引《ひ》いて旧枝《きゅうし》に入《い》る

梅は十二月に降った雪に和して新しいあでやかさを調え、花は春風に吹かれて古い枝に咲き誇る。●臈雪　陰暦十二月の雪。臈は臘に同じ。●新艶　新しいあでやかな姿。●東風　春風。

欲效叔敖生擧動
須知魯子舊儀型

叔敖生《しゅくごうせい》の挙動《きょどう》を効《なら》わんと欲《ほっ》し
須《すべから》く魯子《ろし》の旧儀《きゅうぎ》の型《かた》を知《し》るべし

生きてゆくには、孫叔敖の隠れた善行を重ねることを見習い、すべからく魯仲連の他人のために尽くすという生き方を学ぶのがよい。●叔敖生　戦国時代の人、孫叔敖。生は人を敬っていう語。●魯子　戦国時代、斉国の弁士、魯仲連。

欲廣見聞須看報
要除煩悶且嘔歌

見聞《けんぶん》を広《ひろ》めんとすれば須《すべから》く報《ほう》を看《み》るべし
煩悶《はんもん》を除《のぞ》かんとすれば且《まさ》に歌《うた》を嘔《うた》うべし

見聞を広めるためには新聞を読み、もだえや苦しみを除くには歌をうたうのがよい。※「欲」と「要」は「する」と読む。

深院抄書桐葉雨
曲欄尋句藕花風

深院書《しんいんしょ》を抄《うつ》す桐葉《どうよう》の雨《あめ》
曲欄句《きょくらんく》を尋《たず》ぬ藕花《ぐうか》の風《かぜ》

桐の葉に降る雨の音を聞きながら寺院の奥深くで書籍の抜き書きをし、はすの花を吹く風を身に受けて詩句を探して曲がった欄干を歩きめぐる。●深院　寺院の奥深いところ。●曲欄　曲がった欄干。●藕花　はすの花。

深院塵稀書韻雅
明窗風靜墨花香

深院《しんいん》塵《ちり》稀《まれ》にして書韻《しょいん》雅《が》なり
明窓《めいそう》風《かぜ》静《しず》かにして墨花《ぼくか》香《かんば》し

寺院の奥深くはちりもなく書籍をひもとく音も美しく聞こえ、明るい窓からはそよ風が吹き込み、硯が芳しく香る。●深院　寺院の奥深いところ。●書韻　書籍をめくる音。●墨花　墨の色つやがしみ込んだ硯。

清宵皓月芙蓉帳
曉日春風燕子樓

清宵《せいしょう》の皓月《こうげつ》芙蓉帳《ふようちょう》
暁日《ぎょうじつ》の春風《しゅんぷう》燕子楼《えんしろう》

清らかな夜、明らかに輝く月ははすの花模様のあるとばりを照らす。朝日の輝く中、春風は燕子楼にそよ吹く。●清宵　清らかな夜。●皓月　明らかに輝く月。●芙蓉帳　はすの花模様のあるとばり。●暁日　朝日。●燕子楼　江蘇省銅山県にある高殿の名。

清涼風流縁古重
閑吟情味向詩篇

清涼《せいりょう》風流《ふうりゅう》縁古《えんこ》重《おも》く
閑吟《かんぎん》情味《じょうみ》詩篇《しへん》に向《む》かう

清らかで涼しいこととみやびやかさとのゆかりは深く、静かな吟とその心のおもむきがわかると詩一首が思い浮かんでくる。●清涼　清らかで涼しいこと。●風流　みやびやかなこと。●縁古　ゆかり。縁故。●閑吟　静かに詩を吟ずること。●情味　心のおもむき。

理財學得陶朱富
交友常存晏子風

理財《りざい》学《まな》んで陶朱《とうしゅ》の富《とみ》を得《え》
交友《こうゆう》常《つね》に晏子《あんし》の風《ふう》を存《そん》す

経済学を学び修めて陶朱公のような富を得、友だちづきあいはいつも晏子のように節操のある行動を基とした。●理財　経済。●陶朱　春秋時代の越（浙江省）の功臣、范蠡《はんれい》。陶（山東省）に居って陶朱公と号し、巨万の財をたくわえた。●晏子　春秋時代の斉（山東省）の大夫、晏嬰。字は平仲。斉の相となり、節倹力行を以て、その名は諸侯の間に高かった。『晏子春秋』の著者。

紫荊花下兄宜弟
彩服堂前子悦親

紫荊花下《しけいかか》兄弟《あにおとうと》に宜《よろ》しく
彩服堂前《さいふくどうぜん》子《こ》親《おや》を悦《よろこ》ばす

兄弟はすこぶる仲良しで、子供は一所懸命に親に尽くす。●紫荊花　兄弟が仲の良いこと。●彩服　子供の衣服。

紫簫吹徹藍橋月
青鳥翔還彩色新

紫簫《ししょう》吹《ふ》き徹《とお》す藍橋《らんきょう》の月《つき》
青鳥《せいちょう》翔《かけ》り還《かえ》って彩色《さいしょく》新《あら》たなり

めでたいしょうの笛は藍橋の上空の月に向かって吹き続ける。幸せを呼ぶ青い鳥は美しい彩《いろど》りの羽を新たにして飛びめぐる。めでたいたとえ。●紫簫　めでたいしょうの笛。●藍橋　陝西省藍田県を流れる藍水に架かった橋。●彩色　美しい彩り。

細數梅花因坐久
緩尋芳草得歸遲

細《こま》かに梅花《ばいか》を数《かぞ》えて坐《ざ》すること久《ひさ》しきに因《よ》り
緩《ゆる》やかに芳草《ほうそう》を尋《たず》ねて帰《かえ》ること遅《おそ》きを得《え》たり

長い間すわって梅の花の数をかぞえた後、芳しく咲き香る草花を眺めながらゆっくりと歩いていて家に帰るのが遅くなった。●芳草　芳しく香る草花。

訟庭花落香盈屋
案牘風清月滿樓

訟庭《しょうてい》花《はな》落《お》ちて香屋《こうおく》に盈《み》つ
案牘《あんとく》風《かぜ》清《きよ》くして月楼《つきろう》に満《み》つ

裁判所の庭に花が散って芳しい香りが部屋に満ち、机上を清らかな風が吹いて月は高殿を明るく照らす。●訟庭　裁判所。●案牘　机。●楼　高殿。

設矢懸弧家有慶
定知福壽永無疆

矢《や》を設《もう》け弧《こ》を懸《か》くれば家《いえ》に慶《けい》有《あ》り
定《さだ》めて知《し》る福寿《ふくじゅ》永《なが》く疆《かぎ》り無《な》きを

男子誕生で家中、喜びにあふれ、幸福長命が永久に続いてほしいと思う。●設矢懸弧　男子誕生をいう。●福寿　幸福と長命。

許多邱壑胸中貯
無數烟雲筆下生

許多《きょた》の邱壑《きゅうがく》胸中《きょうちゅう》に貯《たくわ》え
無数《むすう》の烟雲《えんうん》筆下《ひっか》に生《しょう》ず

いくらかの山河のおもむきは胸の中にしまい込み、限りなく多いかすみけぶる景色を書しはじめる。●許多　いくらか。若干。●邱壑　山河の画趣。●烟雲　かすみけぶる景色。烟は煙に同じ。

陳去新來相遞接
寒消暖至自輪廻

陳《ちん》去《さ》り新来《しんきた》って相逓接《あいていせつ》し
寒消《かんしょう》し暖至《だんいた》って自《おの》ずから輪廻《りんかい》す

古きは去り、新しきが来て交代し、寒さが消え、暖かさが訪れて回りめぐり、春になった。●陳　古いこと。●逓接　交代すること。●輪廻　回りめぐること。

雀舌未經三月雨
龍芽先佔一枝春

雀舌《じゃくぜつ》未《いま》だ三月《さんがつ》の雨《あめ》を経《へ》ず
竜芽《りょうが》先《ま》ず一枝《いっし》の春《はる》を佔《し》む

上等のお茶はあとは春の雨を待つばかりで、辺り一面によく茂っている。●雀舌・竜芽　上等のお茶。

喜見玉梅辭舊臘
還期綠柳染新衣

喜《よろこ》び見《み》る玉梅《ぎょくばい》旧臘《きゅうろう》を辞《じ》すを
還《ま》た期《き》す緑柳《りょくりゅう》新衣《しんい》を染《そ》むを

美しい梅の花が年を越してもなおいっそう芳しい香りをただよわせながら咲いているのを喜んで眺めている。新年になったので柳ももうすぐみどり色の新芽を出すのを待ち望んでいる。●玉梅　美しい梅。●旧臘　去年の暮れ。臘は陰暦十二月。●新衣　仕立ておろし。

喜見紅梅多結子
笑看綠竹又生孫

喜《よろこ》び見《み》る紅梅《こうばい》多《おお》く子《み》を結《むす》ぶを
笑《わら》い看《み》る緑竹《りょくちく》又孫《またまご》を生《しょう》ずを

紅梅がたくさんの実をつけたのを喜んで見、緑竹がまた竹の子を生じさせたのを楽しく見る。

喜聞己過忠言至
愛談人非侮辱來

喜《よろこ》んで己《おのれ》の過《あやま》ちを聞《き》けば忠言《ちゅうげん》至《いた》り
愛《この》んで人《ひと》の非《ひ》を談《かた》れば侮辱《ぶじょく》来《きた》る

自分の過ちを聞く態度があれば忠告はあちこちからもたらされるし、人の欠点を盛んに語る人ははずかしめを受ける。

尋僧有意來蓮舍
送客無心過虎溪

僧《そう》を尋《たず》ぬる意《い》有《あ》って蓮舎《れんしゃ》に来《きた》り
客《きゃく》を送《おく》り心《こころ》無《な》くして虎渓《こけい》を過《す》ぐ

悟りの境地を学ぶために東林寺の慧遠《えおん》師を訪ねた。老師はわたしを送るのに心ならずも禁を破って虎渓を過ぎてしまい、大笑いしてしまった。わかり合えた結び付きをいう。●蓮舎　寺。●虎渓　江西省廬山にある川の名。「虎渓三笑」の故事がある。

就暖風光偏著柳
解寒雲影半藏梅

暖《だん》に就《つ》くの風光《ふうこう》偏《ひとえ》に柳《やなぎ》に著《つ》き
寒《かん》を解《と》くの雲影《うんえい》半《なか》ば梅《うめ》に蔵《ぞう》す

暖かくなって外を見ると柳が芽《め》吹《ぶ》きはじめており、寒さも去って梅の花も雲のかげの下で咲きはじめた。●風光　景色。

幾行樹色搖春水
一抹山光麗晩霞

幾行《いくこう》かの樹色《じゅしょく》春水《しゅんすい》を揺《ゆ》り
一抹《いちまつ》の山光《さんこう》晩霞《ばんか》麗《うら》らかなり

数列の木々の色が春の水に映《うつ》って揺れ、山全体が夕映えに染まって美しい。●一抹　ひとぬり。ひとはけ。●山光　山の色。●晩霞　夕映え。

幾點梅花添逸興
數聲鳥語助吟懷

幾点《いくてん》かの梅花《ばいか》逸興《いっきょう》を添《そ》え
数声《すうせい》の鳥《ちょう》語《ご》吟懐《ぎんかい》を助《たす》く

咲きはじめた梅の花はすぐれたおもむきを呈し、聞こえてくる鳥のさえずりは詩作をうながす。●逸興　すぐれたおもむき。●吟懐　詩作の心。

斑衣色映宮花麗
綠酒春浮化日長

斑衣色《はんいいろ》は宮花《きゅうか》に映《えい》じて麗《うるわ》しく
緑酒春《りょくしゅはる》は化日《かじつ》に浮《うか》んで長《なが》し

あや模様のきらびやかな衣服は御苑の花を映《うつ》していっそう美しく、みどり色を含んだ美酒を春の穏やかな長い日にゆったりと飲む。●斑衣　あや模様のあるきらびやかな衣服。●宮花　御苑の花。●化日　日をいう。

景協年光開柳色
風和春氣繞蘭心

景《けい》は年光《ねんこう》に協《あ》って柳色《りゅうしょく》を開《ひら》き
風《かぜ》は春気《しゅんき》に和《わ》して蘭心《らんしん》を繞《めぐ》る

春になって柳もみどり色を増し、風も穏やかに吹いて蘭の花を咲かせる。●年光・春気　ともに春をいう。●蘭心　蘭の花。

景物應時成勝概
太平有象樂時雍

景物《けいぶつ》時《とき》に応《おう》じて勝概《しょうがい》を成《な》し
太平《たいへい》象《すがた》有《あ》って時雍《じよう》を楽《たの》しむ

景色はその時に応じてすぐれたおもむきを呈し、世の中が太平になると人びとはやわらぎ楽しむ。●勝概　すぐれたおもむき。●時雍　やわらぎ楽しむこと。

晴日乍開千嶂雪
暖風先放一枝花

晴日《せいじつ》乍《たちま》ち千嶂《せんしょう》の雪《ゆき》を開《ひら》き
暖風《だんぷう》先《ま》ず一枝《いっし》の花《はな》を放《はな》つ

晴れた日はたちまちの中に多くの峰の雪を解《と》かし、暖かい風が吹いて一枝の花が咲いた。

晴光蕩漾花初醉
霽景紓徐柳正眠

晴光蕩漾《せいこうとうよう》として花初《はなはじ》めて酔《よ》い
霽景紓徐《せいけいしょじょ》として柳《やなぎ》正《まさ》に眠《ねむ》る

暖かい日の光を受けて花が咲き、晴れ渡った空のもとで柳はゆったりとしてそよともしない。●蕩漾　ただようようす。●霽景　晴れ渡った景色。●紓徐　ゆったりとしているようす。

朝中繡袞須君補
錦上奇花任爾開

朝《ちょう》中《ちゅう》の繡袞《しゅうこん》須《すべから》く君《きみ》を補《おぎな》うべく
錦上《きんじょう》の奇花《きか》爾《そ》の開《ひら》くに任《まか》す

朝の間に君のために礼服を仕立てるべく縫い立ててゆき、美しさの上にさらに美しく仕立てあげる。●繡袞　縫いとりのある礼服。●錦上奇花　「錦上添ユㇾ花ヲ」と同じ。美しい上にさらに美しさを加えること。奇花は美しい花。

朝吟暮詠文章古
口誦心維學業新

朝《あした》に吟《ぎん》じ暮《く》れに詠《えい》じて文章《ぶんしょう》古《ふ》り
口《くち》に誦《しょう》し心《こころ》に維《おも》って学業《がくぎょう》新《あら》たなり

一日中、本を読んでいると文章もすべて覚え込み、いつも勉強のことを思っていると新たな真理を獲得することができる。

爲愛清香頻入座
歡同知己細談心

清香《せいこう》を愛《あい》するが為《ため》に頻《しき》りに座《ざ》に入《い》り
歓《よろこ》んで知己《ちき》と同《とも》に細《こま》かに心《こころ》を談《だん》ず

お茶の清らかな香りを好むゆえに何度も茶屋へ通い、友だちと楽しく語り合う。●知己　友だち。●談心　心を打ち明けて話すこと。

琴瑟永諧千歳樂
芝蘭同介百年春

琴瑟《きんしつ》永《なが》く千歳《せんざい》の楽《がく》を諧《ととの》え
芝蘭《しらん》同《おな》じく百年《ひゃくねん》の春《はる》を介《たす》く

夫婦は和合して永久の音楽をかなで、子弟は仲良く生涯を春の如く友好に過ごす。●琴瑟　琴と大琴。夫婦和合のたとえ。●芝蘭　芝草と蘭草で、ともに芳香のある草。佳良な子弟のたとえ。

琴瑟和鳴榮畫錦
芝蘭香藹兆麟祥

琴瑟《きんしつ》和鳴《わめい》画錦《がきん》を栄《さか》えしめ
芝蘭《しらん》香藹《こうあい》麟祥《りんしょう》を兆《ちょう》す

夫婦が相和合して美しい錦をいくつも織り、賢い子弟は香りを放ってめでたい光を放つ。●琴瑟　琴と大琴。夫婦和合のたとえ。●和鳴　鳥が鳴き交わすこと。●画錦　美しい錦。●芝蘭　佳良な子弟のたとえ。●香藹　香りがうるおうこと。●麟祥　めでたい光。

琴瑟調和多樂事
家庭團聚溢歡聲

琴瑟《きんしつ》調和《ちょうわ》して楽事《らくじ》多《おお》く
家庭《かてい》団聚《だんしゅう》して歓声《かんせい》溢《あふ》る

夫婦が相和合して楽しいことが多く、家庭が一致団結して喜びの声に満ちあふれている。●琴瑟調和　琴と大琴。夫婦和合のたとえ。●団聚　団結すること。

畫眉筆代凌雲氣
如意人懷咏雪才

画眉《がび》の筆《ふで》は凌雲《りょううん》の気《き》に代《かわ》り
如意《にょい》の人《ひと》は咏雪《えいせつ》の才《さい》を懐《おも》う

美女の筆は雲をもしのいで自由に動き、天真らんまんな人は女性の才能の豊かさを思い浮かべる。●画眉　美女をいう。●如意　自由奔放なこと。●咏雪才　女性の才能あるをいう。晋の謝道韞《しゃどううん》の故事。

畫眉新試凌雲筆
如玉新瞻咏雪才

眉《まゆ》を画《えが》くに新《あら》たに試《こころ》みれば雲筆《うんぴつ》を凌《しの》ぎ
玉《たま》の如《ごと》きを新《あら》たに瞻《み》れば雪才《せっさい》を咏《えい》ず

新たにまゆずみを施すと美しく仕上がり、美しいと思って見るとそればかりではなく文才もある。●雲筆　美しい筆。●咏雪才　女性の才能あるをいう。晋の謝道韞《しゃどううん》の故事。

畫棟前臨楊柳石
青帘高掛杏花村

画棟前《がとうまえ》に楊柳《ようりゅう》の石《いわ》を臨《のぞ》み
青帘高《せいれんたか》く杏花《きょうか》の村《むら》に掛《かか》る

巌のそばに茂る柳の前に立派な家があり、杏《あんず》の花の咲く村に居酒屋の旗が高く掲げてある。●画棟　彩色したむなぎ。立派な家をいう。●青帘　居酒屋のしるしの旗。

筆勢染來虹氣現
硯痕乾處月輪開

筆勢《ひっせい》染《そ》め来《きた》って虹気《こうき》現《あらわ》れ
硯痕乾《けんこんかわ》く処《ところ》月輪《げつりん》開《ひら》く

筆を進めてゆくと虹のように美しい作品が仕上がり、硯の痕が乾くころになると月が昇りはじめた。●虹気　虹のような美しさ。●月輪　月。

筆墨有緣原在我
指揮如意妙宜人

筆墨縁《ひつぼくえん》有《あ》って原《もと》より我《われ》に在《あ》り
指揮意《しきい》の如《ごと》くして妙人《みょうひと》に宜《よろ》し

書には縁があったがもとをただせば自分が求めたものであり、筆を持つと意のままになり、できあがった作品は人びとをうならせる。●指揮　書画を書くこと。揮毫。

華屋常前仁壽鏡
高堂瑞發吉祥花

華屋《かおく》常《つね》に仁寿《じんじゅ》の鏡《かがみ》を前《みちび》き
高堂瑞《こうどうずい》は吉祥《きっしょう》の花《はな》を発《ひら》く

立派な宮殿にはいつも仁寿殿に置かれた鏡が世相を映《うつ》し、立派な家にはめでたいしるしの花が咲いている。●華屋　立派な宮殿。●仁寿　宮殿の名。●高堂　立派な家。●吉祥　めでたいしるし。

華堂日麗春風暖
琪樹花開彩燕飛

華堂《かどう》日《ひ》麗《うら》らかにして春風《しゅんぷう》暖《あたた》かに
琪樹《きじゅ》花《はな》開《ひら》いて彩燕《さいえん》飛《と》ぶ

立派な家にうららかな日が降り注ぎ、穏やかな春風が吹き渡る。美しい木に花が咲いてつばめが飛び交う。●華堂　立派な家。●琪樹　美しい木。

華堂耀日燕爭賀
大廈連雲鳳穩棲

華堂《かどう》日《ひ》に耀《かがや》いて燕《つばめ》争《あらそ》って賀《が》し
大廈《たいか》雲《くも》に連《つら》なって鳳《ほう》穏《おだ》やかに棲《す》む

日が輝き照らす立派な家をつばめは競い合って祝し、めでたい雲が連なる大きな家で鳳凰は安らかに棲んでいる。結婚を祝す。●華堂　立派な家。●大廈　大きな家。●鳳　鳳凰。瑞鳥。雄を鳳、雌を凰という。

菱花光映紗窗曉
竹葉香浮綉戸春

菱花《りょうか》光《ひかり》は映《えい》ず紗窓《さそう》の暁《あかつき》
竹葉香《ちくようこう》は浮《うか》ぶ綉戸《しゅうこ》の春《はる》

鏡にうす絹を張った窓から射し込む夜明けの光が美しく映《うつ》り、春になったので婦人の部屋にも祝い酒の香りがただよっている。●菱花　鏡の異名。●紗窓　うす絹を張った窓。●竹葉　酒の名。●綉戸　婦人の部屋・寝室をいう。

菽粟稲粱如水火
有無通易見權衡

菽粟稲粱《しゅくぞくとうりょう》は水火《すいか》の如《ごと》く
有無通易《うむつうえき》は権衡《けんこう》を見《み》る

穀物は日常生活に欠かせないものであり、余りあるものを無いものと交換するのはものごとがつり合う上で重要なことである。●菽粟稲粱　穀物をいう。●如水火　日常欠かせないもの。●有無通易　余りあるものを無いものと交換すること。●権衡　はかりのおもりとさお。ものごとのつり合いをいう。

逸情老我書千巻
淡意可人梅一窗

逸情《いつじょう》我《われ》を老《いた》わる書千巻《しょせんかん》
淡意《たんい》人《ひと》に可《か》なり梅一窓《うめいっそう》

隠居したわたしの心を慰めてくれるのは千巻もある書籍である。窓のそばの梅の花は人の心を清らかにしてくれる。●逸情　世俗を離れた心情。●淡意　清らかな心。

閑庭草色迷三徑
深院書聲醉六經

閑庭《かんてい》の草色《そうしょく》三径《さんけい》に迷《まよ》い
深院《しんいん》の書声《しょせい》六経《りくけい》に酔《よ》う

静かな庭の草の色は三つの小道にはびこり、寺院の奥深いところから聞こえてくる読書の声は『六経』を高らかに詠じている。●三径　三つの小道。漢の蔣詡《しょうく》が庭に三つの小道をつくり、松・菊・竹を植えた故事。●深院　寺院の奥深いところ。●書声　書を読む声。●六経　儒学の基本となる六種の書籍。『易経』『詩経』『書経』『春秋』『礼記』『楽経』。

閑窗聽雨添書潤
小閣看雲助客吟

閑窓《かんそう》雨《あめ》を聴《き》いて書《しょ》の潤《うるお》いを添《そ》え
小閣《しょうかく》雲《くも》を看《み》て客《きゃく》の吟《ぎん》を助《たす》く

静かな窓辺で雨の音を聞いていると書した作品にうるおいが添えられるようであり、小さな高殿で雲を見ながら客人の吟に合わせてうたう。●小閣　小さい高殿。

閒看秋水心無事
長揖豐年貴有餘

間《かん》に秋水《しゅうすい》を看《み》て心事《こころこと》無《な》く
長《なが》く豊年《ほうねん》を揖《いの》って貴《たっと》きこと余《あま》り有《あ》り

静かに秋の川の流れを眺めていると心は安まり、春から豊年を祈ってきたが大豊作となった。

間情碧滿春三徑
幽意清宜月一窗

間情碧《かんじょうへき》は満《み》つ春三径《はるさんけい》
幽意清《ゆういせい》は宜《よろ》し月一窓《つきいっそう》

風雅な心は春のみどり成す庭園に満ちており、もの静かな心は月が清らかな光を窓に注ぐことでうれしくなる。●間情　風雅な心。●三径　庭の三つの小道。漢の蔣詡《しょうく》が庭に三径をつくり、松・菊・竹を植えた故事。●幽意　もの静かな心。

陽和先到圖書府
春色偏且翰墨家

陽和《ようわ》先《ま》ず図書《としょ》の府《ふ》に到《いた》り
春色《しゅんしょく》偏《ひとえ》に翰墨《かんぼく》の家《いえ》に且《ゆ》く

のどかな春の気はまず学者の家に至り、春らしさはいちずに書家の家に向かう。●陽和　のどかな春の気候。●図書府　学者の家。●翰墨家　書家の家。

階前春色濃如許
戶外風光翠欲流

階前《かいぜん》の春色《しゅんしょく》濃《こ》きこと許《か》くの如《ごと》く
戸外《こがい》の風光《ふうこう》翠《みどり》流《なが》れんと欲《ほっ》す

階段の前の春景色は春たけなわそのものであり、家の外の眺めはみどり色であふれている。●風光　景色。眺め。

階除曉入風雲氣
戶牖春生翰墨香

階除《かいじょ》暁《あかつき》は風雲《ふううん》の気《き》を入《い》れ
戸牖《こゆう》春《はる》は翰墨《かんぼく》の香《こう》を生《しょう》ず

夜明けの階段には勢いの盛んな気が満ちあふれ、春の窓からは墨の芳しい香りが流れてくる。●階除　階段。●風雲気　勢いの盛んな気。●戸牖　窓。●翰墨香　筆墨の香り。字を書し、絵を描く墨の香り。

雁塔題名堪獨歩
龍門燒尾冠羣英

雁塔《がんとう》名《な》を題《だい》して独歩《どくほ》に堪《た》え
竜門《りょうもん》尾《お》を焼《や》いて群英《ぐんえい》に冠《かん》たり

試験場に名を連ねてただ独《ひと》りで臨み、試験に合格して多くのすぐれた人の中の筆頭に立った。●雁塔　陝西省長安にあった試験場。●竜門焼尾　昔、試験に合格した時の宴会で鳳凰の尾を焼いた故事による。

雲中翠黛修眉好
樹裏清波提甕宜

雲中《うんちゅう》の翠黛《すいたい》修眉《しゅうび》に好《よ》く
樹裏《じゅり》の清波《せいは》提甕《ていおう》に宜《よろ》し

雲のかかった遠山のようすは化粧するのに役立ち、林の木々の枝が揺れる清らかな波のようすは婦人の働く姿に似ている。●翠黛　遠山のようす。●修眉　化粧。●清波　清らかな波。●提甕　婦人の勤労。

雲烟落紙光華耀
蘭麝薫人氣味馨

雲烟紙《うんえんかみ》に落《お》ちて光華《こうか》耀《かがや》き
蘭麝人《らんじゃひと》に薫《かお》って気味《きみ》馨《かお》る

この墨を用いて筆を進めてゆくとよい作品が生まれ、墨の香りは人をもつつんで気持ちまで豊かになる。●雲烟・蘭麝　墨の名。烟は煙に同じ。●光華　光。●気味　おもむき。気持ち。

雲開日月臨青瑣
風捲煙霞上紫微

雲開《くもひら》いて日月《じつげつ》青瑣《せいさ》に臨《のぞ》み
風《かぜ》捲《ま》いて煙霞《えんか》紫微《しび》に上《のぼ》る

雲が流れゆくと日と月は王宮の門を照らし、風が吹くともやかすみは王宮をおおい尽くす。●青瑣　漢の宮門。●煙霞　もやかすみ。●紫微　星の名にして、天帝の居るところ。王宮。

雲裏帝城雙鳳闕
雨中春樹萬人家

雲裏《うんり》の帝城《ていじょう》双鳳《そうほう》の闕《けつ》
雨中《うちゅう》の春樹《しゅんじゅ》万人《ばんじん》の家《いえ》

二羽の鳳凰《ほうおう》の飾りを施した門を持つ宮城は雲の中に届かんばかりにそびえ立ち、雨のそぼ降る春の木に囲まれて多くの家がある。●帝城　宮城。皇居。●双鳳闕　二羽の鳳凰の飾りをつけた門。

雲影天光千古秀
花香鳥語四時春

雲影《うんえい》天光《てんこう》千古《せんこ》に秀《ひい》で
花《か》香《こう》鳥《ちょう》語《ご》四時《しじ》春《はる》なり

雲のかげも日の光も遠い後世まで輝き、花の香りも鳥のさえずりもいつも変わらず春を思わせる。●千古　遠い後世。●四時　四季をいう。

黄巻琅函二酉
青篇竹簡集三墳

黄巻琅函《こうかんろうかん》二酉《にゆう》に蔵《ぞう》し
青篇竹簡《せいへんちくかん》三墳《さんぷん》に集《あつ》む

多くのあらゆる書籍は二酉山に納められているが如くに蔵しており、名高い巻物や古書類もその中に含まれている。●黄巻・琅函・青篇　書籍をいう。●二酉　湖南省阮陵県にある大酉山と小酉山をいう。石穴があり、書籍千巻を蔵すという。●竹簡　巻物をいう。●三墳　古書をいう。

黄庭閑誦松窗靜
白鶴時行花徑幽

黄庭《こうてい》閑《しず》かに誦《じゅ》せば松窓《しょうそう》静《しず》かに
白鶴《はくかく》時《とき》に行《ゆ》けば花径《かけい》幽《ゆう》なり

松の木のさしかかった窓辺で静かに『黄庭経』を読む。時に外を見ると白い鶴が花咲く小道をゆっくりと歩いてゆく。●黄庭　『黄庭経』。道士の読む経文。●花径　花咲く小道。

黄庭讀罷神明察
白鹿乘來骨格清

黄庭《こうてい》を読《よ》み罷《や》んで神明《しんめい》を察《さっ》し
白鹿《はくろく》に乗《じょう》じ来《きた》って骨格《こっかく》清《きよ》し

『黄庭経』を読み終えて神の存在を心に記し、瑞兆のしるしと言われる白い鹿に乗って行くと身心ともに清らかである。●黄庭　『黄庭経』。道士の読む経文。●神明　知の明々たる神。●骨格　身体。

黄道安門添百福
紫微當戸納千祥

黄道門《こうどうもん》を安《やす》んじ百福《ひゃくふく》を添《そ》え
紫微戸《しびこ》に当《あた》り千祥《せんしょう》を納《おさ》む

吉日は門を閉ざして家族団らんを楽しみ、恵み深い紫微星は家に光を降り注いで多くの幸いをもたらしてくれる。●黄道　吉日。●百福・千祥　多くの幸い。●紫微　めでたい星の名。

傳家有道惟存厚
處世無奇但率眞

家《いえ》に伝《つた》うるに道有《みちあ》って惟厚《ただこう》を存《そん》すのみ
世《よ》に処《しょ》するに奇無《きな》くして但真《ただしん》を率《たも》つのみ

代々家に伝わるのは、親切を以て生きよということ。世渡りに必要なのは奇をてらうことではなく、真面目《まじめ》さである。

勤儉持家終有益
艱辛積學不爲名

勤倹家《きんけんいえ》を持《じ》すれば終《つい》に益有《えきあ》り
艱辛学《かんしんがく》を積《つ》むは名《な》の為《ため》ならず

つとめ励んで倹約して一家をなせば幸いはついてくるものであり、苦労して学問することは自分のためである。●勤倹　勤勉と倹約。●艱辛　苦しむこと。

園林桃李爭春暖
嶺徑松筠耐歲寒

園林《えんりん》の桃李《とうり》春暖《しゅんだん》に争《あらそ》い
嶺径《れいけい》の松筠《しょういん》歳寒《さいかん》に耐《た》ゆ

庭園の林の桃とすももは春の暖かさに競って花を咲かせ、山の小道のそばに続く松と竹は寒さの中で高くそびえている。●嶺径　山の小道。●松筠　松と竹。●歳寒　寒い季節。

意靜不隨流水貌
心閑還笑白雲忙

意《こころ》静《しず》かにして流水《りゅうすい》の貌《かたち》に随《したが》わず
心《こころ》閑《しず》かにして還《また》白雲《はくうん》の忙《いそが》わしきを笑《わら》う

心が静かでさえあれば、流れる水のようすや忙しく飛び交う白雲の動きも気にならない。悟りの境地をいう。

愛竹不鋤當路筍
惜花常護入簾枝

竹《たけ》を愛《あい》して鋤《す》かず路《みち》に当《あた》るの筍《じゅん》
花《はな》を惜《お》しんで常《つね》に護《まも》る簾《れん》に入《い》るの枝《えだ》

竹が好きなので道端に生えた竹の子も伸びるにまかせている。花が好きなのですだれ越しに伸びてきた枝もたいせつにしている。●筍　竹の子。●簾　すだれ。

愛客常開新釀酒
呼童時展舊家書

客《きゃく》を愛《あい》して常《つね》に開《ひら》く新醸《しんじょう》の酒《さけ》
童《どう》を呼《よ》んで時《とき》に展《の》ぶ旧家《きゅうか》の書《しょ》

お客が来るたびに新酒を酌《く》み交《か》わして語り合い、時おり、子供と一緒に古くから伝わる家にある書籍を読む。

搖來月影如規照
招得風光撲面生

揺《ゆ》り来《きた》る月影《げつえい》規《き》照《しょう》の如《ごと》く
招《まね》き得《え》たる風光面生《ふうこうめんせい》を撲《う》つ

月の光は揺れ動いてわたしを照らし、すばらしい景色が眼前に広がる。●規照　月が照ること。●風光　景色。●面生　顔。

新添水檻供垂釣
靜借花籌記讀書

新《あら》たに水檻《すいかん》を添《そ》えて垂釣《すいちょう》に供《きょう》し
静《しず》かに花籌《かちゅう》を借《か》りて読書《どくしょ》を記《き》す

新たに水のほとりに手すりを設けて魚釣りを楽しみ、静かに花のしおりを取って読みさしのページにはさむ。●水檻　水のほとりの手すり。●垂釣　釣り糸を垂れること。●花籌　花のしおり。

新蒲細柳皆春色
小巷閑門是隱居

新蒲《しんぽ》の細柳《さいりゅう》皆《みな》春色《しゅんしょく》
小巷《しょうこう》の閑門《かんもん》是《これ》隠居《いんきょ》

新しく芽を出した細々としたかわ柳はすべて春を告げており、路地《ろじ》の静かな門は隠居人の家である。●新蒲　新しく芽を出したかわ柳。●小巷　小さなちまた。路地裏。●閑門　静かな門。

暖日映山調元氣
東風舞樹入殘寒

暖日《だんじつ》山《やま》に映《えい》じて元気《げんき》を調《ととの》え
東風《とうふう》樹《じゅ》に舞《ま》って残寒《ざんかん》に入《い》る

暖かい日が照ると山は生き生きと輝き、春風が木々を吹いて寒さもうすらぐ。●東風　春風。

椿花萱蕚聯枝茂
桂子蘭芽繞砌香

椿《ちん》花《か》萱《けん》蕚《がく》枝《えだ》を聯《つら》ねて茂《しげ》り
桂《けい》子《し》蘭《らん》芽《が》砌《せい》を繞《めぐ》って香《かんば》し

椿の花や忘れ草のつぼみが枝々に咲き誇り、桂の実や蘭の芽が石だたみをめぐって芳しく香る。夫婦和合、子孫繁栄の形容。●椿花萱蕚　夫婦和合のたとえ。●桂子蘭芽　子孫繁栄のたとえ。

椿萱日月風光好
蘭桂春秋景色多

椿萱《ちんけん》の日月《じつげつ》風光《ふうこう》好《よ》く
蘭桂《らんけい》の春　秋《しゅんじゅう》景　色《けいしょく》多《おお》し

椿と忘れ草、蘭と桂のよく茂った景色の年月はすばらしい。一家団らんのこと。●椿萱　父母にたとえる。●日月・春秋　年月のこと。●蘭桂　子孫の繁栄にたとえる。

楊柳枝頭洒法雨
蓮花座上涌慈雲

楊　柳《ようりゅう》枝　頭《しとう》法　雨《ほうう》洒《そそ》ぎ
蓮　花《れんげ》座　上《ざじょう》慈　雲《じうん》涌《わ》く

柳の枝にうるおいの雨が降り注ぎ、はすの花の仏座には恵みの雲が沸《わ》き上がる。恵みがあまねく行き渡ることをいう。●楊柳　柳。●法雨　雨が万物をうるおすように恵みを人に及ぼすこと。●蓮花座　仏座。●慈雲　恵みがあまねく及ぶことを、雲が空一面をおおうのにたとえる。

楓葉不知氈共冷
梅開早覺筆生春

楓葉《ふうよう》は知《し》らず氈共《せんとも》に冷《ひや》やかなるを
梅開《うめひら》いて早《つと》に覚《おぼ》ゆ筆春《ふではる》を生《しょう》ずを

かえでの葉はまだ毛氈を用いねばならない寒さを知らない。梅の花が咲いて春の訪れたことを早く知らさねばと思う。●氈　毛氈。

業隆有似三春景
人瑞先徴五色雲

業隆《ぎょうりゅう》三春《さんしゅん》の景《けい》に似《に》たる有《あ》り
人瑞《じんずい》先《ま》ず五色《ごしょく》の雲《くも》に徴《あらわ》る

家業の盛んなることは春の景色に似ており、人のめでたさはまず五色の雲があらわれることによる。●業隆　家業の盛んなこと。●三春　春三か月。●人瑞　人事上のめでたいしるし。

滄海月明珠献彩
藍田日暖玉生香

滄海《そうかい》月明《つきあき》らかにして珠《たま》彩《いろど》りを献《けん》じ
藍田《らんでん》日《ひ》暖《あたた》かにして玉香《たまこう》を生《しょう》ず

渤海《ぼっかい》に月は明るく照って玉は美しく輝き、藍田に日は暖かく降り注いで玉は芳しい香りを放つ。男子誕生をいう。●滄海　青海原。渤海をいう。●藍田　地名。陝西省藍田県。美玉の産地。

照我玉山裴叔則
濯人秋月李延年

我《われ》を照《てら》すの玉山《ぎょくざん》裴叔則《はいしゅくそく》
人《ひと》を濯《あら》うの秋月《しゅうげつ》李延年《りえんねん》

わたしは清廉潔白な裴叔則や李延年のような人になりたいと、いつも思っている。●玉山・秋月　清らかなたとえ。●裴叔則・李延年　ともに清廉潔白を以て名高い人。

瑞日一輪春藉色
和風百道物維新

瑞日一輪《ずいじついちりん》春色《はるいろ》を藉《し》き
和風百道《わふうひゃくどう》物新《ものしん》を維《つな》ぐ

めでたい日に一輪の花が咲いて春の訪れを告げ、のどかなそよ風が辺り一面に吹いてすべてのものが新鮮になった。

瑞日芝蘭光甲第
春風棠棣振家聲

瑞日《ずいじつ》芝蘭《しらん》甲第《こうだい》に光《ひか》り
春風《しゅんぷう》棠棣《とうてい》家声《かせい》を振《ふる》う

めでたい日、多くの子弟は立派な屋敷に光り輝き、春風がそよ吹いて兄弟は家の名誉を盛んにする。●瑞日　めでたい日。●芝蘭　善良な子弟。●甲第　立派な邸宅。●棠棣　兄弟のたとえ。●家声　家のほまれ。

瑞日祥雲彌宇宙
春風和氣滿乾坤

瑞日《ずいじつ》祥雲《しょううん》宇宙《うちゅう》に弥《み》ち
春風《しゅんぷう》和気《わき》乾坤《けんこん》に満《み》つ

めでたい日の光と雲が宇宙に満ち、春風と穏やかな気が天地に満ちている。●乾坤　天地。

瑞色涵春瞻紫氣
祥光曙日藹丹墀

瑞色《ずいしょく》春《はる》を涵《うるお》して紫気《しき》を瞻《み》
祥光《しょうこう》曙日《しょじつ》丹墀《たんち》を藹《うるお》す

めでたい色に満ちて春らんまんであり、朝日の輝く光が宮城の石段を照らす。●紫気　むらさき色の雲気。●丹墀　宮城の石段。

瑞應寶婺離雙闕
喜見仙娥墜九天

瑞《ずい》は宝婺《ほうぶ》に応《おう》じて双闕《そうけつ》を離《はな》れ
喜《よろこ》びは仙娥《せんが》を見《み》て九天《きゅうてん》に墜《お》つ

めでたさは婺女星の輝きに従って宮城から移り、喜びは美女の誕生で大空いっぱいに広がる。●宝婺　星の名。婺女星。●双闕　宮城。●仙娥　美女。●九天　大空。

瑞露新滋三秀草
祥雲常護九如松

瑞露《ずいろ》新《あら》たに滋《しげ》し三秀《さんしゅう》の草《くさ》
祥雲《しょううん》常《つね》に護《まも》る九如《きゅうじょ》の松《まつ》

めでたい露が降りて霊草が盛んに茂る。めでたい雲はいつでも幸いをもたらす松をおおっている。●三秀草　霊草。仙草。●九如松　祝いの松。幸いをもたらす松。

瓶梅蕊放香盈屋
岸柳春濃汁染衣

瓶梅蕊《へいばいずい》放《はな》って香屋《こうおく》に盈《み》ち
岸柳《がんりゅう》春《はる》濃《こま》やかにして汁衣《しるい》を染《そ》む

びんに挿した梅の花が芳しい香りを放って家の中いっぱいにただよい、春もたけなわで岸の柳の枝の汁が衣服を染める。

當年岐秀曾歌麥
今日堆積似出雲

当年《とうねん》の岐《き》秀《しゅう》は曾《かつ》て麦《むぎ》を歌《うた》い
今日《こんにち》の堆積《たいせき》は雲《くも》を出《い》ずるに似《に》たり

雲が沸《わ》き出るように積み重ねてある倉庫の穀物は、去年に歌をうたいながら麦踏みをした結果である。●当年　昔年。その当時。●岐秀　秀でること。

綉幕春晴珠耀彩
蘭房日暖玉生輝

綉幕《しゅうばく》春《はる》晴《は》れて珠《たま》彩《いろど》りを耀《かがや》かせ
蘭房《らんぼう》日《ひ》暖《あたた》かにして玉《たま》輝《かがや》きを生《しょう》ず

晴れた春の日光を浴びてぬいとりしたとばりは美しい玉のように輝き、暖かい日につつまれた婦人の寝室は美しい玉のように光り輝いている。●綉幕　ぬいとりしたとばり。●蘭房　婦人の美しい寝室。

萬里和風生柳葉
五陵春色泛桃花

万里《ばんり》の和風《わふう》柳葉《りゅうよう》を生《しょう》じ
五陵《ごりょう》の春色《しゅんしょく》桃花《とうか》を泛《うか》ぶ

はるかかなたから吹いてくるそよ風は柳を芽吹《めぶ》かせ、五陵の地の春景色は桃の花で象徴される。●和風　そよ風。●五陵　陝西省五陵付近の地。

萬里陽和春有脚
一年光景月當頭

万里《ばんり》の陽和《ようわ》春脚《はるきやく》有《あ》り
一年《いちねん》の光景《こうけい》月頭《つきこうべ》に当《あ》り

見渡す限りのどかな春が訪れ、やがて明月が輝く秋となる。●陽和　のどかな春の季節。●月当頭　秋になることをいう。

萬法皆空歸性海
一塵不染證禪心

万法皆空《まんぼうみなむな》しく性海《しょうかい》に帰《かえ》り
一塵《いちじん》染《そ》まず禅心《ぜんしん》を証《しょう》す

あらゆるものはすべて絶対平等の悟りの大海に帰るものであり、一点の煩悩も汚れもなく自分もまた悟りを開いた。●万法　あわゆる存在。●性海　平等一如の悟りの大海。●一塵不染　一点の煩悩も汚れもないこと。●禅心　悟りを開いた心。

萬國雲霞開錦綉
三春花柳煥文章

万国《ばんこく》の雲霞《うんか》錦綉《きんしゅう》を開《ひら》き
三春《さんしゅん》の花柳《かりゅう》文章《ぶんしょう》を煥《かがや》かす

あらゆる国が美しい雲とかすみでおおわれ、春の花や柳ははなやかな色を呈して輝く。●錦綉　錦とぬいとり。●文章　あや。模様。彩り。

萬象回春沾雨露
五雲捧日燦烟霞

万象《ばんしょう》春《はる》に回《かえ》って雨露《うろ》に沾《うるお》い
五雲《ごうん》日《ひ》を捧《ささ》げて烟霞《えんか》を燦《あき》らかにす

春になるとあらゆるものが大きな恵みで生き生きとし、五色の雲の間から日は輝いて山河を美しく照らす。●雨露　大きな恵みをいう。●烟霞　山河の景色をいう。烟は煙に同じ。

解趣鸝黄頻送韻
知情緑柳漸拖絲

趣《おもむき》を解《かい》するの鸝黄《りこう》頻《しき》りに韻《いん》を送《おく》り
情《こころ》を知《し》るの緑柳《りょくりゅう》漸《ようや》く糸《いと》を拖《はな》つ

春の訪れとともにうぐいすは盛んにさえずっておもむきを添え、みどり色の柳の枝がようやく垂れてきた。●鸝黄　うぐいす。●韻　鳴き声。

過戸清風爲益友
入庭明月是相知

戸《こ》を過《す》ぐるの清風《せいふう》益友《えきゆう》と為《な》り
庭《にわ》に入《い》るの明月《めいげつ》是《これ》相知《あいし》る

家に吹き寄せる清らかな風は仲の良い友だちであり、庭を照らす明月は心からの知り合いである。

飲來佳味分三雅
醉後狂歌驚四筵

飲《の》み来《きた》れば佳味《かみ》三雅《さんが》を分《わか》ち
酔後《すいご》の狂歌《きょうか》四筵《しえん》を驚《おどろ》かす

酒を飲みに来てあまりのおいしさに大・中・小の杯で三杯も飲み、酔った後にたわむれに歌をうたうと店中のお客が驚いた。●佳味　美味。●三雅　大・中・小の三つの杯。伯・仲・季雅という。●狂歌　たわむれにうたう歌。●四筵　座席いっぱい。満座。一座。

槐庭長發恒春草
蘭畹聯開稱意花

槐庭《かいてい》長《とこしえ》に恒春《こうしゅん》の草《くさ》を発《はっ》し
蘭畹《らんえん》聯《つら》なって称意《しょうい》の花《はな》を開《ひら》く

えんじゅの木の生えた朝廷の庭には恒春の草が生え、蘭を植えた畑には称意の花が咲き連なっている。●槐庭　朝廷のえんじゅを植えたところ。●恒春草　草の名。●蘭畹　蘭を植えた畑。●称意花　花の名。

滴露研硃晨點易
垂簾掃地晝焚香

露《つゆ》を滴《したた》らせ硃《しゅ》を研《す》って晨《あした》易《えき》に点《てん》じ
簾《れん》を垂《た》れ地《ち》を掃《は》いて昼《ひる》香《こう》を焚《た》く

硯に水を入れて朱墨をすって朝に『易経』に句点を打ち、すだれを下ろし地面を掃き清めて昼に香を焚く。●硃　朱に同じ。●易　『易経』。●簾　すだれ。

滿天星斗明如畫
一曲陽春夜不寒

満天《まんてん》の星斗《せいと》明《あか》るきこと画《が》の如《ごと》く
一曲《いっきょく》の陽春《ようしゅん》夜《よる》寒《さむ》からず

空いっぱいの星は絵のように輝き、高尚な「陽春の曲」が流れて夜も暖かい。●星斗　星。●陽春　高尚な歌曲の名。

滿地雪山皆幻景
數椽房屋得安居

満地《まんち》の雪山《せつざん》皆《みな》幻景《げんえい》
数椽《すうてん》の房屋《ぼうおく》安居《あんきょ》を得《え》たり

辺りに見える雪の積もった山はすべて幻であり、あちこちの家は安らかに暮らしている。●幻景　幻の景色。●数椽　数軒の家。●房屋　家。●安居　安らかに暮らすこと。

満庭詩景飄紅葉
五色雲霞堆畫梁

満庭《まんてい》の詩景紅葉《しけいこうよう》を飄《ひるがえ》し
五色《ごしょく》の雲霞画梁《うんかがりょう》に堆《うずたか》し

庭いっぱいの風雅な景色の中に紅葉がひるがえっていっそうのおもむきを添え、五色のめでたい雲とかすみが美しく彩色したうつばりをおおっている。●画梁　美しく彩色したうつばり。

満壁香烟籠寶鼎
一簾花雨讀南華

満壁《まんぺき》の香烟宝鼎《こうえんほうてい》を籠《こ》め
一簾《いちれん》の花雨《かう》南華《なんか》を読《よ》む

部屋いっぱいに立ちこめた香の煙が立派なかなえをおおい、雨が降るように散る花をすだれ越しに見ながら『南華経』を読む。●満壁　壁いっぱい。●香烟　香を焚く煙。烟は煙に同じ。●宝鼎　立派なかなえ。●一簾　すだれ。●花雨　雨のように降る花。●南華　『南華経』。『荘子』の書の別名。

瑤草琪花仙子宅
暖風晴日野人家

瑶草琪花《ようそうきか》仙子《せんし》の宅《たく》
暖風晴日《だんぷうせいじつ》野人《やじん》の家《いえ》

仙人の家は美しい草と花に囲まれており、庶民の家は暖かい風と晴れた日のもとにある。●瑶草琪花　仙境にあるという美しい草と花。●仙子　仙人。●野人　一般の人。庶民。

瑤階蘭桂春秋茂
玉砌椿萱雨露深

瑶階《ようかい》の蘭桂《らんけい》春《しゅん》秋《じゅう》茂《しげ》く
玉砌《ぎょくせい》の椿萱《ちんけん》雨露《うろ》深《ふか》し

美しい階段のそばの蘭と桂は春も秋もよく茂り、玉の石だたみ近くの椿と忘れ草も雨と露を受けてよく茂っている。●瑶階　美しい階段。●玉砌　玉の石ただみ。●椿萱　椿と忘れ草。

碧天瑞靄千門暁
玉檻春香九陌情

碧天《へきてん》の瑞靄《ずいあい》千門《せんもん》の暁《あかつき》
玉檻《ぎょくかん》の春香《しゅんこう》九陌《きゅうはく》の情《じょう》

明け方の青空に立ちこめためでたいもやは多くの家々をおおっている。玉をちりばめた欄干からただよう春の芳しい香りは都の大通りをも敷き詰める。●碧天　青空。●瑞靄　めでたいもや。●玉檻　玉をちりばめた欄干。●九陌　都の大通り。

碧水翠燈南海月
祇園秀挺普陀巖

碧水翠灯南海《へきすいすいとうなんかい》の月《つき》
祇園《ぎおん》秀挺《しゅうてい》普陀《ふだ》の巌《いわ》

南海の地を照らす月はみどり色の水に映《うつ》るみどり色の灯火のようである。普陀巌山には寺が高くそびえている。●碧水　みどり色の水。●翠灯　みどり色の灯火●南海　広東省にある地名。●祇園　広く寺をいう。●秀挺　すぐれてぬきんでること。●普陀　広東省にある普陀巌山。

碧桃含笑籠珠箔
丹桂飄香出廣寒

碧桃《へきとう》笑《え》みを含《ふく》んで珠箔《しゅはく》に籠《こ》め
丹桂香《たんけいこう》を飄《ひるがえ》して広寒《こうかん》を出《い》ず

碧桃はほほえんで婦人の部屋に立ちこめ、丹桂の香りは部屋にただよってからなおもひるがえり流れてゆく。●碧桃　桃の一種。千葉桃。●珠箔　玉のすだれ。婦人の部屋・寝室をいう。●丹桂　桂の一種。月中にあるという。●広寒　月中殿。婦人の部屋・寝室をいう。

碧桃春結三千歳
丹桂秋芳萬里程

碧桃春《へきとうはる》は三千歳《さんぜんさい》を結《むす》び
丹桂秋《たんけいあき》は万里《ばんり》の程《てい》に芳《かお》る

めでたい象徴の碧桃が春に実をつけ、月中にあるという丹桂が秋に万里の遠くまで芳しく香る。●碧桃　桃の一種。千葉桃。●丹桂　桂の一種。月中にあるという。

福祿人家生貴子
陰功門弟產麟兒

福禄《ふくろく》の人家《じんか》貴子《きし》を生《しょう》じ
陰功《いんこう》の門弟麟児《もんていりんじ》を産《さん》ず

幸い多い人の家には立派な子が生まれ、隠れた善行を施した門下生にはすぐれた子が生まれる。●福禄　幸い。●貴子　貴い子。●陰功　人に隠れた善行。●麟児　きりん児。神童。

種玉有縁堪引鳳
射屏得偶喜乘龍

種玉縁《しゅぎょくえん》有《あ》って鳳《ほう》を引《ひ》くに堪《た》え
射屏偶《しゃへいぐう》を得《え》て竜《りょう》に乗《じょう》ずるを喜《よろこ》ぶ

婚姻の縁は鳳凰の飛んでくるのを待つようなもので、結婚は相手を得て竜に乗って天に昇るほど喜ばしいことである。●種玉縁　婚姻の縁。漢の羊公の故事。●射屏　屏風に描かれた孔雀を射ることで結婚を願うこと。唐の高祖の故事。●偶　相手。仲間。

種成彭澤千門柳
開遍河陽一縣花

種《う》え成《な》す彭沢千門《ほうたくせんもん》の柳《やなぎ》
開《ひら》き遍《あまね》し河陽一県《かよういっけん》の花《はな》

彭沢の多くの家の門前には陶淵明にちなんで柳が盛んに育ち、河陽の県一帯は潘岳が植えさせた桃とすももの花が満開である。●彭沢　江西省湖口県にある地名。晋の陶淵明が県城をおいたところ。●河陽一県花　河陽は河南省にある地名。花県といい、晋の潘岳が知事となり、全県に命じて桃とすももを植えさせた。

箕裘世業輝金屋
鍾鼎家聲振玉堂

箕裘《ききゅう》の世業金屋《せいぎょうきんおく》に輝《かがや》き
鍾鼎《しょうてい》の家声玉堂《かせいぎょくどう》に振《ふる》う

父祖から受け継いだ仕事と由緒《ゆいしょ》ある家柄は、この立派な家のほまれである。●箕裘世業　父祖からの仕事。●鍾鼎家声　由緒ある家柄のほまれ。●金屋・玉堂　立派な家。

綠窗待月春調瑟
紅袖添香夜讀書

緑窓《りょくそう》月《つき》を待《ま》って春瑟《はるしつ》を調《ととの》え
紅袖《こうしゅう》香《こう》を添《そ》えて夜書《よるしょ》を読《よ》む

婦人は春の月の出を待って琴を弾きはじめ、また、紅《くれない》色の袖に香をしたたらせて読書する。●緑窓　婦人の部屋の窓。

綠楊陰裡鶯初囀
紅杏枝頭蝶欲飛

緑楊陰裡《りょくよういんり》鶯《うぐいす》初《はじ》めて囀《さえず》り
紅杏枝頭《こうきょうしとう》蝶《ちょう》飛《と》ばんと欲《ほっ》す

みどり色に茂った柳の木でうぐいすがはじめてさえずり、紅《くれない》色の杏《あんず》の木の枝から蝶が飛び立とうとしている。●緑楊　みどり色の柳。

綵衣歳進長庚酒
琪樹春生太乙花

綵衣《さいい》歳《とし》に長庚《ちょうこう》の酒《さけ》を進《すす》め
琪樹《きじゅ》春《はる》に太乙《たいいつ》の花《はな》を生《しょう》ず

正月に晴れ着を着て長生きの酒を進め、玉のように美しい木は春に太乙星のような輝かしい花を咲かせた。●綵衣　美しい衣服。●琪樹　美しい木。

蒼茫青草迷荒徑
潔白冰操對碧空

蒼茫《そうぼう》たる青草荒径《せいそうこうけい》に迷《まよ》い
潔白《けっぱく》たる氷操碧空《ひょうそうへきくう》に対《たい》す

青々として広い草原で小道がわからなくなり、清い心で堅固な節操を以て青空を眺める。●蒼茫　青々として広いようす。●荒径　荒れた小道。●潔白　清い心。●氷操　節操の堅固なこと。●碧空　青空。

遥聞爆竹知更歳
偶見梅花覺已春

遥《はる》かに爆竹《ばくちく》を聞《き》いて歳《とし》の更《あらた》まるを知《し》り
偶《たまたま》梅花《ばいか》を見《み》て已《すで》に春《はる》なるを覚《おぼ》ゆ

遠くに鳴りひびく爆竹を聞いて新年を知り、ふと梅の花の咲いたのを見て春になったことを知った。

銀花火樹開佳節
紫氣丹光擁玉臺

銀花火樹《ぎんかかじゅ》佳節《かせつ》を開《ひら》き
紫気丹光《しきたんこう》玉台《ぎょくだい》を擁《よう》す

今日は祝日でどこの家も灯火が明るく輝き、むらさき色の雲や赤い光が美しい高殿をおおっている。●銀花火樹　灯火の光の盛んなこと。●佳節　めでたい日。●紫気丹光　むらさき色の雲と赤い光。●玉台　玉で飾った高殿。

閣外常聽鶯細語
簾前毎看燕齊飛

閣外《かくがい》常《つね》に鶯《うぐいす》の細語《さいご》を聴《き》き
簾前《れんぜん》毎《つね》に燕《つばめ》の斉飛《せいひ》を看《み》る

高殿の周囲ではいつもうぐいすがさえずっており、すだれ越しにはつばめが群れ飛んでいる。●簾前　すだれの前。

鳳凰麒麟在郊藪
珊瑚玉樹交枝柯

鳳凰麒麟《ほうおうきりん》郊藪《こうす》に在《あ》り
珊瑚《さんご》玉樹《ぎょくじゅ》枝柯《しか》を交《まじ》ゆ

鳳凰もきりんも郊外の草むらにおり、さんごの美しい木は枝を交えている。夫婦仲がよく、子孫繁栄をいう。●鳳凰麒麟　瑞鳥とめでたい動物。●郊藪　郊外の草むら。●珊瑚玉樹　さんごの美しい木。●枝柯　枝。

齊家典型存三禮
經國文章本二南

斉《せい》家《か》の典型三礼《てんけいさんれい》に存《そん》し
経国《けいこく》の文章《ぶんしょう》二南《になん》を本《もと》とす

一家をととのえ治めるには「三礼」を基本にすればよいし、国をととのえ治めるには「二南」をよりどころにすればよい。●三礼 『儀礼』『周礼』『礼記《らいき》』●二南 『詩経』の国風編の周南と召南。

劍光寒擁千峯雪
蜃氣晴蒸萬壑濤

剣光《けんこう》寒《さむ》くして千峰《せんぽう》の雪《ゆき》を擁《よう》し
蜃気《しんき》晴《は》れて万壑《ばんがく》の濤《なみ》を蒸《む》す

剣のような冷たい光が多くの峰の雪を照らし、蜃気楼が出て多くの谷は大波が揺れているように見える。●蜃気 蜃気楼。●万壑 多くの谷。

廣寒宮裡花如錦
仙子臨凡下玉堦

広寒宮裡花《こうかんきゅうりはな》錦《にしき》の如《ごと》く
仙子凡下《せんしぼんげ》の玉堦《ぎょくかい》に臨《のぞ》む

月中の宮殿は美しい花でおおわれ、仙女の嫦娥が庶民の美しいきざはしに舞い降りてくる。結婚式の形容。●広寒宮 月中の宮殿の名。●仙子 仙人。●玉堦 美しいきざはし。堦は階に同じ。

彈來白道皆成朶
衣遍蒼生是此花

弾《だん》じ来《きた》る白道皆朶《はくどうみなだ》を成《な》し
衣《おお》い遍《あまね》し蒼生是此《そうせいこれこ》の花《はな》なり

医者が通り過ぎた道にはすべて白い花が咲き乱れ、人びとは花のように元気になる。●白道 白い花が咲き乱れて幾里も続くこと。●朶 花のかたまり。●蒼生 人びと。

徳作根基仁作福
義爲正路禮爲門

徳《とく》は根基《こんき》を作《な》し仁《じん》は福《ふく》を作《な》す
義《ぎ》は正路《せいろ》を為《な》し礼《れい》は門《もん》を為《な》す

生きてゆく上では、徳は土台であり、いつくしみは福をもたらす。同じく、正義を貫くことは正しい道であり、礼儀は入り口である。

潔白宜人調五味
鹽梅和鼎重三公

潔白人《けっぱくひと》に宜《よろ》しく五味《ごみ》を調《ととの》え
塩梅鼎《えんばいてい》に和《わ》し三公《さんこう》を重《おも》んず

清く白い塩は五種の調味料の中でも最も人に好まれ、梅ぼしをつくるには三本足のかなえが最も適している。●潔白　清く白いこと。●五味　辛・酸・鹹・苦・甘。●塩梅　梅ぼし。●三公鼎　三本足のかなえ。

稼穡教民垂萬世
豐亨有慶樂千倉

稼穡《かしょく》民《たみ》に教《おし》えて万世《ばんせい》に垂《た》れ
豊亨慶《ほうこうけい》有《あ》って千倉《せんそう》を楽《たの》しむ

人民に耕作を教えてよろず世の安泰を図り、家々の倉は豊年で喜びに満ちあふれている。●稼穡　耕作。農業。●万世　よろず世。●豊亨　豊作。豊年。●慶　喜び。●千倉　多くの倉。

縁種百年雙璧白
姻牽千里寸絲紅

縁《えん》は百年双璧《ひゃくねんそうへき》の白《はく》を種《ま》き
姻《いん》は千里寸糸《せんりすんし》の紅《こう》を牽《ひ》く

生まれる前からの縁で、二つの白い玉は遠く離れたわずかな紅《くれない》色の糸によって結ばれた。●双璧　二つの玉。●紅糸　男女の縁の綱。

蓮子杯中金谷酒
桃花箋上玉臺詩

蓮子杯《れんしはい》中《ちゅう》金谷《きんこく》の酒《さけ》
桃花箋《とうかせん》上《じょう》玉台《ぎょくだい》の詩《し》

蓮子杯には名高い金谷の酒が注がれている。桃花箋には玉台の美しい詩が書してある。●蓮子杯　酒杯の名。●金谷酒　晋の石崇が金谷園に賓客を集めて酒宴を催した故事。●桃花箋　詩箋の最も紙質の良いもの。●玉台詩　古代の美しい詩のこと。玉台新詠。

調追白雪陽春曲
心會高山流水音

調《しら》べは白雪陽春《はくせつようしゅん》の曲《きょく》を追《お》い
心《こころ》は高山流水《こうざんりゅうすい》の音《おと》に会《かい》す

音調は高尚な「白雪陽春」の曲であり、その心はと言えば伯牙と鍾子期の理解し合うたえなる音楽に出会ったようなものである。●白雪陽春　高尚な楚（今の湖南・湖北両省の名）の国の歌曲の名。●高山流水　たえなる音楽のたとえ。伯牙と鍾子期の故事。

賜福廣招千倍利
酬神敬獻一爐香

福《ふく》を賜《たま》いて広《ひろ》く千倍《せんばい》の利《り》を招《まね》き
神《かみ》に酬《むく》いて敬《うやうや》しく一炉《いちろ》の香《こう》を献《けん》ず

幸いは何よりも尊い利益を招き寄せ、お礼に神だなに香炉を献じて香を焚く。

賞心處自有樂趣
快意時便是春風

心《こころ》に賞《たの》しむ処《ところ》自《おの》ずから楽趣《らくしゅ》有《あ》り
意《こころ》に快《こころよ》き時《とき》便《すなわ》ち是《これ》春風《しゅんぷう》なり

心にかなったところには必ず楽しさがあり、心がはずむ時には必ず春風が吹いている。●楽趣　楽しさ。

醉裡胸懷開洞達
壺中日月勝羲皇

醉裡《すいり》の胸懐《きょうかい》洞達《どうたつ》を開《ひら》き
壺中《こちゅう》の日月《じつげつ》羲皇《ぎこう》に勝《まさ》る

酔った時の思いは明らかな悟りそのものであり、別天地に住む時間は羲皇上人に勝るとも劣らない境地である。●胸懐　思い。心の中。
●壺中日月　別天地の時間。酔った時のこと。●羲皇　伏羲《ふくぎ》氏以前の太古の人。世の中のわずらわしさを忘れて気楽に楽しむ人。

爆竹一聲除舊歲
五穀豐登大有年

爆竹《ばくちく》一声《いっせい》旧歳《きゅうさい》を除《のぞ》き
五穀《ごこく》豊登《ほうとう》大《おお》いに年《とし》有《あ》り

新年が訪れて爆竹が鳴りひびき、穀物が豊かに実って豊年である。●豊登　豊かに実ること。豊年。●大有年　大豊年。

爆竹暖中生瑞氣
梅花香裏到春風

爆竹《ばくちく》暖中《だんちゅう》瑞気《ずいき》を生《しょう》じ
梅花《ばいか》香裏《こうり》春風《しゅんぷう》到《いた》る

暖かくなって新年の爆竹が鳴るとめでたい気が辺りにただよい、梅の花が芳しく香る中、春風がそよ吹く。

爆竹聲中辭舊歲
梅花香裏報新春

爆竹《ばくちく》声中《せいちゅう》旧歳《きゅうさい》を辞《じ》し
梅花《ばいか》香裏《こうり》新春《しんしゅん》を報《ほう》ず

新年を祝う爆竹がひびき渡る中で旧年を送り、梅の花が芳しく香って新春の訪れを知らせてくれる。

簾外溪山呈雅趣
池邊花草發天機

簾外《れんがい》の溪山《けいざん》雅趣《がしゅ》を呈《てい》し
池辺《ちへん》の花草《かそう》天機《てんき》を発《はっ》す

すだれ越しに見える山河はあくまでも美しく、池のほとりの花は咲き、草はよく茂って自然の豊かさを示している。●簾外　すだれの外。●渓山　谷と山。●雅趣　みやびやかなおもむき。●天機　自然に備わっている働き。

簾櫳香藹和風細
庭院春深化日長

簾櫳香《れんろうこう》藹《うるお》って和風《わふう》細《こま》やかに
庭院《ていいん》春《はる》深《ふか》くして化日《かじつ》長《なが》し

すだれのかかったれんじ窓から、そよ風に乗って芳しい香りがただよってくる。庭は春たけなわで日昼は穏やかそのものである。●簾櫳　すだれのかかったれんじ窓。●化日　日。

藜杖春風飄舞袖
金莖曉露潤庭幃

藜杖《れいじょう》の春風《しゅんぷう》舞袖《ぶしゅう》を飄《ひるがえ》し
金茎《きんけい》の暁露《ぎょうろ》庭幃《ていい》を潤《うるお》す

あかざの杖をついて歩いてゆくと春風が袖を舞うようにひるがえし、承露盤を支える銅柱に降りた夜明け方の露は庭に張ったとばりまでうるおす。●藜杖　あかざの杖。●金茎　承露盤を支える銅柱。●庭幃　庭に張ったとばり。

鵲噪梅花香索句
鶯啼柳色綠開新

鵲《かささぎ》は梅花《ばいか》の香《こう》に噪《さわ》いで句《く》を索《もと》め
鶯《うぐいす》は柳色《りゅうしょく》の緑《みどり》に啼《な》いて新《しん》を開《ひら》く

かささぎは詩の文句を探すかのように芳しく香る梅の花の中で鳴き、うぐいすは新しさを求めるかのようにみどり色の柳の木でさえずっている。

麗日映桃紅暈頰
和風拂柳綠開眉

麗日《れいじつ》桃《もも》に映《えい》じて紅《くれない》頰《ほお》を暈《ぼか》し
和風《わふう》柳《やなぎ》を払《はら》って緑眉《みどりまゆ》を開《ひら》く

うららかな日が降り注いで桃がうっすらとした紅《くれない》色の花を咲かせ、そよ風が吹いて柳も芽吹《めぶ》きはじめた。●麗日　うららかな日の光。●和風　のどかな風。春風。

勸君更盡一杯酒
與爾同消萬古愁

君《きみ》に勧《すす》む更《さら》に尽《つく》せ一杯《いっぱい》の酒《さけ》
爾《なんじ》と同《とも》に消《しょう》さん万古《ばんこ》の愁《うれ》い

さあ、もう一杯飲んでくれ。君とともに語り合って過去未来に関する悲しみを取り除こう。●万古　永久。過去未来を含む。

寶馬迎來天上客
香車送出月中人

宝馬《ほうば》迎《むか》え来《きた》る天上《てんじょう》の客《きゃく》
香車《こうしゃ》送《おく》り出《いだ》す月中《げっちゅう》の人《ひと》

立派な馬に乗って天上界の男が、美しい車に乗ってやって来た月中の美女を迎える。結婚の形容。●宝馬香車　立派な馬と美しい車。

寶鼎浮烟香結彩
銀臺報喜竹生花

宝鼎《ほうてい》烟《けむり》を浮《うか》べて香《こう》彩《いろど》りを結《むす》び
銀台《ぎんだい》喜《よろこ》びを報《ほう》じて竹花《たけはな》を生《しょう》ず

立派なかなえから立ち上る香の煙は花の形に結ぼれ、美しいうてなでは喜びが満ちあふれて竹に花が咲いたようである。めでたさの形容。●宝鼎　尊いかなえ。●銀台　美しいうてな。※烟は煙に同じ。

寶鏡臺前人似玉
金鶯枕側語如花

宝鏡《ほうきょう》台前《だいぜん》人《ひと》玉《たま》に似《に》
金鶯《きんおう》枕側《ちんそく》語《ご》花《はな》の如《ごと》し

鏡台を前にして化粧する婦人は玉のように美しく、はなやかなうぐいすの模様の枕もとで話しかける婦人の言葉は花のようである。

蘭堦日暖生麟趾
桂閣風輕起鳳毛

蘭堦《らんかい》日《ひ》暖《あたた》かにして麟趾《りんし》を生《しょう》じ
桂閣《けいこう》風《かぜ》軽《かる》くして鳳毛《ほうもう》を起《た》たす

暖かい日が注ぐ立派な家にはよい子が生まれ、風がそよ吹く美しい高殿にはすぐれた文才のある子が育つ。●蘭堦　立派な邸宅。堦は階に同じ。●麟趾　公族の盛んなのを称していう。貴公子。●桂閣　美しい高殿。●鳳毛　すぐれた文才のたとえ。

鶯舌有腔春有轉
柳腰無力日三眠

鶯舌《おうぜつ》腔《こう》有《あ》って春転《はるてん》ずる有《あ》り
柳腰《りゅうよう》力《ちから》無《な》くして日《ひ》に三《み》たび眠《ねむ》る

うぐいすが盛んにさえずって春がめぐりき、柳のしなやかな枝は日に三度、力なく垂れ下がる。

鶯聲日暖鳴金谷
麟趾春深歩玉堂

鶯声《おうせい》日《ひ》暖《あたた》かにして金谷《きんこく》に鳴《な》き
麟趾《りんし》春深《はるふか》くして玉堂《ぎょくどう》を歩《ほ》す

暖かい日の金谷園にうぐいすのさえずる声がひびき渡り、春たけなわの玉堂を貴公子たちが歩きめぐる。●金谷　河南省洛陽にある晋の石崇の庭園の名。●麟趾　公族の盛んなのを称していう。貴公子。●玉堂　漢の宮殿の名。

疊篆清香薫玉宇
一簾春色映梅花

畳篆《じょうてん》の清香玉宇《せいこうぎょくう》に薫《かお》り
一簾《いちれん》の春色梅花《しゅんしょくばいか》に映《えい》ず

官吏の印章の清らかな香りがきれいな部屋中にただよい、すだれ越しに見える梅の花は春景色そのものである。●畳篆　官吏の印章。●玉宇　きれいな部屋。●一簾　すだれ。

讀罷新詩風入韻
吟成好句月當頭

新詩《しんし》を読《よ》み罷《や》めば風韻《かぜいん》に入《い》り
好句《こうく》を吟《ぎん》じ成《な》せば月頭《つきこうべ》に当《あた》る

新しい詩を読み終わると風がそのひびきを伝え、良い詩句を吟ずると月が光を降り注ぐ。

麟鳳呈祥徴祖徳
山川孕秀毓孫枝

麟鳳祥《りんほうしょう》を呈《てい》して祖徳《そとく》を徴《あらわ》し
山川秀《さんせんしゅう》を孕《はら》んで孫枝《そんし》を毓《そだ》つ

賢い子供たちは幸いをあらわして先祖の徳を明らかにし、山河は豊かさを以て孫を大きくはぐくむ。●麟鳳　きりんと鳳凰。賢い人をいう。●祖徳　先祖の徳。●孫枝　老枝から新たに生じた枝。孫をいう。

鸞妝竝倚人如玉
燕婉同歌韻似琴

鸞妝並《らんしょうなら》び倚《よ》って人玉《ひとたま》の如《ごと》く
燕婉同《えんえんとも》に歌《うた》って韻琴《いんこと》に似《に》たり

美しく装った女性が集まると玉が連なったようであり、若くみめよい女性が合唱すると音は琴のようである。●鸞妝　美しく着飾ること。●燕婉　若くてみめよいこと。

曙色漸分雙闕下
春風先到五侯家

曙色《しょしょく》漸《ようや》く分《わか》つ双闕《そうけつ》の下《もと》
春風《しゅんぷう》先《ま》ず到《いた》る五侯《ごこう》の家《いえ》

明け方、ようやく宮城の門の前で別れる。春風はまず華族の家に訪れた。●双闕　宮城の門。●五侯　昔の華族をいう。

舊家松石皆名畫
好客言談卽異書

旧家《きゅうか》の松石《しょうせき》皆《みな》名画《めいが》
好客《こうきゃく》の言談《げんだん》即《すなわ》ち異書《いしょ》

旧家の庭の松や石はみんな名画を見ているようであり、よい客人の話は珍しい書籍そのものである。●異書　世にまれな書籍。希覯本。

豐年粟米覘狼戻
佳歳倉箱告滿盈

豊年《ほうねん》の粟米《ぞくべい》狼戻《ろうれい》を覘《み》
佳歳《かさい》の倉箱《そうしょう》満盈《まんえい》を告《つ》ぐ

穀物は豊かに実って豊年であり、倉は満ちあふれんばかりで良い年である。●粟米　広く穀物をいう。●狼戻　穀物が豊かに実ること。●佳歳　良い年。●倉箱　倉。●満盈　十分に満ちること。

雙飛不羨關睢鳥
竝蔕還生連理枝

双《なら》び飛《と》んで関睢《かんしょ》の鳥《とり》を羨《うらや》まず
蔕《うてな》を並《なら》べて還《また》連理《れんり》の枝《えだ》を生《しょう》ず

並び飛ぶつがいの鳥をうらやまず、群がり咲く花を連ねた枝々がまた一つになった。●関睢　『詩経』の周南編。文王の后妃の偉大さをうたう。夫婦和合の徳。●連理枝　夫婦・男女の愛情深いちぎりをいう。

雞鵝魚肉般般具
滑膩經匀色色優

雞鵝魚肉《けいがぎょにく》般般《はんはん》具《そな》わり
滑膩《かつじ》経匀《けいきん》色色《しょくしょく》優《すぐ》れたり

にわとり・がちょう・魚・動物の肉などが種々あり、油濃い味・淡泊な味の料理がいろいろそろえてある。種々様々な料理。●雞鵝　にわとりとがちょう。雞は鶏に同じ。●般般・色色　いろいろなこと。●滑膩経匀　油濃いものや淡泊な料理。

燭燄輝煌呈五福
香烟繚繞結千祥

燭燄《しょくえん》輝煌《きこう》して五福《ごふく》を呈《てい》し
香烟《こうえん》繚繞《りょうじょう》して千祥《せんしょう》を結《むす》ぶ

灯火の炎は輝ききらめいて五福をもたらし、香の煙はまつわりめぐって多くの幸いを運んでくる。●燭燄　灯火の炎。●輝煌　輝ききらめくこと。●五福　長寿、富裕、無病息災、道徳を楽しむこと、天命を全うすること。●香烟　仏に供える香の煙。烟は煙に同じ。●繚繞　まつわりめぐること。●千祥　多くの幸い。

環几案間皆古物
繞欄干外盡奇花

几案《きあん》を環《めぐ》るの間《かん》は皆《みな》古物《こぶつ》
欄干《らんかん》を繞《めぐ》るの外《そと》は尽《ことごと》く奇花《きか》

机の周囲はみんな古い道具であり、欄干の周囲はことごとく珍しい花である。●奇花　珍しい花。

臨風玉樹堂階舞
照眼明珠入室來

風《かぜ》に臨《のぞ》むの玉樹堂階《ぎょくじゅどうかい》に舞《ま》い
眼《め》を照《てら》すの明珠室《めいしゅしつ》に入《い》って来《きた》る

高殿の階段のそばの美しい木が風に吹かれてなびく中、すばらしい客人が訪れた。●玉樹　美しい木。●堂階　高殿の階段。●明珠　光る玉。すばらしい人をいう。

臨風照耀舒文錦
映日光芒燦綺羅

風《かぜ》に臨《のぞ》むの照耀文錦《しょうようぶんきん》を舒《の》べ
日《ひ》に映《えい》ずるの光芒《こうぼう》綺羅《きら》を燦《かがや》かす

光る風のようにあやある錦が店内に並べられ、日の光を受けた美しいあや絹やうす絹がきらめき輝いている。●照耀　照り輝くこと。●文錦　あやある錦。●光芒　光。●綺羅　あや絹とうす絹。美しい着物。

雖無劉阮逢仙遇
祇具韓康隱市心

劉阮仙《りゅうげんせん》に逢《あ》うの遇《おり》無《な》しと雖《いえど》も
祇韓康市《ただかんこうし》に隠《かく》るるの心《こころ》を具《そな》う

劉晨《りゅうしん》と阮肇《げんちょう》が天台山で仙女と会わなかったとしても、韓康が町で薬を売って人びとを助けたことは事実である。●劉阮　後漢の劉晨と阮肇が天台山で仙女に会い、半年を経て帰ってみると、十世を経て世の中が全く変わっていた故事。●韓康　後漢の人。薬を掛け値なしに長安で三十年売った故事。

鴻文天上恩綸普
燕喜堂前福祿深

鴻文天上恩綸《こうぶんてんじょうおんりん》普《あまね》く
燕喜堂前福禄《えんきどうぜんふくろく》深《ふか》し

立派な天子のみことのりが世の中にあまねく行き渡り、喜び楽しんで酒宴する会場に幸せが満ちている。●鴻文　大文章をいう。●恩綸　ありがたいみことのり。●燕喜　酒盛りして楽しみ喜ぶこと。●福禄　幸せ。

鴻鈞氣轉春風動
黄道天開化日長

鴻鈞《こうこう》気《き》転《てん》じて春風《しゅんぷう》動《うご》き
黄道天《こうどうてん》開《ひら》いて化日《かじつ》長《なが》し

正月につづみを打ち鳴らすと春風が訪れ、天がからりと開けると日が長い一日を照らしはじめる。●鴻鈞　昔、正月に打ったつづみ。●黄道日　吉日をいう。

樹影横窗知月上
花香入夢覺春來

樹影《じゅえい》窓《まど》に横《よこ》たわって月《つき》の上《のぼ》るを知《し》り
花香《かこう》夢《ゆめ》に入《い》って春《はる》の来《きた》るを覚《おぼ》ゆ

木のかげが窓に映《うつ》って月が昇ったことを知り、花の香りが夢にまで及んで春の訪れを身に感じた。

積架典墳皆至寶
盈門冠蓋悉名賢

架《か》に積《つ》むの典墳《てんぷん》皆《みな》至宝《しほう》
門《もん》に盈《み》つるの冠蓋《かんがい》悉《ことごと》く名賢《めいけん》

本だなに並べられた古書はみんなこの上ない宝であり、門前に集まる人や車はことごとくすぐれた賢人である。●架　たな。●典墳　古書。●至宝　この上ない珍宝。●冠蓋　かんむりと車のおおい。●名賢　すぐれた賢人。

遶庭盡是臨風玉
照室爭看入掌珠

庭《にわ》を遶《めぐ》るは尽《ことごと》く是風《これかぜ》に臨《のぞ》むの玉《たま》
室《しつ》を照《てら》して争《あらそ》って看《み》る掌《たなごころ》に入《い》るの珠《たま》

庭にはうるわしい風が吹き渡る中、部屋ではみんなが玉のような男子を競い合って見る。男子誕生。

錦綉花開春富貴
琅玕竹報歳平安

錦綉《きんしゅう》花開《はなひら》いて春富貴《はるふうき》
琅玕《ろうかん》竹報《たけほう》じて歳平安《としへいあん》

美しい花が咲き乱れて春はたけなわであり、美しい竹は一年の平穏無事を告げている。●錦綉　錦とぬいとり。●琅玕　美しい竹の異名。

錦繡春明花富貴
琅玕畫靜竹平安

錦繡《きんしゅう》春明《はるあき》らかにして花富貴《はなふうき》
琅玕《ろうかん》画《が》静《しず》かにして竹平安《たけへいあん》

春らんまん、すべての花が錦を織り成すように色とりどりに咲き、室内の絵には美しい竹の水墨画がかけてあり、心を落ち着けてくれる。●錦繡　錦とぬいとりのある着物。美しいもののたとえ。●富貴　富と高い身分。豊かなこと。●琅玕　美しい竹の異名。●平安　何事もなく穏やかなこと。

隨時靜錄古今事
盡日放懷天地間

時《とき》に随《したが》って静《しず》かに古今《ここん》の事《こと》を録《ろく》し
日《ひ》を尽《つ》くして放《ほしいまま》に天地《てんち》の間《かん》を懐《おも》う

そのおりおりに静かに昔から今までのことを記録し、時には一日中きままに世界のことを考える。

頰毫分外能添彩
阿堵由來待點睛

頰毫《きょうごう》分外《ぶんがい》に能《よ》く彩《いろど》りを添《そ》え
阿堵《あと》由来《ゆらい》睛《せい》を点《てん》ずるを待《ま》つ

筆は特別に美しい彩《いろど》りを加え、謝礼金は元来、描き終えてからのものである。●頰毫　筆をいう。●分外　特別。●阿堵　画家、顧長康の故事。「これ」の意で、今は金銭の意に用いる。●点睛　大事な点を加えることのたとえ。

龍飛鳳舞昇平世
燕語鶯歌錦綉春

竜《りょう》飛《と》び鳳《ほう》舞《ま》う昇平《しょうへい》の世《よ》
燕《つばめ》語《かた》り鶯《うぐいす》歌《うた》う錦綉《きんしゅう》の春《はる》

竜や鳳凰が飛び舞う太平の世の中である。つばめやうぐいすがさえずりうたうらんまんの春である。●錦綉　錦とぬいとり。

八字聯

一樹梅花初舒玉蕊
半窗好月最愜詩懷

一樹《いちじゅ》の梅花《ばいか》初《はじ》めて玉蕊《ぎょくずい》を舒《の》べ
半窓《はんそう》の好月《こうげつ》最《もっと》も詩懐《しかい》に愜《かな》う

一本の梅の木がはじめて花をつけ、窓から眺める明月は詩作の心をかきたてる。●玉蕊　花。●半窓　窓をいう。●詩懐　詩作の考え。

七碗嘗來風生兩腋
一壺買到春滿雙眸

七碗《しちわん》嘗《な》め来《きた》って風《かぜ》両腋《りょうえき》に生《しょう》じ
一壺《いっこ》買《か》い到《いた》って春《はる》双眸《そうぼう》に満《み》つ

七碗目の茶を呑むと両方の腋《わき》の下から清風が起こり、一壺の酒を買ってくると春の景色がいっそう映《は》える。●双眸　両方のひとみ。※前句は贈られた茶を称美したもの。

入戸三星輝增天市
盈門百輛喜溢華堂

戸《こ》に入《い》るの三星《さんせい》輝《かがや》き天市《てんし》に増《ま》し
門《もん》に盈《み》つるの百輛《ひゃくりょう》喜《よろこ》び華堂《かどう》に溢《あふ》る

空に輝く福禄寿の三星が家々を明るく照らし、喜びあふれる家の門にはつぎつぎに訪門客が訪れる。●三星　福禄寿の三つの星。●天市　星座の名。●百輛　多くの車。●華堂　立派な家。

大哉居乎移氣移體
愼其獨也潤屋潤身

大《おお》いなる哉居《かなきよ》や気《き》を移《うつ》し体《たい》を移《うつ》す
其《そ》の独《ひと》りを慎《つつし》むや屋《おく》を潤《うるお》し身《み》を潤《うるお》す

立派な家に移り、家族みんなで喜び、楽しみを分かつ。

山雨欲來迎風把盞
夕陽將下酔月飛觴

山雨来《さんうきた》らんと欲《ほっ》し風《かぜ》を迎《むか》えて盞《さん》を把《と》り
夕陽将《せきようまさ》に下《くだ》らんとし月《つき》に酔《よ》うて觴《しょう》を飛《と》ばす

一陣の風が吹いて山に雨が降りそうなので急いで杯を取り、夕日が沈もうとし、昇りはじめた美しい月に向かって酒を酌《く》み交《か》わして飲み出す。●盞　杯。●飛觴　杯をやりとりすること。

才子凌雲佳人詠雪
琪花平秀玉樹森階

才子雲《さいしくも》を凌《しの》ぎ佳人雪《かじんゆき》を詠《えい》ず
琪花《きか》平《たい》らかに秀《ひい》で玉樹階《ぎょくじゅかい》に森《おお》し

才能ある男子は大きな志を抱き、文才ある女子は雪を詩に詠む。はなやかな花を一面に咲かせた美しい木々が階段に沿って立ち並んでいる。●琪花　美しい花。●玉樹　美しい木。

天賜石麟祥開四葉
庭投玉燕瑞靄一堂

天《てん》は石麟《せきりん》を賜《あた》えて祥《しょう》四葉《しよう》を開《ひら》き
庭《にわ》は玉燕《ぎょくえん》を投《とう》じて瑞《ずい》一堂《いちどう》に靄《あつま》る

天はすぐれた子をさずけて四世代の基《もと》を築き、家にはまた玉のつばめのような子を身ごもったという吉報でみんなでめでたさを祝う。●石麟　男の子の特にすぐれたものをほめていう。●四葉　四代。●玉燕投懐　唐の張説《ちょうえつ》の母が玉燕が懐《ふところ》に入るのを夢みて説をはらんだ故事。玉燕は玉のように美しいつばめ。●一堂　家の中。

孔雀屛開芙蓉褥隱
鴛鴦集水薜荔依松

孔雀《くじゃく》屛《へい》開《ひら》いて芙蓉《ふよう》の褥《じょく》隠《かく》れ
鴛鴦《えんおう》水《みず》に集《あつま》って薜荔《へいれい》松《まつ》に依《よ》る

孔雀を描いた屛風《びょうぶ》を立てるとはすの花を描いたふとんは隠れ、おしどりは水辺に集まり、まさきのかずらは松の木にからみつく。●屛　屛風。●芙蓉　はすの花。●褥　しとね。●鴛鴦　おしどり。雄を鴛、雌を鴦という。●薜荔　まさきのかずら。

日永風和川渟岳立
雲蒸霞蔚春滿花明

日《ひ》永《なが》く風《かぜ》和《わ》し川《かわ》渟《たた》え岳《がく》立《た》ち
雲《くも》蒸《む》し霞《かすみ》蔚《うつ》に春《はる》満《み》ち花《はな》明《あき》らかなり

長い日中、そよ風が吹き、川はゆったりと流れ、山は高くそびえている。雲が生じ、かすみが美しくかかり、春たけなわで花も美しく咲いている。

日麗風和門庭有喜
月圓花好家室咸宜

日《ひ》麗《うら》らかに風《かぜ》和《わ》して門庭《もんてい》喜《よろこ》び有《あ》り
月《つき》円《まど》かに花《はな》好《よ》くして家室《かしつ》咸《みな》宜《よろ》し

そよ風が吹くうららかな日和《ひより》で家は喜びで満ちあふれ、花が咲き明月が輝いて家族はみんなすこやかである。●門庭　門と庭。家をいう。●家室　家族。

日麗風和門庭有喜
琴耽瑟好金玉其相

日《ひ》麗《うら》らかに風《かぜ》和《わ》して門庭《もんてい》喜《よろこ》び有《あ》り
琴《こと》に耽《ふけ》り瑟《しつ》好《よ》くして金玉《きんぎょく》其《そ》れ相《そう》あり

そよ風が吹くうららかな日和《ひより》で家は喜びで満ちあふれ、夫婦は相和合して黄金や玉のように光り輝く。●門庭　門と庭。家をいう。●琴瑟　夫婦和合するたとえ。●金玉　黄金と玉。貴重なもの。

日麗瑶臺雲飛畫棟
香凝寶殿樂奏鈞天

日《ひ》は瑶台《ようだい》に麗《かがや》いて雲《くも》は画棟《がとう》に飛《と》び
香《こう》は宝殿《ほうでん》に凝《こ》って楽《がく》は鈞天《きんてん》を奏《そう》す

日は玉で飾った立派なうてなを輝かし、雲は美しく彩色を施した家の上空を流れ、芳しい香りは立派な御殿に立ち込め、天上の音楽が聞こえてくる。●瑶台　玉で飾った立派なうてな。●画棟　美しく彩色を施した家。●宝殿　立派な御殿。●鈞天楽　鈞天（天の中央）で奏する音楽。天上の音楽。

月動游塵風消積雪
寒收北陸氣轉東郊

月《つき》は游塵《ゆうじん》を動《うご》かして風《かぜ》は積雪《せきせつ》を消《しょう》す
寒《かん》は北陸《ほくりく》に収《おさま》って気《き》は東郊《とうこう》に転《てん》ず

月は世の中を照らしながら移り動き、暖かい春の風は積雪を溶かした。寒さは北陸星が持ち去り、暖かい春の気配《けはい》は東の野辺から訪れた。立春を詠ず。●游塵　浮遊するちり。世の中をいう。●北陸　二十八宿（星）の一つ。●東郊　東方の郊外。昔、立春の日に東方の野で春の祭りを行った。転じて、春の野辺をいう。

以徳傳家詩書澤衍
于飛叶吉琴瑟聲和

徳《とく》を以《もっ》て家《いえ》を伝《つた》えて詩書沢衍《ししよたくえん》し
于飛吉《うひきち》に叶《かな》いて琴瑟声和《きんしつこえわ》す

『詩経《しきょう》』や『書経《しょきょう》』から広く学んだ徳を以て代々家を継ぎ、夫婦が相和合して喜びをかなえていく。●詩書　『詩経』と『書経』。●沢衍　あふれうるおうこと。●于飛・琴瑟　夫婦和合にたとえる。

北極拱星祥開高壽
南風送暖曲奏長生

北極星《ほっきょくほし》を拱《きょう》して祥《しょう》高寿《こうじゅ》を開《ひら》き
南風《なんぷう》暖《だん》を送《おく》って曲《きょく》長生《ちょうせい》を奏《そう》す

北極星は多くの星々を従えて人びとの長寿の幸いを祝い、暖かい南風が吹いて長生きの曲をかなでて人びとを祝っている。●祥　幸い。●高寿・長生　長生きのこと。

孕天地心藏古今富
由聖賢路取功名階

天地《てんち》の心《こころ》を孕《はら》み古今《ここん》の富《とみ》を蔵《ぞう》す
聖賢《せいけん》の路《みち》に由《よ》り功名《こうみょう》の階《かい》を取《と》る

天地の公平な心を持って古今の豊かさを知り、聖人や賢人の教えに従っててがらとほまれを得る。●聖賢　聖人と賢人。●功名　てがらとほまれ。

玉宇無塵一輪皓月
銀花有色萬點春燈

玉宇無塵《ぎょくうむじん》一輪《いちりん》の皓月《こうげつ》
銀花有色《ぎんかゆうしょく》万点《まんてん》の春灯《しゅんとう》

空には清らかな明月が光り輝いている。どの家にも明るい元宵の灯火がともっている。●玉宇無塵　清らかな月光。●一輪皓月　光り輝く満月。一輪は一つの輪で満月をいう。●銀花有色　明るい灯火。●万点春灯　多くの元宵（陰暦正月十五日夜）の灯火。

玉粋金和渾然元氣
禮耕義種必然豐年

玉粋金和《ぎょくすいきんわ》渾然《こんぜん》として元気《げんき》あり
礼耕義種《れいこうぎしゅ》必然《ひつぜん》として豊年《ほうねん》なり

玉のような美しさと黄金のような穏やかさが一体となってすこやかである。きまりにのっとって農耕にはげめば必ず豊年となる。

石鼎煎香俗腸盡洗
松濤烹雪詩夢初醒

石鼎香《せきていこう》を煎《せん》じて俗腸《ぞくちょう》尽《ことごと》く洗《あら》い
松濤雪《しょうとうゆき》を烹《に》て詩夢《しむ》初《はじ》めて醒《さ》む

石づくりのかなえで香を焚《た》いて俗っぽさを払いのけ、松風の音を聞きながら茶を飲むと詩作の心が起こってきた。●石鼎　石づくりのかなえ。●俗腸　俗っぽいこと。●松濤　松風の音。●烹雪　茶を煮ること。●詩夢　詩作を夢みること。

吃墨看茶聽香讀畫
呑花臥酒喝月擔風

墨《すみ》を吃《きっ》し茶《ちゃ》を看《み》香《こう》を聴《き》き画《が》を読《よ》み
花《はな》を呑《の》み酒《さけ》に臥《が》し月《つき》に喝《かっ》し風《かぜ》を担《にな》う

筆を持ち、茶を飲み、香りをかぎ、絵を評する。また、窓から花を眺め、酒を飲んで横になり、月を見てうそぶき、風に吹かれる。書斎における生活をいう。

竹書舊堂聲香奕世
玉臺新香清麗爲鄰

竹書《ちくしょ》の旧堂《きゅうどう》は声香《せいこう》世《よ》を奕《かさ》ね
玉台《ぎょくだい》の新香《しんこう》は清麗《せいれい》隣《りん》を為《な》す

古い家の芳しい歴史は竹簡の文書によって代々伝わり、立派な家の新しい香りは清らかでうるわしく辺りをおおっている。●竹書　竹簡に記された文。●旧堂　古い家。●声香　芳しい香り。●奕世　代々。●玉台　立派な家。●新香　新しい香り。●清麗　清らかでうるわしいこと。

好花四時明月千古
遠峯一角讀書半牀

好花《こうか》の四時《しじ》明月《めいげつ》千古《せんこ》
遠峰《えんぽう》の一角《いっかく》読書《どくしょ》半牀《はんしょう》

一年中、いつも美しい花が咲き、永久に明月が輝く。人里遠く離れた峰の一角の小さな部屋で読書して暮らす。書斎の光景。●好花　美しい花。●四時　春夏秋冬。一年中。●千古　永久。●半牀　床半分。

孝友初心詩書夙好
春秋佳日山水清音

孝友《こうゆう》の初心《しょしん》詩書《ししょ》の夙好《しゅくこう》
春秋《しゅんじゅう》の佳日《かじつ》山水《さんすい》の清音《せいおん》

親孝行と兄弟愛は最初からの心構えであり、詩集は昔からのつきあいである。春や秋のよく晴れた日、山河の清らかなひびきは何よりもたいせつである。●孝友　よく父母に仕え、兄弟に親しむこと。●詩書　詩集。●夙好　従来のよしみ。●佳日　天気の晴れた日。

杏苑風和長春不老
椿庭雲密上壽無疆

杏苑《きょうえん》風和《かぜわ》して長《ちょう》春《しゅん》は老《お》いず
椿庭《ちんてい》雲密《くもみつ》にして上寿《じょうじゅ》は疆《かぎ》り無《な》し

杏苑にはいつもなごやかな風が吹いて長春樹は四季花を咲かせ、椿庭の上空にはめでたい雲がおおって酒を酌んで父の誕生日に対し限りない祝いを述べる。●杏苑　園の名。陝西省長安県の曲江の西。●長春　長春樹。四時、花の色を異にする木。●椿庭　庭園の名。また、父の称。●上寿　酒を酌んで誕生を祝うこと。無窮の寿を祝うこと。

官閣清廉祥雲時集
禮門肅靜明月常來

官閣清廉《かんかくせいれん》にして祥《しょう》雲時《うんとき》に集《あつま》り
礼門《れいもん》粛《しゅく》静《せい》にして明月常《めいげつつね》に来《きた》る

心が清くて欲がない立派な役人をめでたい雲がおおい、ひっそりとして静かにたたずむ役所を明るい月が照らす。●官閣　官吏。役人。●清廉　心が清くて欲がないこと。●礼門　役所。●粛静　ひっそりとして静かなこと。

東魯雅言詩書執禮
西京明詔孝悌力田

東魯《とうろ》詩《し》書《しょ》執《しつ》礼《れい》を雅言《がげん》とし
西京孝悌力田《せいけいこうていりきでん》を明《めい》詔《しょう》とす

孔子は『詩経』と『書経』『礼記』を正しい言葉の原典とし、堯帝の都の西京では孝行と従順、勤労をみことのりとして人びとの間にうたわれ、引き継がれた。●東魯　孔子。●雅言　正しい言葉。●西京　帝堯の都。●明詔　明らかなみことのり。

金屋玉堂固稱傑構
德門仁里自是安居

金屋《きんおく》玉《ぎょく》堂固《どうもと》より傑構《けっこう》と称《たた》えん
徳門仁《とくもんじん》里《り》自《おの》ずから是安居《これあんきょ》なり

美しい家や立派な家は心から大きな構えだとほめておこう。ただ、おもむきある地で徳ある家を営めば安らかに静かに暮らせることは知っている。●金屋玉堂　美しい家や立派な家。●傑構　大きな構えの家。●徳門　徳ある家。●仁里　風俗のうるわしい地。●安居　静かに安らかに住むこと。

架上丹丸長生妙藥
壺中日月不老仙齡

架上《かじよう》の丹丸長生《たんがんちようせい》の妙薬《みようやく》
壺中《こちゆう》の日月《じつげつ》不老《ふろう》の仙齢《せんれい》

たなの上にある壺の中には不老長寿の霊薬が入っている。●架上　たなの上。●丹丸　霊薬。●妙薬　霊妙なききめのある薬。●壺中日月　寿命をいう。●仙齢　仙人の年齢。長寿のこと。

柏葉爲銘椒花入頌
龍躔肇歳鳳紀書元

柏葉銘《はくようめい》を為《な》し椒花頌《しようかしよう》に入《い》る
竜躔歳《りようてんとし》を肇《はじ》め鳳書元《ほうしよげん》を紀《き》す

柏の葉に新年の祝詞を書す。年が改まって暦も新しくなった。●椒花頌　新年の祝詞。●竜躔　竜の足あと。竜は尭《ぎよう》時代、天子のみことのりを送った名馬のこと。●書元　暦。

秋水一泓魚游自樂
松風半榻鶴夢同清

秋水一泓魚游《しゆうすいいちおうぎよゆう》自《おの》ずから楽《たの》しみ
松風半榻鶴夢《しようふうはんとうかくむ》同《おな》じく清《きよ》し

秋の川の深い淵《ふち》に魚たちは泳ぎ回り、松風に吹かれながら腰掛けで昼寝しながら鶴と同じ清らかな夢を見る。●一泓　一つの深い淵。●半榻　腰掛けをいう。

紅杏在林幽鳥相逐
碧桃滿樹淸露未晞

紅杏《こうきよう》林《はやし》に在《あ》って幽鳥相逐《ゆうちようあいお》い
碧桃樹《へきとうじゆ》に満《み》ちて清露《せいろ》未《いま》だ晞《かわ》かず

林の奥深くに棲む鳥は、紅杏の木をめぐり飛び、碧桃の葉に降りた清らかな露は今もまだ乾いていない。●紅杏　杏《あんず》の一種。●幽鳥　奥深くに棲む鳥。●碧桃　桃の一種。●清露　清らかな露。

美濟鳳毛家多令子
謀貽燕翼孫又添丁

美《び》は鳳毛《ほうもう》を済《な》して家《いえ》に令子《れいし》多《おお》く
謀《はかりごと》は燕翼《えんよく》を貽《おく》って孫又丁《まごまたてい》を添《そ》う

家には立派な後継ぎの男の子が多く、親はまた家系の存続のために男の孫を願う。●鳳毛済美　子孫が立派に成長すること。●令子　良い子。男子を呼ぶ敬称。●燕翼之謀　子孫のために良い計画を残すことをいう。●添丁　男子を生むことをいう。

風動桂林氣澄蘭沼
聲驚桐院露冷蓮房

風《かぜ》は桂林《けいりん》に動《うご》いて気《き》は蘭沼《らんしょう》に澄《す》み
声《こえ》は桐院《どういん》を驚《おど》かせて露《つゆ》は蓮房《れんぼう》に冷《ひや》やかなり

風は桂の木の林に吹き渡り、秋のさわやかな気配《けはい》は蘭の生える沼を澄ませ、風の音は桐の木の生えた中庭にひびき、露ははすの花房に冷たく光っている。立秋を詠ず。●桂林　桂の木の林。●蘭沼　蘭の生えている沼。●桐院　桐の木のある中庭。●蓮房　はすの花房。

栽桂佩蘭香生几席
品松種竹蔭庇門庭

桂《かつら》を栽《う》え蘭《らん》を佩《お》びて香几席《こうきせき》に生《しょう》じ
松《まつ》を品《ひん》し竹《たけ》を種《う》えて蔭門庭《かげもんてい》を庇《おお》う

桂と蘭の香りが座敷中に満ちあふれ、松と竹の織り成すかげが家をおおう。●几席　ひじかけとしきもの。座敷をいう。●門庭　門と庭。家をいう。

桃實凝香樽傾北海
榴花獻瑞詩譜南山

桃実香《とうじつこう》を凝《こ》らし樽《たる》は北海《ほっかい》を傾《かたむ》く
榴花瑞《りゅうかずい》を献《けん》じ詩《し》は南山《なんざん》を譜《ふ》す

桃の実の香りが辺りに立ちこめる中、酒はお祝いの北海樽を酌《く》み交《か》わす。ざくろの花を持って献上し、詩は長寿を祝って南山の詩を贈る。●北海樽　後漢の北海の相なる孔融が常に賓客を好み、客と宴飲して「樽中酒不レ空《シカラ》」と言った故事。●榴花　ざくろの花。●献寿　祝いの品などを差し上げること。●南山　「南山の寿」をいう。長寿を祝う言葉。南山は陝西省長安県の西にある終南山。

桐葉飛時桂花香候
蟬聲疏處雁影來初

桐葉《どうよう》飛《と》ぶ時《とき》桂花《けいか》香《かんば》しき候《とき》
蟬声《せんせい》疏《そ》なる処《ところ》雁影《がんえい》来《きた》るの初《はじ》め

桐の葉が散る時は桂の花が芳しく香る時である。蟬の鳴き声がまばらになると雁が北から渡ってくる。立秋の光景。

氣味龍涎淸香馥郁
花開蠟炬瑞燄輝煌

気《き》は竜涎《りようぜん》を味《あじ》わって清香馥郁《せいこうふくいく》たり
花《はな》は蠟炬《ろうきよ》を開《ひら》いて瑞燄輝煌《ずいえんきこう》たり

竜涎香の煙が立ち上って清い香りが辺りいっぱいに立ちこめ、ろうそくに火をともすとめでたい炎が光り輝く。●竜涎　香の名。●清香　清い香り。●馥郁　盛んに香るようす。●蠟炬　ろうそくの火。●瑞燄　めでたい炎。●輝煌　光り輝くようす。

能忍自安知足長樂
羣居守口獨坐防心

能《よ》く忍《しの》び自《みずか》ら安《やす》んじ足《た》るを知《し》れば長《なが》く楽《たの》しむ
群居口《ぐんきよくち》を守《まも》り独坐《どくざ》心《こころ》を防《ふせ》ぐ

よく耐え、安心して満足しておれば長く楽しむことができる。大ぜいといる時は口を守って言行をつつしみ、独《ひと》りすわっている時は心に邪念の起こらないようにつとめる。

茶鼓喧晴錫簫吹暖
花魂夢蝶樹影藏鶯

茶鼓《さこ》晴《せい》に喧《かまびす》しくして錫簫暖《とうしようだん》に吹《ふ》き
花魂《かこん》蝶《ちよう》を夢《ゆめ》みて樹影《じゆえい》鶯《うぐいす》を蔵《ぞう》す

暖かい晴れた春の日、寺では喫茶の合図の太鼓が鳴り、通りではあめ売りの吹く笛の音がひびいて騒がしい。木には花が咲いて蝶を待ち、うぐいすがさえずっている。●茶鼓　寺で茶を飲む合図に打つ太鼓。●錫簫　あめ売りが吹く笛。●花魂　花の精神。花をいう。

草帖新書詞林欣賞
蘭亭妙本學界珍藏

草帖《そうじょう》の新書《しんしょ》詞林《しりん》欣賞《きんしょう》し
蘭亭《らんてい》の妙本《みょうほん》学界《がくかい》珍蔵《ちんぞう》す

新しい草帖が手に入ると文学界は喜んでほめたたえ、すばらしい『蘭亭帖』を学問の世界は宝物として珍重する。●詞林　文学界。●欣賞　喜びほめること。●蘭亭妙本　晋の王羲之作の序文がある『蘭亭帖』。

酒後茶餘香聞蘭蕙
風清月白味辨芭菰

酒後《しゅご》茶余香《さよこう》は蘭蕙《らんけい》を聞《き》き
風清《かぜきよ》く月白《つきしろ》くして味《あじ》は芭菰《ばこ》を弁《べん》ず

酒を飲んだ後、茶を飲んだ後の香りは蘭草や蕙草のようであり、清らかな風と明らかな月のおもむきは香をかぐ楽しみに満ちている。●蘭蕙　蘭草と蕙草。香り草。●芭菰　香の名。

堂構光華瞻雲就日
規模闊大植桂培蘭

堂構《どうこう》の光華《こうか》なる雲《くも》を瞻《み》日《ひ》に就《つ》き
規模《きぼ》の闊大《かつだい》なる桂《かつら》を植《う》え蘭《らん》を培《つちか》う

光り輝く父の業を引き継いだ家で雲を眺め日に照らされ、広大な規模の地に桂を植え蘭を成育すること。●堂構　父祖の事業を継承すること。●光華　光。

彩筆生花書成錦字
新詩擷豔體合香奩

彩筆《さいひつ》花《はな》を生《しょう》じて書錦字《しょきんじ》を成《な》し
新詩《しんし》艶《えん》を擷《つ》んで体香奩《たいこうれん》を合《がっ》す

絵筆で花を描いて美しい文字で賛を書し、愛をこめた新しい詩を作って化粧箱に入れておく。●彩筆　絵筆。●錦字　すぐれた美しい詩句。●香奩　化粧箱。

陸羽譜經盧仝解渇
武夷選品顧渚分香

陸羽《りくう》経《けい》を譜《ふ》して盧仝《ろどう》渇《かつ》を解《と》き
武夷《ぶい》品《しな》を選《えら》んで顧渚香《こしよこう》を分《わか》つ

陸羽は『茶経《さけい》』をあらわし、茶の好きな盧仝はいつものどの渇きをいやしていた。味のよさでは、武夷茶を選び、香りでは顧渚茶を選ぶ。●陸羽　唐、湖北省竟陵の人。『茶経』三編をあらわす。「譜経」の経は『茶経』のこと。●盧仝　唐、河南省済源の人。号は玉川子。茶を好む。●武夷　山名。福建省にあり、山中、茶を産し、紅茶の最上品といわれる。●顧渚　山名。浙江省にあり、茶の産地。

登黄鶴樓讀赤壁賦
磨青鐵硯歌白雪詩

黄鶴楼《こうかくろう》に登《のぼ》って赤壁《せきへき》の賦《ふ》を読《よ》み
青鉄硯《せいてつけん》を磨《す》って白雪《はくせつ》の詩《し》を歌《うた》う

黄鶴楼に登って「赤壁の賦」を読み、青鉄硯をすって「白雪の曲」を書してうたう。●黄鶴楼　湖北省武昌にある高殿の名。●赤壁賦　宋の蘇軾が赤壁に舟遊して作った賦。●青鉄硯　硯の一種。●白雪曲　高尚で古来、唱和しがたいといわれる曲名。

雲現吉祥星名福壽
花開富貴竹報平安

雲《くも》は吉祥《きつしよう》を現《あらわ》し星《ほし》は福寿《ふくじゅ》を名《な》のり
花《はな》は富貴《ふうき》を開《ひら》き竹《たけ》は平安《へいあん》を報《ほう》ず

めでたい雲がただよい、幸いと長生きを呈す星が輝く。花は豊かさをもたらし、竹は平穏無事を教えてくれる。

雲漢秋高涼生七夕
天街夜永光耀雙星

雲漢《うんかん》秋高《あきたか》くして涼《りよう》七夕《しちせき》に生《しよう》じ
天街《てんがい》夜永《よるなが》くして光《ひかり》双星《そうせい》に耀《かがや》く

秋の空が高く澄んで天の川が広がる七夕《たなばた》の夜は涼しく、都大路からは夜の間中、光り輝く七夕の二つ星、牽牛星と織女星がことさら美しく眺められる。●雲漢　天の川。●七夕　五節句の一つ。陰暦七月七日の夜、双星（牽牛星と織女星）が天の川を渡って、一年に一度だけ会うという伝説に基づく。星祭り。●天街　都大路。

楊柳陰中憑欄垂釣
藕花香裏倚檻招涼

楊柳陰中《ようりゅういんちゅう》欄《らん》に憑《よ》って釣《つ》りを垂《た》れ
藕花香裏《ぐうかこうり》檻《かん》に倚《よ》って涼《りょう》を招《まね》く

柳のかげにある欄干にもたれて池に釣り糸を垂れ、はすの花が芳しく香る欄干に近づいて涼しさを求める。●欄・檻　欄干。手すり。●藕花　はすの花。

歳時若流古今異趣
天地爲室俯仰同懷

歳時《さいじ》流《なが》るるが若《ごと》くして古今《ここん》趣《おもむき》を異《こと》にし
天地《てんち》室《しつ》を為《な》して俯仰《ふぎょう》懐《おも》いを同《おな》じくす

歳月は流れるように過ぎて昔と今のおもむきは大きく変化し、天地を一つの部屋と見立てれば起居動作も心も一つにするものである。

鳩杖引年椒花獻瑞
鶴壽添算椿樹留陰

鳩杖《きゅうじょう》年《とし》を引《ひ》いて椒花《しょうか》瑞《ずい》を献《けん》じ
鶴寿《かくじゅ》算《かず》を添《そ》えて椿樹陰《ちんじゅかげ》を留《とど》む

新年にめでたい鳩の飾りのある箸《はし》でおせち料理を食べていると山椒の花のめでたい香りがただよってき、長寿を祝って椿の木のかげで年齢を数える。●鳩杖　頭に鳩の飾りのある箸。●椒花　山椒の花。●瑞　めでたいこと。●鶴寿　鶴の寿命。鶴は千年も生きると言われることから、長生きをいう。

瑤草琪花騈陳左右
木公金母輝映東西

瑶草琪花《ようそうきか》駢《なら》んで左右《さゆう》に陳《つら》なり
木公金母《ぼくこうきんぼ》輝《かがや》いて東西《とうざい》に映《えい》ず

仙境の美しい草と花は並んで左右につながっており、仙人の東王公と西王母は東西に光り輝いている。夫婦の長寿を祝う形容。●瑶草琪花　仙境にあるという美しい草と花。●木公金母　男の仙人、東王公と女の仙人、西王母。神仙の領袖の人。

種竹栽花自生雅趣
明窗淨几久絕塵緣

竹《たけ》を種《う》え花《はな》を栽《う》えれば自《おの》ずから雅趣《がしゅ》を生《しょう》じ
明窓《めいそう》浄《じょう》几《き》久《ひさ》しく塵縁《じんえん》を絶《た》つ

竹と花を植えて育てれば、庭は自然に風雅なおもむきを呈し、日あたりのよい明らかな窓の下に机のちりを払って清浄にすれば、世の中のうるさいゆかりとも縁が切れる。●雅趣　風雅なおもむき。●明窓浄几　明るい窓と清らかな机。●塵縁　世の中のうるさいゆかり。

綠竹停雲紅梅綻雨
丹魚映水黃雀迎風

緑竹《りょくちく》雲《くも》を停《とど》めて紅梅雨《こうばいあめ》に綻《ほころ》び
丹魚《たんぎょ》水《みず》に映《えい》じて黄雀風《こうじゃくかぜ》を迎《むか》う

みどり色の竹は雲におおわれているが、雨を受けた梅は紅《くれない》色の花を咲かせ、赤い魚は色を点じて池を泳ぎ回り、にゅうないすずめは風に乗って飛び交う。●黄雀　すずめの一種。にゅうないすずめ。「黄雀風」は陰暦五月の風をいう。

綠螘斟來且邀月飲
金貂換去好向花傾

緑螘《りょくぎ》斟《く》み来《きた》って且《まさ》に月《つき》を邀《むか》えて飲《の》まんとし
金貂《きんちょう》換《か》え去《さ》って好《よ》し花《はな》に向《むか》って傾《かたむ》けん

月が昇りはじめたので美酒を杯に満たし、酒が足りなくなれば自分のかぶっている冠を酒代として、次は花を眺めながら酒宴を楽しもうと思う。●緑螘　美酒の異称。●金貂　武官の冠。晋の阮孚、黄門侍郎（官名。給事係）となり、金貂を酒にかえて楽しみ、ために弾劾された故事。「金貂換酒」という。

綵悅高懸門楣有喜
晬盤新啓蘭蕙同芳

綵悦《さいえつ》高《たか》く門楣《もんび》に懸《かか》って喜《よろこ》び有《あ》り
晬盤《さいばん》新《あら》たに蘭蕙《らんけい》を啓《ひら》いて芳《かお》りを同《おな》じくす

きれいな女の子が生まれて喜びはこの上なく、大きくなったらきっと蘭草や蕙草のように芳しい香りを放つことだろう。●綵悦　この上ない喜び。●門楣　女子をいう。●晬盤　立身を占うことをいう。●蘭蕙　蘭草と蕙草。香り草。

翠竹黄花羣沾化雨
長松細草普蔭慈雲

翠竹黄花《すいちくこうか》群《むら》がって化雨《かう》に沾《うるお》い
長松細草《ちょうしょうさいそう》普《あまね》く慈雲《じうん》に蔭《おお》わる

みどり色の竹と黄色い菊の花は一緒に恵みの雨にうるおい、高くそびえる松の木も細かな草も恵みの雲におおわれる。恩沢の広く及ぶことをいう。●黄花　黄色い花。菊の花をいう。●化雨　ほどよい時に降る雨。恵みの雨。●慈雲　恵みの雲。恵みがあまねく及ぶことを、雲が空一面におおうことにたとえていう。

翠柏蒼松是壽者相
渾金璞玉有古人風

翠柏蒼松《すいはくそうしょう》是《これ》寿者《じゅしゃ》の相《そう》
渾金璞玉《こんきんはくぎょく》古人《こじん》の風《ふう》有《あ》り

みどり色の柏の木と青い松の木は昔から長寿の姿としてたたえられ、あらがねとあらたまは昔の人のような質朴な美質の持ち主と伝えられている。●相　様子。姿。●渾金璞玉　あらがねとあらたま。美質のたとえ。●古人風　昔の人のような質朴な風格。

誦詩讀書以文會友
居仁由義與德爲鄰

詩《し》を誦《しょう》し書《しょ》を読《よ》み文《ぶん》を以《もつ》て友《とも》と会《あ》い
仁《じん》に居《きょ》し義《ぎ》に由《よ》り徳《とく》と隣《りん》を為《な》す

友とは詩文や読書で交わり、あわれみの心を持ち、人として守らねばならない道徳心をもとに、徳と隣り合って生きねばならない。

銀漢無塵水天一色
金商應律風月雙清

銀漢塵《ぎんかんちり》無《な》くして水天一色《すいてんいっしょく》
金商律《きんしょうりつ》に応《おう》じて風月双清《ふうげつそうせい》

天の川はきれいに澄み渡っている。秋風は音楽をかなで、月は明るく輝いて、どちらも清らかそのものである。中秋の光景。●銀漢　天の川。●水天一色　水も空もともに青く、その境目が合して一つとなること。●金商　秋風。●律　音楽。●風月双清　清風と明月がふたつながら清いこと。

銀漢三星藍田雙璧
人間巧節天上佳期

銀漢《ぎんかん》の三星藍田《さんせいらんでん》の双璧《そうへき》
人間《じんかん》の巧節《こうせつ》天上《てんじょう》の佳期《かき》

天の川には心星が輝き、藍田からは二つの美しい玉が出る。人間界の七夕《たなばた》は天上界でもよい時節である。●銀漢　天の川。●三星　心星をいう。●藍田　地名。陝西省藍田県の東南。美玉を産出する。●双璧　二つの玉。●巧節　七夕。●佳期　よい時節。

慶洽新春五族所共
澤周諸夏萬邦乃和

慶《けい》は新春《しんしゅん》に洽《あまね》くして五族《ごぞく》共《とも》にする所《ところ》ぞ
沢《たく》は諸夏《しょか》に周《あまね》くして万邦《ばんぽう》乃《すなわ》ち和《わ》す

新春が訪れてだれもみんなが喜び合い、中国全土に恵みがもたらされてあらゆる地が穏やかである。●五族　みんな。人びと。●諸夏　中国本土をいう。●万邦　あらゆる国々。

學究天人筆生造化
徳兼聖哲行應中庸

学《がく》は天人《てんじん》を究《きわ》め筆《ふで》は造化《ぞうか》を生《しょう》じ
徳《とく》は聖哲《せいてつ》を兼《か》ね行《こう》は中庸《ちゅうよう》に応《あた》る

学問は最高を究め、筆を持てばまた天地創造の神のようにすぐれている。徳はと言えば聖人や哲人の境に達しており、行いはと言えば正しい道を歩んでいる。●天人　道を修めた人。●造化　天地創造の神。●聖哲　聖人や哲人。すぐれた人。●中庸　正しい道。

燕侶雙棲爰妨作客
蟾圓全美可免思鄉

燕侶《えんりょ》双《なら》び棲《す》んで爰《ここ》に客《きゃく》と作《な》るを妨《さまた》げ
蟾円《せんえん》全《まった》く美《うるわ》しく郷《きょう》を思《おも》うを免《まぬが》る可《べ》し

夫婦は客ではなくいつも一緒に生活している。満月を眺めていると美しくて故郷を思う時もない。夫婦円満をいう。●燕侶　夫婦。連れ合い。●蟾円　満月。

興孝興弟爲仁之本
至大至剛集義所生

孝《こう》を興《おこ》し弟《てい》を興《おこ》すは仁《じん》を為《な》すの本《もと》なり
大《だい》に至《いた》り剛《ごう》に至《いた》るは義《ぎ》を集《あつ》めて生《しょう》ずる所《ところ》なり

孝行と従順はいつくしみの基《もと》であり、強くて盛んになるには正しい道を歩んではじめて成るものである。●孝弟　よく父母につかえて孝行を尽くし、兄長につかえて従順なこと。●大剛　強くて盛んなこと。

静以修身倹以養徳
出則篤行入則友賢

静《せい》を以《もっ》て身《み》を修《おさ》め倹《けん》を以《もっ》て徳《とく》を養《やしな》う
出《い》でては則《すなわ》ち行《こう》を篤《あつ》くし入《い》っては則《すなわ》ち賢《けん》を友《とも》とす

静かに正しい行いをし、倹約をして徳を育てる。外へ出かけては誠実さを以て行動し、家にいては書籍を読んで勉強をする。

讀聖賢書明體達用
行仁義事致遠通方

聖賢《せいけん》の書《しょ》を読《よ》めば体《たい》を明《あき》らかにし用《よう》を達《たっ》す
仁義《じんぎ》の事《こと》を行《おこな》えば遠《とお》きに致《いた》り方《ほう》に通《つう》ず

聖人や賢人の書籍を読むと生きる姿勢がはっきりとし、だれにも認められる。義理厚く正しい道を歩めば、どこへ行っても世間一般に通用する。

九字聯

人與物皆春陽和發育
道隨時共泰景色昭融

人《ひと》は物《もの》と与《とも》に皆春《みなはる》にして陽和発育《ようわはついく》し
道《みち》は時《とき》に随《したが》って共《とも》に泰《たい》にして景色昭融《けいしょくしょうゆう》す

人も自然界のあらゆるもののどかな春になって成育してゆき、行く道は時とともに安泰になり、景色も光り輝く。●陽和　のどかな春の気候。●昭融　光り輝くようす。

四萬里版圖山河依舊
五百兆民衆日月重光

四万里《しまんり》の版図山河《はんとさんが》旧《きゅう》に依《よ》り
五百兆《ごひゃくちょう》の民衆日月《みんしゅうじつげつ》光《ひかり》を重《かさ》ぬ

世界中の自然は昔と変わらず、世界中の人びとは太陽と月の光を重ねて受けて徳を輝かしている。自然の悠久さと人類の進歩を詠ず。●四万里版図　世界の地にたとえる。版図は領土。●依旧　昔のまま。●五百兆民衆　世界中の人びとにたとえる。●日月　太陽と月。●重光　一つの光るものがある上に他の光るものを重ねること。前後相継いで徳を輝かすこと。

由大道而行出門合轍
從秉彝所好隨境皆春

大道《だいどう》由《よ》り而《し》して行《こう》き門《もん》を出《い》ずれば轍《てつ》に合《がっ》す
秉彝《へいい》従《よ》り好《この》む所《ところ》の境《さかい》に随《したが》えば皆春《みなはる》なり

人の踏み行うべき道を行こうと門を出ると常道に合していた。その常道を保持して好きなところへ向かおうとすると、どこも春であった。●大道　人の踏み行うべき道。●合轍　常道に合すること。●秉彝　常道を保持すること。

舍讀書爲善別無安樂
卽彈琴頌詩自可優游

舎《と》まって書《しょ》を読《よ》み善《ぜん》を為《な》すより別《ほか》に安楽《あんらく》無《な》し
即《いた》って琴《こと》を弾《だん》じ詩《し》を頌《しょう》して自《みずか》ら優游《ゆうゆう》す可《べ》し

読書と善行を施すよりほかに気の安まることはない。琴を弾じ、詩を吟じてゆったりと過ごすのが一番である。●優游　自分で満足するようす。

家家喧爆竹人間改歳
處處換桃符天下皆春

家家《かか》爆竹《ばくちく》を喧《かまびす》しくして人間《にんげん》歳《とし》を改《あらた》む
処処《しょしょ》桃符《とうふ》を換《か》えて天下《てんか》皆《みな》春《はる》なり

家々は盛んに爆竹を揚げて人びとは新年を迎えた。どこもかも春聯《しゅんれん》を取り替えて天下は春そのものである。●桃符　春聯と同じ。除夜に朱箋、または紅紙に吉語を一句ずつ書して門上の左右に貼るもの。

氣滿函關騎青牛過去
籌添海屋招白鶴飛還

気《き》は函関《かんかん》に満《み》ち青牛《せいぎゅう》に騎《の》って過《す》ぎ去《さ》り
籌《ちゅう》は海屋《かいおく》に添《そ》え白鶴《はくかく》を招《まね》いて飛《と》び還《かえ》る

心持ちは雄大で天下の険、函谷関をも黒毛の牛にまたがって通り過ぎ、思いは海上の仙人の住居に大きな計画を含んでくるという白い仙鶴とともに飛びかけることである。●函関　函谷関。河南省新安県の東北にある関所の名。天険の地。●青牛　黒毛の牛。老子が晩年、青牛に乗って函谷関を過ぎ、西域に入った故事。●籌添海屋　人の長寿を祝する詞。海上の仙人の住居に、仙鶴が毎年、一つの大きなはかりごとを含んで来るという伝説からいう。

得一日餘暇且去思過
無十分德行愼勿誇功

一日《いちにち》の余暇《よか》を得《え》て且《まさ》に思《おも》いを去《さ》つて過《すご》すべし
十分《じゅうぶん》の徳行《とくこう》無《な》くば慎《つつし》んで功《こう》を誇《ほこ》る勿《な》かれ

一日の暇ができたならば自分の言動を振り返ってみよ。十分の立派な行いがなければ功績を誇ってはいけない。

淑氣自天來春榮麗日
祥光隨歲轉瑞藹和風

淑気《しゅくき》天《てん》自《よ》り来《きた》って春麗日《はるれいじつ》に栄《さか》え
祥光歳《しょうこうとし》に随《したが》って転《てん》じて瑞和風《ずいわふう》に藹《うるお》う

春日のなごやかな気が天から降り注いでうららかな日々となり、年が改まってめでたい光がのどかな風に乗って流れ渡る。●淑気　春日のなごやかな気。●祥光　めでたい光。

喬木發千枝豈非一本
長江分萬派總是同源

喬木千枝《きょうぼくせんし》を発《はっ》して豈一本《あにいっぽん》に非《あら》ず
長江万派《ちょうこうばんぱ》に分《わか》るも総《すべ》て是《これ》 源《みなもと》を同《おな》じくす

大きな木は千本もの多くの枝を生じ、長江は万にも及ぶ支流を持つが源流は一つである。●喬木　高い木。●長江　揚子江。中国の中央部を流れる大河。●万派　多くの支流。

認天地爲家休嫌室小
與聖賢共話便見朋來

天地《てんち》を認《みと》め家《いえ》を為《な》して室《しつ》の小《しょう》なるを嫌《いと》う休《なか》れ
聖賢《せいけん》と共《とも》に語《かた》って便《すなわ》ち朋《とも》の来《きた》るを見《み》る

天地の中の良いところを選んで家を構えたなら、部屋が小さいなんて言ってはいけない。聖賢と呼ばれる立派な人と交わりを結ぶと多くの仲間がやってくる。

爆竹兩三聲人間是歲
梅花四五點天下皆春

爆竹両三声人間歳《ばくちくりょうさんせいにんげんとし》を是《ただ》し
梅花四五点天下皆春《ばいかしごてんてんかみなはる》なり

爆竹が二、三回ひびき渡って新春を迎え、梅の花が四、五点咲いて、天下はどこも春が訪れた。

十字聯

丹桂有根獨長詩書門弟
黄金無種偏生勤儉人家

丹桂《たんけい》根《ね》有《あ》って独《ただ》し詩書《ししょ》の門弟《もんてい》に長《ちょう》じ
黄金《おうごん》種《たね》無《な》くして偏《ひとえ》に勤倹《きんけん》の人家《じんか》に生《しょう》ず

桂の木には根があるので聖賢のよい教えを受けた門下生は大きく育ち、黄金には種子がないので勤勉倹約の人にのみ生ずるものである。
●丹桂　月中にあるという桂の木。●詩書　すぐれた聖賢の教え。●人家　人をいう。

天地無私爲善自然獲福
聖賢有教修身可以齊家

天地《てんち》私《わたくし》無《な》し善《ぜん》を為《な》せば自然《しぜん》に福《ふく》を獲《え》る
聖賢《せいけん》教《おし》え有《あ》り身《み》を修《おさ》めて以《もっ》て家《いえ》を斉《ひと》しくす可《べ》し

天地に私心はないので、善をなす人だけが自然に幸福を得ることができる。聖賢のよい教え通りに正しい道を歩めば一家をなすことができる。

心作良田百世耕之不盡
善爲至寶一身用之有餘

心《こころ》は良田《りょうでん》と作《な》す百世《ひゃくせい》之《こ》れを耕《たがや》すも尽《つ》きず
善《ぜん》は至宝《しほう》と為《な》す一身《いっしん》之《こ》れを用《もち》いて余《あま》り有《あ》り

心はよく肥えた田畑と一緒で百代これを耕しても尽きることなく、善は最高の宝物でこれを実行していれば余徳が身につく。

四序韶光甘露和風旭日
一庭景色碧桃翠柳梅花

四序《しじょ》の韶光《しょうこう》は甘露和風旭日《かんろわふうきょくじつ》なり
一庭《いってい》の景色《けいしょく》は碧桃翠柳梅花《へきとうすいりゅうばいか》なり

四季の順序は春ののどかな景色からで、甘い露が降り、なごやかな風が吹き、朝日が昇る。そして、庭には碧桃の花が咲き、柳はみどり色に芽吹《めぶ》き、梅の花も満開である。●四序　春夏秋冬の順序。●韶光　春ののどかな景色。●甘露　甘い露。天下が太平になると降るという。●和風　なごやかな風。●旭日　朝日。●碧桃　桃の一種。

甘雨和風共沐皇恩浩蕩
祥雲瑞日羣瞻文治光華

甘雨和風《かんうわふう》共《とも》に皇恩《こうおん》の浩蕩《こうとう》に沐《もく》し
祥雲瑞日《しょううんずいじつ》群《おお》く文治《ぶんち》の光華《こうか》を瞻《み》る

恵みの雨が降り、のどかな風がそよ吹いて広大なる天子の恩恵に浴し、めでたい雲が広がり、うるおいある日の光を受けて太平の世に感謝する。●皇恩　天子の恩恵。●浩蕩　広く大きいこと。●文治　文政。世がよく治まること。●光華　光。

有脚陽春先到故園桃李
無心明月偏臨近水樓臺

脚《きゃく》有《あ》るの陽春《ようしゅん》先《ま》ず故園《こえん》の桃李《とうり》に到《いた》り
心《こころ》無《な》しの明月《めいげつ》偏《ひとえ》に近水《きんすい》の楼台《ろうだい》に臨《のぞ》む

歩み来る温暖な春の時節は最初に故郷の桃とすももの花を咲かせ、辺りをくまなく照らす明月は川のほとりの高殿に光を降り注ぐ。●陽春　暖かい春。●故園　故郷。●桃李　桃とすもも。●楼台　高殿。

助我書懷窗前數聲啼鳥
適吾性地墻外幾點梅花

我《われ》を助《たす》くるの書懐窓前《しょかいそうぜん》の数声《すうせい》の啼鳥《ていちょう》
吾《われ》に適《かな》うの性地《せいち》墻外《しょうがい》の幾点《いくてん》かの梅花《ばいか》

思いを述べるのにわたしを助けてくれるのは窓辺の鳥の鳴き声であり、ずっと住もうと思う自分にかなった地は垣根の外にいくらかの梅の花が咲くところである。●書懐　思いを書きしるすこと。●啼鳥　鳴く鳥。●性地　本来の地。●墻外　垣根の外。

志欲光前惟是詩書教子
心存裕後無如勤儉持家

志《こころざし》光前《こうぜん》に欲《ほっ》せば惟是《ただこれ》詩書《ししょ》を子《こ》に教《おし》うのみ
心《こころ》裕後《ゆうご》に存《そん》せば勤倹家《きんけんいえ》を持《たも》つに如《し》く無《な》し

心に祖先を輝かそうとするならばただその子を聖賢のよい教えに学ばせるべきであり、心に子孫を幸福にしようと思うならば勤勉倹約を実行するに勝ることはない。●光前裕後　祖先の光栄を増して、子孫に恩沢を及ぼす意。●詩書　すぐれた聖賢の教え。

治家要政不外勤儉二字
教子良方還是耕讀一門

家《いえ》を治《おさ》むるの要政《ようせい》は勤倹《きんけん》の二字《にじ》に外《ほか》ならず
子《こ》を教《おし》うるの良方《りょうほう》は還是耕読《またこれこうどく》の一門《いちもん》のみなり

家を栄えさせることで最も重要なことは勤勉倹約であり、子供を教えることで最も良い方法は耕作と読書である。●要政　最もたいせつなところ。●良方　良いやり方。

物阜民康共享太平氣象
風雲龍虎咸歌喜起良明

物《もの》阜《さか》んに民康《たみやす》らかにして共《とも》に太平《たいへい》の気象《きしょう》を享《う》け
風雲竜虎《ふううんりょうこ》咸《みな》喜起《きき》良明《りょうめい》を歌《うた》う

物品が豊かで人びとは安らかで天下太平であり、雲を呼んで勢いを増す竜や風を迎えていよいよその気を加える虎のように国は盛んである。●太平気象　天下太平のようす。●喜起　国の盛んになること。●良明　君臣ともに良いこと。

門可登龍他日置身北闕
簫能引鳳今朝坦腹東牀

門《もん》は竜《りょう》を登《のぼ》らす可《べ》く他日《たじつ》身《み》を北闕《ほくけつ》に置《お》き
簫《しょう》は能《よ》く鳳《ほう》を引《ひ》いて今朝《こんちょう》坦腹東牀《たんぷくとうしょう》たり

人は栄達して、後日、身を宮中に置き、しょうの笛の音が鳳凰を招き寄せるように、今朝、結婚した。●登竜門　竜門は黄河の上流で、その急流を鯉が登ると竜に化すという。人の栄達するたとえ。●他日　後日。●北闕　宮中。●簫　しょうの笛。●坦腹東牀　娘のむこ。晋の王羲之の故事。

祈上蒼百室充盈歌大有
報后土千家樂利慶豐年

上蒼《じょうそう》に祈《いの》るの百室充盈《ひゃくしつじゅうえい》して大有《たいゆう》を歌《うた》い
后土《こうど》に報《ほう》ずるの千家利《せんかり》を楽《たの》しんで豊年《ほうねん》を慶《けい》す

天地の神に祈っていた多くの家々の人びとは、豊年に十分に満足して喜びの歌をうたって感謝の意を伝えている。●上蒼　天。●百室・千家　多くの家。●大有　豊年。●后土　地の神。

春晴寄岸柳雲霞成異色
香氣擬寒梅花柳發韶年

春晴岸《しゅんせいがん》柳《りゅう》に寄《よ》って雲霞《うんか》異色《いしょく》を成《な》し
香気寒梅《こうきかんばい》に擬《ぎ》して花柳《かりゅう》韶年《しょうねん》を発《はつ》す

春の晴れた日光は岸の柳に降り注いで、ただよう雲とかすみのもと美しい色を放っている。寒中の梅の香りのような赤い花やみどり色の柳は明らかに治まった年の到来を告げている。●異色　美しい色。●花柳　赤い花とみどり色の柳。●韶年　天下太平の年。

桃樹三千佳果平分仙洞
春光九十稱觴偏占芳辰

桃樹三千佳果《とうじゅさんぜんかか》平《たい》らかに仙洞《せんどう》に分《わか》ち
春光九十《しゅんこうくじゅう》觴《しょう》を称《あ》げて偏《ひとえ》に芳辰《ほうしん》を占《し》む

三千年に一度、花をつけて結んだ霊験あらたかな仙桃を仙人たちに平等に配り、春ののどかな日が輝く芳しい時節を称えて杯を酌《く》み交《か》わす。●桃樹三千　仙人世界の桃。三千年に一度花を開き、実を結ぶ。●佳果　良い果実。●仙洞　仙人の住むところ。●春光九十　春三か月、九十日間ののどかな日光。●称觴　杯をあげること。●芳辰　芳しい春の時節。

海燕重來情戀雕梁舊壘
谷鶯初出聲諧喬木新枝

海燕《かいえん》重《かさ》ねて来《きた》って情《じょう》雕梁《ちょうりょう》の旧塁《きゅうるい》を恋《こ》い
谷鶯《こくおう》初《はじ》めて出《い》でて声《こえ》喬木《きょうぼく》の新枝《しんし》に諧《かな》う

美しいはりでつくられた古い小城を恋いしたって今年も海つばめが訪れた。高い木の新しい枝では谷のうぐいすがやってきて、はじめて愛らしい声でさえずっている。●海燕　海つばめ。●雕梁　彫刻されたはり。●旧塁　古い小城。●谷鶯　谷のうぐいす。●喬木　高い木。

掌萬民之福澤普沾吉慶
通天下之財源永賜豐盈

万民《ばんみん》の福沢《ふくたく》を掌《つかさど》り普《あまね》く吉慶《きっけい》を沾《うるお》す
天下《てんか》の財源《ざいげん》を通《つう》じ永《なが》く豊盈《ほうえい》を賜《たま》う

人民の幸せと恵みを願って喜びをあまねく与え、天下のお金を用いて長く豊かであれと祈る。●福沢　幸いと恵み。●吉慶　めでたく賀すべきこと。●豊盈　豊かで満ちること。

雁幣雙聯喜荷千金之諾
魚書一幅欣成百世之縁

雁幣《がんぺい》双聯《そうれん》喜《よろこ》んで千金《せんきん》の諾《だく》を荷《にな》い
魚書《ぎょしょ》一幅《いっぷく》欣《よろこ》んで百世《ひゃくせい》の縁《えん》を成《な》す

雁を並べ持って行って結婚の承諾を賜わり、婚姻届けを提出して終生の縁を誓う。●雁幣　婚礼の時、結納《ゆいのう》の品として贈る雁。●双聯　並び連ねること。●千金之諾　千金に価するありがたい承諾。●魚書　信書。●一幅　手紙などの一通。●百世之縁　百代も後までの縁。

新暦迎年人賀重光舜日
椒盤獻歳家欣再樂堯天

新暦《しんれき》年《とし》を迎《むか》えて人《ひと》重光《ちょうこう》の舜日《しゅんじつ》を賀《が》し
椒盤《しょうばん》歳《とし》を献《けん》じて家《いえ》再楽《さいらく》の堯天《ぎょうてん》を欣《よろこ》ぶ

新年を迎えて人びとは舜帝の太平の世の光が再び輝いているのを祝し、おせち料理と酒杯を酌《く》み交《か》わして尭帝の太平の世をしのんで楽しむ。●迎年・献歳　新しい年になること。●舜日尭天　太平の世をいう。舜と尭は中国古代伝説上の聖天子。●椒盤　新年に用いる酒肴。

歴序更新三朔同臨首祚
風光勝舊一門獨得先春

歴序《れきじょ》新三朔《しんさんさく》に更《あらたま》って同《とも》に首祚《しゅそ》に臨《のぞ》み
風光《ふうこう》旧《きゅう》一門《いちもん》に勝《まさ》って独《ひと》り先春《せんしゅん》を得《え》たり

暦が改まって新年となり、みんなで年のはじめを祝い合う。外の景色も昔通りではなく、はやばやと春そのものである。●歴序　暦。●新三朔　新年の元旦。●首祚　年のはじめ。●風光　景色。●旧一門　昔の仲間。●先春　初春。

曉日初晴海宇雲霞呈秀
春風乍暖江城梅柳生輝

曉《ぎょう》日《じつ》初《はじ》めて晴《は》れて海宇《かいう》の雲霞《うんか》秀《しゅう》を呈《てい》し
春風《しゅんぷう》乍《たちま》ち暖《あたた》かにして江城《こうじょう》の梅柳《ばいりゅう》輝《かがや》きを生《しょう》ず

朝日が昇って天地四方には美しい雲やかすみがたなびき、暖かい春風が吹いて川のほとりの町には梅や柳の木々が輝きを増してきた。
●海宇　天地四方をいう。●江城　川のほとりの町。

麒麟鳳凰出處皆爲世瑞
芝蘭玉樹芳馨自應家徵

麒麟鳳凰《きりんほうおう》出《い》ずる処《ところ》皆《みな》世《よ》の瑞《ずい》を為《な》し
芝蘭玉樹《しらんぎょくじゅ》の芳馨《ほうけい》自《おの》ずから家《いえ》の徴《ちょう》に応《おう》ず

めでたさの象徴のきりんや鳳凰があらわれて豊かな世を謳歌し、良い子弟が芳しい香りを放って家の盛んなることをあらわしている。
●麒麟鳳凰　霊獣瑞鳥の名。●芝蘭玉樹　佳良な子弟をいう。●芳馨　良い香り。

讀書陳篇惟孝友於兄弟
遵司馬訓積陰德於子孫

書《しょ》の陳篇《ちんぺん》を読《よ》んで孝友兄弟《こうゆうけいてい》を惟《おも》い
司馬《しば》の訓《おし》えに遵《したが》って陰徳子孫《いんとくしそん》に積《つ》む

古典を読んでは兄弟に尽くすことを思い、司馬光の教えに従ってかくれた徳を子孫に残す。●陳篇　古い書籍。●孝友　よく父母につかえることと兄弟仲よくすること。●司馬　北宋の名臣、司馬光のこと。●陰徳　かくれた徳。

十一字聯

人影鏡中被一片花光圍住
霜華秋後看四山嵐翠飛來

人影《じんえい》鏡中《きょうちゅう》一片《いっぺん》の花光《かこう》を被《き》て囲《かこ》み住《じゅう》し
霜華《そうか》秋後《しゅうご》四山《しざん》の嵐翠《らんすい》を看《み》て飛《と》び来《きた》る

鏡に映《うつ》った人は一着の花の輝きを身につけて暮らしている。秋になって霜が降り、四方の山にはみどり色のもやがたなびいている。●一片　ひとひら。●花光　花の輝き。●霜華　霜を花に比していう。●秋後　立秋以後。●四山　四方の山。●嵐翠　みどり色の山気。山気は山間に生ずるもや。

大造無私處處桃花頻送暖
三陽有舊年年春色去還來

大造《たいぞう》は私《わたくし》無《な》く処処《しょしょ》の桃花《とうか》頻《しき》りに暖《だん》を送《おく》り
三陽《さんよう》は旧《きゅう》有《あ》り年年《ねんねん》の春色《しゅんしょく》去《さ》って還来《またきた》る

大いなる功績は私心があってのことではない。あちこちの桃の花は無心に盛んに暖かさを送ってくれる。新年は去年があってのものである。毎年の春景色も去ってはまた訪れてくる。●大造　大きな手柄を成すこと。●処処　どこもかも。●三陽　新年。●年年　毎年。

天意回春萬物光輝資發彩
人心樂喜四時和氣獲徵祥

天意《てんい》春《はる》を回《かえ》して万物《ばんぶつ》の光輝《こうき》彩《いろど》りを発《はっ》するを資《たす》け
人心《じんしん》喜《よろこ》びを楽《たの》しんで四時《しじ》の和気《わき》徴祥《ちょうしょう》を獲《え》たり

春が帰ってくると天地間のあらゆるものが光り輝いて美しい色を発し、人は喜び楽しんでいつでもなごやかでめでたいしるしを放っている。●徴祥　めでたいしるし。

月夜高歌俠氣與青萍共嘯
花辰淺酌清音和鶯舌偕圓

月夜《げつや》の高歌《こうか》俠気《きようき》は青萍《せいへい》と共《とも》に嘯《うそぶ》き
花辰《かしん》の浅酌《せんしやく》清音《せいおん》は鶯舌《おうぜつ》に和《わ》して偕《とも》に円《まど》かなり

月光のもと、男は名剣を片手に声高らかに弁を述べる。花の時節、少し酒を飲んでうたう清らかな声はうぐいすのさえずりと調和して心がなごむ。●高歌　声高らかにうたうこと。●俠気　男ぎ。●青萍　名剣の名。●花辰　花の時節。●浅酌　静かにほどよく酒を飲むこと。●清音　清らかな音声。●鶯舌　うぐいすの鳴き声。

且喜今治日暖風和無俗事
閒尋舊隱花香鳥語一般春

且《まさ》に喜《よろこ》ぶべし今治《いまおさ》まって日《ひ》暖《あたた》かに風和《かぜわ》して俗事《ぞくじ》無《な》きを
間《かん》に旧隠《きゆういん》を尋《たず》ぬれば花香《はなかんば》しく鳥語《とりかた》って一般春《いっぱんはる》なり

今日は暖かい日ざしがあり、のどかな風が吹いてわずらわしいことがないので喜んでいる。暇に任せて昔の住居を訪ねてみると花は芳しく香り、鳥がさえずり合ってすべてが快《こころよ》い春そのものであった。●俗事　世間のわずらわしい事柄。

玉宇無塵月明碧漢三千界
銀河瀉影人醉春風十二樓

玉宇《ぎよくう》塵《ちり》無《な》く月《つき》は明《あき》らかなり碧漢三千界《へきかんさんぜんかい》
銀河《ぎんが》影《かげ》を瀉《そそ》いで人《ひと》は酔《よ》う春風十二楼《しゆんぷうじゆうにろう》

天は澄み渡り、月は広い世界をあまねく明るく照らし、天の川が光を注ぐ中、人びとは春風に吹かれながら高殿で酒宴を催している。元宵（陰暦正月十五日夜）の光景。●玉宇　天をいう。●碧漢　天をいう。●三千界　広い世界。●銀河　天の川。●影　光。●十二楼　十二の高殿。

曲譜南薫四月清和逢首夏
樽開北海一家歡樂慶長春

曲《きよく》は南薫《なんくん》を譜《ふ》して四月《しがつ》の清和首夏《せいわしゆか》に逢《あ》い
樽《たる》は北海《ほつかい》を開《ひら》いて一家《いつか》の歓楽長春《かんらくちようしゆん》を慶《よろこ》ぶ

親孝行をたたえた「南風の薫」の詩の夏の風が吹きはじめた清らかでなごやかな四月、賓客を接待するための「北海の樽」といわれる酒樽を開けて一家団らんして長寿を祝って酒を酌《く》み交《か》わす。●南薫　中国五帝の一人、虞舜の作った「南風の薫」詩の略。●清和　清らかでなごやかなこと。●首夏　初夏。●北海樽　後漢の北海の相の孔融が常に賓客を招いて宴飲して「樽中酒不レ空《シカラ》」と言った故事。●長春　長寿。

何物動人二月杏花八月桂
有誰催我三更燈火五更雞

二月の杏《あんず》の花が咲く時と中秋の明月が輝く時には、人びとは花見と観月に動く。真夜中の灯火と夜明けの時のにわとりの鳴き声はわたしを魅了する。●三更・五更　夜を五区分した第三の時刻（真夜中）と第五の時刻（夜明け時）。

何物《なにもの》か人《ひと》を動《うご》かす二月《にがつ》の杏花《きょうか》八月《はちがつ》の桂《かつら》
誰《たれ》有《あ》ってか我《われ》を催《うなが》す三更《さんこう》の灯火《とうか》五更《ごこう》の雞《けい》

即景生情粉蝶翻春花弄影
淑園成趣紅桃映日草舖茵

眼前の景色には心をうばわれる。春たけなわで色とりどりの花をめぐって白い蝶が飛び交《か》い、そのかげが目に残る。美しい庭園はたいへんおもむきがある。紅《くれない》色の桃の花は満開で日の光に美しく輝き、みどり色の草はしとねのように広がっている。●即景　眼前の景色。●粉蝶　白い蝶。●淑園　美しい庭園。●紅桃　紅色の桃。

即景《そくけい》情《じょう》を生《しょう》じ粉蝶《ふんちょう》春《はる》に翻《ひるがえ》って花影《はなかげ》を弄《ろう》し
淑園《しゅくえん》趣《おもむき》を成《な》し紅桃《こうとう》日《ひ》に映《えい》じて草茵《くさしとね》を舗《し》く

香入梨花一刻千金春對酒
清傳玉漏五更三點月留人

梨《なし》の花の芳しく香る中、一刻が千金にもあたいするこの春のよい季節に酒宴を催す。玉で飾った水時計が清らかな音を立てて夜明けを告げるこの時、人は沈みゆく月を名残《なごり》惜しく眺めている。元宵（陰暦正月十五日夜）の光景。●玉漏　玉で飾った水時計。●五更三点　五更の第三点の意で、今の午前五時ごろをいう。五更は夜を五区分した第五の時刻で、午前四、五時。

香《こう》は梨花《りか》に入《い》って一刻千金《いっこくせんきん》春酒《はるさけ》に対《たい》し
清《せい》は玉漏《ぎょくろう》を伝《つた》えて五更三点《ごこうさんてん》月人《つきひと》を留《とど》む

高華沈實不變民風宏教化
小學大成保存國粹進文明

すぐれて立派な人は深くまじめに考えて動き、人民の風俗を大きく変化させて人びとを教え導き、小学生も大きく育って国特有の美風を保存して文明を高めてゆく。●高華　すぐれて立派な人。●沈実　落ち着いて考え深く実直。●民風　民間の風俗。●保存国粋　その国固有の長所美風を保存すること。

高華《こうか》沈実《ちんじつ》し民風《みんぷう》を不変《ひへん》して教化《きょうか》を宏《ひろ》め
小学大成《しょうがくたいせい》し国粋《こくすい》を保存《ほぞん》して文明《ぶんめい》を進《すす》む

皓月満輪玉宇無塵萬頃碧
紫簫一曲銀燈有燄千家春

皓月満輪《こうげつまんりん》玉宇《ぎょくう》塵《ちり》無《な》し万頃《ばんけい》の碧《みどり》
紫簫一曲《ししょういっきょく》銀灯《ぎんとう》燄《ほのお》有《あ》り千家《せんか》の春《はる》

天は澄み渡り満月は明らかに光り輝いてはてしなく広い山河のみどり色を浮きたたせる。灯火が明るい炎を上らせる中、美しいしょうの笛の音がひびき渡ってどの家も元宵節を祝っている。元宵（陰暦正月十五日夜）の光景。●皓月満輪　明るく輝く満月。●玉宇　天をいう。●万頃　地面や水面などの非常に広いこと。●紫簫　むらさき色の美しいしょうの笛。●銀灯　明るくともる灯火。

盛世文明萬丈青雲才子路
新春光彩一輪明月衆家歡

盛世《せいせい》の文明《ぶんめい》は万丈《ばんじょう》の青雲才子《せいうんさいし》の路《みち》なり
新春《しんしゅん》の光彩《こうさい》は一輪《いちりん》の明月衆家《めいげつしゅうか》の歓《かん》なり

太平な世の中にはより高い青雲の志を持つすぐれた人にとって恵まれた道が開けており、新春のうるわしい光は明月の輝きにも似て多くの家の喜びをたたえている。●盛世　盛んで太平な世。●文明　文徳の輝くこと。●万丈　非常に高い・深い・広いこと。●青雲　功名を立てようとする心。●光彩　うるわしい光。●一輪　一つの輪。満月をいう。●衆家　多くの家。

瑞日初臨堦前秀發恒春樹
祥雲常護堂上紅開不老花

瑞日《ずいじつ》初《はじ》めて堦前《かいぜん》に臨《のぞ》み秀《しゅう》は恒春《こうしゅん》の樹《じゅ》に発《はっ》す
祥雲《しょううん》常《つね》に堂上《どうじょう》を護《まも》り紅《くれない》は不老《ふろう》の花《はな》を開《ひら》く

めでたい日、はじめて階段の前に行くと恒春の木が芳しい香りを放っている。めでたい雲はいつでも高殿の上空にあって長寿の花は紅色に咲いている。●瑞日　めでたい日。吉日。●堦前　階段の前。堦は階に同じ。●秀　花。●恒春樹　香木の名。●祥雲　めでたい雲。●不老花　老いない花。長寿の花。

綵悦懸門蘭質蕙心延美譽
明珠入掌柳詩茗賦毓清才

綵悦門《さいえつもん》に懸《かか》って蘭質蕙心《らんしつけいしん》美誉《びよ》を延《の》べ
明珠《めいしゅ》掌《たなごころ》に入《い》って柳詩茗賦《りゅうしめいふ》清才《せいさい》を毓《そだ》つ

この上ない喜びが生じて心身ともに丈夫に育つことを願い、すぐれた才能を育てて立派な詩文を作ってほしい。●綵悦　この上ない喜び。●蘭質蕙心　身体と心の美しいことをいう。●美誉　立派なほまれ。●明珠　すぐれた才能。●柳詩茗賦　柳の詩と茶の文。詩文をいう。●清才　立派な才能。

翠竹蒼松六月秋聲涼枕簟
奇花異卉四時春氣靄樓臺

翠竹蒼松《すいちくそうしょう》六月《ろくがつ》の秋声《しゅうせい》枕簟《ちんてん》に涼《すず》しく
奇花異卉《きかいき》四時《しじ》の春気《しゅんき》楼台《ろうだい》を靄《おお》う

まだ夏なのにみどり色の竹と松は秋風に吹かれているような音を立て、寝床は涼しい。珍しい草花におおわれて高殿は一年中いつでも春の気配《けはい》に満ちあふれている。●翠竹蒼松　みどり色の竹と松。翠も蒼もみどり色の意。●枕簟　まくらとたかむしろ。寝台。●奇花異卉　珍しい草花。奇も異も珍しい意。卉は草。●四時　春夏秋冬。●春気　春の気配。●楼台　高殿。

學工無間斷那管朝夕寒暑
校訓常領略履行樸實信勤

学工《がくこう》は間断《かんだん》無《な》く那《なん》ぞ朝夕寒暑《ちょうせきかんしょ》に管《かん》せん
校訓《こうくん》は常《つね》に領略《りょうりゃく》し樸実信勤《ぼくじつしんきん》に履行《りこう》す

学問は切れ目なく続けるもので、朝や夜、寒さや暑さなど関係ない。学校の基本となる教えの言葉はいつもよく理解してまじめに実行しなければならない。●学工　学問。●校訓　学校の生徒指導の基本となる言葉。●領略　納得すること。●履行　踏み行うこと。●樸実信勤　実直でまじめにつとめること。

學以明倫社會事切毋拉攏
校將施敎蒙童時須重栽培

学《がく》は倫《りん》を明《あき》らかにするを以《もっ》て社会《しゃかい》の事《こと》は切《せつ》に拉攏《ろうろう》する毋《なか》れ
校《こう》は将《まさ》に教《おし》えを施《ほどこ》すべく蒙童《もうどう》の時《とき》は須《すべか》らく栽培《さいばい》を重《かさ》ぬべし

学問は人の踏み行う道を明らかにすることであって、社会のことはそこでは引き入れるべきではなく、学校は教育するところであって、子供はすべてを学ぶ姿勢で望ませねばならない。●明倫　人の道を明らかにすること。●拉攏　引き入れること。●蒙童　子供。●栽培　人材の養成をいう。

燈光交輝祈一方風調雨順
神人共樂願四境國泰民安

灯光《とうこう》交《こもごも》輝《かがや》いて一方風調雨順《いっぽうふうちょううじゅん》を祈《いの》り
神人共《しんじんとも》に楽《たの》しんで四境国泰民安《しきょうこくたいみんあん》を願《ねが》う

どこの家にも灯火が輝いてだれもが気候の順調なことを祈り、神も人もともに楽しんで国のすみずみまでの安泰と人民の安らかなことを願う。●灯光　灯火の光。●風調雨順　気候の順調なこと。●神人　神と人。●四境　四方の国境。●国泰　国中の安泰。●民安　人民の安らかなこと。

燕語雕梁年來歲月何曾異
花明綺陌春至風雲自不同

燕《つばめ》は雕　梁《ちょうりょう》に語《かた》り年来《としきた》って歳月何《さいげつなん》ぞ曾《かつ》て異《こと》ならん
花《はな》は綺陌《きはく》に明《あき》らかに春至《はるいた》って風雲自《ふううんおの》ずから同《おな》じからず

つばめが美しいはりでさえずる春になり、思うことは歳月はいつも同じであるということ。春が訪れて美しい町の通りには花が咲くのは毎年のことだが、風の吹き方と雲の流れは同じではない。●雕梁　彫刻されたはり。

龍燭鳳燈灼灼光開全盛世
玉簫金管雍雍齊唱太平春

竜　燭　鳳灯　灼　灼《りょうしょくほうとうしゃくしゃく》として光《ひかり》全盛《ぜんせい》の世《よ》を開《ひら》き
玉　簫　金管雍雍《ぎょくしょうきんかんようよう》として太平《たいへい》の春《はる》を斉　唱《せいしょう》す

美しい彩《いろど》りの多くの灯火が光り輝いて栄華を極める世をあらわし、玉でつくったしょうの笛や黄金づくりの笛の音がゆったりと流れて太平の春を賛歌している。元宵（陰暦正月十五日夜）の光景。●竜燭・鳳灯　灯火の美称。●灼灼　光り輝くようす。●全盛世　栄華を極める世の中。●玉簫　玉でつくった笛。●金管　黄金づくりの笛。●雍雍　音楽ののびのびして穏やかなようす。

蘭桂聯芳一種天香榮上苑
椿萱竝茂十分春色麗華堂

蘭桂芳《らんけいほう》を聯《つら》ね一種《いっしゅ》の天香上苑《てんこうじょうえん》に栄《さか》え
椿萱並《ちんけんなら》び茂《しげ》り十分《じゅうぶん》の春　色華堂《しゅんしょくかどう》に麗《うるわ》し

子孫が繁栄して特別の天からの香りが美しい庭園に満ちあふれ、父母も健在で立派な家はうるわしい春そのものである。●蘭桂聯芳　子孫の繁栄すること。●天香　天から起こる香り。●上苑　天子の庭園。●椿萱　父母にたとえる。●華堂　立派な家。

鐸振杏壇共仰先生能警覺
經傳槐市佇看多士際風雲

鐸《たく》は杏　壇《きょうだん》に振《ふる》い共《とも》に先生《せんせい》を仰《あお》いで能《よ》く警覚《けいかく》し
経《けい》は槐市《かいし》に伝《つた》わり佇《たたず》んで多士《たし》を看《み》て風雲《ふううん》に際《あ》う

鈴が学問所に鳴りひびく中、一緒に先生の教えを受けていましめ覚《さと》り合い、経書は教場に伝わっており、立ち尽くして多くの仲間の中から俊才と友だちになることができた。●鐸　鈴。●杏壇　学問所。●警覚　いましめ覚えること。●経　経書。聖賢の言行や教えをしるした書籍。●槐市　孔子が子弟を教えたところ。●多士　多くの仲間。●風雲　才気のあるすぐれた人。

索引（さくいん）

四字成語【あ】

青は藍より出ず……46
味は神に通ず可し……39
普く後生を育む……72
雨を冒して韮を翦る……47
安居楽業……30

四字成語【い】

勢い破竹の如し……79
遺訓秉る可し……97
池に臨み書を学ぶ……99
一元復始まる……5
一塵不染……6
一団の和気……6
一年三秀……5
一念天に通ず……5
一年の勝景……5
一目瞭然……5
一門吉慶あり……5
一路帆に順う……6
一家の祥瑞……5
一壺千金……6
一世に俯仰す……57
出でて外伝に就く……23
色鮮やかにして目を奪う……34
色は霜紈を奪う……34
陰を惜しみ日を愛す……65

四字成語【う】

鶯は上林に囀る……103
内和して外順なり……15
馬に飲い銭を投ず……85
恭しくして之れを敬う……58
恭しくして礼有り……58
雨露各沾う……46
雨露の恩……46
雲煙飛動……78
雲霞燦爛たり……78
雲心月性……78

四字成語【え】

英気人を動かす……54
英才を培植す……63
穎秀華の若し……97
英風古に亘る……45
鴛鴦交頸……98
延年益寿……36
延年極まり無し……36

四字成語【お】

鶯花海裡……103
鶯花爛漫……103
黄金地に満つ……79
修めて神仙に到る……56
温暖の気……80
恩は四海に加わる……58

四字成語【か】

海屋籌を添ゆ……60
蓋世の神童……90
華筵燦爛たり……76
賀客門に盈つ……76
佳気時に喜ぶ……39

学優れ世に処す……95
学に勤むれば功有り……79
楽は周南を奏す……93
学は人倫を尽す……94
鶴鹿春を同じくす……103
学を重んじ師を尊ぶ……54
花香庭に満つ……44
花光柳影……43
花根本艶なり……44
重ねて旧業を理む……54
河山旧に依る……43
化日初めて長し……15
火樹銀花……21
花燭の喜び……44
風枝を鳴らさず……55
嘉節長春……86
佳節を慶賀す……93
風に随い柁を倒にす……98
風に乗じて波を破る……56
風和し日麗らかなり……55
風を候ち帆を挂く……57
花鳥風月……44
合璧連珠……28
家庭福を備う……57
華堂宴を開く……76
華堂紫氛……76
家道乃ち成る……57
華堂照り耀く……76
華堂日に輝く……76
花様穎新たり……44
華を銜み実を佩ぶ……91
汗牛充棟……31
閑居して志を養う……77
寛厚宏博……92
寒消し暖至る……71
元旦祥を呈す……14
元旦令節……14
歓天喜地……103
閑に大草を臨む……68
管鮑の遺風……90
翰墨家を伝う……97
翰墨詩書……97
韓柳欧蘇……99
翰林子墨……97
甘霖早に降る……26
甘を絶ち少を分つ……75
巻を開けば益有り……77
甘を分ち苦を共にす……15

四字成語【き】

義海恩山……82
宜家慶び有り……40
喜歓無量……70
義気雲を凌ぐ……82
喜慶大いに来る……70
吉慶余り有り……29
吉慶安然たり……28
吉慶門に満つ……29
吉月の令辰……28
吉祥意の如し……28
吉祥善事……28
吉人天相……28
吉星高く照く……28
吉地の祥光……28

規に循い矩を蹈む……71
気は関中を蓋う……59
気は虹霓に比す……59
義は霄漢に冲る……82
禧は大地を凝ぶ……99
気味相投ず……59
九農歳を歓ぶ……6
九陌の祥煙……6
旧を染めて新と作す……52
居安資深……41
挙案斉眉……99
杏眼桃腮……37
恭倹家を持す……58
業を敬い群を楽しむ……80
玉燕懐に投ず……26
玉昆金友……26
玉盞常に明らかなり……26
旭日東に升る……31
玉樹枝栄ゆ……26
玉燭調和……26
玉人天降る……26
玉人双を成す……26
玉兎銀蟾……26
虚心平意……76
虚静恬淡……76
魚竜将に化せんとす……69
虚を棄て実を崇ぶ……72
騏麟子を送る……101
機を決して疑う無し……38
義を陳ぶること甚だ高し……68
金玉堂に満つ……45
金玉に勝る……69
金玉の君子……45
琴瑟雅調……73
琴瑟声和す……74
琴瑟之れを友とす……73
琴瑟を鼓するが如し……29
錦上花を添ゆ……97
銀燭輝を交う……91
琴書故業なり……73
勤を将て拙を補う……63

四字成語【く】

草を翦り根を除く……94
熊を批ち虎を拉ぐ……37
雲は吉祥を現す……78
雲は禅房を護る……79
雲は天宇を開く……78
雲を開き天を覩る……77
君子の三楽……35
君子は恥を重んず……35
君子万年……35
群星北に擁す……81

四字成語【け】

瓊花蒂を並ぶ……101
稽古訓えと為す……94
敬すれば則ち徳聚まる……79
景星慶雲……72
景星麟鳳……72
兄弟美を致す……23
恵風和暢……71
兄友弟恭……23
経を談じ史を説く……94

経を枕にし書を藉く……42
元恵吉を迪く……14
言行相称う……38
懸弧の喜び……102
乾坤化育……63
乾坤定まる矣……63
乾坤乍ち転ず……63
乾坤の清気……63
妍姿艶質……48
元宵三夜……14
言を謹み行を慎む……100
剣を鳴らし掌を抵つ……91
乾を旋らし坤を転ず……65

四字成語【こ】

好雨時を知る……29
耕雲種月……61
光焔万丈……27
闔家安然たり……91
闔家慶を歓ぶ……91
姮娥世に降る……47
江山老いず……31
衡山の雲を開く……77
江山雄麗なり……31
香車宝馬……56
紅翠架に満つ……53
公正無私……15
浩然の正気……60
光前裕後……27
高談闊歩……62
耕釣の生涯……61
浩蕩たる東風……60
香は十里に聞ゆ……56
香は繍簾に満つ……56
光風霽月……27
幸福新たに増す……41
幸福疆り無し……41
幸福重ねて沾う……41
高明秀挺……62
功を建て業を立つ……48
五雲日を扶る……13
氷を敲き茗を煮る……87
鼓楽天に喧し……86
五穀豊登……14
心堅ければ石をも穿つ……19
志は春秋に在り……37
志は千里に在り……37
志美に行い厲なり……37
心に問うて愧ずる無し……63
心広く体胖かなり……20
心を洒って自ら新たにす……52
心を正し身を修む……25
心を開き誠を見す……77
古今独歩……23
五色の香煙……13
五色の彩雲……13
五色の春雪……13
古人の書を読む……104
五世其れ昌んなり……13
五代堂を同じくす……13
尽く眼中に在り……88
子に一経を教う……65
五風十雨……13
鼓腹撃壌……86

五福門に臨む……14
戸牖春生ず……20
五陵の春色……13
之れを祭るに礼を以てす……68

四字成語【さ】

彩雲屋に満つ……64
歳寒の三友……80
才子佳人……12
財は銀漢を連ぬ……62
才貌相当る……12
彩鳳時に舞う……64
彩を錯え金を鏤む……98
酒は金樽に満つ……62
酒は知己に逢う……62
酒を把り風に臨む……37
山河一統……11
三光の明……8
三春の景物……8
三思世に処す……8
三星天に在り……8
山川色を易らぐ……11
燦然として厚し……98
三千年の桃……8
三多を慶祝す……92
参天貳地……63
三陽交泰……8
山林秀色あり……11
山林独り往く……12

四字成語【し】

時雨の化……58
紫燕黄鶯……68
四海兄弟……24
四海昇平……24
四海波静かなり……24
四海を家と為す……24
紫気千星……68
紫気東より来る……68
四季平安なり……23
事業昌隆す……39
詩源海の如し……85
四時吉慶あり……23
四時の花月……24
四時の気備わる……24
四時美に充つ……23
詩酒徴逐……85
詩書味長し……85
詩書世を継ぐ……85
至誠神の如し……34
至誠天に格る……34
子孫万代……11
日月光華あり……21
日月懐に入る……21
室に春風有り……48
四徳兼備……24
詩は佳句を吟ず……84
詩は関雎を詠ず……84
詩は天桃を詠ず……84
試筆永と書す……84
四壁の図書……24
四民安楽……23
繍戸祥光あり……100
繍戸荘厳なり……100

衆志城を成す……76
螽斯の徴……99
秋収冬蔵……53
螽斯を慶衍す……92
従心の年……64
繡箔珠簾……100
十分の春色……8
十里の紅杏……8
繡を衣て昼行く……34
珠円玉潤……60
淑気韶光……66
寿山福海……86
酒天の美禄……62
寿は三松を倒す……87
寿は南岳に同じ……86
寿は南山に比す……86
寿を護り年を保つ……103
朱を紆らし金を懐く……53
春王正月……49
春光已に発す……50
春光明媚……50
春山笑うが如し……49
春日載ち陽かなり……49
春秋老いず……50
春秋佳日……50
春城の雨露……51
春色は文章なり……50
春色桃舒く……50
春風膏雨……51
春風戸に入る……51
春風暖を送る……51
春風得意……51
春風初めて放つ……51
春風美景……51
順風満帆……79
春風和気……51
春明の甲第……50
祥雲境に入る……67
祥雲時に集る……67
松煙雲を凌ぐ……42
椒花頌を献ず……72
常娥世に降る……64
椒気千春……72
上下咸和す……9
上元の佳節……9
祥光戸に満つ……67
祥光室を繞る……67
焼香礼拝……95
鐘鼓の楽しみ……102
椒酒松香……72
清静なる禅林……67
松柏長に春なり……42
祥は黄道を呈す……67
祥は麟趾を呈す……67
松風水月……42
翔鸞舞鳳……75
松齢長寿……43
觴を飛ばして月に酔う……56
簫を吹き鳳を引く……35
諸事心に遂う……97
書田税無し……58
初度の辰……35
書は心画也……58
書は余香有り……59

芝蘭異香あり……38
詩礼家を伝う……85
糸を弾じ竹を吹く……92
神威広大なり……61
仁至り義尽く……14
深淵に臨むが如し……30
信多き者は顕る……29
深恩未だ報ぜず……66
人格を修明す……56
人間の巧節……6
人群進化す……7
神光室を照す……60
晨昏を竭尽す……90
仁漿義粟……14
秦晋姻を聯ぬ……61
神人共に楽しむ……60
新知能を求む……37
新智を灌輸す……102
神童世に降る……61
仁に居し義に由る……40
真に青雲に上る……60
晨入夜帰……65
新年の景象……80
新年の春色……80
人物輝きを増す……6
神目電の如し……60
信以て本と為す……47
真を修め性を養う……57
神を驚かし鬼を泣かしむ……104
信を講じ睦を修む……99
人倫の始め……7

四字成語【す】

瑞気門に盈つ……81
瑞日祥雲……81
瑞日芝蘭……81
瑞日騰り輝く……81
随処に主と為る……98
随処皆春なり……98
瑞雪は豊年なり……81
瑞は赤符を献ず……81
瑞は和を以て降る……81
瑞蘭秀を呈す……81
図画窓に満つ……86
便ち安康を得たり……47
備て嘉祥を致す……69
墨を調え筆を弄す……94
墨は香風を起す……91
寸陰是競う……11

四字成語【せ】

生意活動す……27
青雲千呂……46
青雲歳を献ず……47
青雲路を得たり……46
精金良玉……90
聖賢の書を読む……104
性行清廉……41
清香馥郁たり……67
清心鑑に似たり……66
清水明鏡……66
盛世は即ち今なり……74
正大高明……25

成竹胸に在り……37
青天白日……46
星斗祥を呈す……49
清白家に伝う……66
清風徐に来る……66
清風明月……66
清風恵み及ぶ……66
声名光輝あり……99
青陽輝きを散ず……47
晴陽の麗景……72
精を聚め神を会す……90
正を守り撓まず……30
積厚流光……96
赤日白天……38
積水淵を成す……96
積善の家……96
積善の余慶……96
積年累月……96
世代書香し……22
世第芳を流す……22
雪中の松柏……69
千花万卉……9
千歓万悦……10
千歳の人……10
千載不朽……10
千山の淑気……9
千秋の喜び……9
千秋万歳……10
千春の万柳……10
千条の柳色……10
仙女凡に臨む……22
千年好合……9
善は至宝と為す……69
仙風道骨……22
善以て宝と為す……69
千門曙色あり……9
千里同風……9
千里の神交……9
川流息まず……12
善を為すに如く莫し……68
善を為すは最も楽し……73

四字成語【そ】

倉箱玉を積む……57
窓竹池蓮……74
双南の至宝……101
桑麻を暢叙す……87
草木輝きを生ず……62
樽酒空しからず……95

四字成語【た】

玳筵銀燭……53
大廈の棟梁……11
大器晩成……11
大匠斲らず……10
大志を養成す……94
体大にして思い精なり……104
大地陽回る……10
大地皆春なり……10
大椿八千……11
大道は称せられず……11
体に称えて衣を裁す……89
太平象有り……19
太平の春色……19

絶えざること帯の如し……12
宝とする所は惟賢のみ……41
沢は万民に及ぶ……95
竹は平安を報ず……33
扶けずして直し……12
楽しみて荒まず……93
楽しみて以て憂いを忘る……93
玉を惜しみ香を憐れむ……64
足るを知り富と為す……43
丹を好んで素を非とす……29
丹崖青壁……13

四字成語【ち】

力を尽して私無し……88
竹林の遊……33
地に画き図を成す……74
忠厚家を伝う……41
忠恕徳を成す……41
忠信篤敬……41
中正和平……12
中に宅り大を図る……30
中流の砥柱……12
超群絶倫……77
長命富貴……45
長楽未央……45
地より富めるは莫し……68
地を掩い畝を表す……65
知を尽して能く索む……43
椿萱百歳……80
陳去り新来る……68
珍饈美味……53

四字成語【つ】

序で三春を報ず……36
月至り風揚る……21
月に映じて書を読む……49
常に己の過ちを思う……64
常に四時を楽しむ……64
燕は春を帯びて来る……95

四字成語【て】

庭前の爆竹……57
鼎を列ねて食す……28
鉄硯を磨穿す……96
鉄心石腸……103
天下泰平……16
天官賜福……16
天機張らず……19
天清く霞耀く……17
天香桂花……17
天香国色……17
天香子を送る……17
天上の石麟……15
天上の双星……15
天上の優秀……15
天真独朗……17
天真爛漫……17
恬静寡欲……48
椽大の筆……80
天地相合す……16
天地自然……16
天地春を同じくす……16
添丁の喜び……67

天道畏る可し……18
天道親無し……18
天に順い人に応ず……79
天に謝し地に謝す……99
天に弥つるの福寿……98
天の祐けを受く……39
天の百福を受く……39
天は雨露を垂る……16
天は甘露を降らす……16
天は貴子を生む……16
天は鴻恩を錫う……18
天は寿域を開く……18
天は純福を錫う……18
天は瑞彩を開く……18
天は盛運を開く……18
天は丹鳳を産ず……17
天は長楽を開く……18
天は良縁を定む……16
天は良縁を配す……17
天は麟児を賜う……18
天理常に明らかなり……17
天を幕とし地を席とす……87

四字成語【と】

問いを好めば則ち裕かなり……29
灯火親しむ可し……95
灯火夜を徹す……95
同気連枝……29
騰蛟起鳳……102
灯上花を生ず……95
同心意の如し……29
洞中常に静かなり……52
道徳平林……85
唐の詩晋の字……57
桃符更に新たなり……59
洞房花燭……53
桃李蹊を成す……59
桃李門に満つ……59
遠ざくるも君を忘れず……91
時に及んで耕種す……15
時は再びは来らず……58
時和し景泰し……58
時を待って動く……48
時を以て先と為す……22
徳厚ければ流れ光あり……92
得意の良宵……64
読書便ち佳なり……104
徳と隣を為す……90
徳は能く身を潤す……92
徳風草に加わる……92
徳門に富有り……92
徳を樹て滋に務む……95
徳を恃む者は昌ゆ……48
年豊かにして人安らかなり……30
図書架に満つ……86
図書の富……86
斗柄寅に回る……21
斗柄東を指す……21
飛べば必ず天に冲る……56
富は足るを知るに在り……70
鳥歌い春暖かなり……69
敦行怠らず……71
囤に万粮を積む……36

四字成語【な】

内外相応ず……14
長く其の祥を発す……45
浪を破り風に乗ず……60
双び飛び蒂を並ぶ……101
南山の寿……47

四字成語【に】

錦を織り詩を題す……100
錦を衣て郷に還る……34
人間五福あり……6
人間双美……7

四字成語【ね】

根深くして葉固し……59
年寿並に高し……30

四字成語【の】

農は邦の本を為す……85

四字成語【は】

梅花五福あり……65
梅花喜びを報ず……65
白雲孤飛……27
柏酒椒盤……52
伯楽の一顧……34
八面の威風……7
八駿風を追う……8
花香り鳥語る……44
花に清香有り……44
花に呑み酒に臥す……35
花は富貴を開く……44
花を賞し魚を釣る……94
花を吹き柳を擘く……35
春の徳は風なり……49
春は華宇を臨む……52
春は乾坤に満つ……52
春は綉閣に生ず……49
春は人間に到る……50
春は瑞草に盈つ……51
春は南枝に到る……50
春は梅蕊を催す……52
春満ちて花明らかなり……52
万花斉しく放つ……83
万巻の詩書……83
万古千秋……82
万古に流芳す……53
万戸の歓声……82
万盞花開く……84
万紫千紅……83
万寿疆り無し……84
万象更に新たなり……83
万象春に回る……83
万世朽ちず……82
万千の巌壑……82
万千の気象……82
万代不易……82
万福来り朝まる……84
万物皆生ず……83
万里の姻縁……83
万里の笙歌……83
万里和風……83

四字成語【ひ】

美意年を延ばす……54
光は雲漢に騰がる……27
光は星月を逾ゆ……27
美酒嘉肴……54
筆下烟雲……74
筆下輝きを生ず……74
筆翰流るるが如し……75
筆硯に従事す……64
筆耕硯田……75
筆端風雨……75
筆墨精良……75
筆裏花濃やかなり……75
人を誨えて倦まず……90
人傑にして地霊なり……7
人貴ければ自ずから立つ……7
人は康強を頌す……7
人は年豊を慶ぶ……7
独り一面に当る……96
独り鼇頭を占む……96
独り離騒に注ぐ……96
日に進み月に新たなり……21
日に其の徳を新たにす……21
美の成るは久しきに在り……53
美は姻縁に満つ……54
美は清香に在り……54
日懐に入るを夢む……87
飛蓬風に乗ず……56
美味の調和……54
百花煥発……32
百穀斯に登る……33
百事大吉……32
百世の良縁……31
百代の馨香……31
百鍛千練……33
百に一を失わず……31
百年の偕老……31
百年の琴瑟……32
百年の好……31
百般の紅紫……32
百福来り臨む……32
百福荘厳……32
百福千祥……32
百福駢び臻る……33
百里風和す……32
百輛門に盈つ……33
百禄是荷う……32
氷壺秋月……27
日を指して高く陞る……48
微を以て明を知る……22
賓客咸集る……90
品高行雅……47
賓の如く友の如し……30
品物雲の如し……47

四字成語【ふ】

風雨を避けず……12
風雲際会す……55
富貴余り有り……70
富貴栄華……70
富貴にして長春……70
富貴白頭……70
富貴福沢……70

富貴不断……70
富貴綿として長し……71
風月の主人……55
風光一新す……55
風調雨順……55
夫婦一体……19
夫婦和楽……19
風流佳事……55
風流三昧……55
風流篤厚……55
風流を述作す……54
福至れば心霊なり……88
福縁善慶……89
福寿康寧……89
福寿双全……89
福星朗らかに耀く……88
福に接し祥を迎う……65
福は海天と共にす……88
福は眼前に在り……88
福は天自り来る……88
福は人間に備わる……89
福門の花柳……88
福履綏を増す……89
福禄寿喜……89
福禄長久……89
福禄の林を納む……61
福禄門に満つ……89
福を集め祥を凝ぶ……78
舞衫歌扇……90
夫唱婦随……19
物華天宝なり……43
仏光普く照す……34
仏法辺り無し……34
筆老いて詩新たなり……75
筆は万花を生ず……74
筆を援けば文を成す……71
普天同慶……71
普天の歌楽……72
布帆恙無し……24
芙蓉の眸……43
賦を作り楼に登る……35
文章錦の如し……20
文章の絶唱……21
文章の大雅……20
文章の邦国……20
文思湧くが如し……20
文星照り耀く……20
文は情より生ず……20
文を為るの気盛んなり……73

四字成語【へ】

平安意の如し……25
平安吉慶……25
平安は是福なり……25
平安無事……25
碧落一洗……88
遍地の春光……85

四字成語【ほ】

豊衣足食……101
鳳凰鳴く矣……91
芳香清意……44
豊亨予大……101
芳饌奇珍……45

袍沢心を同じくす……62
宝婺常に明らかなり……101
宝墨輝きを生ず……101
鳳毛麟角……91
朋友信有り……42
暮鼓晨鐘……93
星は南極に聯なる……49
星は福寿を聯ぬ……49
蛍を集め雪に映ず……78
凡を超え聖に入る……77

四字成語【ま】

松栄え柏茂る……43
満身是胆……87
満地の春光……87

四字成語【み】

湖碧に山青し……73
自ら多福を求む……33
自ら彊めて息まず……33
水に順い船を推す……79
道を学んで憂い無し……94
道を守れば弥敦し……30
源遠くして流れ長し……80
峰に登り極に造る……74
妙韻奇芬……36
妙道常に存す……36
妙は心手に在り……36
身を潔くして道を守る……93
身を立てて道を行う……27
民気昭蘇す……25
民徳維れ新たなり……25

四字成語【む】

結んで瑞彩を為す……75
無中有を生ず……73
胸に邱壑有り……61
胸に俗累無し……61
無辺の風月……73
無量寿仏……73

四字成語【め】

明鏡高く懸かる……42
明月の珠……42
明珠翠羽……42
明窓浄几……42
恵みは萌生を浸す……71

四字成語【も】

以て眉寿を介く……22
本固くして枝栄ゆ……25
物阜み年豊かなり……43
物を開き務めを成す……77
桃は紅柳は緑……59
文殊の智慧……20
門前彩りを結ぶ……46
門第清高……46
門庭喜び有り……45
門に入れば喜び有り……7
門に満つるの歓楽……87
門に満つるの吉慶……87
門闌喜気あり……46

四字成語【や】
安きこと泰山の如し……30
四字成語【ゆ】
遺言は家訓なり……97
幽間貞静……48
幽秀淡治……48
四字成語【よ】
陽春煙景……78
夭桃穠李……19
陽は泰運を開く……78
楊柳春風……80
陽和の新宇……77
能く忍べば自ずから安らかなり……61
輿地の春光……99
世忠貞に篤し……22
喜びは門楣に溢る……69
歓んで歳稔を頌う……104
喜んで鳳輦を迎う……69
夜に寝ね夙に興く……40
四字成語【ら】
落紙則ち華なり……84
落紙飛ぶが如し……84
楽福涯り無し……93
蘭因絮果……102
蘭階日暖かなり……103
蘭桂香を起す……102
蘭桂騰芳す……102
蘭馨遠く馥る……103
蘭桂庭に満つ……102
蘭室香を生ず……102
藍田玉を生ず……100
鸞鳳和して鳴く……104
蘭を采り薬を贈る……45
四字成語【り】
梨花竹葉……65
六合春を同じくす……15
履端慶びを肇む……92
理に循えば自ずから安らかなり……71
柳絮の才……52
良縁美満つ……38
良果時に収む……38
良玉美金……38
良辰の吉慶……38
良辰美景……38
流遁の志……53
竜馬銀鞍……98
涼風驟かに至る……66
竜鳳祥を呈す……98
両を執り中を用う……63
利を興し害を除く……97
麟趾祥を呈す……104
綸を垂るる者は清し……40
四字成語【る】
類を引き朋を呼ぶ……19
四字成語【れ】
礼楽詩書……100
霊光普く照す……104

麗日初めて長し……101
令徳極まり無し……22
礼は教えの本を為す……100
黎明即ち起く……94
礼門義路……100
礼を修め以て耕す……57
礼を以て心を存す……23
廉潔明察……79

四字成語【ろ】

楼閣雲に入る……93
弄瓦の喜び……36
郎才女貌……62
弄璋の喜び……37
楼高く月明らかなり……93
楼に登り遠眺す……74
老蚌珠を生ず……33

四字成語【わ】

我が山河を固む……40
吾が道自ずから足る……36
吾が門の標秀……35
和気財を生ず……40
和気祥を致す……40
和光同塵……39
和風甘雨……39
和風慶雲……40
和風暖日……40
和風先ず動く……39
和気薫蒸す……39

四字聯【い】

家は万宝を蔵し　日に斗金を進む …… 119
一元復始まり　万象更に新たなり …… 105
一門の瑞気　万里の和風 …… 105
一声爆響き　万里春回る …… 105
一天の淑気　万里の恩波 …… 105

四字聯【う】

魚は水底を翔け　鳥は茂林に唱う …… 121
牛は緑野を耕し　虎は青山に嘯く …… 109
梅は雪に因って放ち　鳥は春の為に歌う …… 121
雲霞秀を呈し　梅柳輝きを生ず …… 123
雲辺雁断え　隴上羊帰る …… 123

四字聯【え】

鴛鴦幷び立ち　鳳凰共に栖む …… 126

四字聯【お】

億歳の眷属　千載の子孫 …… 125

四字聯【か】

階前風暖かに　径外花香し …… 122
河山旧に依り　歳月新を維ぐ …… 115
風調って雨順う　国盛んにして人和す …… 119
風は新歳を迎え　雪は豊年を兆す …… 119
風は柳眼を舒し　雪は梅腮に積る …… 119
風和し日麗らかなり　人傑れ地霊れたり …… 119
風和し日麗らかに　燕語り鶯歌う …… 119
華灯彩りを飛ばし　喜炮春を迎う …… 122
花容綽約　釵鈿照輝 …… 115

四字聯【き】

玉楼紫館　瓊室瑶台 …… 110
金池月を動かし　玉樹風を含む …… 116
欣を含んで筆を秉り　興に乗じて書を為す …… 113

四字聯【く】

群鷗水に戯れ　衆鶴天に游ぶ …… 124

四字聯【け】

鶏を聞いて舞を起し　馬を躍らせて春を争う …… 125
玄墀釦砌　玉階彫庭 …… 110

四字聯【こ】

光華の世界　文化の潮流 …… 111
紅旗日に映じ　白雪山に連なる …… 118
江山画の如く　大地皆春なり …… 112
江山老いず　郷里永に春なり …… 112
紅塵四に合し　煙雲相連なる …… 118
光天満月　火樹銀花 …… 111
孝に入り悌に出で　義に由り仁に居す …… 106

紅梅蕊を吐き
緑竹春を催す……118

頭を抬げて喜びを見
歩を挙げて風を生ず……114

黄鸝正に囀り
紫燕初めて飛ぶ……123

聿に厥の徳を修め
長に其の祥を発く……113

心を忠義に存し
燭を春秋に秉る……112

四字聯【さ】

財源水に似
生意春の如し……120

山河錦に似
歳月更に新たなり……107

三江の春水
五岳の青松……106

三陽開泰
五族共和……107

四字聯【し】

至誠息まず
厚徳疆り無し……113

柔情水に似
佳節夢の如し……118

十里の花雨
四天の香雲……106

春鶯柳を翦り
喜鵲梅に登る……118

春光駘蕩
国歩竜騰……117

春風意を得
麗日懐いを舒ぶ……117

春風化雨
瓊樹瑶林……117

春風緑を吹き
山海紅に映ず……117

春風柳を梳り
時雨苗を潤す……117

椒花頌を献じ
梅蕚祥を呈す……122

賞心悦事
美景良辰……125

椒盤歳を献じ
黍谷春を回す……122

時和世泰んじ
人寿年豊かなり……120

人傑地宝
物華天霊……106

新春の快楽
盛世の文明……123

人民万歳
祖国永昌……105

心霊美好
情操高風……108

四字聯【せ】

清虚澹泊にして
之れ自然に帰る……121

星気を載し瞻れば
陽春を写すが如し……124

青陽の気淑に
黄種の光昌んなり……116

赤心漢を扶え
大義天に参ず……114

雪色を侵陵し
春光を漏洩す……116

千祥雲集
百福駢臻……107

善を為せば最も楽しく
書を読めば便ち佳なり……122

四字聯【た】

太平は象有り
幸福は疆り無し……108

竹苞り松茂り
日陞り月恒らず……112

珠聯なり璧合し
鳳翥び鸞翔る……120

民は万歳を呼び
人は三春を楽しむ……110

民は物の阜んなるに康んじ
人は年の豊かなるを寿ぐ……110

四字聯【ち】

忠心日を貫き 浩気雲を凌ぐ……114
長空彩りに溢れ 大地金を流す……116

四字聯【つ】

月円く花好し 鳳舞い竜飛ぶ……109
鼓を撃つて笛を吹き 筆を舐めて輒ち成す……126

四字聯【て】

天宇澄霽 燭燄凝然……107
天下一を為し 万里風を同じくす……107
天下の士を友とし 古人の書を読む……107
天を体して道を行い 善を作して祥を降す……127
天を歓び地を喜び 気を吐き眉を揚ぐ……127

四字聯【と】

党恩浩蕩 春意盎然……127
堂堂日永く 綺閣春生ず……121
東風雨と化し 政策心に帰る……114
東風戸を払い 喜気門に盈つ……114
特に書幌を設け 乍ち筆牀を置く……120
歳は盛世に通じ 人は華年に遇う……123
歳将に更に始まらんとす 時乃ち日に新たなり……123
年を過して最も楽しみ 書を読んで更に佳なり……124
同に大業を勗め 共に鴻図を絵く……111

四字聯【な】

名を社会に揚げ 福を家庭に備う……111

四字聯【は】

杯は梅蕊を浮べ 詩は雪花を凝らす……114
白日落ちんと欲し 紅霞始めて生ず……111
爆竹旧を辞し 桃符新を迎う……126
花は錦綉を開き 雲は吉祥を献ず……115
花は富貴を開き 竹は平安を報ず……115
花開いて蒂を幷べ 縁結んで心を同じくす……115
春を迎えて福に接し 旧を除いて新を布く……115
春は歳首を為し 梅は花魁を占む……117
春は大地に回り 党は雄風を振う……116
春は大地に臨み 喜びは人間に到る……118
万般意の如く 四季平安なり……124
万福来り朝り 春日載ち陽かなり……124
万民慶び有り 幸福辺り無し……124

四字聯【ひ】

人は駿徳を修め 天は鴻禧を錫う……106
人歓んで馬叫び 春和して景明らかなり……106
日に増し月に盛んに 玉を積み金を堆くす……109
日は春杏を薫じ 風は臘梅を送る……109
百花斉しく放ち 万象更に新たなり……112

百花斉しく放ち　万木争って栄ゆ……112
氷霜の志気　松柏の節操……111
品行端正　意志堅強……116

四字聯【ふ】

福は東海の如く　寿は南山に比す……125
福利を吸収し　休明を鼓吹す……113
夫妻の恩愛　鸞鳳の和鳴……108
普天同慶　日月増輝……122
文魚水に宿し　錦鳥雲に翔る……108
文思益厚く　筆才逾親し……108
文は筆下に成り　藻麗の春に芬る……108

四字聯【ほ】

北窓に梅啓き　東澗に柳舒ぶ……109

四字聯【み】

民権優勝　国礎奠安……110
民生発達し　国体尊栄す……110

四字聯【む】

胸は全局を懐い　志は四方に在り……120

四字聯【も】

桃穠く李郁んに　桂馥り蘭香し……120

四字聯【ゆ】

唯心適う所　意に随って情に任す……121

四字聯【よ】

遥山翠に聳え　遠水光を生ず……125
四時吉慶　八節安康……109
喜んで旧歳を辞し　笑って新春を迎う……121

四字聯【り】

履端慶を肇め　首祚祥を迎う……125
良金美玉　渾厚瑕無し……113
良宵の美景　春夜の灯花……113
竜騰り虎躍る　水嘯き山吟ず……126
竜は国瑞を吟じ　虎は年豊を嘯く……126

四字聯【ろ】

臘梅喜びを報じ　瑞雪春を迎う……126

五字聯【あ】

朗らかに照す三更の月 清らかに敲く五夜の鐘……171
価は三都の貴を為し 名は十様の新に因る……193
雨過ぎて琴書潤い 風来って筆硯香し……156
雨過ぎて苔紋緑に 風牽いて荇帯長し……156
雨降って琴書潤い 風来って翰墨香し……156
争い来る津を問うの客 都て是舟を雇うの人……152
安楽新たに歳を成し 幽間情を寄せんと欲す……143

五字聯【い】

家は七宝の貴を伝え 春は万年の枝を発す……166
家を承けて旧徳多く 代を継いで清風有り……149
家を伝うるは惟孝友にあり 性を養うは詩書に在り……182
幾樽か緑蟻を浮べ 数斗か黄封を啓く……176
石を躡めば苔屐に黏り 花を弄せば香衣に満つ……203
泉清くして硯を洗うに堪え 山秀でて書を蔵す可し……161
一言の芬は貴きが若く 四海の臭は蘭の如し……128
一天の新雨露 万古の老禅林……128
一榻春風暖かに 三秋夜月明らかなり……128
巌を披いて大木を捜せば 室を築くに良材有り……149

五字聯【う】

鶯は雲中の管を唱い 梅は雪裡の花を舒ぶ……200
鶯は金谷の暁に遷り 花は玉堂の春を報ず……201
雨前採取に勤め 酒後品嘗に合す……156
海近くして雲常に湿い 楼高くして月更に明らかなり……167
海闊くして雲樹に連なり 花香しくして春堂に満つ……167
海を煮て衢市に来り 羹を調えて水晶を現す……185
梅吐いて蘇帳を流し 椒浮いて叠杯を合す……171
雲霞異彩を成し 花柳韶年を発く……181
雲霞海を出ずるの曙 梅柳江を渡るの春……181
雲霞仙路近く 松竹草堂深し……181
運は三陽の泰に際り 時は大地の春に逢う……188

五字聯【え】

烟雲草樹に連なり 星斗文章に煥らかなり……168
遠山紫気を含み 芳樹春暉を発す……192
園静かにして花客を留め 林深くして鳥人を喚ぶ……182
園古りて秋に逢うて好く 楼空しくして月を得ること多し……182

五字聯【お】

往来は国計を通じ 交易は輿情を洽らぐ……148
大いに日中の市を開き 広く天下の財を招く……130
屋小にして膝を容るるに堪え 窓晴れて書を読むに好し……157
温暖人意の如く 纏綿客心を動かす……185

五字聯【か】

雅韻人間に満ち 春風座上に生ず……181
佳韻清月を邀え 幽懐素雲に托す……147

華屋輝き壁に生じ
春山緑門に到る……179
画閣東風静かに
深閨化日長し……178
鏡に対して青鸞舞い
窓に当って紫燕飛ぶ……189
花間金屋を作し
灯上玉人を為す……153
学士歓んで佩を留め
詩人願って貂を解く……195
鶴髪春の健なるを迎え
斑衣日の長きを愛す……201
楽は天上の譜を伝え
梅は曲中の花を奏す……193
学は天人の際を貫き
名は日月の光を争う……195
花径晴光暖かに
華堂瑞気浮ぶ……153
花香家に入って満ち
草色階に映じて長し……153
花香曲塢に来り
竹影紗窓に上る……153
霞光紙上に生じ
春色毫端に露る……198
花市千門の月
灯衢万里の春……152
暇日耕耘足り
豊年雨露新たなり……183
火樹銀花合し
星橋鉄鎖開く……137
火樹祥光麗しく
星橋宝炬紅なり……137
花燭光彩りを生じ
瓊筵宴新を喜ぶ……154
風暖かにして鳥声砕け
日高くして花影重なる……164
風有って雅韻を伝え
雪無くして幽姿を試む……143
風来って花影動き
露滴って柳糸垂る……164
風来って書幌動き
花落ちて墨池香し……164
風来って花自ずから舞い
春入って鳥能く言る……164
風生じて叢竹嘯き
香泛んで乳花軽し……163
風は奇香を引いて入り
祥は景福を徴して来る……163
風は楊柳の夢を回し
月は海棠の陰を渡る……164
花草相掩映し
雲霞共に吐呑す……153
画堂北極を瞻
春酒南山を頌す……178
釜浄くして香稲を炊ぎ
筵開いて寿觥を進む……168
潤華暮雨に燃え
潭樹春雲に暖かなり……194
眼中滄海小に
衣上白雲多し……173

五字聯【き】

綺閣雲霞満ち
清尊日月交わる……192
綺閣雲霞満ち
芳林草樹新たなり……192
棋軒脩竹の月
琴室古松の風……177
輝光草木に遍く
佳気山川に満つ……194
綺窓皓月を延き
繡幕薫風を引く……191
吉卜んで鳳の鳴くに諧い
祥開いて鸞の舞うを待つ……142
貴品は原より補うに宜しく
奇功は多く在らず……180
君は且く車を停めて坐せ
我は将に雪を掃って烹ん……145
客至って禽夢を呼び
詩成って月吟を助く……157
客来って飲を対するに宜しく
人静かにして夜書を攤く……157
客を留むれば風竹を吹き
詩を吟ずれば月堂に満つ……168
九陌祥雲合し
千山淑気融なり……128
九陌灯影を連ね
千門月華を慶す……128

暁日珠箔を明かし　春風彩衣を動かす……195
興酣にして紙を畳まず　筆を走らせて狂詞を操る……196
杏林紫燕を飛ばし　橘井蒼竜を起す……146
玉缸春正に熟し　綺席夜常に明らかなり……139
旭日門に臨んで早く　春風第に及んで先んず……143
玉樹雲筆を凌ぎ　紅霞錦文を織る……139
玉瓶甘露滴り　金柳恵風生ず……139
金芽客座に映じ　玉雪仙歌を懐う……154
金玉本より富に非ず　詩書原より貧に不ず……154
金茎暁露を承け　玉樹青雲に接す……155
金縄覚路を開き　宝筏迷津を渡る……155
琴琵春常に在り　芝蘭徳自ずから新たなり……178
金屏牛女会し　玉樹鳳凰鳴く……154

五字聯【く】

薬を採る雲の生ずる岫　丹を焼く月の在る庭……171
句は王維の意を得　紘は居易の情を調う……138
雲は心と共に遠く　花は思いと倶に新たなり……181
雲は粧台の暁を護り　春は綉閣の深きに生ず……182
雲は千峰の色を巻き　泉は万籟の声に和す……181
雲を鋤いて曲径を循り　草を嘗めて新方を試む……194
句を得て新月を邀え　書を披いて落花に坐す……170

五字聯【け】

卿雲柳眼に輝き　春色梅魁に粲たり……176
桂香半月に浮び　竹影清風に乱る……166
馨香能く味を佐け　精潔梅を調う可し……200
渓声晴れて亦雨ふり　松影夏秋の如し……185
雞声茅店の月　人跡板橋の霜……199
奎壁華館に輝き　竜光草堂に映ず……157
瓊楼の新眷属　洞府の小神仙……199
経を帯びて緑野を耕し　客を留めて黄花に酔う……170
経を聴いて業を受くるに勤め　道を講じて真を伝うるを喜ぶ……201
径を掃って延客を待ち　門を閉して読書を思う……171
径を開いて三益を延き　簾を垂れて四非を遠ざく……180
結宇青嶂に依り　長吟白雲に対す……179
月影窓前静かに　琴声雨後清し……136
元鶴千年の寿　蒼松万古の春……133
剣気霄漢に沖り　文光斗牛を射る……193
権衡は正直に凴り　軽重は公平に在り……201
乾坤化育を資け　日月光華を同じくす……169
乾坤両地を開き　覆載群生を育つ……169
乾坤を逆旅と為し　風月を良朋と作す……169
元辰令旦を為し　万物清輝有り……132
元正聖節に当り　雲物華年に燦く……132

厳霜三尺の法　甘雨四時の春……199
絃中妙理を伝え　曲裡幽情を寄す……174
絃鳴って公府静かに　花落ちて訟庭閒かなり……174
絃は流水に随って急に　身は白雲と与に閒かなり……174
喧和鳥韻を催し　明塵花梢を圧す……183

五字聯【こ】

高懐霽月に同じく　雅量春風洽し……169
香閣清漢を凌ぎ　丹梯翠微に隠る……165
光華五色を開き　能力千軍を掃う……141
黄巻終年楽しく　青灯午夜明らかなり……182
黄巻灯を挑げて閲し　桐琴月を候って弾ず……182
皇極昌運を開き　春風太和を鼓す……162
江山潤色を増し　世界春光普し……143
香車珠綱を結び　錦韉玉鉤と為る……165
紅塵戸外に分れ　黄巻窓前に満つ……162
江水天色に連なり　桃花世情を隔つ……143
光前百福を増し　裕後千祥を集む……141
甲第車を駆って入り　良宵燭を秉って游ぶ……140
香開いて梅月に映じ　爽挹んで竹秋に鳴る……165
高名竹帛に留め　真行郷間に表す……168
孝友一家の政　詩書百世の宗……145
高楼百尺に懸り　玉樹千尋に起つ……169
香を焚いて白鶴を来き　燭を翦って黄庭を看る……177
功を程るは克己を専らにし　学を好むは清心に在り……178
公を奉ずるに勤め且つ慎み　赤を保するに愛し兼ねて慈しむ……148
五雲吉地に蟠り　三瑞華門に映ず……132
戸外春風暖かに　堂前午日長し……134
戸外千峰秀で　窓前万木低し……134
五花能く日に奔り　八駿風を追う可し……132
心を正すは大学に従い　性を率いるは中庸自りす……138
古今の学術を蔵し　天地の精華を聚む……199
琴を抱いて鶴の去るを看　法を説けば竜の聴く有り……149
琴を横たえて山水に答え　酒を把って桑麻を話る……195
五味の甘を能く配し　群蜂の蜜は奇に比すべし……132
戸牖天地を観　山川古今に足る……134
戸を閉じて嘉友を延き　緘を開いて古人を見る……174

五字聯【さ】

柴扉人跡静かに　桑径夕陽斜めなり……161
財を生ずるには大道に従い　世に処するには中和を守る……139
竿を垂る深柳の下　弈を看る右岩の前……147
座静かにして春風溥く　庭高くして愛日長し……166
座は珊瑚樹を列ね　堂は玳瑁筵を開く……166
山光水に浮んで至り　春色寒を犯して来る……131
山水精舎を開き　烟雲法門を護る……131

山水芳意を含み　風雲壮図に入る……131
三星方に戸に在り　百輛正に門に迎う……129
山川終に改まらず　桃李自ずから言無し……130
三陽地従り起り　五福天自り来る……129

五字聯【し】

紫気華屋に臨み　祥光奇筵を照す……174
詩酒真味を存し　図書古情を寄す……188
詩情日月に光り　筆力乾坤を動かす……188
詩書簡竹に垂れ　珠玉琅函に満つ……188
詩書座右に列ね　邱壑空中に満つ……187
四序新律を開き　千箱瑞年に答う……138
詩書青眼旧く　琴酒俗情疎なり……187
詩書素業を守り　桃李春光に艶し……187
自治の精神健に　共和の幸福全し……144
日月恩光照らかに　乾坤喜気多し……135
日月天恩普く　山河地徳深し……135
慈は青蓮の外に化し　行は紅雨の中に深し……189
綉屋金鳳を蔵し　香閨玉麟を兆す……186
綉戸三鳳棲み　瓊林五枝茂る……186
繡戸祥光満ち　紗窓曙色新たなり……198
十年巧技に通じ　両手生涯を作す……129
綉屛孔雀を開き　宝帳芙蓉を映ず……186
秋露丹桂に滋く　春風碧桃に酔う……162
淑気高閣に浮び　梅花景春に灼く……172
淑気首節に符い　和風早春を揚ぐ……172
淑気庭中に貯もり　好風天外より来る……172
淑気門に臨むこと早く　春風第に及ぶこと先んず……172
寿酒金液を浮べ　蟠桃彩霞を献ず……189
樹は金堂の露を揺り　門は赤城の霞を標ぐ……195
寿は山岳と同じく永く　福は海天と共に長し……189
春光錦綉を開き　吉地平安を報ず……158
春秋佳日多く　義理豊年を為す……158
春城北斗廻り　烟樹南枝に発る……160
春深花子を結び　秋後竹孫を生ず……160
春草門に迎えて緑に　晴花架を払って香し……160
春草緑野に変じ　新鶯佳音有り……160
春風一室に和し　淑気重門を擁す……158
春風暁幕を吹き　融雪晴簷に滴る……158
春風剣気を摩し　夜雨書声を度す……159
春風紫殿を開き　天楽朱楼に下る……159
春風綉戸に来り　和気香閨に満つ……159
春風雪浪を翻し　炉火金波を詠ず……159
春風馬帳に来り　瑞雪程門に集る……158
春風柳眼を舒べ　麗日花唇を展ぶ……159

春風緑樹を迎え　山色紅楼に上る……159
松筠勁節を思い　巌壑孤芳を問う……151
松雲窓外に藹い　池水閣辺に明らかなり……151
上苑梅花早く　重門柳色新たなり……130
生涯此従り盛んに　風味時に及んで新たなり……139
生涯日夜を兼ね　物価最も公平なり……139
笙歌院落に帰り　灯火楼台に接す……173
椒花旧歳を辞し　粉荔新年に入る……177
城闕千門の暁　河山万戸の春……166
昌時幸福を占　仁里春暉を迓う……149
上序春暉麗しく　神都佳気濃やかなり……129
松柏霜に還って翠に　芝蘭露に更に香し……151
祥は熊を招いて夢に入れ　慶は鳳を衍べて儀に来る……173
簫は藍橋の月を映じ　琴は金屋の香を調う……198
松風一榻に眠り　花雨重簾を撲つ……151
簫を吹いて鳳を引くに堪え　桂に攀じて竜に乗ずるを喜ぶ……145
燭照して香車入り　花迎えて宝樹開く……197
初日金屋に迎え　飛花綺筵に上る……145
書を攤いて至道を尋ね　鏡に対して真吾を認む……201
書を読んでは万巻を破り　筆を落とせば群英を超ゆ……201
書を読むは須く玩味すべく　学を為すは精神に在り……202
糸蘿山海固く　琴瑟地天長し……179
芝蘭香って砌に満ち　桃李植えて陰を成す……152
塵外黄公の市　雲間李白の家……189
人群幸福を延べ　世界文明を進む……129
晨昏三叩首　早晩一炉香……171
心情夢を縈うこと少に　地曠天を得ること多し……134
身心塵外に遠く　歳月坐中に安んず……146
人心新歳月　春意旧乾坤……129
真心晩桂を凌ぎ　勁節寒松を掩う……168
新籌海屋に添え　春酒華堂に宴す……183
新年吉慶多く　閤家安然を楽しむ……183
新年余慶を納め　佳節長春を号ぶ……183
新を求むるは旧に如かず　古きを訪ぬれば即ち茲に在り……146

五字聯【す】

瑞気丹闕を縈り　祥煙碧空に散ず……186
瑞日昌運を開き　春風太和を醸す……185
瑞草金地に生じ　霊雲道書を護る……185
翠竹窓中に入り　煙巒檻外に収まる……192
瑞は三秀の草に凝り　春暖かにして桃花開く……186
垂楊白馬を払い　暁日青楼に上る……148
墨は清露の下に研り　茶は白雲の中に吸う……193

五字聯【せ】

生意三春の草　文章五色の花……140

星雲同に瑞を献じ
日月互いに輝を争う……157
声価千秋に重く
恩膏万姓に沾う……198
精華麦粉を儲え
滋味羹香に勝る……191
清襟秀気を蘊み
淳意高文を発す……173
青山戸に当って碧に
秋水亭を繞って幽なり……156
静室門常に閉し
春窓月眠りを伴う……196
静時水の近きを疑い
高処山の多きを見る……197
青松寿色多く
丹桂叢香有り……157
世徳千秋遠く
家声三鳳斉し……137
聖徳天壌に周く
韶光日畿に近し……187
世徳麟趾を鍾め
家声鳳毛を毓つ……137
砌は延年の草を長じ
堂は益寿の花を開く……162
清風客を留めて飲み
皓月賓を伴って茶をす……173
清風掌握に在り
爽気襟懐に満つ……172
姓名史冊に光き
忠義人寰に重んぜらる……148
静裏三益を思い
閑中四箴を守る……197
性を得るに人境無く
心を伝うるに道書有り……170
積彩書幌を明らかに
流韻琴台を繞る……196
席上山花落ち
檐前野樹低し……166
赤足雲は履と為り
披頭天は冠と作る……146
石榻雲を看て坐し
渓窓雨を聴いて眠る……141
薛家新製巧みに
蔡氏旧名高し……198
雪中常に暖を送り
灰裡寒から使めず……175
千家春夜ならず
万里月宵に連なる……130
泉声常に耳に到り
山色門を離れず……161
仙薬時に随って採り
霊丹月に対して焼く……137

五字聯【そ】

草芽意に随って緑に
柳眼人に向って青し……168
窓前花影を弄し
亭畔鳥晴に喧し……179
桑麻雨露深く
詩酒風雲を悦ぶ……167

五字聯【た】

大塊能く相仮り
名山独り蔵せず……130
苔痕階に上って緑に
草色簾に入って青し……163
泰岱松千尺
丹山鳳九苞……167
竹は清渓の月を送り
花は繡戸の春を連ぬ……144
竹は清谿の月を送り
松は古谷の風に揺らぐ……144
竹を種ゆ幾千箇
茅を結ぶ三四椽……191
暖入って江山麗しく
光浮んで草木新たなり……184
暖雲低れて竹を度り
花樹曲って春を迎う……184
丹桂月中に種え
金枝海上に芳し……131
丹心日月を昭らかにし
青史光輝有り……131
暖逼って桃花放ち
晴烘して柳眼開く……184
丹鳳天従り降り
神童世に不らずして生ず……132

五字聯【ち】

地暖かにして花長く発き
庭間かにして鳥亦知る……143

竹影棋局を侵し
荷香酒杯に入る……144

竹影三径に揺らぎ
書声一堂に溢る……144

池上鶯声早く
風前草色初む……144

地勝って春逾好く
心和して政自ずから平らかなり……142

忠義天地を昭らかにし
威霊古今を貫く……149

長剣一杯の酒
高楼万里の心……155

澄江皓月を涵し
水影天に浮ぶが若し……194

釣艇琴酒を同にし
良宵水浜を背にす……174

重門喜気を迎え
高第春風に煦まる……163

地を蓋うの花毯の如く
門に当るの竹簾に勝る……192

椿萱共に茂るを欣び
玉樹同に芬るを喜ぶ……184

椿萱欣んで並び茂り
日月慶んで双び輝く……184

椿樹千尋碧に
蟠桃幾度か紅なり……184

五字聯【つ】

月明らかなれば常に易を読み
雨細やかにして且に犂を扶けんとす……136

月は高士の榻を明らかに
風は古人の書を展ぶ……136

月は漾う三篙の水
団は開く四面の窓……136

露は裛す千花の気
泉は和す万籟の声……199

五字聯【て】

啼鳥相思を撓し
飛花客吟を動かす……176

鉄肩道義を担い
辣手文章を著す……200

田園自ずから楽しむ可く
魚鳥亦相親しむ……140

天清くして霞彩りを耀かし
花酔うて柳糸を垂る……133

天香桂子に生じ
国瑞蘭英に発す……133

天上一輪満ち
人間万里明らかなり……133

店内賓客集り
門前車馬多し……148

天は新世界を開き
地は旧山河を鞏ぬ……133

天は清淑の景を開き
人は共和の年を楽しむ……133

五字聯【と】

塔影青漢に懸り
鐘声白雲を度る……183

灯火雲間の月
書声雨外の天……196

闘角鉤心の巧
円規方矩の工……202

灯火三更燦らかに
書声午夜清し……196

桃花水岸に臨み
柳絮人衣を襲う……167

桃紅柳緑に兼せ
燕語鶯声に雑ゆ……167

堂上金萱茂り
堦前玉樹栄ゆ……169

棠棣双蕚を開き
琴書一堂に萃まる……177

東風来って自ずから震い
北斗指して寅を回す……150

東壁の図書府
西園の翰墨林……150

棠梨候に随って至り
桃李門に満ちて羅なる……177

読書上古に敦く
忠厚前修に則る……202

図書皮架に満ち
精義宝函に蔵す……188

共に春風の暖かきを被け　咸化雨の新しきに沾う……141
鳥帰って苔跡有り　魚戯れて水春を知る……176
鳥啼いて春院静かに　魚戯れて野池幽なり……175
鳥は語る紗窓の暁　鶯は啼く繡閣の春……176
鳥は高士の榻に喧しく　蛍は古人の書を照す……175
鳥は高低の樹に語り　池は上下の天に開く……175

五字聯【な】

名高くして日月を扶め　機発して乾坤を動かす……142
名は天地と将に久しく　心は石泉と与に清し……142
嚐め来れば皆口に適い　噍み去れば自ずから心を清くす……197

五字聯【は】

梅花千樹白く　石竹数松青し……171
杯中竹葉を傾け　人面桃花を点ず……150
貝葉閑中の課　蒲団静裏の春……146
杯を挙げて明月を邀え　影に対して三人を成す……198
白雲静渚に依り　明月高楼を照す……140
白雲幽谷に在り　仙径石牀に横たわる……140
白鳥塵事無く　青山故人に似たり……140
花暖かにして青牛臥し　松高くして白鶴眠る……154
花開いて香戸に入り　月照って影軒を臨む……153
花を泛べて座客を浮かし　酒を命じて幽心を酌む……152
花を惜しんで春起きること早く　月を愛でて夜眠ること遅し……170
花を養うて宿雨を分ち　葉を翦って秋衣を補う……195
林静かにして鶯啼遠く　山空しくして月色深し……152
林深くして塵市遠く　戸静かにして鳥声幽かなり……151
春暖かにして魚の躍るを観　秋高くして鹿の鳴くを聴く……161
春浮んで花気遠く　雨霽れて鳥声繁し……160
春は天上従り至り　恩は日辺に向って来る……160
春は共に山頭に採り　香は宜しく竹裏に煎るべし……158
春晴れて花子を結び　日暖かにして燕雛を呼ぶ……161
万戸元夕の宴　一路太平の歌……187
盤に堆むは皆玉粒　鼎を調うるは尽く銀沙……170
万里春光溥く　千門瑞気新たなり……187

五字聯【ひ】

日暖かにして鶯初めて語り　風和して燕又来る……135
日暖かにして蘭英秀で　風清くして桂子香し……135
飛閣芳樹を凌ぎ　高窓白雲度る……165
光は風中に向って耀き　香は雲外従り飄る……141
光は琉璃の影を透し　晴は錦綉の春を薫ず……141
筆端造化に通じ　意表雲霞を出ず……179
陽は三径の草を回り　風は一楼の花に入る……180
火は屏中の雀を射　名は閣上の麟を標す……137

五字聯【ふ】

風雲硯匣に帰り　林鳥書声に和す……164
風月吟詠を資け　烟霞性情を得たり……163
風光行く処好く　雲物望む中新たなり……163
笛は梅花の曲を奏し　鶯は楊柳の風に啼く……173
福の洪いなるは徳の厚きに因り　財の茂るは春の濃やかなるに比す……190
普天景運を開き　大地新機に転ず……176
筆を下せば鸚鵡を驚かし　簫を吹けば鳳凰を引く……130
文史三冬に足り　芝蘭一室に香し……134
文章華国に堪え　道徳先型を仰ぐ……135
文章千古の事　花柳一闌の春……134
文墨真趣存し　園林俗情無し……135

五字聯【へ】

壁を隔てて三家酔い　罇を開けば十里香る……188
碧渓白鳥飛び　紅旆青林に映ず……190

五字聯【ほ】

芳草斜陽の外　落花流水の間……154
鳳苞異彩を呈し　雁塔群英を遇う……193
北闕恩光大に　南山瑞靄新たなり……138
北闕晴光動き　南山佳気多し……138
北闕彫雲近く　南山紫気臨む……138
梵声天半に落ち　鈴語月中に来る……172

五字聯【ま】

誠を輸して緑蟻を斟み　徳に報ゆるに黄羊を薦む……196
顧南山の寿を献じ　先ず北海の樽を開く……200
窓小にして能く月を留め　簷低くして雲を礙らず……178
窓を開いて水面に臨み　月を引いて亭心に到る……180
窓を開けば千里の月　硯を洗えば一渓の雲……180
満室の雲は千畳　豊年の麦は両岐……189

五字聯【み】

水静かにして魚浪を呑み　花繁くして鳥人に狎る……136
水深ければ魚楽しみを極め　春入らば鳥能く言る……136
碧は墻頭の草に秀で　紅は屋角の花に稠し……190
身安んずれば茅屋穏やかに　性定まれば菜根香し……147
身を修むるは玉を執るが如く　徳を積むは金を遺すに勝る……165

五字聯【む】

結び成す平等の果　開き出す自由の花……179

五字聯【め】

名園緑水に依り　野竹青霄に上る……142
明月書幌に浸ぎ　疎星硯池に落つ……150
明月千門の雪　銀灯万樹の花……149
明月千門を照し　清歌幾処にか聞く……150
明月双谿水　軽波一釣船……150
名山夙好に諧い　老圃隣家を作す……142

五字聯【も】
孟常君子の店 千里の客来り投ず……148
門巷規模古く 文章大雅存す……155
門牆古意多く 家世儒風を重んず……156
門前春草緑に 宅内慶安寧んず……155
門に当って花帶を並べ 戸を迎えて樹柯を交ゆ……186
門は四海の客を迎え 貨は八時の鮮を備う……155

五字聯【や】
山を看れば晴は画に入り 竹を愛でれば月は楼に当る……162
山高くして塵到らず 院静かにして月先ず来る……131

五字聯【ゆ】
雪消して春草発し 風送って早梅開く……175
雪と闘って梅先ず吐き 烟を含んで柳尚青し……202
雪は圧す梅花の白きを 春は帰る柳色の青きに……175

五字聯【よ】
瑶琴午夜に清らかに 明月丁簾に上る……190
瑶琴清月の夜 彩筆絢星の文……190
陽春物象を開き 山水繁華を作す……180
瑶池春老いず 寿域日方に長し……190
遥峰碧渚に連なり 垂柳朱門を夾む……192
楊柳春風の第 芝蘭玉樹の階……185
余寒積雪に生じ 韶景新年に応ず……197

五字聯【ら】
蘭馨国瑞を徴し 熊夢家祥を兆す……200
蘭香時に座に満ち 玉屑毎に居に盈つ……200
闌に倚って夜月を吟じ 幔を捲いて春風を挹む……165

五字聯【り】
籬菊黄金合し 窓筠緑玉稠し……202
利沢源頭の水 生涯錦上の花……145
流輝瑞彩を増し 異色春花を賽う……162
柳色黄金嫩らかに 梨花白雪香し……161
良馬千里を行き 竜駒万程を走る……146
竜門初めて変化し 麒閣勲名を換ゆ……197
両輪日月の如く 一軸乾坤を定む……147
緑樹材辺に合し 清泉石上を流る……191
緑沼魚の楽しむを看 青雲鳥の飛ぶを羨む……191
緑水周囲に繞り 青山四面に環る……191
林塘秀色多く 山水遺音有り……152
林木来ること水の如く 炊煙望めば雲に似たり……151

五字聯【れ】
霊草春雲を放ち 仙池水月を流す……202
簾は天光に映じて遠く 堂は春色を開いて深し……199
簾を捲いて燕子を投じ 水を添えて芙蓉を挿む……170

五字聯【ろ】

楼小にして春雨を聴き
峰多くして夏雲を望む ……… 193
弄璋の欣は喜び有り
産鳳の慶は輝きを生ず ……… 145
楼に登って遠目を窮め
酌を命じて幽心を動かす ……… 178
楼には棲む滄海の月
窓には落つ敬亭の雲 ……… 194

五字聯【わ】

和悦人情広く
公平生意多し ……… 147
私無くして頌徳を歌い
福沢群黎に賜う ……… 177
和風玉樹を生じ
瑞靄瑶池を迎う ……… 147
我を酔わしむるは酒に関するに非ず
賓を留めて茶に代う可し … 194

六字聯【え】
益寿花開いて蔕を並べ恒春樹茁えて枝を連ぬ……207

六字聯【か】
雅言は詩書執礼益友は直諒多聞……207
閑居は以て志を養うに足り至楽は書を読むに如く莫し……207
漢柏秦松の骨気商彝夏鼎の精神……208

六字聯【き】
九天の雨露を萃め百代の文章を開く……207
玉醴華闉に流れ朱草庭前に秀ず……206

六字聯【く】
君子は身を反みて徳を修め学者は日を愛して陰を惜しむ……204

六字聯【け】
経を窮めて将に以て用を致さんとすべし書を読んで先ず宜しく心を虚しくすべし……208

六字聯【こ】
憲章は文武に盛んに詩書は唐虞に煥く……208
黄芽を養うに百煉を而てし絳雪を霏らすに千年を以てす……208

六字聯【さ】
坐久しくして穀を辟けるを妨げず行空しくして直ちに雲を食らう可し……205

六字聯【し】
少壮は真に当に努力すべく詩書は以て自ら娯しむに足れり……204
書を読むには必ず精熟に務め子を教うるには要ず義方に有り……209
仁人寿者の相を具え善士富家の翁と作る……204

六字聯【せ】
臘去って易く歓草を生じ春来って多く祥花を種ゆ……207

六字聯【た】
大徳は無量寿を得我が公は不朽の名有り……204
澹泊を守り以て俗を鎮め和静に安んじ而して時に随う……204

六字聯【ち】
張公に効って多く忍を書し司馬に法って厚く功を集む……206
長風に乗じて以て浪を破り既に国を富ませて民を利す……206

六字聯【て】
天倫の楽事を序し聖人の遺書を師とす……205

六字聯【と】
桃紅は復宿雨を含み
柳緑は更に朝煙を帯ぶ……206
六字聯【は】
柏酒の酔いは旧歳を辞し
椒花の香は新春を献ず……206
爆竹一声旧を除き
桃符万象更に新たなり……208
花は碧桃枝上に到り
鶯は緑柳楼前に歌う……205
花は満城の錦綉を発き
春は大地の文章を生ず……205
春は紅桃枝上に到り
鶯は緑柳楼前に臻る……205
六字聯【ふ】
風雨の調和は万歳にして
稲粱の狼藉は豊年なり……206
六字聯【み】
身を養うは寡欲に如く莫く
書を読むは先ず虚心に在り……208
六字聯【む】
無窮の事業を建てんと欲せば
須く有用の精神を惜しむべし……207
六字聯【も】
門外鳥啼いて花落ち
菴中飯熟して蕊香し……205

七字聯【あ】

相逢うは尽く是他郷の客 信宿は時に招く異地の人 ……271
朝に吟じ暮れに詠じて文章古り 口に誦し心に維って学業新たなり ……296
雨潤って蘭孫楚畹に香り 春輝いて玉筍藍田に発す ……261
雨過ぎる池辺魚浪を鼓ち 風来る花裏蝶香を尋ぬ ……261
雨は珠珍を捲く繡閣の暁 風は斑竹を開く画堂の春 ……261
新たに水檻を添えて垂釣に供し 静かに花籌を借りて読書を記す ……306
案牘能く消して胸に竹有り 絃歌絶えずして県花を成す ……281

七字聯【い】

謂う勿れ光陰過客為りと 須く知るべし山水良朋有りと ……225
家に伝うるに道有って惟厚を存すのみ 世に処するに奇無くして但真を率つのみ ……304
家は敬義を伝う数千歳 世は詩書を継ぐ幾百年 ……278
家を承ぐの事業堂構に輝き 世を経めるの文章棟梁を裕かにす ……253
偉業を建てて心地を栽培し 奇書を読んで性天を涵養す ……264
幾行かの樹色春水を揺り 一抹の山光晩霞麗らかなり ……294
幾点かの梅花逸興を添え 数声の鳥語吟懐を助く ……294
石を拳って画は黄子久に臨み 瓶を瞻て花は紫丁香を挿す ……279
一泓の秋水清気を余し 満室の春風異香を散ず ……211
一代の忠心日月に盟い 千秋の節義乾坤より重し ……210
一朶の彩雲暁日を迎え 万枝の紅燭春天を動かす ……211
一門共に春風の裡に坐し 多士群がって化雨の中に沾う ……211
一嶺の桃花錦繡を紅にし 万条の銀燭天人を引く ……212
一生の忠赤山河に見れ 千載の精神日月に光く ……210
逸情我を老わる書千巻 淡意人に可なり梅一窓 ……300
一庭の花影三更の月 十里の松陰百道の泉 ……211
一点の陽和空外に転じ 万家の淑気望中に新たなり ……212
一百五日寒食の雨 二十四番花信の風 ……210

七字聯【う】

種え成す彭沢千門の柳 開き遍し河陽一県の花 ……316
烏石製成して妙品を伝え 丹砂合就して佳珍と号す ……283
梅は臘雪に和して新艶を調え 花は東風を引いて旧枝に入る ……289
雨余墨を試みれば情限り無く 月照って詩を吟ずれば興更に濃やかなり ……262
雲影天光千古に秀で 花香鳥語四時春なり ……303

雲烟紙に落ちて光華耀き
蘭麝人に薫って気味馨る……302

雲中の翠黛修眉に好く
樹裏の清波提甕に宜し……302

雲裏の帝城双鳳の闕
雨中の春樹万人の家……303

七字聯【え】

縁は百年双璧の白を種き
姻は千里寸糸の紅を牽く……320

園林の桃李春暖に争い
嶺径の松筠歳寒に耐ゆ……305

七字聯【お】

鶯声日暖かにして金谷に鳴き
麟趾春深くして玉堂を歩す……325

鶯舌腔有って春転ずる有り
柳腰力無くして日に三たび眠る……325

往来尽く是甘甜の客
談笑応に無からん払逆の人……253

多く奇書を読んで眼界を寛め
少しく閑話を説いて精神を養う……242

己を利し人を済い兼せて益有り
民を便らげ国を裕かにし本より私無し……249

趣を解するの鸝黄頻りに韻を送り
情を知るの緑柳漸く糸を拖つ……312

七字聯【か】

階除暁は風雲の気を入れ
戸牖春は翰墨の香を生ず……301

海上の蟠桃初めて子を結び
月中の仙桂復枝を生ず……282

階前の春色濃きこと許くの如く
戸外の風光翠流れんと欲す……301

槐庭長に恒春の草を発し
蘭畹聯なって称意の花を開く……313

堦に沿うの草色人を迎えて緑に
小閣の書声歯を漱いで清し……255

反みて諸を己に求むれば理常に足り
人に頼らざれば品自ずから高し……226

華屋常に仁寿の鏡を前き
高堂瑞は吉祥の花を発く……298

閣外常に鶯の細語を聴き
簾前毎に燕の斉飛を看る……318

客歳の臘容日に随って換り
新年の春色風を逐って来る……264

鵲は梅花の香に噪いで句を索め
鶯は柳色の緑に啼いて新を開く……323

家産の神駒富貴を徴し
門騰の彩鳳光華を耀かす……277

火樹光騰れば城夜ならず
銀花焰吐けば景長に春なり……232

稼穡民に教えて万世に垂れ
豊亨慶有って千倉を楽しむ……320

風に臨むの玉樹堂階に舞い
眼を照すの明珠室に入って来る……328

風に臨むの照耀文錦を舒べ
日に映ずるの光芒綺羅を燦かす……329

風は一帘を送って遠客を招き
価は双品無くして高賢を憶う……274

風は花香を送って筆硯を侵し
月は竹影を移して欄干を払う……275

風は松韻を伝えて幽谷に来り
月は梅影を送って綺窓に上る……276

風は書声を送る芹泮の暁
月は花影を移す杏壇の春……275

風は書声を送って別院に来り
月は花影を移して疎簾に上る……275

桂は九秋に発して蟾窟折れ
杏は三月に開いて曲江に遊ぶ……281

家伝一首水壺の賦
庭苗千尋玉樹の枝……278

華堂日麗らかにして春風暖かに
琪樹花開いて彩燕飛ぶ……299

華堂日に耀いて燕争って賀し
大廈雲に連なって鳳穏やかに棲む……299

画棟前に楊柳の石を臨み
青帘高く杏花の村に掛る……298

架に積むの典墳皆至宝
門に盈つるの冠蓋悉く名賢……330

架には古今の書万巻有り
家には晋魏の帖千函を蔵す……270

画眉の筆は凌雲の気に代り
如意の人は咏雪の才を懐う……297

甘雨和風人並寿
琪花瑶草物皆春……238

甘受は最も宜しく五味を和すべし
業精は定ず千金をトす可し……238

間情碧は満つ春三径
幽意清は宜し月一窓……301

閑窓雨を聴いて書の潤いを添え
小閣雲を看て客の吟を助く……300

閑庭の草色三径に迷い
深院の書声六経に酔う……300

雁塔名を題して独歩に堪え
竜門尾を焼いて群英に冠たり……302

間に秋水を看て心事無く
長く豊年を揖って貴きこと余り有り……300

甘を回すを待たずして苦辣を知り
従来の佳味酸鹹を雑ゆ……222

七字聯【き】

几案を環るの間は皆古物
欄干を繞るの外は尽く奇花……328

箕裘の世業金屋に輝き
鍾鼎の家声玉堂に振う……316

岸を拍つの緑波春席に映じ
枝に囀るの黄鳥日に詩を撩む……254

吉祥草は親仁の里に発し
富貴花は昼錦の堂に開く……241

吉地の祥光泰運を開き
重門の旭月陽春を輝かす……240

気は竜涎を吐いて霄漢に通じ
輝は鳳彩を騰げて雲衢に徹す……282

君に勧む更に尽せ一杯の酒
爾と同に消さん万古の愁い……324

客を愛して常に開く新醸の酒
童を呼んで時に展ぶ旧家の書……305

旧家の松石皆名画
好客の言談即ち異書……327

九天の日月新運を開き
万里の笙歌太平に酔う……212

九天の星宿檐前に燦やかに
四面の湖山春至に明らかなり……212

九苞の彩鳳雲中に現れ
半夜の石麟天上より来る……213

頰毫分外に能く彩りを添え
阿堵由来晴を点ずるを待つ……331

杏坊声は振う金辺鐸
芹泮香を生ず筆底の春……250

業隆三春の景に似たる有り
人瑞先ず五色の雲に徴る……308

玉宇欣んで金鶴の舞うを看
画堂喜んで彩鸞の鳴くを聴く……235

玉燕懐中先ず瑞を兆し
石麟天上早に祥を呈す……237

玉燕頻りに投ず青瑣の夢
金鶯早に報ず上林の春……237

玉鏡高く懸って春水に似
恩沢千家雨露深し……237

玉鏡人間合璧を伝え
銀河天上双星渡る……237

玉砂瑶草天に連なって碧に
流水桃花澗に満ちて香し……236

玉軸牙籤唐の李泌
琅函金笈晋の張華……236

旭日光は双闕を分ちて迴り
春風暖は万家を鼓って新たなり……244

旭日輪を垂れて春色美しく
和風慶を襲って物華新たなり……244

玉樹芳蘭俎豆を承け
瑩蟬紫誥蒸嘗に答う……236

玉書金簡天地に帰り
素業清風子孫に及ぶ……236

許多の邱壑胸中に貯え
無数の烟雲筆下に生ず……292

桐は為す奕世恩を承くるの樹
杏は是春風第に及ぶの花……282

金鶯柳を織って天鏡を開き
玉鵲梅を含んで戸春を納む……259

銀花火樹佳節を開き
紫気丹光玉台を擁す……318

勤倹家を持すれば終に益有り
艱辛学を積むは名の為ならず……304

琴瑟調和して楽事多く
家庭団聚して歓声溢る……297

琴瑟永く千歳の楽を諧え
芝蘭同じく百年の春を介く……296

琴瑟和鳴画錦を栄えしめ
芝蘭香藹麟祥を兆す……297

錦綉花開いて春富貴
琅玕竹報じて歳平安……330

錦繡春明らかにして花富貴
琅玕画静かにして竹平安……331

金城の柳色千門の暁
玉洞の桃花万里の春……259

金翦衣を裁すは鳳の舞うが如く
銀針線を引くは竜の飛ぶに似たり……259

金炉千年の火を断たず
玉盞常に万歳の灯を明らかにす……259

七字聯【く】

雲開いて日月青瑣に臨み
風捲いて煙霞紫微に上る……302

七字聯【け】

雞鶉魚肉般般具わり
滑膩経匀色色優れたり……328

桂子祥を呈して厚福を徴し
蘭孫秀を毓てて嘉祥を兆す……281

荆樹花有り兄弟楽しみ
書田税無く子孫耕す……285

景は年光に協って柳色を開き
風は春気に和して蘭心を繞る……295

景物時に応じて勝概を成し
太平象有って時雍を楽しむ……295

奎璧光華盛日を文り
乾坤清泰隆時を治む……264

奎壁光は生ず銀漢の暁
芝蘭香は藹う玉堂の春 ……263
月団香璧佳名著れ
剣脊竜紋雅製精なり ……231
潔白人に宜しく五味を調え
塩梅鼎に和し三公を重んず ……320
烟は蘭葉を開いて香風起り
春は桃花に入って暖気匀し ……283
元鶴蒼松双んで寿を献じ
玉麟丹桂両つながら祥を呈す ……225
剣光寒くして千峰の雪を擁し
蜃気晴れて万壑の濤を蒸す ……319
見聞を広めんとすれば須く報を看るべし
煩悶を除かんとすれば且に歌を嘔うべし ……289

七字聯【こ】

香烟青く鎖す瓶中の柳
灯影紅く浮ぶ座上の蓮 ……276
香煙篆じて平安の字と就り
燭燄開いて富貴の花と成る ……276
光華架に満ちて糸綸裕かに
燦爛千層錦綉多し ……240
広寒宮裡花錦の如く
仙子凡下の玉堦に臨む ……319
黄巻琅函二酉に蔵し
青篇竹簡三墳に集む ……303
紅杏林中燕語を添え
緑楊陰裏鶯啼有り ……272
紅錦雲を裁して朝雁を奠し
紫簫月に吹いて夜鸞に乗ず ……273
高厚恩深くして至徳を隆め
陰陽気運って豊年を慶す ……285
鴻鈞気転じて春風動き
黄道天開いて化日長し ……329
紅日西に沈んで客の住するを留め
玉兎東に吐でて人の行くを遣る ……272
江州柳放って元亮を思い
庾嶺梅舒べて浩然を憶う ……245
好書悟る後三更の月
良友来る時四座の春 ……243
後人を啓作して頼り有るを知り
先業を事承して応に疆り無し ……286
黄庭を読み罷んで神明を察し
白鹿に乗じ来って骨格清し ……304
黄庭閑かに誦せば松窓静かに
白鶴時に行けば花径幽なり ……303
黄道門を安んじ百福を添え
紫微戸に当り千祥を納む ……304
紅桃緑柳春色を争い
白日青天党旗を樹つ ……273
紅梅枝上春信を伝え
黄鳥声中好音を送る ……273
香は美人歌後の夢を繞り
涼は詩客酔中の仙を侵す ……276
鴻文天上恩綸普く
燕喜堂前福禄深し ……329
孤絃調べ無くして琴音寂たり
半鏡雲を摩して月色明らかなり ……252
五穀豊かに登って国泰を昭らかにし
万家充ち足って天庥に沐す ……225
五湖の寄跡は陶公の業
四海の交遊は晏子の風 ……225
志を得れば須く天下の雨と為るべし
交を論ずれば猶古人の風有るがごとし ……287
志を立つには宜しく真の品格を思うべし
書を読むには須く苦しき工夫を尽すべし ……239

意静かにして流水の貌に随わず
心閑かにして還白雲の忙わしきを笑う……305
心に賞しむ処自ずから楽趣有り
意に快き時便ち是春風なり……321
心を同じくして永く団円の影を結び
蔕を並べて常に富貴の花を開く……241
古紙硬黄晋帖を臨し
新牋匀碧唐詩を録す……233
五色雲臨んで門彩に似
七香車擁して轡琴の如し……223
五色の雲中暁日開き
万年の枝上春風動く……223
五色の天書詞爛漫にして
九華の春殿語従容たり……223
五色の鳳毛新羽翼
百年の竜馬旧家声……224
五色花は春雨の後に成り
千峰奇は夏雲の中に出ず……223
子耕し婦織って民生足り
雨順い風調って帝沢周し……220
好んで麒麟を送って福地に来り
喜んで蘭桂を生じて祥門に到る……243
古廟灯無く月の照すに憑り
山門鎖さず雲の封ずるを待つ……233
五風十雨唐虞の世
万紫千紅富貴の春……224
細かに梅花を数えて坐すること久しきに因り
緩やかに芳草を尋ねて帰ること遅きを得たり……291
五夜の漏声暁箭を催し
九重の春色仙桃を酔わす……224
五陵の春色烟霞近く
万里の晴雲翰墨新たなり……224
戸を過ぎるの清風益友と為り
庭に入るの明月是相知る……312

七字聯【さ】

綵衣歳に長庚の酒を進め
琪樹春に太乙の花を生ず……317
彩筆喜んで紅葉の句を題し
華堂新たに采蘋の章を咏ず……287
盞を把り胸に澆げば神骨健やかに
詩を吟じ酔いに入らば夢魂香し……249
昨夜の春風纔かに戸に入り
今朝の楊柳半ば隄に垂る……270
昨夜の祥光婺女に騰り
他時の喜気門楣に応ず……270
座上の人豪楼百尺
匣中の宝気剣千秋……278
里に仁風有れば春色溥く
家に徳沢余かなれば吉祥臨む……251
悟り得たり柳公書内の法
生来江子夢中の花……279
座雅にして時に湖海の客を招き
堂高くして日縉紳の人を聚む……278
山河鞏固にして千春艶しく
日月昭回して一気新たなり……221
三華聚頂金闕に登り
九転丹成玉台を歩む……216
山河の表裏唐風古り
日月の光華禹甸春なり……221
三元庇い佑けて恩光大に
万善同に帰って福沢長し……215
三時害せず豊年の慶び
万宝成るを告ぐ大有年……216
山寺日高くなるも僧未だ起きず
算え来る名利閑に如かず……221

三十六峰時に態を変じ　百千万載此の鴻図あり……214
三春の淑気門室に盈ち　万里の祥光斗文に満つ……215
三春の天地元気を廻し　一統の山河太平に際る……215
三千世界笙歌の裡　十二都城錦綉の中……214
山川の気象渾として画の如く　人物風光又新を転ず……220
三千法界元妙を超え　一串の牟尼化機を悟る……215
三陽気転じて風甲を開き　六合春回って月寅を建つ……216
三陽日は平安の地を照し　五福星は吉慶の家に臨む……216

七字聯【し】

四海の風光随処に好く　満天の雨露時に応じて新たなり……234
紫荊花下兄弟に宜しく　彩服堂前子親を悦ばす……291
自己を反観すれば全て是なり難く　人家を細論すれば未だ非を尽さず……226
四時恒に金銀の気に満ち　一室常に珠宝の光に凝る……234
紫簫吹き徹す藍橋の月　青鳥翔り還って彩色新たなり……291
室家に宜しく堂燕喜を開き　琴瑟を鼓して人螽斯を咏ず……253
紙田墨稼時に随って咏じ　野草名花意を得て題す……284
忍んで和するは家を斉えるの善策　勤と倹は業を創めるの良図……249
司馬の才名日月に光り　羊公の恵愛風流を憶う……234
雀舌未だ三月の雨を経ず　竜芽先ず一枝の春を佔む……292
車馬来らざれば真に俗を避く　風烟人興ずれば便ち章を成す……250
十二碧城縹緲に臨み　三千珠闕逍遥に任す……214
綉幕春晴れて珠彩りを耀かせ　蘭房日暖かにして玉輝きを生ず……310
秀は芝蘭に発して山海永く　和は琴瑟を諧えて地天長し……250
樹影窓に横たわって月の上るを知り　花香夢に入って春の来るを覚ゆ……330
種玉縁有って鳳を引くに堪え　射屛偶を得て竜に乗ずるを喜ぶ……316
珠玉を保つは善を保つに如かず　富貴を友とするは仁を友とするに若く莫し……263
叔敖生の挙動を効わんと欲し　須く魯子の旧儀の型を知るべし……289
菽粟稲粱は水火の如く　有無通易は権衡を見る……299
叔姪は並に忠義の伝に帰り　子孫は長に棟梁の材を作す……252
珠樹自ずから千古の色に饒み　筆花開いて四時の春に遍し……283
朱簾暮れに捲けば西山雨ふり　飛閣傍らに臨めば東野春なり……244
春雨一犂珠玉を種けば　秋風満室稲粱馨る……266
春情語を寄す千条の柳　世第芳を流す万巻の書……269

春深の暁翠雲戸を封じ
花外の夕陽人楼に倚る……269
春庭の草色烟に和して暖かに
午夜の書声月を帯びて寒し……268
春風掩映千門の柳
碧澗縈廻十里の花……267
春風大雅能く物を容れ
秋水文章塵に染まらず……266
春風堂上佳気を通じ
夜雨庭前好花を種ゆ……267
春風堂上初めて燕来り
香雨庭前新たに花を種ゆ……267
春風得意花千蕊
秋月輝を揚ぐ桂一枝……268
春風緑を送って楊柳に帰り
細雨紅を飛ばして碧桃に上る……267
春風楊柳金馬を鳴らし
晴雪梅花玉堂を照す……268
上苑梅は開く春九十
高堂桃は熟す歳三千……217
消間の翰墨清課に供し
随意の園林是好春なり……282
松滋竜剤金と質を同じくし
易水犀紋玉と堅を比ぶ……255
上代の天工厚沢を施し
永懐の赤子仁恩を布く……217
松竹梅は歳寒の三友
天地人は四海同春……254
訟庭花落ちて香屋に盈つ
案牘風清くして月楼に満つ……291
畳篆の清香玉宇に薫り
一簾の春色梅花に映ず……326
小梅香裡黄鶯囀り
玉樹陰中紫鳳来る……220
松風水に臨めば朝剣を磨き
竹月窓に当れば夜書を読む……255
燭燄輝煌して五福を呈し
香烟繚繞して千祥を結ぶ……328
書剣夜深くして光斗を射
墨池春暖かにして筆花を生ず……280
曙色漸く分つ双闕の下
春風先ず到る五侯の家……327
書田の菽粟真味多く
性地の芝蘭異香有り……279
書嚢応に三千巻に満つべし
人品当に第一流に居るべし……280
書は未だ曾経て我が読まざるもの有るも
事は人に対して言る可からざるもの無し……280
書は難解従り翻って悟りを成し
文は無心に到って始めて奇を見る……280
初陽色を弄して高鳥を鳴かせ
残雪寒を留めて落梅を伴う……248
書を看酒に対して心事無く
竹を洗い花に澆いで興余り有り……272
調べは白雪陽春の曲を追い
心は高山流水の音に会す……321
芝蘭気を得れば一庭秀で
桃李陰を成せば四海春なり……256
士を教うるの窓前丹桂発し
才を育むの堂上秀蘭開く……288
字を問うの堂前書緑を染め
経を執るの門下月光を留む……285
深院書を抄す桐葉の雨
曲欄句を尋ぬ藕花の風……289
深院塵稀にして書韻雅なり
明窓風静かにして墨花香し……290

身外の間名利を掃除し
書中の古聖賢を師友とす……287
新詩を読み罷めば風韻に入り
好句を吟じ成せば月頭に当る……326
新蒲の細柳皆春色
小巷の閑門是隠居……306

七字聯【す】

瑞日一輪春色を藉き
和風百道物新を維ぐ……308
瑞日祥雲宇宙に弥ち
春風和気乾坤に満つ……309
瑞日芝蘭甲第に光り
春風棠棣家声を振う……309
水上毫を揮えば竹石を成し
壁間筆を走らせば竜蛇動く……231
瑞色春を涵して紫気を瞻
祥光曙日丹墀を藹す……309
瑞は宝婺に応じて双闕を離れ
喜びは仙娥を見て九天に墜つ……309
酔裡の胸懐洞達を開き
壺中の日月羲皇に勝る……322
瑞露新たに滋し三秀の草
祥雲常に護る九如の松……310

七字聯【せ】

斉家の典型三礼に存し
経国の文章二南を本とす……319
晴光蕩漾として花初めて酔い
靄景紓徐として柳正に眠る……295
清香を愛するが為に頻りに座に入り
歓んで知己と同に細かに心を談ず……296
晴日乍ち千嶂の雪を開き
暖風先ず一枝の花を放つ……295
青史の文章高く筆を点じ
彤簷の喜気遠く雲を凌ぐ……262
清宵の皓月芙蓉帳
暁日の春風燕子楼……290
青草の池塘千里の夢
夜牀の風雨十年の心……262
性天活潑にして流水の如く
心地光明にして本源に徹す……253
青は柳眼に帰って晴画を窺い
紅は桃唇に点じて暖暉に笑む……262
清涼風流縁古重く
閑吟情味詩篇に向う……290
赤松嶺上風塵起り
黄石山中日月長し……250
石麟日を指して金屋に生じ
彩鳳今朝玉簫を引く……239
世上の稀奇を珍蔵するの品
人間の欠陥を調補するの天……271
千紅万紫新歳を迎え
水緑山青自ずから太和なり……218
千古の文章性道を伝え
一堂の交友天倫を楽しむ……217
千秋の気節氷霜凜たり
万古の貞心鉄石盟う……218
千樹の梅花一壺の酒
一荘の水竹数房の書……219
千条の緑柳金線を垂れ
万樹の寒梅玉葩を吐く……219
仙方世を済って春景に回し
妙剤人に宜しくして物和を育つ……232
千万の風雲玉樹を培い
十分の雨露荆花を発く……219

千門共に鴻禧の字を住め 百穀同に大有年に登る……217
千門共に貼る宜春の字 萬戸同じく懸く換歳の符……218
千門の柳色青瑣に連なり 三殿の花香紫微に入る……218

七字聯【そ】

滄海月明らかにして珠彩りを献じ 藍田日暖かにして玉香を生ず……308
倉箱既に裕かにして豊稔を歌い 婦子余り無くして有年を慶ぶ……277
蒼茫たる青草荒径に迷い 潔白たる氷操碧空に対す……317
僧を尋ぬる意有って蓮舎に来り 客を送り心無くして虎渓を過ぐ……293
祖は徳み宗は功む千載の沢 子は承け孫は継ぐ万年の春……283
素壁琴有って太古を蔵し 虚窓月を留めて詩を吟ずるを待つ……284

七字聯【た】

大塊の文章還我に仮り 十分の春色総て人に宜し……219
大節今に至って日月を昭らかにし 英風古に亘って綱常を振う……220
太簇吹過すれば千戸暖かに 鴻鈞鼓動すれば万家春なり……228
巧みに花容を借りて月色を添え 欣んで秋夜に逢うて春宵を作す……234
竹を愛して鋤かず路に当るの筍 花を惜しんで常に護る簾に入るの枝……305
但願う世上人病無きを 那ぞ怕れん籠中薬年を積むを……248
足ることを知れば一生自在を得 静かに観ずれば万類人為無し……256
弾じ来る白道皆朶を成し 衣い遍し蒼生是此の花なり……319
暖日山に映じて元気を調え 東風樹に舞って残寒に入る……306
暖に就くの風光偏に柳に著き 寒を解くの雲影半ば梅に蔵す……294
坦腹風流王逸少 著書博議呂東萊……252
丹鳳堂前初めて瑞を兆い 玉麟閣上早に祥を占う……222
丹炉薬を煮るに風扇と為り 石洞棋を敲つに月灯と作る……222

七字聯【ち】

竹影窓を掃う金鳳の毛 梅花戸に入る玉竜の涎……247
地静かにして更に人跡の到る無く 林函くして時に鳥声の喧しき有り……242
池辺柳は繞る廻環の路 水面魚は游ぐ自在の行……245
昼日明窓閑に墨を試み 寒泉古鼎自ら茶を煮る……288
中天の日月新紀に従い 大地の山河旧規に復す……222
朝中の黼袞須く君を補うべく 錦上の奇花爾の開くに任す……296
重簾捲かずして香を留むること久しく 古硯微かに凹んで宝を聚むること多し……274

椿花萱蕚枝を聯ねて茂り
桂子蘭芽砌を繞って香し……307
椿萱の日月風光好く
蘭桂の春秋景色多し……307
陳去り新来って相逓接し
寒消し暖至って自ずから輪廻す……292

七字聯【つ】

月は客を恋うに因って方に緩やかに行き
風は花を吹く為に狂うに忍びず……230
月は瑶堦に映じて熊夢に入り
花は綺閣を明らかにして燕懐に投ず……230
早に天香貴子を生ずるを卜し
喜んで国瑞蘭英を発くを看る……243
常に敬畏を存し方めて福を為し
肯じて箴規を賜うは即ち是師なり……287
露を滴らせ硃を研って晨易に点じ
簾を垂れ地を掃いて昼香を焚く……313

七字聯【て】

帝苑梧有り皆鳳を集め
春城処として花の飛ばざる無し……264
庭前蘭は芳春の玉を吐き
掌上珠は子夜の光を生ず……279
天運特に新世界を開き
地輿永く旧山河を鞏む……227
天機到る処都て趣を成し
筆力揮い来れば神有るが若し……227
天上の四時は春を首めと作し
人間の五福は寿を先と為す……226
天上の星杓北斗を旋り
人間の春信東郊に到る……226
天上の双星河畔を渡り
人間の合璧鏡中に開く……227
天は歳月を増し人は寿を増し
春は乾坤に満ち福は門に満つ……227
天辺の烟景都て画に入り
海上の神仙亦春を愛す……228

七字聯【と】

桃杏村に満ちて春錦に似
芝蘭砌を繞って座香を凝らす……281
堂構森厳にして祖武を縄ぎ
大葩移し発いて文章を煥かす……286
堂醍鼎俎先烈に酬い
孝子仁心至誠を竭す……286
当年の岐秀は曾て麦を歌い
今日の堆積は雲を出ずるに似たり……310
兎穎春を生じて鳳帖に題し
鸞牋敬を致して竜門に達す……251
時に随って静かに古今の事を録し
日を尽して放に天地の間を懐う……331
徳は根基を作し仁は福を作す
義は正路を為し礼は門を為す……320
斗柄寅を建てて歳首を推し
梅花臘を送って春魁を占む……229
吐鳳の雄才博議を成し
画眉の彩筆新詩を点ず……242
共に羨む斉眉呉市案
相看る挽手鹿門車……240

七字聯【な】

名は南宮に到って姓氏を光かし
恩は北闕に承けて糸綸を荷う……241
双び飛んで関雎の鳥を羨まず
蔕を並べて還連理の枝を生ず……327

南峰の紫筍仙品を来し
北苑の春芽客談を快くす……263
南畝の栽培帝力を歌い
千箱の積聚民生を済う……263

七字聯【に】

廿三俎を餞して天府に帰り
正朔旋り臨んで故廬に返る……228
日色雲を射て時に彩りを弄し
桂枝露を含んで自ずから香を生ず……229
如意花は仁寿の鏡に明らかに
豊年玉は吉祥の雲に映ず……243
庭を透るは尽く是風に臨むの玉
室を照して争って看る掌に入るの珠……330

七字聯【の】

飲み来れば佳味三雅を分ち
酔後の狂歌四筵を驚かす……312

七字聯【は】

梅花預め報ず金門の暁
楊柳新たに添う繍陌の春……288
馬幃業を肆って師範を欽い
鹿洞書を伝えて道真を悟る……285
梅竹平安にして春意満ち
椿萱並び茂って寿源長し……288
杯は玉液を交えて鸚鵡飛び
楽は周南第一章を奏す……254
白雲を挑げ得て閑かに薬を採り
明月を引き来って静かに丹を焼く……265
白玉壺中琥珀を凝め
夜光杯裡葡萄を酌む……238
剝棗塩梅談を佐く可く
浮瓜沈李暑を消し能う……277
爆竹一声旧歳を除き
五穀豊登大いに年有り……322
爆竹声中旧歳を辞し
梅花香裏新春を報ず……322
爆竹暖中瑞気を生じ
梅花香裏春風到る……322
白鹿青竜碧落に昇り
金台紫館仙班に列ぬ……238
花落ちて満庭民徳を詠い
風清くして両袖吏廉を称う……258
花は喜気を迎えて皆笑うが如く
鳥は歓声を識って亦歌を解す……257
花は彩檻に開いて春色を呈し
鶯は芳林に囀って好音を発す……258
花は水面に浮んで文趣を添え
月は波心に印して化機を悟る……257
花は東垣に発いて仲景を開き
水は河澗を流れて丹渓に接す……257
花は芙蓉を映じて錦繡を開き
友は琴瑟を聯ねて関雎を咏ず……257
遥かに爆竹を聞いて歳の更まるを知り
偶梅花を見て已に春なるを覚ゆ……318
春来るや魚竜変化し
時至るや桃李芳菲す……266
春は禹甸山川の外に帰り
人は尭天雨露の中に在り……270
春は華堂に入って喜色を添え
花は玉案に飛んで清香有り……266
春は水光に入って嫩碧を成し
日は花色を匀えて新紅に変ず……265
春は瑞草名花の上に盈ち
人は卿雲旭日の中に在り……268

春は柳色に臨んで翠戸を環り
風は梅花を送って香門に満つ……269

春深くして碧海竜甲を騰げ
花満ちて天地鳳毛を起す……269

斑衣色は宮花に映じて麗しく
緑酒春は化日に浮んで長し……294

万国の雲霞錦綉を開き
三春の花柳文章を煥かす……311

万象春に回って雨露に沾い
五雲日を捧げて烟霞を燦らかにす……312

半点の紅塵飛んで到らず
一林の清気静かにして人に宜し……233

半榻詩有り共に月を邀え
一生事無くも花の為に忙わし……232

半榻の茶煙素月を邀え
一簾の花雨南華を読む……233

万里の陽和春脚有り
一年の光景月頭に当り……311

万里の和風柳葉を生じ
五陵の春色桃花を泛ぶ……311

七字聯【ひ】

日耀いて紫微瑞気を迎え
天開いて黄道嘉祥を集む……230

日耀いて珠璣満殿に光り
花開いて蘭桂層階に在り……230

光は青藜を借りて雞暁に唱い
香は丹桂に飄って鹿秋に鳴く……239

眉山の兄弟師友と為し
花萼の文章性情を共にす……272

筆勢染め来って虹気現れ
硯痕乾く処月輪開く……298

筆墨縁有って原より我に在り
指揮意の如くして妙人に宜し……298

人は安瀾を慶して客路を通じ
民は厚徳を歌って恩に沐すること多し……213

人は治世に逢うて居棲穏やかに
時は陽春に際うて気運新たなり……213

人は百尺松蘿の上に居し
詩は千層花雨の中に在り……213

人を待すに忠恕にして孔道に遵い
家を治むるに勤倹にして唐風に溯る……265

人を利するは矩を潔しとす道に外ならず
己に克つは常に過ちを改むる心を存す……248

陽に向うの門第春先ず到り
善を積むの人家慶余り有り……242

日は春色に融けて桃花笑い
風は秋声に約して桂子香し……229

美味偏に雲外の客を招き
清香能く洞中の仙を引く……273

百尺の楼台気象を瞻
三春の花鳥東風に酔う……245

百世の鳳凰永吉を諧え
千年の瓜瓞綿長を慶ぶ……245

百忍の家居上策と為し
三思の処世是良謨なり……246

百年の燕翼惟徳を修め
万里の鵬程読書に在り……246

百年の琴瑟良配に称い
鐘鼓の声洪大韶に接す……246

百年の天地元気に回り
一統の山河太平に際る……246

百物彙成して世味を通じ
五香加入して人情を洽ぐ……247

百万の慈雲手を揮って遍く
三千の宝慧珠を現して円かなり …… 247
百穀成るを用て福沢を承け
四時害せずして馨香を薦む …… 247
氷壺久しく長生の薬を貯え
丹灶惟不老の方を焼く …… 240
賓に佐むるに頼いに清香の在る有り
海を煮るに応に雅製の精を推すべし …… 248

七字聯【ふ】

風雲展びんと欲して天翼を垂れ
霄漢常に日を捧ぐるの心を存す …… 275
風光先ず図書の府に到り
春色偏に翰墨の家に宜し …… 274
楓葉は知らず氈共に冷やかなるを
梅開いて早に覚ゆ筆春を生ずを …… 307
風流長史千秋賞し
肆意平安一幅懸る …… 274
福有って方に三宝の地に登り
縁無くして大乗門に入り難し …… 244
福禄の人家貴子を生じ
陰功の門弟麟児を産ず …… 316
福を賜いて広く千倍の利を招き
神に酬いて敬しく一炉の香を献ず …… 321
芙蓉の香汁花粉稠く
詩書架に満ちて琳琅燦たり …… 256
芙蓉の夜月天鏡を開き
楊柳の春風画図を擁す …… 256
文運天は開く修士の第
陽春日は麗らかなり吉人の家 …… 229
文伯又天外従り降り
驪珠重ねて掌中に向って円る …… 228

七字聯【へ】

平安即ち是家門の福
孝友為す可し子弟の箴 …… 235
平安の両字家福と為し
和緩の一生性天を養う …… 235
屏間の錦綉珠箔を環り
天上の笙歌玉麟を送る …… 286
瓶梅蕊放って香屋に盈ち
岸柳春濃やかにして汁衣を染む …… 310
碧水翠灯南海の月
祇園秀挺普陀の巌 …… 315
碧天の瑞靄千門の暁
玉檻の春香九陌の情 …… 315
碧桃笑みを含んで珠箔に籠め
丹桂香を飄して広寒を出ず …… 315
碧桃春は三千歳を結び
丹桂秋は万里の程に芳る …… 315

七字聯【ほ】

法雨慈雲聖沢を沾し
松風水月清華を見る …… 255
鳳凰麒麟郊藪に在り
珊瑚玉樹枝柯を交ゆ …… 318
宝鏡台前人玉に似
金鶯枕側語花の如し …… 325
紡績三更晷を継ぐに堪え
読書午夜膏を焚くを喜ぶ …… 284
芳草春回って旧に依って緑に
梅花時到って自然に香し …… 258
宝鼎烟を浮べて香彩りを結び
銀台喜びを報じて竹花を生ず …… 324
豊年の粟米狼戻を覘
佳歳の倉箱満盈を告ぐ …… 327

宝馬迎え来る天上の客 香車送り出す月中の人……324
鳳を刺い鸞を描く新式様 雲を裁し月を澣う細工夫……251
本来水源世沢を承け 秋霜春露先霊を憶う……235

七字聯【ま】

又是一年春草緑に 依然として十里杏花紅なり……214
眉を画くに新たに試みれば雲筆を凌ぎ 玉の如きを新たに瞻れば雪才を咏ず……297
満地の雪山皆幻景 数椽の房屋安居を得たり……313
満庭の詩景紅葉を飄し 五色の雲霞画梁に堆し……314
満天の星斗明るきこと画の如く 一曲の陽春夜寒からず……313
満壁の香烟宝鼎を籠め 一簾の花雨南華を読む……314
万法皆空しく性海に帰り 一塵染まず禅心を証す……311

七字聯【み】

水に近きの楼台先ず月を得 陽に向うの草木春に逢い易し……258
水は碧玉の如く山は黛の如し 書は琅函に在り香は衣に在り……231
水寛く山遠くして春雲冷やかに 月淡く風和して小閣幽なり……231
身を立つるの要道は惟公徳のみ 寿を益すの良方は衛生を重んず……239

七字聯【め】

明月一輪墨綬を輝かせ 春風百里銅章を払う……254
名世の文章子弟に伝え 長春の歳月神仙を駐む……241
眼に到るの経書皆雪のごとく亮らかに 身を束ねるの名教自ずから風流なり……251

七字聯【も】

門庭春暖かにして光彩を生じ 田畝年豊かにして太平を楽しむ……260
門に車馬無くして終年静かなり 座して琴書に対して百慮清らかなり……260
門は雲霞を繞らせて光彩耀き 堂は日月を懸けて吉星臨む……261
門は暁日を迎えて財源広く 戸は春風を納めて吉慶多し……260
門は緑水を迎えて提甕に宜しく 簾は春山を捲いて払眉に好し……260

七字聯【や】

矢を設け弧を懸くれば家に慶有り 定めて知る福寿永く彊り無きを……292

七字聯【ゆ】

指を染むるは毎に晨に墨を滌うに因り 腰を折るは只晩に花に澆ぐが為なり……271
弓は月影に懸って銀鉤を射 図は仙形を絵いて宝像尊し……221
揺り来る月影規照の如く 招き得たる風光面生を撲つ……306

七字聯【よ】

瑶階の蘭桂春秋茂く　玉砌の椿萱雨露深し……314
瑶草琪花仙子の宅　暖風晴日野人の家……314
楊柳枝頭法雨洒ぎ　蓮花座上慈雲涌く……307
陽和先ず図書の府に到り　春色偏に翰墨の家に且く……301
能く添う壮士英雄の胆　善く助く文人錦繡の腸……284
喜び見る玉梅旧臘を辞すを　還期す緑柳新衣を染むを……293
喜び見る紅梅多く子を結ぶを　笑い看る緑竹又孫を生ずを……293
喜んで己の過ちを聞けば忠言至り　愛んで人の非を談れば侮辱来る……293

七字聯【ら】

蘭堦日暖かにして麟趾を生じ　桂閣風軽くして鳳毛を起たす……325
鸞妝並び倚って人玉の如く　燕婉同に歌って韻琴に似たり……326

七字聯【り】

理財学んで陶朱の富を得　交友常に晏子の風を存す……290
律は青陽に転じて気象を増し　天は黄道を開いて文明を啓く……265
李白問うて道う誰が家が好きかと　劉伶回して言う此の処高しと……249
柳眼桃腮化日に舒べ　鶯歌燕語春風に鬧ぐ……271
劉阮仙に逢うの遇無しと雖も　祇韓康市に隠るるの心を具う……329
菱花光は映ず紗窓の暁　竹葉香は浮ぶ綉戸の春……299
竜飛び鳳舞う昇平の世　燕語り鶯歌う錦綉の春……331
竜に乗じて長く倚る三珠の樹　鳳を引いて歓んで迎う百輛の車……277
緑窓月を待って春瑟を調え　紅袖香を添えて夜書を読む……317
緑楊陰裡鶯初めて囀り　紅杏枝頭蝶飛ばんと欲す……317
麟鳳祥を呈して祖徳を徴し　山川秀を孕んで孫枝を毓つ……326

七字聯【れ】

麗日桃に映じて紅頬を暈し　和風柳を払って緑眉を開く……324
藜杖の春風舞袖を飄し　金茎の暁露庭幃を潤す……323
令節の双星牛女と共にし　清歌一曲月霜の如し……232
簾外の渓山雅趣を呈し　池辺の花草天機を発す……323
蓮子杯中金谷の酒　桃花箋上玉台の詩……321
簾櫳香藹って和風細やかに　庭院春深くして化日長し……323

七字聯【わ】

和気平らかに春色を添えて藹い　祥光常に日華と与に新たなり……252

八字聯【い】

一樹の梅花初めて玉蕊を舒べ半窓の好月最も詩懐に惬う …… 332

八字聯【う】

雲漢秋高くして涼七夕に生じ天街夜永くして光双星に耀く …… 343

八字聯【え】

燕侶双び棲んで爰に客と作るを妨げ蟾円全く美しく郷を思うを免る可し …… 347

八字聯【お】

大いなる哉居や気を移し体を移す其の独りを慎むや屋を潤し身を潤す …… 333

八字聯【か】

学は天人を究め筆は造化を生じ徳は聖哲を兼ね行は中庸に応る …… 347

架上の丹丸長生の妙薬壺中の日月不老の仙齢 …… 339

風は桂林に動いて気は蘭沼に澄み声は桐院を驚かせて露は蓮房に冷やかなり …… 340

桂を栽え蘭を佩びて香几席に生じ松を品し竹を種えて蔭門庭を庇う …… 340

官閣清廉にして祥雲時に集り礼門粛静にして明月常に来る …… 338

八字聯【き】

気は竜涎を味わって清香馥郁たり花は蠟炬を開いて瑞燄輝煌たり …… 341

鳩杖年を引いて椒花瑞を献じ鶴寿算を添えて椿樹陰を留む …… 344

杏苑風和して長春は老いず椿庭雲密にして上寿は彊り無し …… 338

玉宇無塵一輪の皓月銀花有色万点の春灯 …… 336

玉粋金和渾然として元気あり礼耕義種必然として豊年なり …… 336

金屋玉堂固より傑構と称えん徳門仁里自ずから是安居なり …… 338

銀漢塵無くして水天一色金商律に応じて風月双清 …… 346

銀漢の三星藍田の双璧
人間の巧節天上の佳期 …… 347

八字聯【く】

孔雀屏開いて芙蓉の褥隠れ
鴛鴦水に集って薜荔松に依る …… 334

八字聯【け】

雲は吉祥を現し星は福寿を名のり
花は富貴を開き竹は平安を報ず …… 343

慶は新春に洽くして五族共にする所ぞ
沢は諸夏に周くして万邦乃ち和す …… 347

八字聯【こ】

黄鶴楼に登って赤壁の賦を読み
青鉄硯を磨って白雪の詩を歌う …… 343

好花の四時明月千古
遠峰の一角読書半牀 …… 337

紅杏林に在って幽鳥相逐い
碧桃樹に満ちて清露未だ晞かず …… 339

孝友の初心詩書の夙好
春秋の佳日山水の清音 …… 337

孝を興し弟を興すは仁を為すの本なり
大に至り剛に至るは義を集めて生ずる所なり …… 348

戸に入るの三星輝き天市に増し
門に盈つるの百輛喜び華堂に溢る …… 332

八字聯【さ】

綵悦高く門楣に懸って喜び有り
晬盤新たに蘭蕙を啓いて芳りを同じくす …… 345

才子雲を凌ぎ佳人雪を詠ず
琪花平らかに秀で玉樹階に森し …… 333

歳時流るるが若くして古今趣を異にし
天地室を為して俯仰懐いを同じくす …… 344

彩筆花を生じて書錦字を成し
新詩艶を擷んで体香奩を合す …… 342

茶鼓晴に喧しくして餳簫暖に吹き
花魂蝶を夢みて樹影鶯を蔵す …… 341

山雨来らんと欲し風を迎えて盞を把り
夕陽将に下らんとし月に酔うて觴を飛ばす …… 333

八字聯【し】

七碗嘗め来って風両腋に生じ
一壺買い到って春双眸に満つ …… 332

秋水一泓魚游自ずから楽しみ
松風半榻鶴夢同じく清し……339
酒後茶余香は蘭蕙を聞き
風清く月白くして味は芭菰を弁ず……342
詩を誦し書を読み文を以て友と会い
仁に居し義に由り徳と隣を為す……346

八字聯【す】

翠竹黄花群がって化雨に沾い
長松細草普く慈雲に蔭わる……346
翠柏蒼松是寿者の相
渾金璞玉古人の風有り……346
墨を吃し茶を看香を聴き画を読み
花を呑み酒に臥し月に喝し風を担う……337

八字聯【せ】

聖賢の書を読めば体を明らかにし用を達す
仁義の事を行えば遠きに致り方に通ず……348
静を以て身を修め倹を以て徳を養う
出でては則ち行を篤くし入っては則ち賢を友とす……348
石鼎香を煎じて俗腸尽く洗い
松濤雪を烹て詩夢初めて醒む……336

八字聯【そ】

草帖の新書詞林欣賞し
蘭亭の妙本学界珍蔵す……342

八字聯【た】

竹を種え花を栽えれば自ずから雅趣を生じ
明窓浄几久しく塵縁を絶つ……345

八字聯【ち】

竹書の旧堂は声香世を奕ね
玉台の新香は清麗隣を為す……337

八字聯【つ】

月は游塵を動かして風は積雪を消す
寒は北陸に収って気は東郊に転ず……335

八字聯【て】

天地の心を孕み古今の富を蔵す
聖賢の路に由り功名の階を取る……336
天は石麟を賜えて祥四葉を開き
庭は玉燕を投じて瑞一堂に靄る……333

八字聯【と】

堂構の光華なる雲を瞻日に就き
規模の闊大なる桂を植え蘭を培う……342

桃実香を凝らし樽は北海を傾く
榴花瑞を献じ詩は南山を譜す……340

桐葉飛ぶ時桂花香しき候
蟬声疏なる処雁影来るの初め……341

東魯詩書執礼を雅言とし
西京孝悌力田を明詔とす……338

徳を以て家を伝えて詩書沢衍し
于飛吉に叶いて琴瑟声和す……335

八字聯【は】

柏葉銘を為し椒花頌に入る
竜躔歳を肇め鳳書元を紀す……339

八字聯【ひ】

日麗らかに風和して門庭喜び有り
琴に耽り瑟好くして金玉其れ相あり……334

日麗らかに風和して門庭喜び有り
月円かに花好くして家室咸宜し……334

日永く風和し川渟え岳立ち
雲蒸し霞蔚に春満ち花明らかなり……334

美は鳳毛を済して家に令子多く
謀は燕翼を貽って孫又丁を添う……340

八字聯【ほ】

日は瑶台に麗いて雲は画棟に飛び
香は宝殿に凝って楽は鈞天を奏ず……335

北極星を拱して祥高寿を開き
南風暖を送って曲長生を奏ず……335

八字聯【よ】

瑶草琪花駢んで左右に陳なり
木公金母輝いて東西に映ず……344

楊柳陰中欄に憑って釣りを垂れ
藕花香裏檻に倚って涼を招く……344

能く忍び自ら安んじ足るを知れば長く楽しむ
群居口を守り独坐心を防ぐ……341

八字聯【り】

陸羽経を譜して盧仝渇を解き
武夷品を選んで顧渚香を分つ……343

緑螘斟み来って且に月を邀えて飲まんとし……345
金貂換え去って好し花に向って傾けん……345
緑竹雲を停めて紅梅雨に綻び……345
丹魚水に映じて黄雀風を迎う……345

九字聯【い】
一日の余暇を得て且に思いを去って過すべし
十分の徳行無くば慎んで功を誇る勿かれ……350

九字聯【か】
家家爆竹を喧しくして人間歳を改む
処処桃符を換えて天下皆春なり……350

九字聯【き】
気は函関に満ち青牛に騎って過ぎ去り
籌は海屋に添え白鶴を招いて飛び還る……350
喬木千枝を発して豈一本に非ず
長江万派に分るも総て是 源を同じくす……351

九字聯【し】
四万里の版図山河旧に依り
五百兆の民衆日月光を重ぬ……349
淑気天自り来って春麗日に栄え
祥光歳に随って転じて瑞和風に靄う……351

九字聯【た】
大道由り而して行き門を出ずれば轍に合す
秉彝従り好む所の境に随えば皆春なり……349

九字聯【て】
天地を認め家を為して室の小なるを嫌う休れ
聖賢と共に語って便ち朋の来るを見る……351

九字聯【と】
舎まって書を読み善を為すより別に安楽無し
即って琴を弾じ詩を頌して自ら優游す可し……350

九字聯【は】
爆竹両三声人間歳を是し
梅花四五点天下皆春なり……351

九字聯【ひ】
人は物と与に皆春にして陽和発育し
道は時に随って共に泰にして景色昭融す……349

十字聯【い】
家を治むるの要政は勤倹の二字に外ならず
子を教うるの良方は還是耕読の一門のみなり……354
十字聯【か】
海燕重ねて来って情雕梁の旧塁を恋い
谷鶯初めて出でて声喬木の新枝に諧う……355
甘雨和風共に皇恩の浩蕩に沐し
祥雲瑞日群く文治の光華を瞻る……353
雁幣双聯喜んで千金の諾を荷い
魚書一幅欣んで百世の縁を成す……356
十字聯【き】
脚有るの陽春先ず故園の桃李に到り
心無しの明月偏に近水の楼台に臨む……353
暁日初めて晴れて海宇の雲霞秀を呈し
春風乍ち暖かにして江城の梅柳輝きを生ず……357
麒麟鳳凰出ずる処皆世の瑞を為し
芝蘭玉樹の芳馨自ずから家の徴に応ず……357
十字聯【こ】
志光前に欲せば惟是詩書を子に教うのみ
心裕後に存せば勤倹家を持つに如く無し……354
心は良田と作す百世之れを耕すも尽きず
善は至宝と為す一身之れを用いて余り有り……352
十字聯【し】
四序の韶光は甘露和風旭日なり
一庭の景色は碧桃翠柳梅花なり……353
春晴岸柳に寄って雲霞異色を成し
香気寒梅に擬して花柳韶年を発す……355
上蒼に祈るの百室充盈して大有を歌い
后土に報ずるの千家利を楽しんで豊年を慶す……355
書の陳篇を読んで孝友兄弟を惟い
司馬の訓えに遵って陰徳子孫に積む……357
新暦年を迎えて人重光の舜日を賀し
椒盤歳を献じて家再楽の尭天を欣ぶ……356
十字聯【た】
丹桂根有って独詩書の門弟に長じ
黄金種無くして偏に勤倹の人家に生ず……352

十字聯【て】

天地私無し善を為せば自然に福を獲る
聖賢教え有り身を修めて以て家を斉しくす……352

十字聯【と】

桃樹三千佳果平らかに仙洞に分ち
春光九十觴を称げて偏に芳辰を占む……355

十字聯【は】

万民の福沢を掌り普く吉慶を沾す
天下の財源を通じ永く豊盈を賜う……356

十字聯【も】

物阜んに民康らかにして共に太平の気象を享け
風雲竜虎咸喜起良明を歌う……354

門は竜を登らす可く他日身を北闕に置き
簫は能く鳳を引いて今朝坦腹東牀たり……354

十字聯【れ】

歴序新三朔に更って同に首祚に臨み
風光旧一門に勝って独り先春を得たり……356

十字聯【わ】

我を助くるの書懐窓前の数声の啼鳥
吾に適うの性地墻外の幾点かの梅花……353

十一字聯【か】

学工は間断無く那ぞ朝夕寒暑に管せん　校訓は常に領略し樸実信勤に履行す……362

学は倫を明らかにするを以て社会の事は切に拉攏する毋れ　校は将に教えを施すべく蒙童の時は須く栽培を重ぬべし……362

十一字聯【き】

玉宇塵無く月は明らかなり碧漢三千界　銀河影を瀉いで人は酔う春風十二楼……359

曲は南薫を譜して四月の清和首夏に逢い　樽は北海を開いて一家の歓楽長春を慶ぶ……359

十一字聯【け】

月夜の高歌俠気は青萍と共に嘯き　花辰の浅酌清音は鶯舌に和して偕に円かなり……359

十一字聯【こ】

高華沈実し民風を不変して教化を宏め　小学大成し国粋を保存して文明を進む……360

皓月満輪玉宇塵無し万頃の碧　紫簫一曲銀灯燄有り千家の春……361

香は梨花に入って一刻千金春酒に対し　清は玉漏を伝えて五更三点月人を留む……360

十一字聯【さ】

綵悦門に懸って蘭質蕙心美誉を延べ　明珠掌に入って柳詩茗賦清才を毓つ……361

十一字聯【し】

人影鏡中一片の花光を被て囲み住し　霜華秋後四山の嵐翠を看て飛び来る……358

十一字聯【す】

瑞日初めて堦前に臨み秀は恒春の樹に発す　祥雲常に堂上を護り紅は不老の花を開く……361

翠竹蒼松六月の秋声枕蕈に涼しく　奇花異卉四時の春気楼台を靄う……362

十一字聯【せ】

盛世の文明は万丈の青雲才子の路なり　新春の光彩は一輪の明月衆家の歓なり……361

十一字聯【そ】
即景情を生じ粉蝶春に翻って花影を弄し
淑園 趣を成し紅桃日に映じて草茵を鋪く……360

十一字聯【た】
大造は私無く処処の桃花頻りに暖を送り
三陽は旧有り年年の春色去って還来る……358

十一字聯【つ】
鐸は杏壇に振い共に先生を仰いで能く警覚し
経は槐市に伝わり佇んで多士を看て風雲に際う……363

十一字聯【て】
燕は雕梁に語り年来って歳月何ぞ曽てと異ならん
花は綺陌に明らかに春至って風雲自ずから同じからず……363

十一字聯【て】
天意春を回して万物の光輝彩りを発するを資け
人心喜びを楽しんで四時の和気徴祥を獲たり……358

十一字聯【と】
灯光交輝いて一方風調雨順を祈り
神人共に楽しんで四境国泰民安を願う……362

十一字聯【な】
何物か人を動かす二月の杏花八月の桂
誰有ってか我を催す三更の灯火五更の雞……360

十一字聯【ま】
且に喜ぶべし今治まって日暖かに風和して俗事無きを
間に旧隠を尋ぬれば花香しく鳥語って一般春なり……359

十一字聯【ら】
蘭桂芳を聯ね一種の天香上苑に栄え
椿萱並び茂り十分の春色華堂に麗し……363

十一字聯【り】
竜燭鳳灯灼灼として光全盛の世を開き
玉簫金管雍雍として太平の春を斉唱す……363

あとがき

前回の『墨場必携・禅の語録』の出版は、花園大学在職中でした。

本書『慶祝名句集』を思い立ったのは、退任直後のことでした。あいさつ回りをしていますと、感謝の言葉があり、送る言葉があり、退職後の励まし、慰労の言葉もありました。それらはすべて「お祝い」に通ずるものでした。

考えてみますと、多くの方がたが体験なさっておられるように、わたしも店額、扁額をはじめ、社訓・家訓、お祝い、はなむけ、送別などの書を依頼され、書したことがあります。そこで、わたしがそういう時に参考にした『中国春聯集解』を基に、書棚を探って『新編對聯集成』や『分類楹聯寶庫』、そして『中国歴代祝詞賀語大観』『贈言詞典』などに目を通し、お祝いの言葉や句・聯を選びあげました。基とした『中国春聯集解』の「春聯」とは、大晦日に朱箋や紅紙にめでたい句を一句ずつ書し、門上、あるいは柱上の左右に（第一句は右、第二句は左）貼り、新年を迎えた喜びを表現することです。その中に、家の入り口・門などに掲げる「対聯」、聯句を書して柱に掛ける「楹聯」がありますが、いずれも「対偶」と呼ばれ、句を二つそろえて訪問客に自分の思いや態度・姿勢をあらわしたものです。漢詩における律詩の三・四句、五・六句を用いた「対句」とほぼ同じと考えてもよいでしょう。

本書には、数量の多少はありますが、お祝いの四字聯から五字聯・六字聯・七字聯・八字聯・九字聯・十字聯・十一字聯までを収めました。そして、恐らくは今後もっともよく活用されるかと思われる、お祝いの四字成語を九百点近く加えました。なお、聯は右句だけでも左句だけでも使えますので、活用範囲は大きく広がります。

どうか、墨場必携としてはもちろんのこと、お祝い時における伝道語・伝道句としてもご活用ください。みなさま方の「座右の書」となることが一番の喜びです。

もとより浅学非才、いろいろの誤謬もあるかと思います。ご指摘・ご批正くださいますよう、お願い申しあげます。

最後になりましたが、序文をいただきました村上三島先生に公私にわたっての心からの感謝を申しあげます。

平成十四年八月

中島皓象識

中島皓象（なかじま　こうしょう）

1947年、臨済宗大徳寺派入籍。僧名（宗仁）、軒号（一向軒）。

1968年、初めて個展を開き、以後随時開催。京都および海外（アメリカ・フランス）。

1987年、日展審査員就任。ＮＨＫテレビ放送「婦人百科」（写経）出演。

1989年、「平安京スペクタクル」フランス公演に書のパフォーマンス（オランジェ・パリ）ＮＨＫ放送。

1993年、ＮＨＫテレビ放送「おしゃれ工房」（般若心経を写す）出演。

1995年、「禅と書と茶」講演（読売新聞ホール）。社会教育功労者文部大臣表彰。

1996年、花園大学名誉教授。

現在、日展・日本書芸院・読売書法会・京都書作家協会（役員・審査員）。

論文　1965年以降、「禅林の書・墨蹟」「書道美学」「書教育」など。

著書　『書道史より見る禅林の墨蹟』（思文閣出版　1990年）、『墨場必携・禅の語録』（書芸界　1993年）、『何紹基字典』（二玄社　1997年）

現住所　〒603-8237　京都市北区紫野上若草町25

電話・FAX（075）491-3322

慶祝名句集

2002年11月30日　初版第１刷発行

2003年２月５日　初版第２刷発行

著　者　中島皓象

編　集　清水光洋

発行者　今東成人

発行所　東方出版㈱

〒543-0052　大阪市天王寺区大道１―８―15

安田生命天王寺ビル

TEL06-6779-9571　FAX06-6779-9573

印刷所　亜細亜印刷㈱

落丁・乱丁はおとりかえいたします。

ISBN 4-88591-803-0

五十字六十字　古詩墨場必携	森崎蘭外	五、〇〇〇円
中国古籍の板刻書法	祁　小春	七、〇〇〇円
古典文学と野菜	廣瀬忠彦	三、八〇〇円
源氏物語と仏教	中井和子	二、五〇〇円
朝鮮と日本の古代仏教	中井真孝	二、二三三円
玄奘三蔵のシルクロード　中国編	安田暎胤	一、六〇〇円
中国人の見た中国・日本関係史　唐代から現代まで	鈴木静夫他訳	三、六八九円

定価表示は税抜本体価格。